一部最具想象力的体育功夫小说

包顺柳 著

OLYMPIC DREAM
梦幻奥运

宁夏人民出版社

目　录

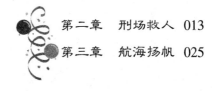
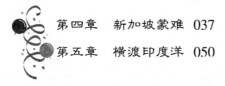
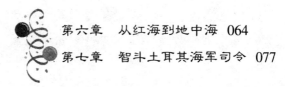
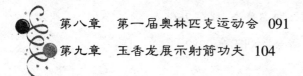
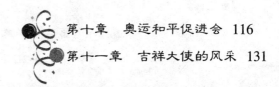

第一章　奥运准备

［字幕］1896年寒春（光绪二十一年）北京

［序幕动画］北京故宫九龙壁前，光绪皇帝凝视九龙壁出神：一团白雾中，九条彩龙由静到动，互相穿游，四条龙在翻滚戏水中游出画面，光绪向画面甩出一张蓝色大网，罩住五条龙，它们在网内各自口含一个红球翻腾追逐，一会儿又各自吐出红球，红球在空中飘飞，五条龙追球，戏玩穿梭，忽儿在水中戏游，忽而冲向空中，突然五条龙幻化成五位着清朝官服、拖长辫的动画人，五个大红球缩小成五个小红球，落到五个官人的头上，变成他们黑色瓜皮帽上的小红顶。着清官服的他们，用不同姿势在争抢一个篮球，传、接、拍、投，一个官人接球后向空中投去，另一个官人拿下自己的官帽，甩向空中的篮球，扣在篮球上，篮球下落到另一个官人的头上，碰落他的官帽，球又弹向空中，再落到第四个官人头上。如此，篮球弹向第五个官人头上。最后，球从空中落到光绪皇帝的头上，碰歪了他的皇帝帽。他从白日梦中惊醒，收蓝色大网，提着五个动画官人走了几步，将网背在右肩上，急步离开画面。定格炫彩字幕："梦幻奥运"。

本故事虽属虚构，却反映了人们对和平、友谊、运动的渴望与追求。

北京故宫金銮殿上，光绪皇帝对跪在面前的李鸿章说："朕今日召见你，你知道为什么吗？"

李鸿章埋着头说："不知圣上为何召见？"

光绪："你是办洋务的有功之臣，年岁也大，今日单独召见你，不要太多礼

仪，你站起来说话。"

李鸿章跪拜后站起来说："圣上莫非有喜事，要老臣来分享？"

"你说对了，我有喜事，要你来商量。"光绪笑着说。

"皇上不是让我来猜谜语吧？"李鸿章接着又说，"我想皇上心中的喜事，也许跟老臣有关。"

"对了，"光绪从太监手中接过一个杯子喝水吃药后，说，"半月前我接到法国公使、英国公使和希腊国公使分别送给我的外交文书，要求我大清帝国派运动员参加即将在希腊雅典召开的世界第一届万国奥林匹克运动会，朕收到了他们的奏章，认为这是我中华大清帝国在世界上露脸扬威的机会，所以特地找爱卿来商量。"

"皇上如此看重老臣，令老臣十分感动，要我办什么事情，皇上请吩咐，臣努力照办，即使累垮我这一把老骨头也在所不惜。"

光绪："你别看朕是当今皇上，每日坐在这金銮殿上接受大臣们山呼万岁，听多了，我感到肉麻，全身起鸡皮疙瘩，宫殿高墙有点儿像井底之蛙，对大清以外的世界知之甚少。你周游过世界几十个国家，见多识广，阅历丰富，朕羡慕你啊，爱卿。"光绪双手平放桌上，两眼望着李鸿章。

"皇上欲振兴中华，废寝忘食，日夜操劳，能为你这样的皇上当臣子深感荣幸。皇上有什么吩咐，请随时传唤，在外交方面辅佐皇上，替皇上分忧解难，是为臣的本分。我随时听候差遣。"李鸿章有些激动，声音颤抖。

"你回去看一看这几封外国公使们递给朕的外交文书，请求我大清帝国派运动员赴希腊国雅典参加万国奥林匹克运动会的事，该如何处置？我这位连紫禁城的大门都很少出去的皇帝，还是第一次听说有这么个万国奥运会，不知这些外国人在玩什么把戏。"说着，光绪从案桌上拿起几个大信封交给李鸿章。

李鸿章把三封信笺抽出，看了一阵说："皇上不必着急，待老臣过几日召见三国公使，把万国奥运会的事问个明白，再向皇上禀奏。"

光绪坐在龙椅上精神不济，咳嗽了几声。

"皇上不断咳嗽，说明太过操劳国事，龙体有风寒侵入，还望皇上早传御医。皇上龙体健康是我大清的福音，也是臣民的幸福，至于外国公使们向皇上呈文书，要求我大清派人参加万国奥运会，以老臣的愚见，也许对我大清帝国国人的身体素质,对大清帝国的强盛兴旺,都是有益的。"李鸿章说。

光绪皇帝听后精神一振:"老臣说得有理,让朕好好想想。"

"无论这几国公使们怎么说,我都觉得皇上应该走出皇宫,去我大清帝国的各地走一走,对皇上恢复大清帝国昔日雄风的大志增加信心。"

"有道理,爱卿说下去。"光绪直视李鸿章。

"奴才认为,皇帝可学皇太祖康熙大帝,带几个贴身侍卫,去我大清国的名山大川,如河南少林寺、湖北的武当山、福建武夷山、四川峨眉山、山西五台山暗访走走,一来了解民情,二来注意一下有无武艺高强的能人,可做皇上侍卫,也可作为赴希腊国参加万国奥运会征召人选,多走走,活动筋骨,还可以呼吸大好山川的新鲜空气,对皇上龙体有益无害。"

"这是个好主意,只怕太后……"

"太后那里,皇上好好找个理由去说说,她是个明白事理的皇太后,不会不同意的,理不说不明,事情是争取来的。"李鸿章说话有哲理性,有说服力,光绪连连点头。

北京紫禁城后宫,光绪跪在慈禧太后面前说:"儿臣向亲爸爸请安。"说着他咳嗽了几声。

正在专心下棋的太后,听见光绪的咳嗽声,转过头,看了一眼光绪,关心问道:"皇上怎么在咳嗽?身体有什么不适吗?起来说话。"

"儿臣这几日批阅奏章熬夜,怕是受了风寒,所以总是咳嗽不断。"说着他又咳了一声。

"找太医看过了吗?"慈禧边看棋盘边说。

"太医来看过,开了药,我吃了几次,已有些好转,亲爸爸不必挂念。"

"你还有事吗?"慈禧斜视一眼光绪。

"有两件事要向亲爸爸禀告。"光绪神情紧张地说。

"说。"慈禧因棋子位置不佳,心情不爽,声音尖厉。

"近日,大英帝国、法兰西帝国、希腊王国三国的公使向我递外交文书,要我大清帝国派运动员去希腊国雅典参加今年4月5日开幕的世界万国奥林匹克运动会,这里向亲爸爸请示,要不要派运动员去?"

"什么乱七八糟的奥林匹克运动会，我听都没有听说过。"慈禧将一粒棋子放到棋盘上。

"听老臣李鸿章说，奥林匹克运动会就是各国武林高手在雅典比武得分，谁的分数多谁就获胜。"

"好，我知道了，这等小事不要烦我，你与李鸿章商量一下，办了就行，我大清帝国有三兆臣民，每人算一分，可以说应该有万国第一的高分，哪国也比不过我大清帝国，你们说是不是？"慈禧对站在她身后的皇后说。皇后本来与光绪感情不佳，听到慈禧对她说话，窘得不知说什么好，实际上她更不懂奥林匹克运动会，只是说："姑妈皇太后说的是，我大清三兆臣民每人吐一滩口水都要淹死大英帝国法兰西，还有个什么希……我真稀里糊涂。"皇后说。

听到皇后的话，慈禧周围的宫女们都偷偷地笑了。

慈禧又问光绪："你的第二个问题是什么？"

光绪说："儿臣身体一直欠佳，老臣李鸿章和太医们都劝我出宫，学老祖宗康熙爷爷去走访名山大川，了解乡间民情，也活动一下筋骨，身体会好一些。"

慈禧这才推开围棋盘，正眼看着光绪说："你出去了，下边送来的奏章折子怎么办？皇宫不可一日无君。"

"儿臣早已想好，叫执事太监每三天派一名快马送我批示。我想……"光绪欲言又止。

"你想什么？"

"我想出去走走，我的身体好了，亲爸爸你也会高兴些！"光绪巧嘴滑舌。

"好吧，这事你要与皇后、珍妃她们商量，不要你走了，她们找我要人。"

"儿臣自会向她们解说。"

"你出宫想去哪些地方？"

"山西五台山、河南少林寺、湖北武当山、四川峨眉山、福建武夷山。"

"好了，外面天寒地冻的，就近处选两个地方走走，一个月内回宫，你想带多少人上路？"慈禧看了一眼皇帝。

"这是微服出巡，民间打扮，带七八个人就行了，人多了反而不方便，也不安全。"光绪说。

大雪飘飞的山西五台山，光绪皇帝在方丈陪同下，来到一个大殿内，向正中的金身大佛前敬香叩拜，然后到大殿外的最高处举目四望，他深深地吸了一口山上的清新空气，忽见山下远处树林中的雪地上有二十多个和尚，他们赤裸上身，嘴吐热气，排成方阵在练功比武。方丈介绍说：“万岁，下面树林里有本寺僧人在练武，每天早晚都要练两个时辰。”

　　光绪头也不回地问：“只听说河南少林寺有武僧天天习武强身，没想到你们五台山也有和尚习武。”

　　“万岁有所不知，本寺也常有一批年轻和尚天天练武，只是功夫和名气不如少林寺武僧那样名扬四海。少林武僧的功夫和名气历史久远，归功于唐朝开国皇帝李世民对他们的赏赐和后来历代皇帝对他们的重视，才使他们少林功夫扬名四海。”方丈介绍说。

　　光绪回头看了一眼方丈：“你对少林寺的历史那么清楚？”

　　“我本人从小便在少林寺当和尚，习武十多年，因家在山西，学武艺成熟就告别少林寺，回到山西，进入这五台山当和尚二十多年，蒙本寺长老和众僧人高举，推我当了方丈，主持本寺庙工作。”方丈说。

　　“你这么年轻，就当上方丈，一定是佛学精深，武功盖世。”光绪站在一个铺满白雪的石凳上说。

　　“本僧快四十岁，不年轻了，佛学圣书读了不少，对佛经的博大精深，只能算懂点皮毛，武功盖世更不敢言，因武林功夫流派很多，少林功夫讲棍棒熟练，武当剑术求扬名天下，若都要学精学透，一辈子也学不完，老僧我只能算肤浅。”方丈谦逊地回答。

　　“方丈能不能在这里为朕表演一段你们五台山功夫？”

　　“这里地方狭小，不便展开手脚，万岁可否同去山上的小树林，看看那里的二十多位习武僧人，我叫他们为万岁爷表演几套五台山功夫。”方丈说。

　　光绪拱手：“请。”

　　“那我先行一步，请万岁慢步下山。”说完方丈纵身从山上腾空转身两圈落到山下树林中的一棵大树上，然后轻巧落地，大树上的积雪像雪崩似的向下掉落。方丈回头双手高举，向山上的光绪拱手回拜。

　　光绪大声说：“方丈好功夫！”

光绪踏着白雪铺地的石梯每踩一步,石梯上都发出雪的"吱吱"声。光绪下到树林边,方丈上前说:"万岁,我向你介绍一下我们五台山的功夫武僧,这位是康大龙,跟我的经历一样,原来也在河南嵩山少林寺学了十多年少林功夫,精通十八般武艺,一直是我们五台山的功夫教头,现在有二十多个后生在跟他习武。"康大龙等二十多个武僧和尚一齐在雪地上对光绪跪下,齐声呼喊:"武僧叩谢皇上光临五台山,为我寺增辉添彩,吾皇万岁,万万岁!"

光绪心痛地问:"你们光着上身练,冷不冷?"年轻和尚们齐说:"不冷。"

光绪说:"好。我大清有过十来位先辈皇爷都曾来五台山为佛祖进香,我此次来五台山除了为佛祖进香外,还想找一位武术功夫好,学识高深,年龄三十岁以下的人,随我进京,准备代表我大清帝国赴希腊国雅典出席世界万国奥林匹克运动会,不知你们中有无这种人选?"

"万岁,你要的人选不但应该文武双全还要年轻,这样的武僧不多,这里只有康大龙教头合乎条件,不知圣上能否看中?"方丈说。

"谁是康大龙?"光绪对跪在雪地上的武僧们扫视一眼,说道,"请起,我是来私访,大家不拘礼仪,随便一些。"

"万岁,我是康大龙。"武僧教头起身上前施礼。

光绪从头到脚看了一眼康大龙:"你读过多少诗书圣经?"

康大龙:"禀告万岁,我从小随父亲在日本读书六年,十二岁回到广东读孔孟的诗书,考过秀才,后来父亲见我体弱多病,便送我到少林寺学了八年武艺,二十二岁离开少林寺,随叔父来山西五台山,在这里带这批小师弟们练了几年功夫。"

"你家还有什么人?"光绪问。

"父亲康有良和母亲仍在日本从商。"

"康有为是不是你们一家人?"

"他是我叔父。"

"你叔父康有为眼光开阔,思想先进,我看过他不少文章,没想到你是他的侄子,很好,很好。"

"我叔父康有为思想先进,向皇上和百姓宣传改革大计,以求振兴我大清,我父亲也受他思想影响,鼓励我和弟弟学好功夫,等候报效朝廷。"康大龙说。

"我明白了,你能不能在这里为我表演五台山的十八般武艺?"光绪说。

"万岁,五台山的十八般武艺实际是从少林寺学来的。万岁要看本寺的功夫表演,请万岁移步到大殿四合院坝看众武僧人表演刀枪棍棒十八般武艺。"

在五台山大殿的第一座四合院院内放了三层共十六张方桌,康大龙和二十多位武僧先空拳对打,后刀枪棍棒,轮流上阵,从地坝空场打到第一层、第二层和第三层桌子上,然后康大龙纵身跳上了大殿房顶,此时有两个小和尚跟着上了房顶,两对一,三人对打时喊声震耳,地面和尚在呐喊助威,房顶上的积雪飞溅,然后三人一齐跳回桌面,各自一个鱼跃动作落地,二十多名武僧齐跪在光绪的面前,齐呼:"请万岁赐墨宝。"

"好,朕见到了你们的武台山真功夫,给你们留几个大字。"他走到书房内的方桌前,用大笔写下"练武强身,振兴中华"。落笔后,光绪问方丈:"你们五台山的和尚都是秃头的佛家弟子,为什么康大龙一人留我大清发辫?"

方丈施礼回话:"康大龙的父亲有书信,要求儿子做一名蓄发僧人,万一国家需要可以报效朝廷。"

"好,好,真是爱国志士后代,佳心可表,诚心照国。"光绪说。

北京紫禁城,光绪召见李鸿章和康大龙二人。

光绪说:"李爱卿,朕听了你的建议,出去走了一个月,从山西五台山找了一位带发修行、文武双全的和尚康大龙,准备让他去选一批有各种独特技艺的武林高手,汇聚北京成立一个万国奥运会筹备班子,一切听从你的指挥安排,你看如何?"

"臣遵旨。"李鸿章说。

"康大龙,"光绪说,"这位便是我大清国管外交的重臣李鸿章大人,筹备选拔去希腊国雅典参加万国奥运会的事一切由李大人安排,你听他的。"

康大龙跪地:"承蒙万岁厚爱,我遵旨愿听从李大人指示,尽力尽心争取为我大清办好此事,光照中华,请万岁放心,我们定会从奥运会上带回佳音。"

[字幕]经康大龙三个月明察暗访找来三位运动员,他们是康大龙的孪生弟弟康小龙、穿天龙和水蛟龙。

北京紫禁城广安门,城墙贴有两个巨幅白纸黑字标语:"开展体育运动,健身去病,兴邦强国。""参加万国奥运会,振我大清雄风。"

值勤官宣布："大清帝国赴希腊万国奥林匹克运动会，选拔运动员表演赛现在开始，第一位表演者康小龙，他的表演项目是田径运动：与狼犬赛跑。"

康小龙牵出一匹高大的狼犬，放开狼犬颈上的绳索，狼犬在广场上四足狂奔，急速飞跑；康小龙在后面双腿闪动紧追不放，他的辫子飞起，近乎与地平行，快接近狼犬时，他甩出手中的绳套落在狼犬头上，狼犬拖着他奔跑，突然绳断犬逃，犬越墙上房，他也越墙上房。

值勤官边看边向李鸿章介绍："康小龙，广东南海人，从小去镇上卖菜，每天往返跑三十公里，风雨无阻，练就一双铁脚板，后来在河南少林寺当过和尚，又学了一身少林功夫，这次选派他出席万国奥运会，在田径赛跑和硬气功方面都可以发挥他的长处。"

李鸿章扬手："下一个。"

第二位出场的是康大龙，他出场后整理了一下衣袖、领口，将长辫一甩，自然盘搭在颈上，走到一个沙筐前，双手交换着在沙筐内直插二十余次。此时，十多位抬夫，抬着一个装着大黑熊的铁笼，大龙爬上笼顶，解锁取销开门，黑熊从笼内奔出。康大龙一个闪身跳下铁笼，从衣袋内抽出一块红布向黑熊挥舞，熊被激怒，后腿站立，用前掌击打，他一个后滚翻躲过熊击，迅速跳起，落地时双腿斜蹬，直击熊腰，熊两后腿坐地，他闪身跳到熊背后，用力斜推，黑熊倒地，它再被激怒，起身前扑，企图嘴咬。他纵身后跳，一个旋转后滚翻纵身跳上铁笼顶。熊用两前掌猛推铁笼，他再跳到熊头顶，又迅速跳回铁笼顶。大龙以退为进，以柔克刚，反复跟熊捉迷藏，使熊咬不着也碰不着，气得黑熊"嗷嗷"乱叫。

值勤官介绍："此人康大龙，考过秀才，曾在少林寺学过十多年少林功夫，后到五台山带发修行，当该寺武僧功夫教头，算是文武双全的良才，备受万岁推崇，他与康小龙是孪生兄弟，长相相似……"

"好，万岁向我推荐过他，我与他多次会过面，也考察过他的文章，今日又见武功果然名不虚传。"李鸿章手捻山羊胡须，继续道，"我大清能有康大龙、康小龙这样的运动员赴希腊国雅典参加万国奥运会，不错，不错。"

"我们大清帝国地大物博，有三兆多同胞，不愁找不到像他们这样武功高强的各类人才，只是西洋人处处讲科学，办事讲效率，说开万国奥运会，马上就要召开，要是有一年半载，我们还可以再多找一些武功高强的人，去那里和洋毛子们多拼几个项目，杀他个天翻地覆，人仰马翻……"值勤官兴奋地说。

李鸿章打断值勤官："我们需要的是体育运动员，不是去和洋毛子打架。运动员的功夫好是一个方面，要掌握运动规则和技巧，这要手、脚、脑子三者并用才能取胜。比赛与战场上你死我活的拼杀有相同之处，也有不同的地方。战场需要勇猛不怕死，运动场上需要规则和技巧，不讲规则再好的技巧也不行，犯了规得不到分数，成绩为零。"

"你说运动场上要算分？"

"运动比赛双方都要算分，根据分数多少决定胜负与名次。"

"有没有不算分的运动项目？"值勤官手摸脑袋问。

"有一些比赛项目不算分数，康大龙和康小龙现在的表演赛就不算分，我们只根据他们的表演做一个判断：是否有资格代表我大清帝国出席希腊国主办的万国奥运会？任何要计分的比赛都应由权威机构订出评分标准，再由裁判根据标准和现场表现作出评判，算出成绩，决定胜负或名次。"李鸿章说。

"李大人，运动场上比赛的'胜负'与两个国家各派几千、几万军队打仗流血换来的'胜负'是不是一个道理？"值勤官又问。

"是一个道理。"李鸿章回答。

"那是否可以说，一个好运动员，可以抵得上千军万马打仗流血换来的胜负？"

"说得对，体育比赛似战场，你跟了我这么多年，第一次听到你对打仗和体育运动说出精辟的道理。"李鸿章夸奖自己的部下。

"这都是李大人平时对我教诲的结果。"值勤官说。

第三位出场表演的是一位瘦小男子，他来到广场，先对李鸿章们坐的城楼敬一个九十度鞠躬礼，然后回身，表演一串空心前滚翻，到一个城墙根，他轻身一跳，飞身上城墙，又纵身一跃穿到大屋脊的木梁下，单腿挂梁一只手指向远方，一只手掌屈向眉间，做了个猴子观远的造型。

上述表演在一串孙悟空大闹天宫的京戏锣鼓声中完成。

李鸿章对小个男子的表演甚感满意，对值勤官讲："叫他下来。"

值勤官大声对小个男子喊："你下来，李大人有话要问你。"

小个子一个空中前滚翻落地，又一串空心跟斗来到李鸿章坐的城楼下，单腿跪地："大人，有什么吩咐？"

李鸿章手指广场中间的一根旗杆："你能上去吗？"

"能。"小个子走到旗杆前，口吐唾沫到手心，两手掌揉擦几下，双手抓杆倒转一百八十度两脚向上，身不沾杆，左右手同时用力跳跃上爬，一会儿功夫，便爬到杆顶，在上面做了一个金鸡独立造型，然后向斜上方跃起，在空中做七百二十度回转，似春燕点水，轻轻落地。

李鸿章目不转睛地看了一阵，小声问值勤官："他叫什么名字？从哪儿学来这么一身功夫。"

"他叫梁中华，艺名穿天龙，从小在北京天桥杂耍班里跟一个师傅学玩杂耍，十岁时，他师傅表演硬气功'钢刀滚身'，不小心肚子被刀划破。师傅死后，他到京戏班里学戏，演武打小生，扮齐天大圣孙悟空，一口气能翻三十个跟斗，这是康大龙看京戏《孙悟空闹天宫》时发现的人才。我也专门去看过他表演的孙悟空。到希腊去参加万国奥运会跳高项目兴许得到高分，为大清争光。"值勤官如数家珍般介绍，赞许道。

"他戏演得好，跟斗翻得远，还可以参加体操比赛，外国人表演的自由体操就有不少翻斗的动作，跳高飞远项目，他当然可以参加，就看他临场发挥了。"李鸿章说。

北京紫禁城护城河边的城墙拐角钟鼓楼上，李鸿章及随员坐在城楼上观看一位瘦高个运动员在护城河里的水上功夫表演。

用雪擦身、只穿短裤的运动员先喝一斤白酒，然后跳入护城河内仰游、潜水、踩水，偶尔河中有一群水上野鸭，他飞身水面一只野鸭被抓住，另一些野鸭惊飞，在天空"嘎嘎"乱叫，从钟鼓楼上空飞过。

李鸿章从衣袋掏出十个银元，一个接一个抛入护城河中，水面上溅起十朵水花。他要考一考这位水中运动员的真功夫，转身对值勤官说："叫他潜水把十个银元捞起来。"

值勤官大声喊话："水中的运动员，注意李鸿章大人在看你的本领，要求你把刚才抛下水的十个银元从河里捞起来。"

水中运动员上岸，对钟鼓楼上的李鸿章等官员们拱手行礼后，转身走到护城河岸，深深吸一口气，双脚跳起，飞身腾空，在空中旋转三百六十度，伸展双手，以优美的"佩刀式"侧身入水，水中出现一圈水花。在水中潜游一阵后浮出水面,他双脚踩水,半身裸露,左右手各拿几个银元,在太阳光照射下呈现白色光柱。来到岸边,他将九个银元一个又一个抛上岸,站在岸边的康大龙、康小龙、穿天龙三人,像接水果似的连续接住九个银元。他再跳入水中,一会儿功夫升出水面,向康大龙抛去一条大鱼,鱼尾在空中摇摆,大龙三人将九个银元和一条大鱼用长衣兜着跑上城楼向李鸿章走去,大龙单腿跪地:"李大人,今天这个表演水上功夫的人,原是天津郊外的渔民,他有一套水上功夫,能在水中闭气三个时辰,水下潜游如平地行走,别的渔民用网打鱼,他的拿手功夫是潜入水中赤手抓鱼,而且是专抓大鱼。每次他从水中至少要捉十几条大鱼,条数不多,但论斤数比其他渔民用网打来的多,人们称他'水蛟龙',不过,他今天在李大人面前丢丑了,你刚才丢下去十个银元,他只从水中捞起九个,为了不丢面子,他从河里捞出了这条大鱼,算是挽回面子吧!"说完康大龙将九个银元和一条大鱼放在桌子上,说:"请大人们过目。"

李鸿章挥手说:"护城河里污泥那么多,说不定我刚抛下的银元有一个掉在污泥或石缝内,找不到就算了,不过,他的水上功夫不错,可以与你们一起去希腊参加万国奥运会。"李鸿章对值勤官说:"这几个银元你帮我收起,这条大鱼你就拿回家去叫你家人做成红烧鱼,今晚你代表我宴请这四位运动员,他们是四位国宝级朋友,在你家设晚宴,算我为他们接风洗尘,九个银元可置办一席酒菜,烦你代劳。"

在值勤官的晚宴上,值勤官以主人身份致欢迎词说:"今晚的家宴是用李大人的九个银元买的酒菜,这条红烧鱼是水蛟龙在护城河里抓的那条十斤重的鲤鱼,请大家不要客气,随便品尝。我这算是沾李大人的光,借花献佛,你们要感谢在座的李大人。"

四位运动员立即起身,向李鸿章施大礼作揖叩头,一起说:"谢谢李大人选中我们四人代表大清帝国出席希腊国雅典召开的万国奥运会。"

"请起,请起入席,这是我和值勤官陈大人联合设的家宴,大家拿筷子,不必客气。"说着李鸿章拿起一把银色餐刀,将大鱼破成两半,突然"当"的一声,一个白色银元从大鱼肚内落出,在瓷盘上碰出清脆响声。"这鱼肚子内怎么有一个银元?"李鸿章惊奇地问。

"李大人,这个银元是不是你抛在护城河里,兴许是水蛟龙兄弟当时没有

第一章 奥运准备

找到的那一个?"康大龙说。

李鸿章用筷子夹出银元放到自己面前盘内,看了一阵。"不错,是那一个。"他面向水蛟龙问:"水蛟龙兄弟,是不是你在我面前要把戏,想给我们一个额外惊喜?"

"不是,李大人,也许是你向水中抛银元时,这条大鱼误以为是一条小虾,一口吞下,后来被我抓上,才有这样的结局。"水蛟龙不快不慢地说。

值勤官笑着说:"水蛟龙,你该不是在玩魔术,想骗李大人和我吧?"

"水蛟龙不敢戏弄两位大人。"

"不管水蛟龙是不是戏弄本大人,但这种戏剧性的场面和变化仍是我喜欢的,你们今后去了万国奥运会,努力比赛为大清争光,要面对各种困难,特别是经济上会有许多困难,可喜的是大清国有一位欲振兴中华的光绪皇帝,他在为我们做主。现在国库空虚,问题诸多,我希望你们能苦中求乐,多动脑筋,团结一心,克服一切困难,对万国奥运会要充满信心。现在我敬每人一大碗酒,吃完这桌酒席明日好上路。"说着李鸿章端起大碗酒。

大家端碗喝酒,大口吃菜。

李鸿章对康大龙说:"我给你的任务是找五个人,这里包括你才四个人,偌大一个大清帝国才找了四个人出席万国奥运会,是不是太少了?"

"时间紧,又不能找一些功夫欠佳的人滥竽充数,所以只有我们四人前往。"康大龙说。

"我前些年周游欧罗巴办洋务时,见到过他们玩篮球、足球,至少是五个人以上,人少了玩不转,你再想一想,看有没有办法再找一个,凑足五个人。"李鸿章说。

"李大人,我知道有一位功夫极好的人,会骑马射箭,能百步穿杨,甩石子打天上的飞鸟能百发百中。"水蛟龙说。

李鸿章:"这样的人才不能埋没,应该为国出力,为大清国所用,你们去把他找来。"

"李大人,他现在关在大牢里,过三天就要……"

李鸿章:"当今圣上锐意改革,欲振兴大清帝国,八方招纳贤才,你们传我的口谕去,把那个人救出来。"

第二章　刑场救人

　　天津郊区,海河边一片高地,长满芦苇的河滩上盖着厚厚的白雪,天空乌云翻滚,树枝在摇曳,雪花随风飞舞,最高处有一个粗大的木桩,上面挂着一盏大的红灯笼,下面绑着一位二十岁,穿红衣红裤的义和团教会所属"红灯照"的女首领,她周围站了一层又一层全副武装的清军士兵,麻木地看着她。女首领年轻美丽的脸上含着愤懑,她的一双丹凤眼喷出怒火,似射向将杀害她的清兵。她头顶上红灯笼里的灯光像落日的晚霞,把海水、雪白的大地和乌云密布的夜空照得彤红,她身后一个拿钢刀的刽子手,刚喝了三大碗酒,手臂上青筋凸出,脸上粉刺成堆,血红的脸上黑胡须不停地跳动着。他左手拿钢刀,右手将拇指在刀口上轻摩,试着刀刃是否锋利。

　　山坡不远的土屋边,两位骑高头大马的监斩官,焦急地等待着传令兵的最后斩首命令,马嘴喷着热气在雪地里找寻青草。

　　海水翻着串串白浪在沙滩边咆哮,狂风在空中怒吼,大地在哭泣,红灯在风中颤抖,雪花在"红灯照"女首领身边飞舞,不远处,大树上的乌鸦在"呱呱"乱叫,站在远处围观的父老乡亲在落泪哀嚎。

　　康大龙、康小龙两孪生兄弟,一个使刀,一个舞长矛,各骑一匹马,冲破清兵两层包围圈,直奔土屋边,来到监斩官前,二人下马,大龙将刀尖下垂双手施礼:"长官请刀下留人。"

　　"你们是什么人?胆敢来刑场阻止我们处决犯人。"一位监斩官手抓佩剑柄,脸上的胡须在抖动,他厉声问。

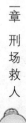

"我们是奉李鸿章大人口谕来救这位玉香凤的,李大人要她去希腊国雅典参加万国奥运会。"

"什么鸟万国奥运会?我们听都没听说过,休想来骗我们,"另一监斩官蛮横地说,"你们快离开,否则我把你们也当同案犯,一起处决。"

"两位大人不必急,听我耐心解释,我大清政府将要派出的这个万国奥运会体育代表团目前只有四人,李鸿章大人要求至少应派五人参加,所以……"康大龙又说。

此刻,远方一个清兵举令旗骑马飞奔而来,他大声喊:"监斩官大人,行刑时刻已到,州府大人叫你提女贼的人头回去交差。"

康大龙手脚快,一个箭步上前抓住传令兵,收了他手中令旗。

"李大人答应写个手谕,因时间紧迫,怕你们提前斩杀人犯玉香凤,我们为了赶时间,便先来救人。我们回去请李大人补个手谕,请两位监斩官大人今天一定不要处决她,否则我们想给二位大人留面子,我们手里的刀矛也不会同意。"康小龙说。

"你们这是威胁?叫你们拿手谕来给我们看,你们又拿不出来,你们立即滚开,否则……"副监斩官'刷'地抽出腰间宝剑,直指康小龙。

"还不给我拿下?!"监斩官也拔出腰间宝剑,对身后的护卫清兵大声吼道。

护卫清兵一齐散开,向康大龙、康小龙两兄弟包围上来,他们的长矛一步一步地朝他两人逼近,康大龙、康小龙两人对视一眼,背靠着背,一人用长矛,一人使大刀,与几十个清兵对打起来,清兵们哪是他兄弟俩的对手,顷刻间,死伤一片。他二人且战且退,向绑玉香凤的高地冲去,清兵们紧跟不放,努力追杀。双方正在激战,穿天龙忽地从一棵大树上跳下,他手舞孙悟空用的铁棒参加混战,他的铁棒舞得溜溜圆,像一团白光在飞转,清兵们舞刀使矛也不能近其身,被迫退出一条道路,让三人向玉香凤身边靠近。此刻从海河里又冒出一个人,他一个鹞子翻身落在岸上,二话不讲,抽出腰间九节钢鞭向清兵们攻击,清兵被分成三团,也抵挡不住康大龙等四人的攻打,他四人越战越勇,终于攻破玉香凤身边的清兵包围圈,康大龙用刀砍断玉香凤身上的绑绳,又从清兵死者身上捡起弓箭,甩给玉香凤,她接弓抽箭搭弦,瞄准坡下远处指挥战斗的两位监斩官,"嗖"一箭飞出,射在监斩官的官帽上,帽子随箭落地,吓得监斩官从马上跌落。玉香凤又向副监斩官射出一箭，射中他的屁股，他翻身落马，五位护卫清兵前来救护，欲把负伤的副监斩官扶上马，无奈他上不去，只得双手提着裤子让兵丁扶他上马逃走。此时，玉香凤抽出第三支箭，欲射骑马远逃的监斩官，大龙用刀压住她的弓箭说："玉香凤息怒，饶了他，他们是奉命行事。"此刻，清兵们随两位监斩官溃散。

玉香凤看着四位突然冒出的勇士，刚才见他们运用兵器勇猛砍杀，清兵们无法抵挡、狼狈而逃。她不知勇士们的来历，双手抱拳，惊奇地说："众位大哥是哪路英雄，为什么要救小女？"

康大龙说："听说你是'红灯照'万里挑一的将才，不但勇敢，而且善于骑马射箭，有百步穿杨的功夫，还听说你使用暗器打飞鸟，打左眼不会伤它右眼，总之，到处都在传说你功夫过人，我们是奉命前来救你的。"

"对，我们可是奉一位大人的命令前来救你的。"水蛟龙神秘地说。

"是不是我们义和团刘挺先坛主派你们来救我的？"玉香凤问。

"非也。"康小龙答话。

"哪是何人？"玉香凤不解。

"当今天子光绪皇帝手下的重臣李鸿章大人派我们来救你的。"康大龙又说，"他是通天的大臣，有事可以直接面见皇上，没有他的许可，我们就是长了八个脑袋，也不敢来刑场救你。"

"好险呀，我们要是来晚一步，他们就对你下毒手了。"穿天龙心有余悸地说。

"李鸿章大人为什么要派你们来救我？是不是我们'红灯照'的姑娘们做了什么对不住李大人的事，他要你们来拿我去兴师问罪？"玉香凤不解地再问。

"你别胡乱猜想，李大人宽宏大度，他家里没有什么人受到义和团'红灯照'的伤害，就是受了害也不会拿你一个女头领去问罪。"康小龙说。

"我越听越糊涂，请众位恩人明示你们救我的原因，小女我是爱恨分明、知恩图报的人，来日我也好报答你们今日的救命之恩。"说着，她双腿跪在雪地上。

康大龙双手扶起玉香凤说："李鸿章大人要我们来救你，是他听说你骑马射箭和玩飞刀暗器等武艺高强，他要我们把你救出后，跟我们一道代表大清帝国去希腊国雅典参加第一届世界万国奥林匹克运动会，与出席奥林匹克运动会的其他洋毛子比赛手脚功夫，胜了有奖牌，可扬我大清国威，也可以光宗耀祖。"

"不是比赛手脚功夫，而是比赛体育。"水蛟龙更正道。

"对，我们去参加万国奥运会，不只是去比赛手脚功夫，而且要与洋毛子们比赛体育竞技。"康大龙更正自己的说法。

"什么叫万国奥林匹克运动会？"玉香凤问。

"大概是有一万个国家参加的运动会吧。"康小龙说。

"奥林匹克是个什么意思？"玉香凤又问。

"我们也不清楚，李鸿章大人也没有讲，你随我们去了，以后一定会明白的。"康大龙说。

"众位哥哥尊姓大名？"玉香凤再问。

"我叫康大龙，这是我孪生弟弟康小龙，以后就叫我大龙，叫他小龙，这位兄弟叫穿天龙，你要是有什么不开心的地方，他会给你做个怪相，或表演孙悟空翻几个跟斗，表演猴子摘桃，准让你开心大笑。这一位叫水蛟龙，跟你都是天津卫同乡，他是渔民，从小打鱼捉虾，在水中游泳如同平地飞跑，你要是想吃海鲜鱼虾什么的，可以随时请他到海里去捞。我保你水未烧开他的鱼就提回来了。"康大龙介绍道。

"我看出来了，众位哥哥都身怀绝技，小女与哥哥们相见恨晚，几位哥哥的名字后面都有一个龙字，你们是几条有本领的龙，既然我要与你们一道去参加万国奥运会，干脆我把玉香凤改成玉香龙吧。"

"我觉得玉香龙比玉香凤更有骨气。"穿天龙说。

"我们每人名字都带'龙'，参加雅典的万国奥运会，我们就成了五条龙戏奥运会了，"玉香龙说。

"凭我们五条中华龙的功夫，我们一定会在万国奥运会上各自拿出自己的绝招功夫，与洋毛子们争个高低拼输赢。"穿天龙突然跃上了木棒，做了个猴子观海的怪相，他说，"没想到清兵像豆腐，不堪一击，我还没杀过瘾，他们就垮了。"

穿天龙的动作把玉香凤逗笑了。玉香龙调皮地说："你们都是我的救命恩人，叫你们大哥、二哥、三哥、四哥，还是叫你们大龙哥、小龙哥、穿天龙哥、水蛟龙哥，喊错了，你们不会怪我吧？"玉香龙又说。

"不会见怪，江湖上叫大哥、二哥，称兄道弟都很流行，叫我们大龙哥、小龙哥、穿天龙哥、水蛟龙哥，有亲切感，随你高兴，叫什么我们都会答应的。"康大龙说。

"反正我们已经把你看成亲妹妹了。"康小龙说。

"我从小在天津卫大街小巷卖鱼，多次见到过你与一位老师傅在街头空地耍杂技，你师傅呢？他现在哪里？我们快回去见他一面吧，他一定想你了。"水蛟龙说。

玉香龙眼一红："他死了，他要是没死，我一定还和他一起在街头卖艺。"

"怎么死的？"水蛟龙问。

"被西毛子从教堂开枪杀死的。"玉香龙愤怒地说。

"这就是你参加'红灯照'烧教堂的真实原因吗？"水蛟龙说。

"你要把对洋毛子们的恨记在心里，这次我们五兄妹去参加万国奥运会，你要用'红灯照'斗洋毛子的胆量，与奥运会上的洋毛子们比个高低争输赢，为'红灯照'树立军威，扬大清国的国威。"大龙说。

"为什么要扬大清帝国的国威呀？"她又不理解。

"香龙妹，从现在起你要树立一种有国才有家的思想。大清虽然腐败，但你要知道有一位想要改革、想要振兴大清国威的光绪皇帝，我们这次去希腊雅典参加万国奥运会，就是光绪皇帝重振大清国威的一部分，这个深刻的道理是我从与光绪皇帝见面那一刻起逐渐认识到的，以后你也许会逐渐明白。"大龙说。

"你见过皇上？"玉香龙惊奇地问。

"对，我就是他亲自从山西五台山寺庙里请来的。"

"只要我们在奥运会上拿了奖牌，回来后，皇上一定会接见我们的。"小龙补充说。

"妹子，你能不能为我们介绍一下，你师傅是怎么死的呢？"水蛟龙问。

"这事要从去年夏天说起。"玉香龙说。

天津卫郊区，一座破庙前的草坪上，一群乡民围观玉香凤和她师傅的街头卖艺表演。五十多岁的师傅，脑后吊着一根黑白相间的辫子，两眼有神，身体结实硬朗，身着破旧短上衣，很是干练。他牵一只黄色猴子出场，猴子走到场中间的衣箱边，自己开了箱盖，跳入箱内，穿上特制猴衣，戴上有两只桃形耳朵的猴子"官帽"，在师傅的自踩式鸣锣打鼓声中，猴子又从衣箱中拿出一支纸花，全

身直立后脚走路，抱着纸花绕场一周，然后把纸花插在它的"官帽"上，又表演翻跟斗，翻了几次，"官帽"和纸花掉在地上，它将'官帽'和纸花拾起远远地抛入箱内，接着它又继续翻跟斗。师傅拿出三个铁环，分三个地方竖直固定在地上，师傅右手一指，猴子连续蹦跳着钻过了三个铁环。最后猴子又到箱子边，从箱里重新戴上插纸花的"官帽"，并拉着师傅摆好了的小人力车。车上坐着一只小狗，不断发出"汪汪"的叫声，像在催促猴子快跑，猴子生气了，故意把车弄翻在地，狗跳车，向场中打锣鼓的师傅跑去，猴子追狗被师傅拦住，猴子只好退到翻车处，重新扶正小人力车，把它拉到衣箱边，猴子从箱子内拿出一把扇子，向周围观看演出的观众们边作揖边摇扇，观众发出一阵又一阵掌声和笑声。

梳油亮独辫、穿红衣裤的女弟子玉香凤骑白马入场，她背背弓箭，右手拿一杆长矛，左手紧抓马缰绳逼马头上仰，她双腿夹马肚，马在观众圈内跑圈子。她先表演投长矛：在马的跑动中，她将长矛向破庙屋脊投去，长矛从一个砖砌花孔中穿进，定位在屋脊的花孔中，长矛的木把在风中抖动。她的第二项表演是从肩上取弓，抽箭搭弦调节好马的速度，以正射、反身射和仰面射，各放一箭，三支箭头分别射中破庙前面窗子上的窗栅，箭头扎在窗栅上，观众发出一片掌声和"好"的呼喊声。她的第三个项目是从衣袋拿出三个石头，第一个石头她投向场外的一颗大树上，树上一群喜鹊飞起，瞬间她再甩出两个小石头，打中两个飞翔中的喜鹊。

在玉香凤的表演中，先由猴子端着木碗向观众讨银角子，看表演的乡民不断有人向碗内丢些小铜钱或银角子。一会儿猴子放下木碗，将银角子和小铜钱倒在箱子里，它将木碗交给老师傅，师傅接着讨钱。猴子跑到人圈外，爬上树，抓到两个半死的喜鹊，一会儿工夫，猴子拖着两只未断气的喜鹊到人圈内，放到箱子边。为了奖励猴子，师傅拿出一个干包谷甩给猴子，猴子坐在一边专心地啃干包谷。玉香凤拿着一面铜锣双手端着，沿着人圈再向观众乞讨，每当人们丢下一个银角子或铜钱时，她便敬个弯腰礼，说声"谢谢"。在玉香凤讨钱的过程中，师傅左右手各提一个白色青花大瓷缸来到场中间，他先放下，运足气，深呼吸，单手抓起一个大花瓷缸，像玩皮球似的在脚、腿、手、头、肩、肚上来回翻滚转动，最后瓷缸从左手、左臂、前胸、右臂至右手顺次滚动，当瓷缸至右手时，他右手一抬，瓷缸又原路回到左手，观众一片喝彩声。

人群中一位穿黑衣教服的年轻德国传教士将一块银元丢入玉香凤端的铜锣中，发出"当"的响声，玉香凤向传教士弯腰敬礼，说"谢谢"，她抬头一望是位高鼻子蓝眼睛的外国人。传教士说声"不用谢"，来到师傅面前，双手打拱用半通的中国话讲："师傅你的功夫很棒，我是德意志帝国的传教士，叫约翰，喜欢你们中国功夫，想与你交个朋友，拜你为师，跟你学玩大瓷缸。"他手指瓷缸，"你愿意收我这个徒弟吗？"

师傅高兴地说："我愿意收你这个徒弟，不过玩大瓷缸是硬功夫，练起来很累，你怕不怕累呀？"

"不怕累，我从小就喜欢体育运动，天天锻炼身体，来大清国后，我也经常运动，今日见到你们表演的中国功夫那么棒，还有那位师姐的跑马射箭功夫也不错，我要拜您二人为师。"说着他双腿跪下。

"你们洋毛子也喜欢中国功夫？"玉香凤边从地上收捡铜钱和银角子，边说。

"喜欢，非常喜欢，这么说你就是我的师姐了。"说着约翰向她点头。

"不叫师姐，她才十九岁，应该叫师妹。"师傅双手扶起约翰。

"她功夫好，比我先学艺，虽然她年龄小，我也应该喊师姐。"约翰说。

"请师姐和师傅后天下午到三里庄天主教堂前来教我练武。"约翰面带诚意，热情邀请。

"为什么后天来天主教堂？"师傅问。

"后天是我们的礼拜日，下午没事。"约翰答。

"我们不信天主教，为什么要到天主堂练武？"玉香凤说。

"师姐，练武强身是体育运动，不分教派，不分信仰、肤色和国籍，大家都是人，凡是人类都需要健康，也都需要锻炼才能健康，欢迎师傅和师姐光临，我在那里恭候，你们教我中国功夫，我会重谢你们。"

"好吧，你那么有诚意，我们后天就到三里庄天主教堂走一趟。"师傅给猴子做了一个手势，猴子去到木箱边，从箱内拿出另一支黄纸花，站立着走到约翰身边，要把黄纸花递给约翰。约翰连连后退不敢接，猴子咧嘴生气地从地上跳起来，抱着黄纸花欲扑到约翰肩上，约翰吓得倒退两步，黄纸花落地，猴子转身向师傅走去。

"甭怕，这猴子送黄纸花是喜欢你。"玉香凤笑着抓住猴子。

"这猴子喜欢我的样子,怪吓人的。"约翰说着伸手摸了一下猴子。

天津卫郊区三里庄外,远处能看到天主教堂灰白色的高大建筑,正面屋顶上有中间高两边低的三个白色方形尖塔,阳光斜照下,尖塔在附近农田里映出一个山字形的倒影。正面有一个高大的黑色双开拱顶大铁门,铁门两边各有一串圆形的欧式窗户,上面装饰着各种五颜六色的菱形毛玻璃,玻璃窗外装有防盗用的钢条栅栏,似要拒人于窗外。天主堂的高大雄伟与附近低矮的方块形农舍小屋相比,显示出中西方文化在建筑上的巨大反差。

玉香凤牵着白马,马背鞍子两边驮着两个大筐,筐内放着两大两小四个蓝花瓷缸,马背鞍子上还绑着一个大木箱,箱顶坐着猴子,它兴奋地四周观望。老师傅跟在马后,嘴里叼着烟斗,慢悠悠地跟着马走。

当玉香凤师傅二人牵着马快到天主教堂时,远远见到约翰等十多位西毛子传教士穿着宽衣大袖的白丝绸中式练功服在教堂门外西侧空地上练功:一些人举石锁,一些人玩单双杠,另一些人在对练西洋拳。

玉香凤的红衣和后面的白马远远地映入约翰的视线,他从双杠上跳下来,快步迎向玉香凤师徒二人,他双手打拱高声喊:"欢迎师傅和师姐光临天主堂。"

玉香凤二人将马拴在一棵小树上,卸下马背上的全部物品,将牵猴子的绳子系在马鞍上。师傅给猴子递一个梨子,猴子抱着梨子啃吃,眼望正在练功的这群陌生的黄头发、蓝眼睛高鼻子传教士,眼中显惊恐状。

约翰按中国风俗在一个土堆上点燃了香烛,把师傅拉到香烛前的椅子上坐下,他虔诚地双膝跪地说:"请师傅收我为徒弟,教我玩大瓷缸,我要学习中国功夫。"他庄重地叩了三个头,师傅起身扶起约翰说:"不敢当,不敢当,难为你们西洋人看得起中国功夫,我今天破例收下你这位洋徒弟,不过你要知道,练功之人是很辛苦的,我们中国人有句俗话,三天不练手脚生,功夫不但要夏练三伏,冬练三九,而且要像吃饭一样天天都要练出几身汗,你吃得了这种苦吗?"

"能,我在家乡从小喜欢运动,不怕吃苦,念中学时,我是学校的撑杆跳高运动冠军。"约翰说。

"撑杆跳高是怎么跳法?师弟你表演一下好吗?"玉香凤好奇地说。

师傅说:"时间不早了,撑杆跳高以后再练,今天只练甩大瓷缸的基本功,这要从练臂力开始。早晚双手举瓷缸到头顶上下十次,以后逐渐增加次数,直到能够双手举瓷缸五十次以上;再练单手各举一个瓷缸。经过几年练习,双手玩两个瓷缸就像玩两个皮球一样,那时才算手上功夫合格。第二步练身上滚瓷缸,从左手经胸前滚到右手,再反滚到左手,来回翻滚三至五次。"他边说边给约翰做示范表演。

约翰双手拿起一个大瓷缸,举向头顶,他面红筋胀双腿发抖,身躯摇晃,前跨半步,似要倒地。

玉香凤见约翰动作吃力愚笨,她站在一边发笑。

约翰说:"师姐你也过来指导一下,看我的手腕和手该怎么使力?"

玉香凤拿起一个小瓷缸说:"刚学练功夫要从小瓷缸练起,小瓷缸练好了你再练这大瓷缸。"说完她将小瓷缸交给约翰。

约翰说:"谢谢师姐。"

师傅看着约翰用小瓷缸练了一阵,夸奖道:"练得不错。"接着他纠正约翰抓缸的要领和双脚站立姿势。师傅对玉香凤说:"你过来拿一个大瓷缸与我对甩,表演给你师弟看。"又对约翰说:"你注意看我们甩瓷缸的动作要领。"

玉香凤与师傅对站三米远,他们二人先互甩一个大瓷缸,往返三次后,二人又各拿起一个大瓷缸同时向对方抛去,两缸在空中上下错过。两人同时单手接住对方抛来的瓷缸再往返互抛五次,接着约翰换站在师姐的位置,想要与师傅对抛大瓷缸。师傅摇手,拿起小瓷缸说:"你今日暂不练抛大瓷缸,先练举小瓷缸,单手和双手都熟练了,再练大瓷缸,路要一步一步走,功夫要一步一步地练。"

玉香凤和师傅对练抛甩大瓷缸时,约翰先看了一阵,接着又用小瓷缸上下举,练了一会儿,由于不得要领,小瓷缸从手中滑落,飞向白马脚边,发出"啪"的清脆响声,碎成无数小片向四方飞溅,白马被惊四脚跳起踢向猴子,猴子被响声、碎瓷片的飞溅声和马蹄声惊吓。三种声音几乎在同一时间响起,在三重刺激下猴子扯断绳子,跳起扑向约翰,在他身上乱抓乱咬。约翰头身染血,用汉语连呼"救命"。玉香凤去抓逃跑的白马,师傅到约翰身边拉开正逞凶的猴子,猴子反向师傅扑咬,师傅镇不住发狂的猴子,他拿出身上的玩具火枪对准猴子做了一个吓唬动作。叩扳机,枪不响,他又从袋内拿出一个火炮,用火柴点燃甩到

猴子附近，发出了"啪"的响声，猴子闪开后退，约翰也倒退，绊倒在一个土坑内。听到火炮响声，教堂三楼上的一个传教士，从三楼阳台向外看去，见约翰衣破且满脸流血，还倒在地上，又见师傅手持火枪，似在吓猴子，又像在对准倒在地上的约翰。他愤怒地冲进屋，瞬间拿出手枪回到三楼阳台，对准猴子和师傅各发一枪，猴子和师傅都倒在血泊中。玉香凤一惊，立即抓住刚爬起来的约翰，流着眼泪吼道："你们为什么开枪打死我师傅？为什么呀？"

约翰惊愕，回望教堂三楼一个有灯光的窗户，只见一个穿黑衣的传教士隐去。约翰转身跑入教堂，教堂大门突然关闭，几分钟后约翰在三楼阳台说话："没见人影，不知是谁开的枪？"接着他丢下二十个银元，"师姐，实在对不起，你把这些银元拿去埋葬师傅吧。"

玉香凤捡起地上的二十个银元，愤怒地向教堂三楼的几个窗户砸去，高声说："我要为师傅报仇，烧了教堂。"

穿红衣、红裤，头包红头巾的玉香凤，后衣领上插着一个红灯笼，灯笼上有"红灯照"三个大字，她领着数百名拿着红灯笼的姐妹趁夜黑包围了天主堂，她站在教堂门口右侧高地上，放声大喊："以血还血，杀人偿命，约翰你给我滚出来，你要不出来，我放火烧了你这座教堂。"刚才还灯火通明的教堂突然灯灭，漆黑一片。站在三楼阳台上的约翰以哀嚎的声音大喊："师姐，昨天不知是谁开枪杀死了师傅，全是误会，你把包围教堂的人全部撤走，我可以加倍赔偿。"

"谁要你的钱，我要你交出开枪的人，杀他抵命。"玉香凤举着红灯笼说，"限你半炷香的工夫把他交出来。"她拿出一炷香点燃插在地上。

"红灯照"的数百名姐妹高举灯笼齐声呼喊："交出凶手！以血还血！以命偿命！'红灯照'的姐妹们誓死为师傅报仇！"喊声惊天动地。

半炷香的时间过去了，玉香凤见教堂内无回音，她用燃着的油浸棉花箭向三楼一个黑影射了一箭，接着数百支带火的箭头齐向教堂门窗射去，顿时教堂各窗内冒出浓烟大火，教堂内人影跑动，提水灭水，枪声响起。驻防教堂不远的北洋清军见到火光，凭着手上的洋枪洋炮开道，点着火把向教堂跑来，他们边跑边朝天开枪射击，"红灯照"的姐妹们听到枪声和北洋清兵的脚步声，即成乌合之众，未战便溃散各自逃命。站在高坡上的玉香凤大喊："姐妹们，向海边撤退,我掩护你们。"她岿然不动,镇静地指挥姐妹们后退,突然一个子弹打到她肩上,她"哎哟"一声倒在地上,被北洋清兵俘虏。

玉香龙对大龙他们说:"我被北洋清兵俘虏后,他们第二天把我押到州府衙门,州府大人害怕洋人,只问了我几句就命令士兵把我绑到木桩上,候命问斩,他怕'红灯照'的姐妹们来救我,那样他将乌纱帽不保,没想到你们来救了我。"

北京紫禁城皇宫内

光绪皇帝在寝宫召见李鸿章。李鸿章两眼深陷,一脸庄重地跪在光绪面前,他的山羊胡子捋得尖尖的,说话时山羊胡须随着下嘴唇的肌肉不时翘动。

光绪说:"老中堂办洋务多年,数次出访欧罗巴列国,熟悉西毛情况,这次派五人去希腊国参加奥运会,你看能得几块奖牌?"

"万岁,《孙子兵法》上说,知己知彼方能百战百胜,我对西方列国体育方面的认识只是走马观花,我们派出的五位运动员,应该说他们算得上大清的武林高手,但在高手如云的万国奥运会上,他们功夫有限,若运气好兴许可以歪打正着得几块金牌、银牌,但即使得半块金牌,也可以提高我大清帝国的威望,让来北京朝拜的洋毛子们低下他们高贵的头,向皇上您双腿下跪行大礼。"李鸿章说。

光绪点头:"你送来的折子上讲,从天津抢来一名叫玉香凤的'红灯照'女子,也让她去希腊雅典参加万国奥运会,她有什么样的武术绝招值得去抢她?"

"万岁,她从小就学骑马射箭,有百步穿杨的功夫,在万国奥林匹克运动会上有骑马射箭项目,是可以派上用场的。"

"据其他奏折介绍,义和团'红灯照'是乌合之众,烧杀抢夺什么都敢干,派她去合适吗?"

"万岁,义和团'红灯照'是乌合之众,但她们新近提出了'扶清灭洋'的口号,老佛爷暗中发话可以利用她们来对付洋人,这可是一箭双雕。女头目有功夫绝技,我们自己为什么不可以善加利用,让她为大清国争光?"

光绪喝了一口水,看了一眼跪在地上的李鸿章说:"爱卿平身。"又对身边

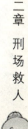

太监说:"传旨,准派康大龙、康小龙、穿天龙、水蛟龙、玉香龙五人,代表我大清帝国参加希腊国雅典召开的世界万国奥林匹克运动会,赐黄龙旗十面,在运动会上展示,扬我大清国威。"

"皇上,"李鸿章说,"能不能赐他们银两作路费。"

光绪摇头叹气:"我是巧妇难为无米之炊,国库空虚,各地军事连连失利,赔款不断,太后要扩建颐和园还是用海军的款项,哪有银两支付他们?这样吧,你组建的招商局船队往返欧洲运货,可把他们五人捎去,在你们外交经费上挤上点银两支付他们的伙食费,其余经费让他们沿途卖艺自筹吧。"

"臣遵旨。"李鸿章退朝。

"爱卿留步,明日早朝后,你派人来拿一个鸽笼,带几只信鸽去雅典,奥运会开幕那天,让他们放飞鸽子,朕要等奥运会开幕的消息。"光绪说。

第三章　航海扬帆

　　北京,关帝庙里香火正隆,大龙提刀杀鸡,用鸡血奠祭五龙旗,然后向五碗酒里各滴几点鸡血,大龙五人在巨大的红脸关公像前点蜡烧香、化纸、三跪九拜,大龙端着一碗酒虔诚地说:"各位弟妹,我们五人从今天开始结拜成五兄妹,在关帝爷面前盟誓,我们同生死共患难,团结一心赴雅典参加万国奥林匹克运动会,尽我们全部力量,奋力拼搏勇夺金牌,为我们祖先争光,为大清帝国扬威,为中华民族争气,请大家喝了各自碗里的鸡血酒。"

　　小龙、穿天龙、水蛟龙、玉香龙齐声同喊:"为大清国扬威,为中华民族争气!"各自端起鸡血酒碗,他们双手捧碗举至头前,然后喝了自己的碗中酒,放下酒碗,各自伸出右手臂,将五个手掌重叠在一起。

　　玉香龙说:"各位哥哥,从现在开始,就叫我玉香龙弟,请四位哥哥对小弟多关照。"她双手打拱向四位哥哥施礼。

　　"怎么玉香龙妹突然宣布她成了弟弟,让我失去了一个美丽可爱的小妹,我感到心里不是滋味。"穿天龙表情真诚地说。

　　水蛟龙说:"我也有同感,香龙妹叫起来比香龙弟顺口,我怕是改不了口。叫错了,香龙妹,请你原谅。"

　　"水蛟龙弟说得对,玉香龙"妹"听起来比玉香龙"弟"香些,不信你们现在闭着眼,我叫一声'香龙妹',又叫一声'香龙弟',你们进行深呼吸,肯定是你们听到'香龙妹'时有一股香味扑鼻,叫'香龙弟'就没有香味,你们要不要试一试?"穿天龙神秘兮兮地说。

"没有那么怪？"玉香龙首先怀疑。

"你这是想妹妹想疯了，才在这里胡说。"大龙说。

"这样，我来玩一个魔术，可以证实我的话是真的。"穿天龙玩起了魔术。他右手一招，从手心拿出四条丝巾，给他们每人一条，他说："你们用丝巾蒙住自己的双眼，我喊玉香龙弟时和玉香龙妹时你们都进行深呼吸，我保你们听到'妹'时，能闻得到香味，请蒙眼。"穿天龙初显他的狡猾本领。

"我也蒙眼吗，穿天龙三哥？"玉香龙说。

"你也蒙眼，我今天的魔术能空手来香味，就是冲着你来的，我喊你玉香龙妹时，你闻得到香味，大家也才闻得到香味。"穿天龙挤眉弄眼地对玉香龙示意。

当四个人蒙眼后，穿天龙右手掌一翻，手上出现四朵黄桷兰花，他大声说："我喊玉香龙弟，你们闻着香味没有？"

"你骗人，没香味。"玉香龙说。

"你不要急，我说的叫玉香龙妹时才会有香味。"他原地转一个圈，迅速从他们四人面前经过，四朵清香的黄桷兰花，已粘挂在他们的蒙眼丝巾上。他说："我喊香龙妹妹香味来，你们深呼吸，闻到清香味了吗？"

"闻到香味了，好香啊。"玉香龙扯开蒙眼丝巾，看到黄桷兰花，"三哥，你这是在玩魔术骗我们。"

大龙、小龙和水蛟龙也扯下蒙眼丝巾，取下黄桷兰花放在鼻子上做深呼吸，大龙笑着问："穿天龙三弟你这套魔术是哪里学来的？"

"大龙哥，这是我跟天桥的师傅学杂耍时，师傅教我的小魔术，名叫'空手来香'。你们闻到香味，说明我这个魔术成功了。"穿天龙手足舞蹈，在地上翻了个跟斗。

"那些黄桷兰花是你先前买来的吧？"大龙饶有兴趣地问。

"不是，刚才我进这关公庙时，顺手牵羊，从一个卖黄桷兰的小姑娘的花篮中拿了几朵，想给大家一个惊喜，每人送一朵，所以才给大家打赌玩了这个小魔术。"穿天龙说。

"给那小姑娘钱了吗？"大龙问。

"没呢？"穿天龙答。

大龙生气地说:"穿天龙三弟,你今天变魔术逗小妹开心,也逗大家开心,本是好事,但你拿了那位小姑娘的花没给钱,我可是不同意,我这里有三个铜钱,等会儿你给那位卖花小妹妹。"

穿天龙接过铜钱后,为难地说:"等一会儿出去怕找不到那位卖花姑娘了。"

"我们一会儿出去分头找,肯定找得到她。"小龙说。

"我们刚才在关圣人神像前喝鸡血酒,血誓结盟,今后我们五位兄弟就像一个人一样,谁要想买什么东西缺钱,可以向我要,希望再不要有顺手牵羊的事发生。明天,我们五人就要乘马车去天津,在天津等招商局有运货的轮船,我们将要乘轮船去希腊雅典。大家必须记住,从现在开始,我们代表的是大清帝国出席雅典万国奥林匹克运动会的代表,我们的一言一行、一举一动都代表着大清帝国的荣誉,决不能拿别人东西不给钱,这种事不能再有。虽然我们将面临许多困难,但我们有中华民族的人格,今后无论在自己同胞面前,还是在西洋毛子面前,都要显出我们中华民族同胞的骨气,即使饿死也不乱拿别人东西。"大龙义正词严。

康小龙手持细长竹竿,打马扬鞭发出劈啪响声,他催赶马匹飞速奔跑。大龙一行五人头戴瓜皮帽,穿长衫,一律绅士派头。他们兴奋激动,有说有笑。经过大半天的颠簸,天津卫的轮廓在前方显现,这使水蛟龙脑海中产生了对亲人们的回忆。他眼睛一直望着车子的左前方,脑海闪现出海边破旧的渔村平房,那里住着他的哥嫂及侄儿侄女,还有那年迈的父母,一家人过着半农半渔的生活。他想见到父母后,告诉他们,他要到很远的希腊国去参加万国奥林匹克运动会。时间紧迫,要是没时间回家见亲人该怎么办?他眼中流下了两行泪水。

玉香龙看到水蛟龙脸上的泪水,说道:"蛟龙哥,你是不是想家了?"

水蛟龙擦掉泪水,强装笑脸:"越快到天津卫,我越想念我的父母,哥嫂和侄儿侄女。一想到他们我就鼻子发酸,泪水就出来了。"他反问道:"香龙弟,不,还是应该叫玉香龙妹,你也是天津卫郊区的人,难道你不想今晚回家见你父母一面?后天上船远航,去了希腊,开完万国奥运会,还不知驴年马月才能回来呢?"

玉香龙鼻子发酸也想流泪,但她强忍着说:"我是一个孤儿,从小被师傅收养,长大学艺,哪来的父母哥嫂?有的只是'红灯照'教会里的几百位仙姑姐妹,

我想抽时间去会见她们，跟她们告个别。"

大龙见到二人开始想家，便说："到天津卫后，我们今晚住李鸿章大人的私人公馆，安排好住宿后，水蛟龙四弟可以回家去看父母兄嫂，玉香龙妹可以去会见你的'红灯照'姐妹，你二人明日丑时前必须赶回来，以免误了后天登船起航的时间。"

"我可不可以出去？"穿天龙问。

"穿天龙三弟和二弟小龙，还有我，我们三个今晚去吃狗不理包子，我请客。"大龙说。

"在北京，早听人说'天津狗不理包子'如何好吃，今晚一定要把'狗不理包子'吃个够。"穿天龙把自己头上的黑缎子瓜皮帽取下来往上一甩，瓜皮帽碰到车顶，又落回他头上。

玉香龙见穿天龙甩出的帽子又落到他头上且戴得端端正正，她说："三哥，你刚才是在表演帽子戏法是不是？"

"刚才我甩出的帽子又回落戴在头上是巧合，不是戏法。"穿天龙说。

"那你给我们变一个帽子戏法好吗？"玉香龙说。

"这马车厢里地方太小，变帽子戏法施展不开。"穿天龙说。

大龙自告奋勇地说："把你们的帽子都给我，我给你们玩一个帽子杂耍节目——空中飞帽。"说着，他收集了大家的瓜皮帽，站在车厢门边，将五顶帽子从右向左抛甩，经右手抛向空中落到自己头上戴着，他的左手迅速从头顶取下帽子，从胸前甩向右手，右手接帽后，再向自己的头上抛去，五顶帽子轮流旋转飘飞，玩了几圈后，五顶帽子重叠扣在大龙一人头上，接着他左手一抓，头上五顶帽子全到了左手，他迅速将四顶帽子抛出，分别扣在四人头上，最后一顶帽子，他用手从背后抛向空中，再回落到他自己头顶。车厢内一片欢笑。

正当车内欢声笑语，从马路两边冒出十几位穿红衣红裤、包红头巾、手持长矛大刀的女子，她们包围了马车，并齐声喊："停车检查。"

小龙勒住马缰绳问："众位大姐小妹为什么拦我的车？"

"我们要检查你车内是否有洋毛子传教士。"一红衣女子用大刀指着马车厢说。

小龙双手打拱作揖："众位大姐小妹莫非是'红灯照'圣母派来的仙姑仙

妹,从天上下凡专门来检查我们马车上是否有洋毛子传教士?"

"你说对了,小子,凡是从这条道上出入的车辆我们都要检查,怎么? 听口气你好像有点不乐意?"拿刀的红衣女子用刀背拍了拍小龙。

"哪敢呢? 仙姑请上车检查。"小龙礼貌地说。

"叫车上的人都给我滚下来,仙姑奶奶我不想上车。"红衣女子凶狠地说。

玉香龙推开车厢门,双手施礼说:"众位仙姑姐妹,真是大水冲了龙王庙,一家人不认识一家人,我是'红灯照'的八仙姑,以前,我和师傅经常来你们北仓这一带卖艺,我们骑马射箭,玩大瓷缸,耍猴子。""啊,我认出你来了,叫,叫什么来着? 我一时想不起你的名字。"另一位拿长予的红衣仙姑笑着说。

"我名叫玉香凤呀,你们这北仓一带的坛主六仙姑史丽君是我的师姐。"

拿大刀的红衣女子严肃地说:"对不起,我不认识你,不知道你是不是我们'红灯照'的八仙姑? 今天我是这里的小头目,负责检查,你最好把车上的人都叫下来,我要一个一个地检查,若车上有洋毛子,我就抓了他,送交我们'红灯照'圣母查办,把他们斩尽杀绝。"

"那好,车上的几位哥哥,你们都下来,'红灯照'姐妹要检查。"玉香龙用手拍车门说。

车门轰的一声开启,大龙、穿天龙、水蛟龙三人依次以不同姿势飞身跳出马车厢。

玉香龙说:"我的几位哥出来了,请姐妹们上车检查。"

拿大刀的另一红衣女子一个箭步跳上马车,在车厢内看了一阵,又跳下车,对小龙说:"众位兄弟多有得罪,请原谅,你的马车厢我已检查过,没有洋毛子。"

她转身对玉香龙说:"刚才你说你是八仙姑玉香凤,是我们教区史丽君六仙姑的姐妹,我怎么不认识你呀?"

"你不认识我没有关系,你回去向你们六仙姑交代,就说我八仙姑玉香凤向她问候福安。我们'红灯照'的仙姑们是按年龄排的座次,我年龄最小,所以排行老八,当时我叫玉香凤,最后才改为玉香龙,我与这几位哥哥一道,后天下午去天津卫港口乘轮船去欧罗巴的希腊国雅典,参加世界万国奥林匹克运动会,请你通知与我拜把结为'红灯照'八姐妹的七位仙姑姐姐,后天下午到天津

港与我见一面,就说我八仙姑在离别之际,十分想念各位姐妹。"玉香龙双手合十。

"你说要与这四位哥哥乘船参加什么奥林匹克运动会! 八仙姑你可是犯了我们'红灯照'圣坛的大忌了,你与任何男人单独在一起都算是犯了教会天条,更不要说与四个男人一起去参加什么奥运会,'红灯照'圣母会惩罚你的犯规行为,"握刀女子愤愤不平地指责。

小龙见玉香龙受斥责,上前对握刀女子说:"仙姑尊姓大名? 我该怎么称呼?"

"我叫史小云,是'红灯照'六仙姑史丽君的侄女,人家叫我史仙姑,你问我名字干什么?"

"听你刚才斥责我妹妹玉香龙什么与男人在一起大逆不道,要受圣母惩罚? 我警告你,她可是我们的结拜妹妹,你再不要用'红灯照'的圣规压她,任何人压她就是压我们。你入了'红灯照',难道与你家的父亲和弟弟都不能相认了吗? 真是邪门。"小龙说。

"我教训这位自称是'红灯照'的八仙姑,关你什么事? 是不是活得不耐烦了?"史仙姑生气,她用刀指着小龙说。

"怎么着,你想动武不成?"小龙双眼盯着史仙姑。

"二哥你让开,"玉香龙推开二龙,站到史仙姑面前,"史仙姑请不必动武,我虽然是八仙姑,但我与这四位兄长已血誓结盟。我不想与你纠缠,请放了我们,要是我们互相动起手来,那会让别人笑话。"

"你既然是我们'红灯照'的八仙姑,就不该违反教规与这些男人结拜兄弟,还要去开什么万国奥运会? 你今天有两条路可选,一是向这里的'红灯照'众姐妹宣布与这四个男人的血誓结盟无效,放弃参加什么万国奥运会,二是随我去拜见圣母,亲自向她请罪,请求她宽恕你的罪行。"史仙姑说。

"你的条件够苛刻了,还有第三个条件可选吗?"小龙说。

"我们说话异教徒不要插嘴,"史仙姑严厉地说,"你问还有第三个条件吗? 有,那就是请你问问我这把刀是否同意?"史仙姑用刀在小龙面前一晃。

"你要动刀? 来,我们两人对杀,我空手对你的长刀,先让你三招,怎么样?"小龙一个箭步跳上马车厢顶,他招手:"史仙姑请你上来与我过招。"

玉香龙说:"小龙哥你下来,不要让这位史仙姑为难,明天我去向'红灯照'

圣母朝拜谢罪，请她宽恕。"

"你们圣母恐怕会加害你，你不能去。"小龙说。

"四位兄长甭怕，就是圣母叫来七大仙姑，设计了九九八十一个险关，我也要去闯一闯。"玉香龙说。

大龙插话说："五妹不必怕，我明天陪你去闯关，领教领教圣母和她手下七大仙姑的功夫，也想见一见圣母的尊容，看她长相比不比得上观世音菩萨？"

水蛟龙也说："我也陪香龙妹去闯关，我们在北京关帝庙起了誓，有难同当，有福同享，我们去助阵，要是香龙妹过不了关，我们一齐上阵，帮助她过关。"

穿天龙说："我也要去，万一圣母爱上了我大龙哥，要招大龙哥当上门女婿，不准参加万国奥运会，那就会误了我们的大事。"

大龙："你胡说些什么。对，我们五兄妹都去朝拜'红灯照'圣母，领教她那刀枪不入的真功夫，说不定对我们参加万国奥运会与洋毛子们比体育赛功夫，会有所借鉴。"

玉香龙对史仙姑说："请史仙姑去天津卫'红灯照'圣庙，向圣母通报一声，就说我八仙姑参加了与四位兄长的血誓结盟，明天下午去向她谢罪。"玉香龙说完与四位兄长上了马车，小龙扬鞭，马车向天津卫城内驶去。

一些"红灯照"女兵想再拦车，史仙姑挥手："让他们走。"

"要他们溜了怎么办？"一位女兵问。

"我看他们都不是等闲之辈，不会悄悄溜走，凭他几人暗藏不露的功夫，他们也不会怕咱圣母，我只担心圣母的功夫，未必是他几人的对手。"史仙姑说。

031

"红灯照"教会的圣坛设在天津卫东面海河边一个四面环水的小岛上，进出小岛除靠一只木船往返运送外，还有一条跨海河的粗大钢丝绳，仙女们叫它"钢丝桥"，这是专供仙姑圣母们练功比武用的钢丝桥，她们天天在钢丝上练，在桥上奔跑，练功习武，其他人是过不了桥的。

第二天刚好是圣母二十八岁生日，她正为她的几百名崇拜者和仙姑女兵表演她的多项绝技。第一项是双手各持一把刀从钢丝绳上跳跃飞走，接着她又倒退回走，时而双手挥舞，时而翻个跟斗。她在钢丝绳上表演如平地飞奔，多姿多彩。第二项是圣母在平地上打腿盘坐，双目紧闭一阵，她深呼一口气，头顶冒

出三尺青烟,随着青烟飘升,她的身躯也逐渐升起,飘坐到距地三米高的莲花宝座上。

正当圣母在几百名女兵前表演她的绝技时,玉香龙在大龙等四人陪同下,来到海河对岸,玉香龙双手作揖,说道:"圣母,我是八仙姑玉香凤,我身边这四位兄长,是我的救命恩人,他们冒险从刑场官兵手中救了我的命,我很感激他们,求你宽恕我没事先向你请示就与这几位兄长血誓为盟,明日我们将从天津卫码头登船,去欧罗巴的希腊国雅典,参加世界万国奥林匹克运动会,今天特地来向万能的圣母谢罪辞行。"

圣母不满意海河对岸这位曾是自己得意门生的八仙姑,她声音时高时低,怪声怪调,明知故问地说:"是谁呀? 你是玉香凤吗? 大声点说话。"

"对,我是玉香凤,现在我改名为玉香龙。"玉香龙提高声音。

"你为什么改了名,难道玉香凤这个名字不好吗? "

"我和四位哥哥负有代表大清帝国出席万国奥运会为大清国争荣誉的重大使命,改名字有利于我们参加奥运会。"

"你知道你犯了什么罪吗? "圣母说,"既然你参加了'红灯照',就不应该再与男人们结盟为伍,我们是女权至上的武装神社,任何人都不得与男人亲密,更不准与男人血誓结盟,你违反了教规,我让你谢罪的条件是,不准去参加什么万国奥林匹克运动会,你能答应我的条件吗? "

"不答应,我坚决要去。"

"什么? 你坚决要去,我就坚决要惩罚你。"圣母恼怒,手指对岸的玉香龙说。

小龙生气地说:"你这个圣母怎么不讲道理, 不要认为你功夫高就可以乱惩罚自己的弟子,听说你们'红灯照'的口号是扶清灭洋,你有本领去杀洋毛子,对自己部下乱惩罚算什么能耐? "

"哪里来的异教徒胆敢在这里撒野?! "圣母说。

"你有本事就过来,打赢了我们,你就可惩罚我,打不赢你就别在这里当什么圣母。"小龙手指对方说。

大龙说:"圣母,你要是真想扶清灭洋就请放过你的八仙姑玉香龙,你的'红灯照'教会还可以存在下去,否则你和你的'红灯照'教会迟早将会完蛋,不是被官兵打垮,就是被洋毛子的洋枪洋炮消灭。"

圣母很是生气，双手拿刀，从悬空的钢丝绳上跑过来，与大龙、玉香龙等五人拼杀了七七四十九个回合，大龙五人无心拼打，没拿任何武器，只是靠手脚功夫抵挡圣母的双刀进攻。在几百名"红灯照"女兵的呐喊助威声中，圣母越战越勇，越战越高兴，她几次想抓住玉香龙，都被其余四人挡开，战了一阵后，她突然将两把刀握在左手，说声："等我回去方便一下，我们再战。"不等回话，圣母飞身跳上钢丝绳。

　　大龙看到圣母要溜，他和穿天龙也跳上钢丝绳，三人在钢丝绳上又进行了一场恶战。他们想堵住圣母回去的绳路。圣母无心恋战，来了个空中跟斗，从他二人上空跳过，又落到钢丝绳上，跑回孤岛神庙，躲进她的神庙内不出来。

　　"我们冲过去再与圣母战斗如何？"水蛟龙说。

　　"算了，我们今天不是来战斗的。"大龙说。

　　"我们与圣母用车轮战术恶战了两场，她究竟有多大本领？大家心中有数。"玉香龙说。

　　"你说得对，我们的目标是去参加万国奥运会，与洋毛子比功夫，在这里跟圣母争高低，拼个你死我活没意思，今天领教了圣母的双刀功夫，也许有助于提高我们自身的功夫水平，目的达到了，我们走。"大龙说。

　　天津卫港口码头人山人海，三位清朝官员将装有信鸽的五个笼子交给大龙，一位头儿说："这是李鸿章大臣派我专程送来的五只信鸽，它是当今皇上爱妃珍妃养的信鸽，你们把它们带到希腊雅典，万国奥林匹克运动会开幕那天，把它们放飞，光绪皇帝收到信鸽后，便会知道你们参加的万国奥运会开幕了。"

　　大龙等五位运动员像接圣旨一样跪地双手接过五个信鸽笼，然后起立登船，将信鸽笼全部挂在甲板边的栏杆上。

　　"招商号"轮船桅杆上有十面黄色龙旗随风飘扬。

　　轮船桅杆顶上挂着一盏有"红灯照"字样的巨大红灯，光芒四射，照亮大地，与海边落日余晖交相呼应。

　　为了答谢送行的乡亲，大龙双手举着四个信鸽笼，头上还顶了一个信鸽笼在甲板上来回走动。小龙提着一只金属架，架上用细金丝链套着一只会说话的红嘴鹦鹉。水蛟龙双手高举一个装着白兔的竹笼，笼中有一个金属制的圆环，

兔子在圆环内跑动,圆环自转不息。穿天龙在甲板上放风筝,风筝像一只会飞的猴子在空中翻跟斗。红衣、红裤、包红头巾的玉香龙,两眼含着热泪向码头上的数百名"红灯照"仙姑姐妹拱手告别。

"招商号"轮船在微风中起航,大龙等五位大清运动员和乘客站在甲板上向送行者挥手。徐徐驶向大海的轮船逐渐消失在水天相连的夜幕繁星之中。

屏幕上出现一幅世界地图,"招商号"大轮船模型随着[字幕配画外音]在地图上显示不同位置。

[字幕配画外音]1896年2月1日,"招商号"轮船从天津卫港口起航。

轮船到达山东海域,海面突然刮起大风,轮船驶进威海港避风。

大龙等五人上岸与威海港大清海军军官会面,大龙拱手施礼自我介绍说:"我们五人受大清帝国光绪皇帝派遣乘船去欧罗巴的希腊国雅典,参加5月在那里召开的世界万国奥林匹克运动会,前天从天津卫港口出发,今日海面起大风,我们的船进威海港避风,顺便到威海港炮台参观一下,不知可否上去?"

"你们知道吗?这炮台是军事要塞,除大清政府派来的官员可以视察外,其余人等一律不准参观。"一位海军军官说。

大龙展示一面五龙旗道:"军官大人,这是光绪皇帝授予我们的五龙旗,见到此旗有如见到大清皇上,我们想参观一下威海海军要塞,也算代表皇上视察,有什么不妥吗?"

"你们参观军事要塞目的何在?"军官问。

"我们听说中日甲午海战,大清海军惨败于这附近海面,我方舰艇被打烂和被击沉的不少,但听说'致远号'管带邓世昌大人,很有英雄气概,他的事迹感动着我们,所以想到要塞去凭吊这位大清国英雄,以便鼓舞我们在万国奥运会上与西毛子们竞赛时增强信心。我们五人算是大清帝国的'奥运舰艇',想学习邓大人的精神,努力拼搏,为大清帝国的体育事业争光。"大龙说。

"你的话让我很感动,我领你们去要塞山上参观邓世昌大人和甲午海战死难烈士墓园,请随我来。"海军军官领大龙等五人上山,到邓世昌的墓前。

玉香龙从路边的鲜花丛中采摘了一把野花,恭恭敬敬地献到邓世昌的墓前,她与四位哥哥在邓世昌墓前一齐跪拜三次,起身。

在山顶上,大龙等五人在海军军官带领下,参观了大口径火炮及地堡设施，军官指着远处海浪滚滚的海面说："那里就是甲午海战的战场，小日本先并吞了朝鲜，接着做起并吞中国的梦，在过去几十年中不断进犯我大清领海，这座要塞向来犯的日本军舰炮击过三千多次，他们每次登陆都被我们这十多座远程镇海大炮击退。"

"邓世昌大人牺牲时的那场海战，这些大炮开火了吗？"穿天龙问。

"没有，那次海战在十海里以外进行，这些远程镇海大炮射程不够，再说，中日双方各有数十只舰船在互相开火，而且都开足马力在冲撞或迂回倒退，加上烟火弥漫，从这里看不清哪些是中国舰艇，哪些是日本舰艇，无法从这里进行火力支援。"军官说。

"这么说，这要塞里的官兵只有干着急啰。"水蛟龙说。

"是有点干着急。"军官说。

"这不成了坐山观虎斗？"穿天龙说。

"海上几十只舰艇在开炮，我们要塞上的总指挥官拿着望远镜不停地监视双方战艇的位置，一旦发现日本军舰在我们炮火射程之内，指挥长用手旗指挥开炮，顷刻间，我们的一排排炮弹会飞向敌舰，让小日本海军落到海里去喂土八。"军官笑着说。

"你们这些炮击沉过多少日本舰？"小龙问。

"在甲午海战一年多的断续战斗中，我们这里开炮还击，共发射炮弹两千多发，击伤了敌舰无数，但说哪些日本舰艇是这些镇海大炮击沉的，我还说不清。"军官说。

"为什么说不清？"小龙又问。

"凡是近海发生的海战，不但我们镇海大炮要开炮，海上的我方舰艇也会开炮，所以敌舰被击沉，很难分清是什么炮打沉的？"军官说。

"你对甲午海战的胜败是怎么评价的？军官大人。"大龙问。

"从战舰损失和人员伤亡上说，我方被击沉击伤的战舰多于日本，但我方海军虽败犹荣，挫败了日本妄图以威海为突破口，并吞我大清的野心，我们这些镇海大炮功不可没，这是我个人的看法。"军官说。

"我们若在雅典的万国奥运会上遇上日本队，我们一定要记住这场甲午海战失败的耻辱，我们要在运动场上战胜日本运动队，为邓世昌大人和甲午海战

死伤的大清海军官兵报仇！"大龙说。

"我大清海军在这里的损失和牺牲，希望你们在万国奥运会上为我们雪耻，我代表威海的数万海军将士谢谢你们。"海军军官向大龙等人行军礼。

[字幕配画外音]1896年2月7日，载着大清帝国参加奥运会运动员的"招商号"轮船抵达上海港，为了装卸货物，轮船在上海停泊二十小时。

由于甲午海战的失败，由李鸿章代表大清帝国订了丧权辱国的《马关条约》，大清向日本人赔了两亿三千万两银子，并将台湾割让给日本。这激起了全国人民的不满，也激起上海人民的愤怒，经常有学生罢课，工人罢工，上街游行，街头常有人悲愤演讲，也有团体在演街头《活报剧》，抗议日本浪人在上海的种种劣迹和霸道行为。

晚上，大龙等五人在黄浦江边看街头《活报剧》。早有准备的大龙，前去与《活报剧》的负责人联系，要求上台演出一场魔术"大变活人"，负责人同意，并支持道具协助演出。幕布拉开后，大龙站到台前，中间有一个黄色幕布墙，墙中留有一个门，门上有门帘，可随意开动。大龙双手一挥，门帘自开，由穿天龙扮演的助手从门内推出一个大木箱，大龙将木箱盖打开，箱内空无一人，大龙先将助手穿天龙装入木箱，关盖加锁，再在箱顶放一块黑布。大龙用手敲了一阵箱体，里面也传出相同的声音。大龙将木箱原地推转一百八十度，掀开箱顶黑布，开锁去盖，里面变出一位由玉香龙扮装的美女，观众发出阵阵掌声。

大龙开口说话："各位乡亲父老，我们是大清帝国派往希腊国雅典参加万国奥运会的运动员，一行五人路过上海，因甲午战争失败，大清把两亿三千万两白银赔给了日本，国库空虚，我们只得沿途卖艺，靠变魔术玩杂技等小戏法，挣点生活费，大家若认为我们表演的节目好看，请施舍点银两，我们作为路费盘缠维持生计，谢谢大家了。"大龙双手打拱。

玉香龙端着一个铜盆，在台前接收观众抛来的银两，铜盆内接连传来"叮当"声，她弯腰致谢！

大龙又说："我现在继续大变活人。"

第四章　新加坡蒙难

[带字幕的画外音]1896年2月20日,轮船抵达新加坡,船需要装卸货物和增加淡水食物供应,船长宣布:"轮船要在新加坡港停两天。"

镜头从世界地图上的新加坡位置俯瞰新加坡港口的"招商号"轮船。

早上,大龙在甲板上见到船长:"船长大人,听说这船要在新加坡港口停两天,我们可不可以到岸上去玩?"

"可以上岸,但必须后天晚上子时前回船,这船大后天上午要离港,你们可以看一看新加坡这个城市的风光,这里的风土人情与北京很不相同。"

"等一会儿我们要上岸去玩,午饭和晚饭我们就到街上吃一顿正宗新加坡午餐。"

船长说:"你们随便,能回来吃就回来,不回来吃也不退饭钱,我们招商局已接到李鸿章大臣的指示,免费为你们五人提供到雅典的伙食费和船费。忘了告诉你们,按中国农历,今天是腊月三十,明天是春节的大年初一,船上准备了许多春节食品,你们要是不回来吃可就是不吃白不吃了。"

在一边练功的穿天龙听到船长谈话,他说:"船长,今天真的是腊月三十日?那么今天就算过大年,太高兴了。"他连续在甲板上翻了两个跟斗,又做了个孙悟空的猴子观海动作。

听说今天是大清农历的大年三十,小龙、水蛟龙和玉香龙也陆续来到甲板上呼吸新鲜空气,并各自练习自己的基本功。大龙和小龙两弟兄对练手脚功夫,对踢对打一阵,又一起来到船的桅杆边,用手臂碰击桅杆,每碰击一下,船摇晃一下,船长见状说:"大龙、小龙两位双胞胎兄弟,你们这样在桅杆上碰打,别把桅杆碰坏了,要练你们到岸上的大树干上去练。"

"好,我们等会儿到岸上去练。"小龙说。

玉香龙站在甲板的铁栏杆边练习弯腰,然后抓起十几个小石头,向岸边近处的椰树投石,每投一个,椰树上便掉下一个椰子。

水蛟龙从船边翻过栏杆跳到海里,不大一会儿工夫,将一条半米长的大鱼甩到船上,接着他也上船,用一根麻绳穿过鱼的脑袋,在疼痛中鱼尾左右摇摆,他举着鱼对不远处的船长说:"船长大人,我抓了一条鱼,今晚上叫大厨做红烧鱼,我们一起过大年。"

"好好,水性不错,才一根烟的工夫你就从海里抓起这么大一条鱼,好样的。"船长又对甲板上的水手说,"二副,你把这位水蛟龙兄弟抓来的大鱼,交给伙房里的大厨,今晚上过大年,增加一道下酒菜。"

"好呢。"二副从水蛟龙手中接过大鱼,进厨房去了。穿天龙提着四个红色的大灯笼上了甲板,对大家说,"大哥、二哥、三哥,请帮我挂上这四盏灯笼。"话音刚落,穿天龙就一个箭步跃到桅杆下,施展手脚功夫爬到桅杆的顶部,从腰上解下一根长绳说:"大哥、二哥,你们把四个灯笼按照'欢度春节'的次序递上来。"一会儿工夫,写着"欢度春节"四个大字的四盏红灯笼吊在桅杆顶随风飘摇。

船长抬头看见四个灯笼:"红灯高挂,像是过春节的气氛了。"

"晚上,我上去在每盏灯笼内点上一枝蜡烛,那就更像过春节了。"穿天龙说完回落到甲板上,在原地翻了两个空心跟斗,又玩猴子爬杆,在杆腰表演猴子倒悬。

船长说:"这轮船是第五次去地中海,这次能搭载你们这样有本领的体育代表团远航,是我们'招商号'大轮船的荣幸,你们几位随我到保管室,去把那一百多面三角彩旗拿出来挂上,这样春节的气氛就会更浓。"

大龙等五人走进船舱,取出早已串接好了的三角彩旗,一袋烟的工夫就挂好了彩旗,"招商号"大轮船沉浸在喜庆欢乐的气氛中。

早餐后,大龙等五人穿上整洁的服装,长袍、马褂、瓜皮帽,沿着新加坡码头向市区慢步行走。码头上华人与高鼻子、蓝眼睛、黄头发的西毛人混杂,偶尔也见到几个黑皮肤的非洲人在干装卸货物的苦力活，他们扛着巨大的货包在吃力地走着。着西装领带，戴墨镜，嘴刁大号雪茄香烟，大腹便便的商人搂着穿奇装异服的摩登女郎，在椰林树荫下的小道上缓步漫行。

当大龙五人在新加坡大街上走了一阵，大龙说："船长要我早点回去，商量今晚与船员们开欢度春节茶话会的事情，所以我要先回船，你们愿玩的继续玩，愿回船上休息的与我一道回船。"

穿天龙游心未尽，说："大龙哥，我还没把新加坡看够，还想继续玩。"

小龙说："我也想与三弟一道去玩。"

小龙与穿天龙在一家中国餐馆喝多了酒，醉态十足地在繁华的街道上行走着，他们感到眼花缭乱，似乎商店里琳琅满目的商品和各色人流也在晃动，他们不知不觉来到一家妓院门前。几位搽脂抹粉的妓女不由多说，便把他二人连推带拉地往门里拖："二位先生喝醉了吧，到里面去腾云驾雾，好玩极了。"

"你们这是怎么回事？"小龙边说话边往外推，妓女们死缠不放，他用力猛推，六个妓女倒地，她们睡在地上又闹又哭。刚好两位警察路过，他们推开围观的人群，问一个睡在地上的妓女："是怎么回事？"

躺在地上的妓女们哭着说："他们不陪我们玩，还打我们。"

警察不由分说，便将小龙和穿天龙抓进警察局。

警察问询室，一位酒糟红鼻子警察刚喝完酒，醉醺醺地问："你，你们两人为、为什么打妓女呀？"

"我没打妓女，是她们在门口拉我们想强做生意，我们不愿意，她们就死缠硬拉不放手，我没有办法，轻轻这么一推，她们自己倒地，反诬陷我打她们。"小龙说。

"你说，你是怎么打她们的？"红鼻子警察问穿天龙。

"我也没打那些妓女，是她们硬要拉我，我被迫才用脚一蹬。没想到你们新加坡的妓女这么烦人。"穿天龙回话。

"什么，你刚才说什么你们新加坡？难道你们不是新加坡人？"另一位警察突然插问。

"我们俩是大清帝国的人，不是新加坡人，你看我头上的辫子。"穿天龙答。

"你们不想嫖妓女，那你们为什么到妓院门口去呀？"红鼻子警察像抓住什

第四章 新加坡蒙难

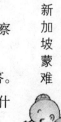

么话柄似的说。

"我们的船昨晚上才到,今天上岸到街上到处走一走,想看一看新加坡的街道与我们北京的街道有什么不同?没想到我们这么倒霉,在大街上被这么几个妖精缠住了。"小龙愤愤不平地说。

"这么说来,你们真不是我们新加坡人?"又一位警察插话。

"真的不是新加坡人。"小龙又说。

"那你们找一个新加坡人担保,我就放了你们。"警察小头目说。

"我们是路过新加坡,上岸来看一看,这里人生地不熟没有亲戚,怎么找得到保人?"小龙说。

"找不到新加坡人担保,那只有委屈你们了,到看守所里呆一夜,明天等我们警察局的头儿上班后,看他怎么处理。"警察小头目示意,三位警察把小龙和穿天龙押走,关进了拘留室。

大龙、水蛟龙和玉香龙三人在船上等到很晚不见小龙和穿天龙回船,大龙着急说:"船长大人,我们还有两位兄弟上午出去,现在还没有回来,会不会出什么事了?请你给我们想一想办法,看怎么才能找到他们?"

船长听后沉默一阵说:"唉,忘了告诉你们,新加坡是东南亚最繁华的港口城市,这里天天有几百条大小船只进出,市场兴旺发达,但这里也有许多帮派势力,小偷强盗骗子遍布大街小巷和码头,还有那些卖淫为生的妓女们,在大街上看准了她们需要的目标,便两三个妓女死拉硬缠,一定要把她们的目标弄进妓院,只要进了大门,不把身上的银钱贵重物品搜刮尽,是不会让走人的。"

"这些妓女够狠的?"水蛟龙接话。

"有人说,新加坡的妓女算半个土匪,我看跟土匪差不多,许多上了当的海员都这么说。我看你们最好先去找警察问一问,白天有没有留长辫子的男子被关进警察局。万一警察局没有人,你们再返回岸边,左拐到码头后面,那里有个'华人会馆',是广东和福建人聚集的地方,会馆的会长梁振江老先生七十多岁,是德高望重的广东客家人,他的侄儿就是新加坡警察局的头头,他与这里的许多帮派头目都有交往,通过他一定找得到小龙和爱学猴玩的那个俊小伙。"船长说。

大龙听后,双手施礼,多谢指教,他立即转向水蛟龙:"四弟,我们现在去警察局问情况,要是在警察局找不到二弟和三弟,我们再去华人会馆求梁振江会长帮助。"

"我也跟你们一道去。"玉香龙说。

"你是女孩子,晚上出去不方便。"大龙说。

"大龙哥你别忘了,我们五人在北京关帝庙血誓为盟,有福同享,有难同当,万一二哥和三哥出了什么事,我也要与你们一道去面对困难。"玉香龙说。

"大龙哥,就让五妹去吧,人多力量大。"水蛟龙说。

"好吧,我们立即上岸去警察局。"大龙手指岸边。

经多方打听,大龙、水蛟龙和玉香龙终于找到新加坡警察局。

半夜。

大龙三人站在传达室门口,拍了拍门窗,室内无灯也无人回应,他们轻轻推开虚掩着的双开铁门,正准备往里迈步,忽然听到里面一声吼:"干什么的?"

"先生,请问这里是新加坡警察局吗?我们找人。"大龙说。

"半夜三更的乱闯,天还没亮你们找什么人?"一位大个子警察从里面走了出来,见门口站着三个人,他训斥道,"你们要找什么人?是找警察,还是找关在里面的犯人?"

"我们有两兄弟失踪了,想问一问你们警察局,他们是否被关在里面,他们像我这样,有长辫子,"水蛟龙说。

"我接班才一个时辰,没见着两个留长辫子的男人,等到天亮后,我们这里的头儿上班了,你们再来问。"说着他将双开铁门"轰"的一声关上,退回到屋内。

大龙、水蛟龙两人用脚踢铁门,发出连续不断的"咚咚"响声,里面的警察听烦了,又出来一个警察头目,他跑到门口推开铁门,警察小头目高声地说:"叫你们等到天亮后,我们这里上班了你们再来找人,你们不听,半夜要硬闯警察局,是不是想挨揍呀?兄弟们,成全他们,跟我上,让他们清醒清醒。"说着警察小头目举起右手向大龙打来。

大龙眼快,他举起左手抓住对方的右手,说声:"你们新加坡警察为什么不讲理?"他用力一推,警察小头头被推开,倒退三步。

"你们站着看戏是不是?还不跟我打这三个尾巴长到头上的野牛?"警察小

头目命令道。

七个警察分别围打大龙等三人。大龙一人对付三个警察,经一阵拳脚功夫,三个警察均被踢翻倒地,他又迅速前来帮玉香龙解围,玉香龙说:"大龙哥,我一个人对付得了他们两人,你去帮四哥,他是水鸭子,陆地上的功夫不行。"说着她用一套八卦掌功夫,把两个警察打得坐在地上不敢还手。此刻,大龙和玉香龙一起增援正与警察打得难分难解的水蛟龙。两个正与水蛟龙交手的警察,见到被打倒的几位兄弟,又见大龙三人一起对付自己,自知不是对手,便说声:"走。"他二人往警察办公楼退去。大龙等三人也追着进入警察办公楼。站在走廊上,大龙在大楼内大声喊:"小龙!穿天龙!你们在哪里?我们救你们来了!"水蛟龙也大声喊,但无人回话。他们跑上二楼和三楼,玉香龙喊:"二哥,三哥,你们在哪里?我是玉香龙,听到我的呼喊吗?你们回一声话。"他们三人没听到回音,便下楼通过一楼后门,进入一个后院,玉香龙仍然呼喊:"二哥、三哥你们在哪里?"夜深寂静,无声回应,他们三人一齐喊:"大龙、穿天龙,你们在哪里?我们救你们来了!"他们突然听到远处传来轻微的"咣咣"声。

玉香龙:"大哥、四哥,你们听,是哪里的"咣咣"声?"

大龙和水蛟龙也站着静耳细听,又传来几声"咣咣"的金属声。

"从那个方向传来的。"水蛟龙指着一个关门上锁的铁栅门上说。接着他走到铁栅门边准备踢门。

大龙说:"慢,等我来。"他纵身一跳,上了铁栅门上的平房顶。从房顶上他看见里面有一个小院,便轻轻跳到院内,看到一排排牢房,他小声喊:"小龙、穿天龙,你们在不在里边?在就敲一下。"

"是大龙哥吗?我们在这里。"里面传来穿天龙的声音。

大龙走到关小龙和穿天龙的牢门前,双手用力一转,锁和门扣一齐被扭开,小龙和穿天龙先后走出牢门,他们三人飞身上房,来到警察局后院跳下,与水蛟龙和玉香龙两人汇合。他们五人跑步穿过警察局办公楼,来到大门口,见大门已被关闭。二十多位全副武装的警察手拿大刀和棍棒堵在大门口,要对大龙五人来个关门打狗,大龙五人惊呆了,瞬间思考后,大龙作出决断。

大龙说:"我们被警察包围了,大家不要惊慌,也不要怕,我们五人背靠背,缩小圈子,与警察先生们来个鱼死网破。"大龙说完,五人迅速站成圈,面对形成包围圈的警察，五人十只手，握紧空拳，准备迎战警察。大龙说声："上！"五个人像五只猛虎，向五个方向的警察主动攻击。大龙的功夫最好，他运用熟练的少林功夫，多次躲过警察们砍杀过来的大刀，并用扫堂腿踢飞两个警察手里的大刀和棍棒，接着用右脚尖勾起一把大刀，将刀抛甩给身边的水蛟龙，说声："接刀！"水蛟龙接刀后，勇气倍增奋力拼杀，替穿天龙解围。穿天龙纵身跃上平房顶，揭开房瓦，雪片似的向警察们打去，警察们抱头鼠窜，躲在墙角不敢应战。玉香龙趁乱，从地上拾起一根木棒，舞得呼呼作响，警察们见她功夫了得，只能招架，已无还手的机会。

此刻天已大亮，大街、小巷屋顶站满了观众，围观二十多位警察与五位长辫子的大清人打架，见到大清中国人个个武艺超群愈战愈勇，许多群众为大清人打架的功夫叫好喝彩，有人说："这些警察平时耀武扬威，欺压我们百姓，今日被五个长辫子男人打得像狗熊般四处躲藏。"

又有人说："这些人的功夫太棒了，改天我们去请他们教我'中华功夫'。"

还有人问："这些大清人像天兵天将突然降临我们新加坡，是不是新加坡要举行比武大会？"

正当大龙五人与警察们的战斗处于相持胶着状态时，警察局的华人局长乘一辆敞篷汽车赶来，他下车后，推开警察局大门，看了一阵，喊道："都给我停下。"

一个警察小头目为自己和自己的部下打不过只有五个人的对手而恼羞成怒。他正全力与玉香龙对阵，恨不得一刀劈死这位功夫比他强的漂亮女子，他也幻想能把这个女子生擒，以解他心头之恨，所以没听到命令，仍挥刀砍杀。局长冲到他侧面，一脚踢飞了他手上的刀，警察小头目回头，看到一脸怒气的局长站在他身边。

见双方都丢下大刀棍棒停止了战斗，站在房上的穿天龙也一步跳了下来，站在玉香龙身边。警察局长对小头目说："把你的全体人员撤走。"小头目一挥手："你们都跟我走。"

警察局长这才面带微笑，双手打拱带着浓浓的中国广东腔说："各位好汉，听说你们是中华大清帝国的运动员，是吗？"

大龙也拱手回礼："请问你是？"

"我是这里的警察局长，祖籍大清广东梅州，为客家人，祖父那一代就来到新加坡谋生，我在这边长大受教育，三年前升任这里的警察局长。鄙人姓梁，名崇儒，你们叫我梁生好了。"警察局长自报家门。

［大龙的旁白］这位自称是警察局局长的梁崇儒先生，称他是这里的华侨，表面态度友善，他是真心跟我们和解，还是设陷阱想坑害我们？

大龙也礼貌地微笑着说："梁生真是大清广东客家人？"

"我们不会冒充大清人。"梁局长答。

"我们五弟兄初来此地，没想到昨天晚上发生误会，与你的部下发生摩擦双方交手，幸未造成伤亡，也多亏你及时赶来解围，我这里对你表示感谢。"大龙对梁局长深深一鞠躬。

"当我听说警察局门口有几个留长辫子的男人跟我们几十个警察在打群架，我猜想可能是大清国人，怕你们受伤，立即赶来解救你们。"局长说。

"你真不会怪罪我们？"小龙小心地问。

"不会，不会，你们放心好了，你们间只是交了交手，拿我们新加坡华人的话说，叫切磋武艺或以武会友，我的几个部下只是受了点皮毛轻伤，你们功夫都不错，没用武器徒手与他们对打，以少胜多还一点伤也没有，令人佩服。这里不是谈话的地方，请随我到办公室一叙。"梁局长诚心邀请。

梁局长办公室，他亲自为五位来自祖国家乡的珍贵客人泡茶水，又从橱柜内拿出一些糕点，幽默地说："五位老乡不远万里来到新加坡，人生地疏，昨晚与我的下属通宵达旦切磋武艺十分辛苦，一定又饿又渴，请先吃点新加坡的糕点，喝点祖国家乡的福建铁观音茶。"

大龙五人相视一笑，没想到这位局长大人是一位性情中人，不但不怪罪他们反而热情招待，很让大龙们感动，这反使大龙们窘迫，不知该不该吃？

有知识分子气质兼绅士派头的梁局长看到大家的窘态说："大家边吃边谈，摆谈摆谈大清帝国的情况，或谈谈昨晚的感想心得，像自己家里一样随便吃，喜欢吃什么，自己动手，不必客气。"

大龙对弟妹们说："梁局长是警察局长又是我们的老乡，仁义厚道，我们能在千里之外的新加坡巧遇亲人，他乡遇知己，算我们三生有幸，大家不用拘礼，吃。"大龙带头喝茶吃点心，其余四人也跟着吃喝，大家绷着的脸上开始露出了笑容。

大龙说:"忘了向梁局长介绍,我叫大龙,这位是我二弟小龙。"

梁局长看了看大龙,又看了看小龙:"我没有猜错的话,你们是同父同母,同年同月同日同时生的孪生兄弟,对不对?"

"梁大人有眼力,猜得大部分都对。"小龙说。

"我哪部分猜得不对?"梁局长微笑着说。

"我是弟、他是哥,我妈说生我两弟兄时前后差一个时辰,他是子时生,我是丑时生。"小龙说。

大龙又介绍道:"梁大人,这位是我结拜的三弟叫穿天龙。"

"啊,知道了,早上我来时见到一个小伙子站在房顶玩杂技,瓦片满天飞,十分精彩,我想你一定会飞檐走壁,我说得对不?"梁局长说。

"对。"穿天龙不好意思起来。

大龙再介绍:"这位是我四弟水蛟龙。"

"什么?什么,他是四弟水蛟龙?你们的名字怎么怪怪的,穿天龙、水蛟龙、大龙、小龙,这位小妹妹我没猜错的话,应该叫个小小凤,对不对?"梁局长风趣地说。

"这你就猜错了,我不叫小小凤。"玉香龙说。

"大龙兄弟你就介绍一下,这位小靓妹叫龙?还是叫凤?"梁局长问。

"我五妹是个假小子,叫玉香龙。"大龙说。

梁局长说:"兄弟,有个问题,我想问一问可以吗?"

"梁大人,你不必客气,既然你与我们同祖同根,我们有缘万里来新加坡相会,又承蒙你热情招待,你对我们有什么要求和意见,请指出。我们已经把你当成兄长,有什么事情需要我们出力,我们愿为兄长两肋插刀。"大龙侃侃而谈。

梁局长见大龙不卑不亢,态度诚恳,言语亲切,他犹豫着。

梁局长心想:这五位小兄弟,昨晚敢与几十个警员打斗,个个身手不凡,把几十个警员打得狼狈不堪,他们究竟是什么人?是流窜来新加坡的黑帮势力,还是合伙来做生意的商人?都不太像,我必须问个明白。他拱手说:"各位兄弟小妹,不介意的话,能否告诉我,你们的身份是什么?到新加坡是来观光旅游还是做生意?或是大清政府的官员派来新加坡干公务捉逃犯?万一你们需要什么

帮助,我也好助一臂之力。"

"梁大人,我们不是来捉逃犯的大清官员,也不是来做生意的商人……"大龙欲言又止。

梁局长笑了笑:"你们该不是专门来与我的部下比武打架的吧?"正在此时,一位警察推门进屋说:"报告局长,大门口有两位先生找你。"

"你没看到我正与这几位家乡来的兄弟们谈话吗?叫他们在会客室等着。"梁局长挥手。警察刚出门,船长陪着一位老者推门进入局长办公室,梁局长忙起身迎客叫着:"叔叔怎么来这里了,有事吗?"

大龙等五人也齐喊:"船长你怎么也来了?"

老者说:"船长,你要找的人是不是这五位兄弟?"

"是,我要找的正是他们几位。现在总算找到了,谢谢梁会长。"船长向梁振江会长敬礼。

梁局长对老者说:"叔叔,我来介绍一下,这五位兄弟功夫不凡,昨晚因误会,与我的几十个警员交手,他们以少胜多,徒手搏斗,把我们拿刀握棍棒的警员们打了个落花流水,幸好这几位兄弟手下留情,警员虽败,但均未受重伤,我很想与他们交个朋友,正在谈心。"

老者拱手对大龙们说:"听船长说,你们都是大清皇帝派往希腊国雅典去参加万国奥林匹克运动会的武林高手,个个身怀绝技,准备为大清帝国争取奖牌荣誉,有幸在这里相见,幸会、幸会。今天是春节的大年初一,我特地吩咐家人在会馆备了一桌酒席,为五位兄弟接风,你们在万国奥运会上得了奖状、奖牌,我们这些侨居海外的华人,脸上也有光啊。"他又对船长说:"你也去陪他们喝几杯吧。"

"好,好,大龙兄弟们,我可是沾你们光了。我来介绍一下,这位老先生是新加坡华人总会会长梁振江,他是爱国华侨,这位梁局长是他侄儿。他叔侄二人行侠仗义,爱故乡,更爱故乡的亲人。听说你们是大清帝国的体育代表团,他立即领我来找你们,想见识见识你们几位的绝活,怎么样?下午能不能为梁会长露一露你们的真功夫?"船长说。

新加坡华人会馆的午宴上,会长梁振江老先生举杯说:"首先,我代表新加坡的华人,欢迎大清帝国出席希腊雅典万国奥林匹克运动会体育代表团的五位中华大清兄弟,向你们表示热烈欢迎,今天又是大清帝国农历的正月初一,大清帝国也是我的故乡,我们不忘习俗,一起过春节。你们虽然远离祖国,远离亲人,到新加坡华人总会做客,就算到了自己家里,请大家举杯,为春节、为奥运会,也为我们相识干杯!"大家起立举杯饮酒。

"没想到在新加坡能遇到梁会长和梁局长这样热情的亲人,让我代表四位弟妹向梁会长和梁局长表示感谢,感谢你们的热情好客,我敬你们一杯。"大龙举杯,全体也举杯饮酒。

梁会长:"大家不用客气,随便一些,想喝酒就自斟自饮,想吃什么菜就自己夹,席上无短手。在新加坡,这个华人总会就是你们的家,下次,你们从雅典凯旋归来,我将设重宴,邀请新加坡的名人作陪,再为你们接风。"

席间,梁会长招呼站在一旁的儿子:"叫人把礼物端出来。"一会儿工夫,一位华侨女子双手端着一个方盘,盘内放着东西,上面用红绸盖着。女子将木盘放在梁老先生面前的桌边,他拿开红绸:"这里有二百个银元作为见面礼,银元不多,礼轻情谊重,略表寸心,你们拿去作零花钱。"说着他端起木盘递给大龙。

大龙:"梁老先生,你请我们吃午宴共度中国春节,我们就很感激了,怎么好意思再收你的馈赠。"

梁老先生说:"虽说你们代表大清帝国远赴欧罗巴去参加运动会,但听船长介绍,你们经济很不宽裕,乘坐的是'招商号'的免费船,吃的是免费船员餐,零花银子还要沿途卖艺自筹,真是为难你们了,这点银子作为薄礼,略表华侨支持你们参加万国奥运会的一点心意,不成敬意。"

"那我就恭敬不如从命,收下了。"大龙说完向四位弟妹招手,"来,我们向梁会长拜谢。"大龙五人退席站成一排向梁会长拜谢。

警察局梁崇儒局长接话:"大龙兄弟,有句话不知可不可以问?"

"梁局长请讲。"大龙说。

梁局长:"当你们从雅典凯旋归来,路过新加坡,我叔叔不但要为你接风,我还想请你到我们警察局当武术教头,教警员们学中国功夫,不知你可否同意?"

"这个嘛,我原则同意,到时候若没什么意外变化,我一定来,万一有变,我这几位兄弟,你可挑选一位代劳。"

"那太好了,一言为定。"梁局长与大龙击掌。

大龙说:"为了感谢梁会长、梁局长的厚道仁义与热情款待,这里由我五妹玉香龙表演一个小魔术,算表示我们的衷心感谢。"

在众目睽睽之下,玉香龙从衣袋里拿出一个四方的白手绢,从华人会馆里拿来一个铜盆,她敲了敲铜盆,发出"咚咚"的响声,当佣人撤除桌上全部东西后,她将铜盆放在桌上用白手绢罩着,然后,她用一双筷子敲击铜盆边,铜盆发出"哗当"的声音。她不停地敲,直至十多次时,盆上的白手绢中间开始凸起。她继续敲,每响一声,手绢冒动一次,直至敲了五十次以上,手绢全被顶起。她用筷子挑起手绢,一朵漂亮的红花出现在盆中。她取出花,双手献给梁会长说:"梁老先生,承蒙你盛情款待,让我们五兄妹在这里过了一个美好的春节,这枝花送给你,略表我们的谢意,献丑了,请多包涵。"

梁老先生双手接花:"谢谢,也谢谢你们五位赏光本会馆。"

第三天上午,"招商号"的船员们正做着起航的准备,大龙五人各自在甲板上练功习武,突然岸上出现一群人向"招商号"轮船跑来,有一个拿长棍的人跑到船边,凶狠地说:"船长,你这船不准开走。"

船长小声对大龙说:"大龙兄弟,你们小心,这位是新加坡有名的地痞恶棍,可能是找你们麻烦来的。"接着船长又大声对岸边的恶人回话,"岸上这位朋友,你带来这么多人是想阻止我开船的吧,为什么不准开?"

恶汉:"听说你船上有五位武林高手,前晚上把二十几个警察都打败了,我们这帮兄弟不服气,要与他们比试比试武功,他们打赢了,这船才能开走。"

大龙双手抱拳礼貌回话:"请问这位兄弟,拿上刀棍,带这么多人,是准备切磋武艺,还是想打群架?"

恶汉右手一指:"你们几位就是敢与警察过招的人?我们找的就是你们,你说是切磋武艺也行,是想打架也好,都他娘的一个样,你们给我滚下船,我们的擂台就设在海边沙滩上,是一对一单挑,还是像你们与警察比武一样?双方对阵,由你们选。"

大龙耐心解释:"好汉想与我们比功夫打架,这船马上要开了,恕不能奉陪。"

恶汉对背后的打手们一挥手:"跟我上!"恶汉跳上船,举棍就向大龙打去,大龙头一偏,顺手抓住棒的另一端与恶汉比手力,穿天龙见大龙无法治服恶汉，便从桅杆半腰的横梁上腾空飞身，倒转三百六十度，双腿蹬在恶汉后背上，恶汉被穿天龙从身后突然袭击，跌倒在甲板上，木棍也被大龙夺走。大龙时而双拳出击，时而闪电般伸腿横扫，把恶汉们一批人打翻在地，夺了他们的刀和棍扔进海里。大龙见跳板上还有四个人在玩命上冲，便拿起一根长竹竿，站在跳板边，将竹竿垂直立着，大喊道："想比武的请上！"海滩上的二十多个打手被大龙的威严唬住，再不敢上冲。恶汉武功高强，虽被穿天龙踢翻倒地，但迅速跳起，赤手空拳与小龙和穿天龙继续对打，他一人不敌两汉，被小龙二人逼到船边。恶汉左手抓住铁栏杆，用右手和双脚继续与小龙二人拼打，沙滩上不断有人给恶汉叫好，打气鼓掌："海狼大哥打得好，海狼大哥加油！"此刻，水蛟龙从三米远的栏杆边斜着向半身悬空，但仍顽强抵抗的恶汉扑去，他双手抓住恶汉的双腿直往下拖，本已筋疲力尽的恶汉只得松手，随着水蛟龙落入海里，海中溅起一片浪花。在水中，恶汉不是水蛟龙的对手，被水蛟龙压在水里暴打一顿，直呼："英雄饶命，我们不知你们几位有如此好的功夫，我们认输。"水蛟龙把淹得半死的恶汉拖到岸边，对他的喽啰们说："还要不要再比试？"喽啰们跪在地上叩头作揖："好汉，我们认输，不比试了。"

第五章　横渡印度洋

　　"招商号"大轮船从新加坡起航后,转弯经马六甲海峡北上,海峡两岸热带风光尽收眼底。成片的甘蔗林随风飘扬,像一片片起伏的海浪,甘蔗林尽头有几位头戴草帽身裹白衣的农夫,用长柄弯刀在不快不慢地砍收甘蔗,不远处,几位农夫正将甘蔗打捆并往马车上装,准备运往山外的糖厂加工成红糖或白糖。台地上长着一片高高的椰树林,几只训练有素的猴子各自爬上一棵椰树,在忙着采摘椰子。猴子的主人用一根长竹竿在为猴子们指示深藏在树叶中的椰果部位。还有三只猴子拖着竹筐,将地上的椰果往筐里装。当几个筐子装满后,主人用嘴吹一声悠扬的长口哨,椰树上的猴子立即停止采摘椰果,跳下树,吃主人早已摆在地上的玉米。为了奖励猴子,主人用长刀砍破几个椰果,每个砍成四块,猴子们各自抢一块吃着椰果肉。吃饱喝足的猴子,将地上散漏的椰果继续往空着的竹筐里放,当全部竹筐装满后,主人又一声口哨,几只猴子立即跳上马车,坐在竹筐顶部,主人吹着口哨扬着马鞭,发出"啪啪"响声,两匹马拖着双胶轮马车,顺着山间土路"吱嘎吱嘎"地向半山腰前进。

　　在一片茂密的森林里,几个伐木工人用长柄斧头各自在砍一棵大树,树倒后用斧头去掉树枝,并将树干砍成两至三段,主人在树干一端套一根钢丝绳,绳的另一端连接着橡皮套,套在大象的肩头上,大象每次能将三至五根圆木拖到树林外的一片空地上,那里有两辆破旧卡车在等待着装运木头。拖完木头,主人骑在大象背上,慢慢地来到马车边,为大象解下橡皮套和套在圆木上的钢丝绳。主人从汽车上拿出几串大香蕉,大象用长鼻子接住香蕉,卷进嘴里不快不慢地品尝着香蕉的美味，象的小尾巴划着圆弧驱赶成群的蚊子和野蜂。大象吃饱后，主人挥动红旗，指着地上的圆木和附近的马车，大象立即用鼻子卷起一根根圆木，转身放到马车上，它不断往车上放，主人只对大象放得不规则的圆木进行调直摆平。运木头的马车从山间大道颠簸慢行。远方还能看见一群穿红绿长裙、着白短衫、头包彩色方巾、皮肤黝黑的热带山乡男女，在田间弯腰劳作。一幅山清水绿、如诗如画的热带风情画展现在乘客的眼前。

海鸥在大海上空低飞盘旋，时而冲到水中抓鱼，时而尖叫着飞向蓝天。乘客和大龙五位大清帝国奥运代表团团员站在甲板上，向海鸥招手，任凭海风吹拂着他们的头发和衣衫，乘客们欣赏着马六甲海峡两岸、赤道附近的美丽风光，沉浸在美的享受中，感慨万千。

正当甲板上的乘客和大龙们沉浸在梦幻般的遐想中，船长发现岸边草丛中隐藏着两艘木船，他拿起望远镜细看，只见木船上的人对着他们指指点点。两只木船一前一后，向"招商号"轮船飞速划来。船长拉响警铃向全体船员发出命令："全体船员注意！各位乘客注意！我们船的右侧海岸附近有两条海盗船，正向我们划过来，旅客请进舱，船员拿上武器，到甲板上集合。凡是往我们甲板上爬的海盗，先阻止他们登船，不听者，用刀矛砍杀，或将他们推入大海。"大龙五人也从船舱内拿出长矛大刀，站在船甲板上，严阵以待。

船长拿出话筒，对海盗木船喊："你们停下，不准靠近，你们再靠近，我们将格杀勿论！"大龙也用话筒对另一船喊："你们是什么人，为什么不回话？为什么强行靠近我们的船？"两艘木船上的海盗不回话，只顾齐心猛力划桨，两艘木船像箭一般向轮船驶来。海风凄凄，杀气腾腾，甲板上的乘客纷纷拥向船舱躲避。

大龙小声对船长说："他们来势凶猛，你们以往遇到这种情况怎么处理？"

船长说："就地砍杀他们，然后，丢在海里喂鱼虾。"说完船长走进舱内，抱出一堆长木棒，对船员们命令："每人拿一根木棍，待海盗们靠近后，打死一个够本，打死他们两个算一双，打死他们三个有奖。我们这艘'招商号'轮船生死考验的时候到了，大家要勇敢。等他们靠拢开始攀爬我们的船甲板时，如果甩绳钩挂在栏杆上往上爬，我们就用大刀砍断他们的绳索。如果用梯子往上爬，我们就用长矛大棒，掀翻他们的梯子。我们出手要狠，不准他们上甲板，强行攀

上者就打破他们的脑袋，"

大龙对水蛟龙说："四弟，你的水性好，能不能下到海里去弄翻一条木船？"

水蛟龙说："我去试一试。"说着他带一把匕首和一个铁锤，从船后跳入水中，向一艘海盗木船潜游过去。

玉香龙跑进船舱，取出她的运动器材——十支箭和一张硬弓，来到船长身边说："船长，你今天见识见识我的箭法，等他们近到三丈远时，我开始射箭，保证百发百中。"

船长看了玉香龙一眼，说："你看，海盗船距我们三十多丈远，他们也带有弓箭，在爬船前的瞬间也会向船上射箭，你站到那几堆大木箱中间躲藏起来，待他们再进一些，你先射站着的海盗，注意千万不要站立，小心成了海盗们的箭靶子。"

小龙见几位炊事员合力抬着四筐从新加坡港购买的煤块来到甲板上，便问："你们这是干什么？"

炊事员："万一海盗登上甲板，这些煤块也是武器，它会叫海盗们脑袋开花。"

船长："不到万不得已，不要用煤块，煤块打光了，烧开水煮饭就没办法了。"

大龙："船长，保乘客的性命和这船货要紧，万一煤块打光了，可以将船靠到有房舍的集市边，买些柴火上船，照样可以烧水做饭。"

"你说的有理，就按你们说的办。"船长对大龙说。

水蛟龙潜游到左面一艘海盗木船的船底，他用铁锤将匕首往船底猛打，船体摇动并发出"嗵嗵"的响声，船上的十多个海盗大惊。海盗头目站起来说："这是什么声音？该不会是船下有人在破船？"他听了听，对一海盗说："你下水看一看，若有人在砸我们的船底，你把他杀死。""是。"海盗大黄毛听了听"嗵嗵"响声，侧身跳入水中，游到船底见有人在凿洞，便奋力向凿洞人游去。水蛟龙见船底已凿成孔，就抽出匕首向潜水匪徒迎了上去，两人在水中扭打起来。水蛟龙技高一筹，用匕首在海盗左胸刺了一条口，血冒出来染红了海水。

木船上面的海盗头子见船边海水血红，以为是大黄毛在水下杀死了船下的凿孔人，他大声吼道："大黄毛，你干得不错，等我们抢了那艘大轮船，一定重重有赏。"

"大哥不好了，这里有漏水。"一海盗指着木船内冒水的地方惊呼。

"大哥,大黄毛可能被船下的人杀死了。"另一海盗说。

海盗头子脱下上衣丢给另一海盗:"用我的衣服堵洞,其余的人用桶把水舀出船外。"

船上十来个海盗乱成一团,一些人堵水,一些人往外舀水。

一个海盗说:"大轮船就在眼前,我们要不要冲上去?"

海盗头子说:"我们船漏了,只有等三弟那一艘木船去攻,只要他们上船,我们游过去接应。"

水蛟龙完成任务,悄悄游回到"招商号"甲板上,船长上前与水蛟龙拥抱:"不简单,你一个人把那艘海盗船弄停了。"

玉香龙从掩体后来到甲板上,瞄准正忙乱指挥爬轮船的高个海盗,"嗖"的一箭射去,海盗头子左肩中箭,"哎哟"一声,倒在船上。

"招商号"甲板上的船员们齐声鼓掌:"射得好!"

另一艘海盗船以闪电般的速度到达"招商号"轮船的船体边,他们开始向"招商号"甲板边的栏杆上爬。一个船员大喊:"船长,海盗在爬我们的栏杆,我们怎么办?"

船长说:"用你们手里的武器,把他们通通打死,推进海里,决不让他们上甲板。"

大龙、小龙、穿天龙和十几个船员一字排开围站在栏杆边,他们用刀砍或用棒击打爬船的海盗,水蛟龙抱起一块煤,砸向一个爬到船甲板边的海盗。海盗的长刀被击落,他不顾伤痛继续上爬,一只手被一个船员狠狠一棒击中,海盗手一软,落到海里。

海盗头子功夫好,力气大,挥刀砍伤栏杆边的四个海员后登上了甲板,他举双刀乱砍乱劈,吓得船员们往船舱里躲,接着又有三个海盗拿着刀,紧跟着冲上甲板。大龙拿出一条铁链,将铁链舞得"呼呼"作响,与海盗头子的双刀碰砍在一起,发出一串串火花和"咔嚓"的声响,二人交战二十多回合,不分胜负。

另外三个冲上甲板的海盗被分割包围,第一个与小龙对砍。第二个与穿天龙对打,穿天龙敌不过海盗,海盗纵身一跳上了桅杆,举刀砍向桅杆,船长抱起一个煤块,朝砍桅杆的海盗的腰上打去,海盗跌落在甲板上,被船长和两个船员抬到栏杆边,抛入大海。第三个海盗与水蛟龙对阵,打了五个回合,水

第五章 横渡印度洋

蛟龙有意退到栏杆边,准备抱着海盗一同跳入大海,此刻穿天龙从桅杆上跳下,拿起一根木棒去帮助水蛟龙。海盗受到两人夹击,抵挡不住,便虚晃一刀,纵身跳入海中。穿天龙见小龙与第一个海盗刀光剑影,激烈酣战,不分胜负,便捡起一根长棍,像孙悟空玩"金箍棒"一样,舞得溜溜圆,直打海盗背部,海盗背部被击伤,踉跄着向栏杆退去,一脚上蹬准备跳海,左腿被穿天龙的大棒击伤,倒在甲板上。小龙和穿天龙上前将第一个海盗用绳索绑住,吊在桅杆上,毒打一顿,丢到海中。

玉香龙在甲板上来回穿梭,哪里危急,她冲到哪。她和船员们在栏杆边组成了一道人墙,海盗爬上来一个,他们打倒一个。在水中和木船上的海盗,见强攻无效,便失去斗志,无人再向"招商号"轮船攀爬。玉香龙见大龙与海盗头子战得难分难舍,不分胜负,便从衣袋中取出一个飞镖向海盗头子的肩部甩去,海盗头子躲闪不及,被飞镖击中左肩,他"哎哟"一声丢下双刀。大龙眼快,用双脚踩住甲板上海盗的双刀,再用铁链套在海盗头子的颈子上,船长和三个船员冲上来,抬起海盗头子,准备抛入大海。海盗头子死死抓住栏杆不松手,欲重新跳上甲板,此时一个穿白衣的厨师,用菜刀向海盗头子抓栏杆的手砍去,砍伤了海盗头子的手指,海盗头子被大龙们用铁链捆住抛入了大海。

[字幕和画外音]1896年2月28日,"招商号"轮船驶进浩瀚的印度洋,船在夜雾中前进,海风吹得桅杆上的万国彩旗"哗哗"作响。

"招商号"轮船夜航在印度洋面,天空一片漆黑,伸手不见五指。远方有几个亮点,看不清是海面的其他船只,还是其他的什么东西。船长站在驾驶台前小心操作,双眼盯住前方模糊不清的浩瀚洋面,耳听船内的一切动静,他不时拿起望远镜观看前方的疑点。他抬高望远镜的角度,见灰蒙成团的乌云笼罩着天空,月亮在乌云中时隐时现地穿行,海风吹动着桅杆上的绳索,"招商号"全速前行。有着"欢度春节"字样的四个大红灯笼挂在桅杆顶随风摇摆,灯笼内的红色灯光在万里夜空中格外显眼夺目。船长偶然发现刚才又圆又大的月亮,忽然少去了一半,素来敬畏鬼神、视月亮为神菩萨的船长,顿时慌了手脚。

[船长旁白]这准是天狗在吃月亮,大事不好。

船长手按驾驶台面的警铃按钮,全船响起了警铃声,船员们翻身下床,有的拿着刀，有的提着木棍，来到驾驶室。

有人问："船长，是不是又遇到海盗船了？"

船长说："哪里有那么多海盗船，是天狗在吃月亮，大事不好，天狗要是不吐出月亮，我们的船就要遭大难，你们快到甲板上去拜谒天狗，求天狗吐出月亮。"

大龙五人跑上了甲板，看到天上只剩下半块月亮，在一片像一条灰狗般的乌云内穿行，时隐时现。

胖厨师用大方盘端着冒着热气的鸡鸭肉和一个整块猪头肉放在甲板上，又点燃香蜡插在猪头肉上，再用大碗倒了三大碗酒，他点燃一叠黄表纸，对准月亮方向下跪叩头作揖，大声呼唤："玉皇大帝呀，快把你的天狗牵走吧！"跪在胖厨师后面的船员也叩头作揖，齐声喊："天狗爷爷，你快把月亮吐出来吧！你要是肚子饿可以到我们'招商号'船上来，我们喂你好东西，你想吃什么，我们都给你。"船长把驾驶任务交给一个副手也来到甲板上，虔诚地对月亮跪地参拜，说："天狗大爷，你吃了月神菩萨要是吐不出来，灾难就会降到我们船上来，我乞求你吐出月亮。"

乌云中的月亮被天狗吃得只剩下一条弧线，大龙五人和一些船员在船尾甲板上放鞭炮、打锣鼓，欲把天狗吓走。一会儿船长见月亮从空中全部消失，他气愤地对天狗道："你要是不吐出月亮，我们'招商号'夜晚行船就要失去方向，啊！天灾快要降临我们船上啦！"说着他抱起猪头往海里抛，当猪头向海里飞去时，穿天龙纵身腾空接住猪头落到甲板上，他手指空中对船长说："船长大人，你看天狗正在吐月亮，你刚发脾气，不给天狗吃猪头肉，它害怕挨饿赶紧往外吐月亮。"船长抬头，见月亮在云缝中展露真容，船长笑了。

在强烈的阳光下，"招商号"船仍在印度洋的孟加拉湾洋面航行，快到正午时分，万里晴朗的天空，风卷乌云，徐徐上升，突然形成一张天幕，把刚才还是强光照射的洋面笼罩。瞬间，带着硕大雨滴的强风，把船吹得左右摆动，船长站在驾驶台顶的高台上，指挥船员们收取一百多面彩旗，同时组织人力把甲板上的货物用粗绳进行绑扎加固。此刻，强风劲吹，乌云翻滚，站在三尺外难看清对面人的面孔，水波连天的巨浪像要吞噬"招商号"船体，久经强风大浪考验的"招商号"轮船船体发出"嘎嘎"的声音。船长指挥船员把铁锚抛到海里，船在原地旋

转摇晃。穿天龙冒着强风爬上桅杆，取下"欢度春节"四盏大红灯笼。此刻，大龙躺在吊床上看他从北京带来的线装书。

睡在大龙对面上铺的玉香龙问："大龙哥，你看的是什么书？"

大龙说："大唐和尚西天取经的故事。"

"这西天是什么地方？"水蛟龙插话。

"大唐时的西天就是我们右手方向的一个佛教文明古国印度。"大龙说。

"我们这艘'招商号'是不是要经过印度？要是经过印度，我们也可以算是到了西天，对不对呀？大龙哥。"水蛟龙问。

"我们的'招商号'船不经过印度，但它正在通过印度南面的印度洋。"大龙解释说。

"大龙哥可不可以请船长把船停在印度南端，我们到岸上去站一会儿，我们就算是到了西天？"玉香龙说。

"傻五妹，'招商号'不能在印度停靠，但听船长说，明晚或后天一早，我们的船要到达印度南边的另一个佛教国家斯里兰卡，船要靠停它的首都科伦坡港，在那里船要装卸货物，购买大米、淡水蔬菜，到时候我们上岸去玩两天。也许我们在科伦坡就能像当年的大唐和尚一样，到寺庙里去买一些佛经书，等到雅典开完万国奥运会，我们再把书带回北京，我们也就成了西天取经的五个和尚。"大龙谈得津津乐道。

"我们现在需要的不是佛经书，最需要的是到科伦坡去卖艺，挣点零花银子，也好买点日用品，大龙哥你说好不好啊？"玉香龙又说。

"我们不要日用品，我只要在科伦坡买两个佛祖铜像，一个佛祖保佑我们平安到达雅典，另一个佛祖保佑我们在万国奥运会上取得好成绩。"小龙说。

玉香龙接话："我不相信这里的佛祖，只希望我们天津卫'红灯照'圣母能保佑我们比赛胜利，圣母一定会用她的神力和她那法力无边的神功来保佑我们。"

"你们'红灯照'圣母的武功未必比大龙哥高。"穿天龙这才插话。

大龙："你们不要拿我和'红灯照'圣母相提并论，武功高强与否要看他精通哪一门武功。常言道，兵家有十八般武艺，七十二种战术，不可能每样都掌握精通，关羽关圣人精通的是舞大刀，岳飞岳元帅精通的是岳家枪，各有所长，不能相提并论，要看临场发挥，比力量、比勇气、比技巧，与'红灯照'圣母那次交手,圣母双刀功夫确实不赖,现在我们五兄妹是一个团体,算一个人,信佛祖也好,信'红灯照'圣母也好,都不要再争论,争得面红耳赤会伤和气,你们懂吗?从现在起大家各准备一套功夫,到科伦坡街上露一手,多讨点零花钱,才是当务之急。"

[字幕和画外音]1896年3月3日,"招商号"轮船抵达斯里兰卡的科伦坡港,船长命令停休两天。

当"招商号"到达港口,刚停一会儿,便有许多印度和斯里兰卡商人,划着小木船靠停在轮船边,用粗绳把小木船系在轮船甲板边的栏杆上,又搬出一个可伸缩的铝制小梯,挂在船体栏杆上,便立即用头顶着一大捆日用百货,从小梯爬上轮船的甲板,在地上铺上一块或方或长的印度花布,迅速将全部日用百货整齐地放在花布上,然后双腿跪在货品边,眼珠乱转,扫视着甲板上的上下旅客,或忙着装卸货物的搬运工和交接班船员。当见到有人站在地摊前看货,商人的大胡子会自然翘动,从客人的眼光落点,商人们会迅速地拿起地摊上的货品,举到客人的面前,用印度语或英语口沫四溅地讨价还价。客人若不满意,商人会立即换上几个同类商品,要是客人仍不满意或价未谈妥,突然转身离去,商人的满脸大胡子便猛烈地左右颤动,不满的白眼珠像要射穿客人的后背心,同时右手握拳,猛狠地上下挥舞,显示他对客人离去的强烈不满。

小龙和穿天龙抬着一口装着道具的木箱,顺着下船的舷梯,通过行人吊桥,随人流去到科伦坡的大街上。大龙、水蛟龙和玉香龙三人,隔着一段距离前后而行,他们穿行在许多穿短衣短裤或赤膊上身的男女行人之间。许多皮肤黝黑、个子矮小的当地居民头上顶着一大盆椰子、香蕉等水果向行人兜售。有两位穿着袈裟、牵着一头小象的僧侣,一个拿着木鱼,一个拿着本子和笔,唱着佛教的歌曲,边走边化缘。当一些信佛教的人们给了钱后,两个和尚同时弯腰双手合十行佛教大礼。一个拿笔记本的和尚在本子上记着捐款人的姓名和金额,另一个将钱投入小象背上的神笼中,"哐"的一声响,钱落在神笼底座上的钱箱里。手拿木鱼的和尚,先向施捐者双手合十,敲着木鱼为捐者诵经:"南无阿弥陀福。"当两个和尚见到年轻美丽、心慈面善的玉香龙,他们双手合十,用劲把木鱼敲得"波波"响,玉香龙经不住他二人的纠缠和虔诚乞求的目光,伸手到内

衣摸了一下，口袋是空的，她转身将手伸向背后的大龙："大龙哥，给点银角子。"大龙用手打了一下她伸出的手心，一步跨上前拿出了一个银角子，交给拿笔和本子的和尚，两和尚双手合十，弯腰作揖致谢，口诵一串他们听不懂的印度语。大龙拉着玉香龙快步前走，躲开和尚们的纠缠。

大龙五人来到港口码头不远的树阴广场练武卖艺，小龙打鼓，玉香龙敲小锣、水蛟龙吹喇叭，三人吹打一阵，许多男女老幼立即走近围观，他们要看留长辫的外国人究竟要玩什么把戏？

大龙见观者众多，便站在人圈中心，双后合十，向四个方向的观众依次弯腰作揖："各位斯里兰卡的父老兄弟姐妹，各位异乡朋友，我们在这里，首先向斯里兰卡和印度的朋友表示崇敬和谢意。一千多年前，我们中国有个叫玄奘的大和尚'西天'取经，这'西天'大概就是你们斯里兰卡和印度，他从你们这里取到了真经，带到了我国的唐朝，使中国从此有了佛教文化的繁荣。我们在这里准备为斯里兰卡和印度的朋友们献上几套中国的佛教武术精品'少林功夫'，若我们的少林功夫好看，有钱的朋友请帮点银钱，无钱的朋友，请给点掌声。现在我先给大家表演少林八卦掌。"他的套路功夫过硬，炉火纯青，引来一片掌声。大龙用佛教礼仪双手合十，弯腰致谢。

紧接着，小龙赤手空拳与拿单刀的水蛟龙两人对打对练，经过二十多次往返较量，小龙不但躲开水蛟龙的二十多次大刀砍杀，而且踢飞了水蛟龙手里的大刀，场外传来一阵掌声。

接着由穿天龙表演，他从场外开始向场内翻了十多个跟斗，又连续翻了三个空心跟斗，此时，玉香龙上场，她被穿天龙双手举过头顶，两人一上一下，表演了一串配合默契的杂技节目。玉香龙在穿天龙头上的表演造型优美，动作流畅，双腿时合时分，最后在他头上面表演一个三百六十度空中翻滚落地，观众又一片掌声。

在表演中，大龙将铜锣翻转朝上变成一个大盘，他在四周的群众中走动，向围观者微笑乞讨。大龙在观众中慢步移动，铜锣里不断传出碎银或铜币跌落的"当当"响声，大龙弯腰点头微笑，用汉语和英语说着："谢谢。"人群中一位华侨，好奇地看着表演，当大龙走到他身边。华侨惊奇地问："你们是中华大清帝国人？"

"是。"大龙恭敬地回答。

"从哪里来,到哪里去?"华侨问。

"从北京来,路过此地到希腊国的雅典去。"大龙说。

"去雅典做什么生意?"

"我们不做生意。"

"不做生意,去干什么?"

"参加今年5月在那里召开的万国奥林匹克运动会。"

"大清帝国可是一个地大物博、人口众多的文明古国。"华侨赞美自己的家乡,他思绪万千感慨颇多,"你们为什么在这里乞讨?"

"原因很简单,中日甲午战争,中国大清战败,订了《马关条约》,大清国向日本赔了两亿三千万两银子,国库空虚,大清光绪皇帝派我们去雅典参加万国奥运会,又拿不出银子支持我们路途费用,所以我们出此下策,卖艺乞讨挣点零花钱。"大龙低沉地说完,便走向下一个人。

"等一等,"华侨伸手在自己衣袋里拿出两张纸币说,"这是大英帝国的一千英镑,你们先拿去用着,我正好要到欧洲去购货,想乘你们的船一起到地中海,你们乘坐的是什么船?什么时候离开科伦坡港?我争取买你们船的船票。"

"我们乘坐的是码头西边那一艘大轮船,船身有'招商号'几个中国字,起航时间是明晚,你早点上船,我叫船长给你留一个特别舱。我们住在底层货舱里,我这里先谢谢你给我们的一千元英镑。"大龙双手合抱,施中国大礼,"请问恩人,尊姓大名?"

"我姓张名勇,祖籍中国福建。我在斯里兰卡娶了一位太太安了一个家,就住在那边靠海的一栋小楼里。"他手指远方海边一片隐约可见的树林中黄色小楼。

"请问你尊姓大名?"张勇问。

"我姓康名大龙,大家都叫我大龙,你也喊我大龙好了。"大龙说。

"你说你们去雅典参加万国奥运会,我从小喜欢踢足球,从来没有听说过什么万国奥运会?能不能介绍一下万国奥运会?"张勇说。

"我也不太清楚,好像奥运会是全世界各国的运动员和武林高手集中到雅典,参加各种竞赛和功夫比赛,胜利一方,不但有奖可拿,而且可以光宗耀祖,

扬威国家,利国又利己。我们大清帝国的光绪皇帝欲振兴中华,降旨让我们代表大清国去雅典参加奥运会;我们也想会一会各国的武林高手,与他们比一比功夫,交流技艺,传播友谊,宣传中国功夫,为中国传名。既然当今圣上相信我们,我们即使沿路乞讨,也要去拼搏一番,为振兴大清帝国尽一份心,出一份力。"大龙自信地说。

当大龙和张勇对话时,玉香龙站在人圈中,对附近一个高大的椰子树开弓放了三箭,三个椰子被射落。围观群众争抢落地的椰子,一些人鼓掌叫好。

[字幕和画外音]1896年3月5日,"招商号"轮船横渡印度洋。

朵朵白云漂浮在蔚蓝色的天空,与波涛滚滚的蓝色海水在远方交汇成一条曲线,巨大的太阳像一个火球悬挂在船顶上空,把船体与甲板烤得发烫,一盆水倒在地上,瞬间会冒出白色蒸汽,船员们赤裸上身,汗流浃背地在自己的岗位上忙碌着。

海边长大的水蛟龙不惧烈日暴晒,他头顶一个破草帽,站在轮船甲板上观看船尾的几条大鲨鱼争吃厨师丢在海中的菜饭食物,他从厨房舱拿了一块猪骨拴在绳子上,将有骨头的一端垂在海面上,另一端系在栏杆上。瞬间,船尾水中两条鲨鱼几乎同时跳出水面,争抢水面的猪骨,跳得高的鲨鱼咬住猪骨同时扯断绳子落入水中,潜游到深海去了。余兴未尽的水蛟龙,拿出一把带铁链的鱼钗,向水中紧跟轮船不放的另一条鲨鱼投去,命中鲨鱼背,鲨鱼拼命往深海逃,但被铁链拉住。三位船员跑来助阵,甩出大网,网住鲨鱼。鲨鱼挣扎着欲冲破渔网,附近一位船员放下救生艇,水蛟龙跳上去,又拿出一把钗,钗上一条活鱼,悄悄地放到鲨鱼嘴边,当鲨鱼咬住钗上的鱼,他用力将鱼钗往鲨鱼嘴里捅去,顿时,海水一片血红,船员们齐心协力,把鲨鱼拖上甲板,两位厨师对鲨鱼开肠破肚。人们忘却了太阳的烤晒,沉浸在与鲨鱼搏斗的欢乐之中。

一位厨师用一个大碗接了一碗鲨鱼血,大口地喝起了鲨鱼血,弄得满身满脸都是鱼血。

一位船员问:"王厨师,你为什么喝鱼血?"

"鱼血能治病。"他手摸胡子上的鱼血。

"这鲨鱼血能治什么病?"又一位船员问。

"听老人们说,新鲜鱼血能治白血病,夏天天气炎热,喝了鱼血还能解渴去暑。你们看我,脸色红润,没灾没病,跟我常喝鲜鱼血有关,"王厨师一口气喝完了一大碗鲨鱼血,咂了咂嘴皮,又说,"喝了鲜鱼血,我全身感到一种凉意,真爽快,你们想不想喝?还有两碗,放久了有腥味,喝起来就没有那么爽口了。"

"你们不敢喝,我来喝一碗!"说着水蛟龙也喝了一碗。

玉香龙从人缝中钻出来:"王厨师,这碗鲜鱼血没人喝,给我喝好吗?"

王厨师把最后一碗鱼血给了玉香龙,她一口气喝完。

"姑娘,你喝鱼血该不是为了治贫血病吧?"王厨师问。

"我口渴,喝了它解渴,现在我全身爽快极了。"玉香龙说。

船舱里,玉香龙一手摇扇一手擦汗,自言自语地说:"这印度洋真像一口大蒸锅,一点风都没有,快把人都蒸熟了。"

大龙边看书边说:"我们的船是在地球上最热的赤道上航行,赤道距太阳最近,哪有不热的道理,心静自然凉吗?"

"大龙哥,你还在看大唐和尚西天取经的书吗?"玉香龙问,说着她伸手要拿大龙手中的书。

"别动,我正看到精彩的地方。"大龙说。

"说说你看到的精彩场面,让我也分享你的高兴好吗?"玉香龙说。

"这玄奘和尚师徒一行四人过火焰山,孙悟空找牛魔王去借芭蕉扇一段,写得精彩极了。"大龙手舞足蹈地说。

"我们这里要能弄得到芭蕉扇就好了。"水蛟龙用竹扇子边给自己扇风边插话。

玉香龙说:"我在天津茶馆里听评书,听过《西游记》过火焰山时,孙悟空找牛魔王的老婆铁扇公主借芭蕉扇,跟牛魔王打了几架,最后还是盗走了芭蕉扇,在火焰山扇了三下,不但火焰被扑灭,而且下了大雨,他们师徒四人这才顺利过了火焰山。"

大龙从铺位上跳下,站在船舱中对四位弟妹说:"我们五人这次去参加万国奥运会最大的困难是什么,大家知道吗?"

小龙、穿天龙、水蛟龙、玉香龙四人面面相觑,不知道究竟什么才是他们最大的困难?

"缺银子。"玉香龙想了一阵说。

"对,缺银子。"大龙说着从床头拿出一个小木箱,"这里只有新加坡梁老先生送的两百块大洋,和科伦坡卖艺练武时,张勇先生送的一千英镑,还有一点观众捐的零钱,这是我们的全部家底,现在在船上我们沾李鸿章大人的光,住吃不要钱,一旦我们到了雅典,离开了这艘轮船,一切住吃、购买日用品等都要靠我们自筹解决,弄不到银钱甭说参加奥运会,恐怕还得饿肚子。大家发表意见,凭我们的条件,怎么才能挣得到更多的钱?"

玉香龙说:"我们几个人都各有一身武艺,不但可以沿途卖武艺,还应该排练几个好看一点的文艺节目,比如大龙哥正在看的孙悟空战牛魔王智盗芭蕉扇的戏,到雅典后我们白天参加奥运会比赛,晚上可以演文艺节目,卖票收钱,只要我们的武打和文艺节目好看,一定会有人买票去看。"

"五妹说得对,我们还可以排一个'梁山伯与祝英台'的节目。"小龙说。

"我同意,我来演梁山伯,与五妹上台配对正合适。"穿天龙毛遂自荐。

"我报名,我演梁山伯,我的嗓门好,唱梁山伯一定好听。"小龙争着想与玉香龙到舞台上做夫妻。

"我的意,由大龙哥演梁山伯与我配戏。"玉香龙说。

"为什么我不能演梁山伯,我喜欢梁山伯这个角色。"穿天龙争得面红耳赤。

"你们都别争了,排什么节目,由谁演梁山伯,谁演祝英台,谁演牛魔王,谁演铁扇公主,由我想一下,写在纸上,后天我们再讨论。"大龙说。

玉香龙说:"演祝英台和铁扇公主,非我莫属,四位哥哥该不会与我争吧?"

"你是一枝花独秀,有谁能与你争?"穿天龙赞美道。

"不一定啊,说不定我演梁山伯,三哥演祝英台,让观众感到意外。"玉香龙说。

"我们不是正规戏班,没有演出经验,三弟演齐天大圣孙悟空行,演牛魔王也可以,但演女角恐怕不成,这里不是开玩笑,这次参加奥运会,不但靠我们的自身功夫参加比赛,还要凭我们的集体智慧演好戏,挣到尽可能多的银子,填饱肚皮。谁有什么新的想法说出来一起讨论?"大龙说。

"到了雅典,要是挣不到钱,我可以租一个小船到地中海打鱼来卖,养活大家。"水蛟龙一本正经地说。

听了水蛟龙的话,大家一阵欢笑。

"我们大龙哥会中医针灸,他也可以给雅典人和运动员治病挣钱,大龙哥你说成不成呀?"小龙说。

"我会唱几曲北京的京韵大鼓,到时候也可以在雅典街头唱几曲,就不知道雅典人听不听得懂?喜欢不喜欢听?我还可学点儿口技,学鸡叫、马叫、猫狗打架。"穿天龙说完看了玉香龙一眼。

"三弟不亏是从北京天桥爬滚过来的人,身上藏了许多宝藏,你在船上好好思考,需要准备些什么设备器材,到雅典后告诉我,我们一道去买。还有你们几位注意,三弟需要谁当配角或助手什么的,大家不要推辞,争取我们在雅典的演出受人欢迎,能卖到银子。三弟在北京天桥演过的戏段子,我想安排在晚会节目中。"大龙说。

玉香龙向穿天龙竖起大拇指说:"三哥多才多艺,我想与你配一段戏,三哥你说我俩演个什么节目好呀?"

穿天龙一时想不起该与五妹配什么戏好,他伸出右手,扣了扣自己的脑袋。

"三哥,你能不能用奥运会为题材,编一个相声段子,我们演一出男女对口相声怎么样?"玉香龙又说。

"我同意,但这相声段子要请大哥和二哥共同商量才能编写得好。"穿天龙说。

第六章　从红海到地中海

[字幕和画外音]1896年3月11日,"招商号"轮船抵达也门的亚丁港。

朦胧的月光下,港口码头上有许多黑人和棕色人群忙碌着从"招商号"轮船上装卸货物,他们不时抬头观看着这艘大轮船桅杆上悬挂着"欢度春节"四个大体字的大红灯笼,灯笼映红了夜空,美丽耀眼。

站在船顶桥台上的两位值班大副,一人指挥黑人搬运工往船上装生活补给品:淡水、大米、面粉、蔬菜、水果、肉鱼等;另一人手持货单监督码头工人卸货。卸完货,几位身材高大魁伟的黑人搬运工,站在甲板上手指桅杆上的四个大红灯笼,用非洲语和手势比画交谈。一位黑人在黑暗中左右环视了一下甲板,见无人注意,他便悄悄地走到桅杆边,吐了一点儿口水在自己手心,双手揉搓准备爬桅杆。

此时站在甲板一堆货物后面的小龙见有人要爬桅杆,起了疑心,用英语问:"What do you want to do?"(你要做什么)

站在桅杆下正准备爬桅杆的黑人用英语回答:"I want to take these red light off,I like it."(我喜欢那些红灯,我要取它们)

"No,you,can not take it."(你们不能拿它们)。小龙说。

"We exchang it with banana."(我们用香蕉交换)黑人用手指了指他们放在甲板上的香蕉说,刚说完,黑人便迅速登杆,他手脚利索,转眼工夫就爬了一丈多高。

小龙见黑人强行登杆,急了,纵身一跳一个单手抓鸡,抓住黑人一只脚,把黑人从杆上强拉下来，黑人跌了个四脚朝天，黑人被激怒，迅速起身双拳击打小龙，小龙边退边还击。小龙退到驾驶舱顶，纵身一跃上了船顶最高平台，黑人从铁梯爬上追打小龙，小龙居高临下来个千斤压顶，双腿一横，将黑人从铁梯上蹬下跌倒在甲板上，此时十多个黑人见状，便一齐上来围打小龙。

　　穿天龙从船舱出来，用手电筒一照，见十多个黑人围打小龙，他转身从船舱拿出一根木棒，跑上甲板，大吼一声"小龙哥接棒"，他向小龙甩去木棒。小龙接棒后使出少林功夫，把木棒舞得八面生风，呼呼作响，十多个黑人不敢近身，只得倒退，奔跑着从行人吊桥往岸上逃。

　　船长巡查完甲板，见一切正常，便命令"招商号"开航。当轮船刚出港一段距离，突然从甲板雨布下的一堆货物堆中冒出一个黑人，挥刀向站在甲板上观海港夜景的小龙偷袭。练武出身的小龙，听见耳后有挥刀风声，回头见一把长刀迎面飞来，寒光一闪，他本能地将头一偏，躲过了举刀黑人的偷袭。小龙边逃边大喊："快来人呀，有人拿刀砍我。"黑人举刀紧迫不放，多次挥刀砍杀小龙未果，站在船尾的玉香龙见二哥被人追杀，她眼疾手快，甩出一支飞镖击中黑人手臂，黑人手中的长刀落到甲板上，发出"当啷"一声，小龙反身回跑，用脚将长刀踢入大海，此时穿天龙与小龙二人拳打脚踢受伤的黑人，黑人被打倒在甲板上，他俩合力抬着黑人，把他抛入大海，海中出现一片水花。

　　站在船顶平台上的船长目睹了刚才发生的一切，他有些感慨，自言自语地说："没想到非洲黑人兄弟这么喜欢中国的大红灯笼，下次我从广州购一批红灯笼运到亚丁港来卖，准可赚大钱。"

　　[字幕配画外音]1896年3月16日，"招商号"轮船从印度洋顺着红海朝北半球西部的地中海前进。

　　轮船在宽约一百公里的红海里从南向北行驶，风没有印度洋的风那么猛，海浪也不及印度洋的海浪大，船上的气温也由热逐渐变凉，夹在深黄色撒哈拉大沙漠和浅黄色阿拉伯半岛间的红海，像一条微风吹动的蓝色缎带嵌在地球的欧、亚、非三大洲之间。此时正是大批候鸟迁飞的季节，候鸟和成群的海燕排列成人字形或品字形，从北向南逆着"招商号"轮船前进的方向飞翔，它们从地中海沿岸的寒冷地带向南飞，寻找气候温和、有水草的地方落户，在

065

第六章　从红海到地中海

这些地方生育儿女,等两三个月后,儿女们长大,地中海沿岸冰雪消融,气候变暖,春季来临,候鸟便领着它们成群的儿女"嘎嘎"叫着,欢快地飞回地中海岸边它们的老家。

站在"招商号"甲板上练功的玉香龙正埋头练习双腿成一字状的分岔动作,天空中一群候鸟飞过。忽然一团鸟屎落在她额头上,她用手摸额头,一股刺鼻的臭味直钻她的鼻孔,气得她对着飞过的候鸟大骂:"瞎了你的狗眼,把屎便拉在你姑奶奶额头上。"引得轮船上的乘客笑得前仰后合。

玉香龙气愤地取弓搭箭,向一群候鸟射去一箭,一只领头大雁被射中落入大海。船长见状命令慢速前进,又对一位水手说:"你弄一个救生艇去拾回小妹妹刚射落的那只大雁,快去快回,若不快点,大雁会沉入海底。"

"是,船长,您甭急,这红海盐分重,一时半会儿它沉不下去的。"水手说

"我随你去。"水蛟龙也从甲板上跳进救生船,他和船员两人齐心划救生艇,把大雁捡回到船上。

王厨师上到甲板,吃惊道:"嗬,好大的大雁哟!真棒,它在天上飞时看起来只有这么一小点。"他用小拇指比画天上飞的大雁很小,说着他拿刀割下大雁头放血。

"王厨师你为什么不用大碗接雁血来喝?"玉香龙问。

"这大雁血不新鲜了,血已发污变色,不能喝,要是刚杀的大雁的血,我会接来喝。"

"你喝过大雁的鲜血吗?"水蛟龙插话问。

"没有,我这是第一次见到大雁呢,水蛟龙兄弟你帮我把大雁抬到厨舱去,我要烧一锅开水烫雁拔毛。"

王厨师和水蛟龙把大雁抬走不久,甲板上大雁的污血腥味引来无数的大翅膀蝴蝶,成群结队绕船飞行,一些胆大的停在污血附近的甲板和栏杆上。玉香龙左右手各抓一只蝴蝶,她用两只竹签子穿着蝴蝶送一只给大龙,说:"大龙哥,这蝴蝶多美,色彩鲜艳斑斓,我们两人排练梁山伯与祝英台的最后一场戏,双双化为蝴蝶飞。"玉香龙做了一段优美的蝴蝶飞舞蹈表演,大龙接过她递来的蝴蝶,跟她一道双双起舞,从船舱内飞舞到甲板上,引得甲板上的船员和乘客注目观看。

一位女乘客问船员："他们这是在干什么？"

船员说："他们这是在排练节目《梁山伯与祝英台》。"

在大龙和玉香龙的表演中，甲板上、栏杆上和桅杆上的大小蝴蝶也跟着他俩手中的"舞蹈蝴蝶"上下飞舞。

乘客和船员们为他们的表演和带动的蝴蝶飞舞鼓掌。

[字幕配画外音]1896年3月20日，"招商号"轮船通过苏伊士运河。

轮船与其他各国商船排成一条直线缓缓通过连接红海和地中海的苏伊士运河，乘客和休班的船员都拥在甲板上，观看运河这一人造奇迹。运河两岸绿树成荫，垂柳飘扬，成群的鸭鹅水鸟在水面畅游寻食。附近几位穿彩色长裙、头顶水罐的埃及妇女从运河边取水后，将水罐顶在头上，一手扶罐，一手摆动，仰着头走路，她们走着舞蹈般的轻盈步伐，在地上留下一串脚印。她们的手脚动作整齐划一，像一队舞蹈演员在台上跳集体舞。她们上坡下坡扭动着婀娜多姿的腰，光着脚板在松软的沙窝中走着，每走一步，脚上的"脚铃"便发出"叮当"的声响。在波浪起伏的黄色沙漠中，远方一位白衣裹身的男子，骑着一匹高大的单峰骆驼，在沙漠里蹒跚地走着，嘴里唱着低沉悠长、悦耳动听的阿拉伯歌曲，与他后面牵着的十几匹骆驼脖子上的驼铃响声呼应，让船上的听众听得着迷。夕阳西下的强烈阳光，把尖顶金字塔的三角倒影在运河平缓流动的水波中，令人心旷神怡。

傍晚，太阳落下地平线，落日的余晖映照着天空中的云彩，"招商号"轮船驶出运河拐弯驶入赛得港，停在指定的泊位。

船长站在船顶平台，用喇叭筒喊话："我们的船在这里停泊两天，船上的机器要修理，旅客们，要参观金字塔的朋友，请明晨卯时下船，乘坐马车便可去参观金字塔和尼罗河沿岸的埃及古老文化遗迹。"

第二天一早，大龙五人离船到港口码头上包乘一辆四轮双套马车，来到世界著名的胡佛金字塔游览观光。他们五人一色的大清绅士打扮：穿长袍马褂，戴红顶子瓜皮小帽，每人背上都拖一根油亮光滑的大辫子。他们五人是一群打扮不俗的游客，也是众多外地游客和当地百姓眼中的参观目标，他们每到一处都吸引着附近人群的异样目光。最引人注目的是玉香龙，她体态轻盈活泼可

爱,虽然是男装打扮,但是衣着无法掩盖她的女性美丽,她的一举一动都显出女孩特有的青春魅力。当地一群衣衫褴褛的无业游民,跟着他们五人前呼后拥,不断地把目光集中到玉香龙的一举一动之上,他们凝视着这位大清帝国的东方美女,像埃及人欣赏埃及艳后一样心旷神怡。

大龙和玉香龙两人比赛攀登金字塔,他俩从下往上奔跑,那群衣衫褴褛的游民也跟着他俩顺着石梯往上跑,大龙爬到半坡坐下休息,眺望远方尼罗河两岸的乡村美景:阳光照射下,尼罗河水反射出条条光带,闪光刺眼。远方运河里的船只往返在黄色光带中,像梭子般穿行,也像在为埃及人民编织着幸福美好的生活。好胜的玉香龙鼓足勇气爬到塔顶,她大声喊:"大龙哥,你快爬上来,这里看得到四周的景色,好美啊!"她双手高举双脚蹦跳,在太阳光下,她见到远处地坪上,有她站在塔顶跳动的剪影,她像跳舞一样前后移动,她的剪影也在飘移,她欣赏着自己的婀娜多姿,感到兴奋有趣。正当她沉浸在欢乐气氛之中,忽然从塔顶一个大方石块后面钻出来一群衣衫褴褛的游民,他们成一个圈把她包围着,像观看一个艺术品那样欣赏她,对她指指点点,品头论足,有的对她流着口水傻笑,欲要把她吞下肚子解馋。

[玉香龙的画外音]这群衣衫褴褛的无业游民为什么总跟着我?他们肯定不怀好意。

玉香龙又大声喊:"大龙哥你快上来,我遇到一群流氓,你快来救我。"无业游民们听不懂玉香龙的呼救喊话,他们尽情地戏耍站在他们中间的东方美女,一个人从她背后伸手抓走她头上的绸缎红顶瓜皮帽,当她回头看是谁抓了她的帽子时,那人"刷"地一下将帽子从手中抛出,从她头顶飞过,落到另一流氓的手中,无业游民将她的瓜皮帽在手中互相抛甩。她愤怒盯着不断飞舞的瓜皮帽,这时一个人伸手摸了摸她的脸,另一个人从侧面拉她的发辫,玉香龙忍无可忍,气愤地左右开弓,打在伸手调戏他的游民脸上。他们不但不恼怒,反而嬉皮笑脸,以被打为荣,继续兴奋地做着怪相,一步一步地向她靠拢,准备进一步非礼。此时大龙赶到,他双脚一蹬,腾空跳入包围圈,无业游民们吃惊地见到大龙从天而降,他们都伸出双拳,想以多胜少对大龙大打出手。大龙左右出拳,飞起一脚将一个游民踢翻在地,其余游民吓得四面溃退。一个游民拾起了"瓜皮帽",拍了拍灰,双手交给玉香龙。

金字塔下的小龙、穿天龙和水蛟龙正在参观狮身人面像，一群小偷包围了他们，趁人不备，一个小偷将手伸进了穿天龙的马褂内偷钱，穿天龙感到异样，他伸腿后踢，小偷被穿天龙出其不意地踢翻在地，其余八位小偷一齐掏出短刀向穿天龙包围上来欲与他拼命，小偷们人多势众，又都握有短刀，小龙、水蛟龙和穿天龙抢来摊主的三根木棒，每人一根，三人举棒挥打，打落了小偷们手上的短刀，一贯欺软怕硬的小偷不是他们的对手，自觉地跪在地上向他三人叩头求饶。

此时"招商号"船上的六位船员也来参观，一位水手对小龙说："这里的小偷多，明抢暗偷，不要打伤他们，以免引起外交麻烦？"

傍晚，大龙五人回到"招商号"船上，船长在驾驶舱召见他们说："根据埃及塞得港港务当局通知，地中海北面的爱琴海海面上，土耳其和希腊两国的军舰正在交战，他们白天打大战，晚上打小战，经过爱琴海北上的商船要通过他们的交战区，船上要挂白旗，还要交买路钱才能通过。去希腊雅典的海路不通，你看该怎么办？"

大龙说："船长，今天是几号？"

船长说："我们船用的是公历，今天是 1896 年 3 月 22 日。"

大龙在轮舱内走了一阵，转身对船长说："今天是 3 月 22 日，距雅典万国奥运会开幕的 4 月 6 日还有十五天，时间紧迫，绕道去雅典行不行？"

船长站在船壁边一张世界地图前说："你们看，这是雅典，它在爱琴海的西岸，三面被水包围，从我们现在的埃及塞得港口直航雅典，顺海风，三天三夜可到。逆海风，五天五夜就足够。但若是绕道意大利西西里岛的卡塔尼亚港，转弯去希腊西部一个小港上岸，你们再乘马车去雅典，至少要二十天到三十天时间，你们就赶不上万国奥运会了。再者绕道行驶经济上的损失也无人承担，唯一的办法是冒着土耳其和希腊两国军舰的炮火，设法到两国海军军舰上，找当官的谈判，花买路钱，请他们停火两天，让我们'招商号'通过，直达雅典。或者是你们在这里下船，另设法去雅典，我们'招商号'船虽有李鸿章大人的手谕，免费送你们去雅典，但我们必须在航程规定的时间内装上回程货返天津港。所以我与你们五位大清帝国奥运会体育代表团的弟妹们先商量，请你们赶快作出决断。"

大龙等五人围着地图看了一阵,回头问船长:"船长大人,你知不知道土耳其和希腊两国为什么开战?"

船长:"听说他们两国开战的主要原因是为了争夺爱琴海和塞浦路斯岛的控制权,他们断断续续打了很多年仗,这次也不知道是他们打的第多少次仗了。"

"对了,"大龙说,"我的意见是船长看在大清帝国光绪皇帝的面子上,请你把我们送到他两国交战的爱琴海边缘水域,把船停在水面,抛锚挂上白旗,然后我们五人分成两组,分别去交战双方的旗舰,找他们的司令官,劝他们停火,让我们的船通过爱琴海。"

穿天龙说:"大龙哥说得对,你们既然免费把我们从天津运到这埃及的塞得港,我们的行程已接近目的地,帮忙帮出头,杀猪杀出喉,船长大人,请你好事做到底。"

玉香龙说:"船长大哥,我们从2月1日上船,一路上备受你关爱,我们实际上成了一家人,你常把我称为小妹,我今天也就没大没小,不称你船长大人,称你大哥,一路上我们有难同当,有福同享,你把我们送过爱琴海到达雅典,万一我们在万国奥运会上取得了金牌奖品,不但是大清帝国的光荣,皇上的光荣,也有你船长大哥的一份劳苦功高,小妹这厢有礼了。"玉香龙说着向船长深深三鞠躬,"大哥跟我兄妹一场,求大哥看在小妹的面子上,与我们共存亡,同闯爱琴海,小妹会终生不忘大哥的大恩大德。"

船长感动地扶着玉香龙:"小妹你这是干什么吗?看在你我兄妹的情分上,也看在大龙、小龙、穿天龙、水蛟龙四位兄弟的友情上,我就舍命陪君子,开船去爱琴海,与你们共渡难关,同生共死。"

小龙说:"我不善言词,只能说船长大人我谢谢您了,如果我在万国奥运会上得了奖牌,我第一个送给你。"

"小龙兄弟,你说一说为什么得了奖牌要送给我?"船长望着老实忠厚的小龙说。

小龙说:"我们中国人有句俗话叫危难见真情,船长把个人和这艘轮船的生死安危置之度外,陪我们共同去赴汤蹈火,一块奖牌哪里比得上你的生命贵重,情深义长。"

船长带头鼓掌，大龙五人也鼓掌。

水蛟龙说："船长大人，等我们开完万国奥运会回到天津，我一定来找你。"

"找我干什么？也是把奖牌送给我？"船长笑着问。

"我若得了奖牌，肯定送你一块，就怕我得不到奖牌，我找你的目的是想到你船上当名水手。"水蛟龙说。

船长："你现在是大清帝国三兆又五千万同胞中挑选出的五虎战将中的一员，你们都是国宝级的人物，无论你们得不得奖，都是皇上面前挂了号的响当当人物，皇上少不了给你们每人赏个四品官，若得了金奖，赏个三品、二品也难说，让你们管理全国的体育运动，那才好呢，何必到我船上来受累。"

水蛟龙："我不是当官的材料，只想跟你当水手，你要吃鲜鱼，我马上跳到海里去，一会儿工夫准保抓一条。"

"好好，"船长拍了一下水蛟龙，"到时候你来找我好了。"

[字幕配画外音]1896 年 3 月 24 日，"招商号"轮船从地中海南边的塞得港起锚，沿着去雅典的航线航行。

看起来水波翻滚、浩瀚无边的地中海南部广大海域并不受希腊和土耳其交战影响，海面上挂着各国旗帜的大小船只，向不同的方向穿梭行驶。船长站在瞭望台，观察前方海面，海风吹拂着他的单尾短辫，在风中飘浮，他的衣服也随风颤抖，他从单筒望远镜中忽见远方海雾中烟雾弥漫，火光闪闪，偶尔听见"隆隆"的响声，他不知道前方海面是雷暴区，还是土耳其和希腊两军在交战？

[船长画外音]无论前方是雷暴，还是希土两国在交战，我们都必须停航。

船长回到驾驶室，站在船内管道传声系统旁边想了一会儿，将嘴对准喇叭口大声说："全船工作人员注意！全船工作人员注意！抛锚停止前进，当班人员在原地待命。"船长下达完命令，拿出白布单，叫穿天龙去挂到桅杆上，又指挥船员在船两边栏杆上挂上早已准备好的两幅巨幅英语标语。

STOP WAR, GO TO THE OLYMPIC GAMES.（停战，去参加奥林匹克运动会）

MEN WANT PEACE, NO WAR.（人类要和平，不要战争）

一艘救生小艇放到水面，小龙与水蛟龙登上小艇，小龙先将一面白旗插在

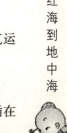

小艇前头,由四位水手划桨,向希腊战舰划去,小艇上的小龙用喇叭筒高声喊:"不要开炮,不要开炮,我们找你们司令官。"

小艇到达希腊战舰边,他们下艇,从悬梯上了战舰甲板,几位持枪士兵看见小龙、水蛟龙及水手等中国人,不像长大胡子的土耳其人,便把他们领进舰队司令官面前,小龙通过翻译讲:"我们是亚细亚大清帝国的运动员,受光绪皇帝派遣,经过两个月的海上航行,走了半个地球,经过千险万难,好不容易来到爱琴海,准备到你们希腊国雅典开万国奥运会。你们为什么开炮,不准我们大清帝国的'招商号'商船通过?"

高鼻子蓝眼睛的希腊海军司令听糊涂了,不知怎么回答面前这几位尾巴长在脑袋后的中国人的指责性问话,他在他的办公桌前以军人特有的姿态迈着方步,思考着。

[希腊海军司令的画外音]这些中国人误会了,我们开炮是在跟爱琴海对面的土耳其海军交战,哪里是在向大清帝国的"招商号"商船开炮呢?这些中国人一定误会了,我得问一问,他们冒着危险,通过我们交战水域的目的是为了什么?若为了做生意,用船和船上全体人员的生命来冒险,这样值得吗?

希腊海军司令转身对小龙说:"按国际惯例,两国交战海域是禁止一切船只通过的。我们开炮不是打你们,是向土耳其军船开炮。"

小龙说:"我们知道你们不是打我们大清帝国的'招商号'商船。"

"知道了,还要问我们为什么向你们开炮?我倒是想知道你们为什么要冒着我们的炮火去我们的都城雅典?"希腊海军司令双眼盯住小龙问。

"我们去雅典参加4月6日在那里举行的世界第一届万国奥林匹克运动会,我们代表的是有灿烂文化的亚细亚大清帝国,我们从地球那一边漂洋过海到贵国来比赛,不用说炮火我们不怕,就是有雷击闪电、刀山火海,我们也要通过爱琴海。要不这样,我们上对不起大清帝国皇上,下对不起三兆五千万大清帝国的臣民百姓,我们今天冒死乘坐小艇来找你,是相信你不会用炮弹来欢迎我们这些贵国政府邀请的贵宾吧!"

希腊海军司令吃惊地看着这几位中国人,他转身对副官说:"你马上发加急电报到国防部,询问我们希腊国王陛下是否下令4月6日在首都雅典召开什么万国奥林匹克运动会,请他们务必在一小时内回电报。"

副官用笔作完记录后又问:"万一国防部回电报问为什么催得这么急?怎么说。"

海军司令说:"对了,你加上几句话,就说我们军舰上来了一批自称是代表亚细亚大清帝国的人,他们的船已停在爱琴海附近,要求我们停止与土耳其人的炮战,让他们的船开到雅典,他们还说是受我们希腊王国政府邀请,来参加奥林匹克运动会的。"

"是。"副官转身出房。

海军司令满脸笑容地对小龙等六位中国客人挥手说:"请坐一会儿,喝一杯希腊出的上等宝石绿茶。"

小龙等人围着一张椭圆桌坐下,一个勤务兵为每个人泡了一杯宝石绿茶,当泡上开水后,茶叶在水中生出宝石般的绿光,喝上一口会有一种由辣变凉、全身热乎乎的舒适感。

水蛟龙趁热先喝了一口,点了点头说:"好喝,好喝,这个味道怪怪的,但全身舒服极了,二哥你喝一口试一试。"他又对几位水手说,"你们也喝,虽然你们多年从南到北,从东向西跑遍人半个地球,未必喝过这种叫什么来着的茶?"

"刚才司令说叫宝石绿茶。"小龙记性好,补了一句。

一位水手说:"这种茶,我听说过,但没有喝过,听说在希腊只有皇帝、大臣和高官富商才能享受到宝石绿茶。"

"那么说希腊海军司令是把我们当贵宾招待了。"水蛟龙说。

"看把你美的。"小龙接着也喝第二口茶,他抬头见海军司令站在窗边,观看爱琴海对面土耳其军舰的开炮情况,偶尔火光一闪,在海面冒出一股冲天水柱,并传出沉闷的爆炸声,司令沉浸在战争中。

此时小龙站起来对海军司令说:"司令官先生,有个问题可以问吗?"

司令的视线从窗外的战斗中转向小龙:"有什么问题?请说。"

"你们希腊人和土耳其人为什么要在爱琴海打这一场战争?"小龙很不理解地问。

司令脸上微微一笑:"你们亚细亚大清帝国的中国人不知道,我们是军人,以服从上司的命令为天职,上司要我们开炮,我们就开炮。"

"你们为塞浦路斯岛同土耳其人打了多少年战争？"水蛟龙插话问。

"我也不知道和土耳其人断断续续地打了多少年战争。有时也只是关系紧张而已。何况，塞浦路斯现在英国人的控制之下。"司令说。

这时副官拿着电报进来，双手递给司令，司令官看了后，对小龙、水蛟龙等中国人说："国防部回电说，'确实4月6日要在雅典召开万国奥林匹克运动会，命令我们不要开炮，派军舰护送你们乘坐的招商号商船安全到达雅典港口。'"

"太好了，"小龙和大家鼓掌，"谢谢司令官。"小龙等六位中国人集体向司令官行了一个中国式的大礼。

"你们别高兴太早了，我们不开炮，土耳其人开炮，你们的船照样过不了这爱琴海。这样吧，我立即向我方各军舰发电报，让他们停火，但土耳其那边，你们也得派人去做工作，只有双方停火，才好办。"司令说。

"司令放心，我们已有几位兄弟去土耳其军舰做工作去了。"小龙说。

"只要土耳其向我们发停战信号，我们一定也给他们回信号停战。"

正当小龙和水蛟龙等前往希腊军舰谈判时，大龙、穿天龙和玉香龙三人也乘另一艘小型救生艇，向爱琴海烟雾弥漫的土耳其控制区前进，艇的前头除插着一面白旗外，还挂着四盏红灯笼，由四位水手划桨。为了防止土耳其军队误解，大龙使劲地吹着高音喇叭，穿天龙打锣，玉香龙打鼓，他们热热闹闹，浩浩荡荡，还不时地喊着停战口号。他们乘风破浪快速前进，当小艇快到土耳其海军控制的海面时，四位划桨水手齐声唱着土耳其人听不懂但感觉得到充满欢乐气氛的歌，歌声吸引着土耳其各军舰上的官兵，他们纷纷登上自己的炮舰甲板看热闹，有的还挥手欢呼。土耳其旗舰的甲板上站着大腹便便的哈商司令官，他拿着单筒高倍望远镜观看这一艘奇怪的小艇，胖司令官担心有诈，他命令旗舰上的炮手："向那艘小艇开炮。"

他附近一个炮手问："司令官，是不是击沉它？"

哈商司令："不，吓唬吓唬他们。"

"打几炮？"水手又问。

"打三炮。"司令伸出三根手指。

"咚咚咚"，三发炮弹从土耳其旗舰上打出，在大龙们的小艇前半海里的海面,轰出了三个巨大的水柱,当水柱落下后,土耳其哈商司令又拿上单筒望远镜观看,见海面那艘奇怪的小艇不但没有停止前进,反而划得更快,小艇上的锣鼓声、喇叭声、歌声也响得更起劲。哈商司令看到小艇前挂的白旗和后面亮着灯的四盏鲜艳的大红灯笼。更让他惊讶的是,有位留着独辫子的"女子"在打鼓打锣吹喇叭,这让哈商司令心里一颤:那位打鼓的女子不时扭动着她的腰肢,妩媚妖艳甚是好看。

[土耳其哈商司令的画外音]对面这些希腊人在搞什么鬼名堂?他们从哪里弄来了这些东方女子,是想给本司令官玩"美人计",还是怎么的?

一连串疑问在哈商司令脑子内盘旋,附近的炮手又问:"司令官,我们是不是再开几炮把那个小艇打沉。"

哈商司令摇了摇手说:"等他们开过来,我要看看希腊人究竟玩的什么鬼把戏。"

土耳其舰甲板上站着一排荷枪实弹的海军士兵,他们双眼盯着仍然打锣打鼓、吹喇叭的一行人从悬梯慢步爬上,他们头后都留着一条长辫子,看起来不男不女。后面四位放声高歌的水手,也都留有一条"尾巴",而且这四位唱歌的水手,每人的手里都拿着三块竹板,他们迈着整齐的步伐,顺着军舰钢板悬梯往上走,每走一步钢板悬梯便发出整齐的"踢踏"脚步声,他们左右手里的三块竹板也打出清脆有节奏的合击响声,脚步声与竹板声,奏出欢快清脆的旋律,这种声音,让甲板上的土耳其军官和士兵看得眼花缭乱、听得如痴如醉。客人们边走边跳边舞,徐徐上升,整齐划一的爬梯舞步,让观看者赏心悦目。

当大龙等七人上了旗舰甲板,那群荷枪实弹的海军士兵包围了他们,一位士兵将左手手掌向下,放到头顶,将右手掌伸直,指尖顶住左手掌,说了一声"Stop"。

大龙看懂了手势,拍了拍手掌,用中国话说:"大家停。"锣鼓声、喇叭声和歌声猛然停止。

两位土耳其军官一脸傲气地走了过来,一个军官对士兵说:"搜他们身上,看带武器没有?"

大龙看了一眼玉香龙,转身对军官说:"这就是我们的武器。"他指了一下

放在地上的锣鼓、喇叭和一堆竹板,大龙双手从自己胸前往下摸,弯腰从裤腰摸到脚底,他又双脚跳了跳,突然从他长衣内掉出一个亮晶晶的"东西",落在甲板上,滚了一阵,发出"当"的金属声才停下来,吓得周围的海军士后倒退两步,都用枪口对准大龙等七人,他们害怕那是一种新式武器。大龙见吓倒了土耳其人,忙从地上拾起东西用衣角擦了擦,把它放在口中吹出一曲好听的中国歌曲江南小调《茉莉花》,曲调优美,悦耳动听,甲板上的土耳其士兵和军官听得迷醉。吹完后,土耳其军官领七名中国人到一间大的房间内坐下休息。

不一会儿工夫,十多位土耳其军官陪着一位叼着烟斗、满脸大胡子的胖军官来到大房内,一位翻译官介绍说:"这是我们土耳其军舰的哈商司令,你们为什么玩着花样,冒着我们的炮火闯上我们军舰,快告诉我们司令。"

哈商司令审视着眼前这些不速之客,见这些人黄皮肤黑眼睛,后脑瓜上都留着一根油光水滑的长辫,穿的衣服是长袍马褂,一个个不伦不类,看了令人好奇。当他的眼球落到对面那位身材苗条、脸蛋细嫩、身材匀称、长相俊美秀丽的女子身上,产生了更大兴趣。

[哈商司令的画外音]这些人长相特别,不像希腊人,他们在小艇上招摇过市,打着锣鼓吹着喇叭,也不怕我们的炮火,他们究竟是什么人?我必须问明白。

哈商司令的眼光锁定在玉香龙身上,他移开嘴上的大烟斗,用土耳其话问:"你们是什么人?到我们军舰上有何事?"

大龙等七人你看着我,我看着他,面面相觑,听不懂对方的问话。

哈商司令看到客人们的窘态,知道这些人听不懂他的土耳其话,便将目光从玉香龙身上转到身边的翻译身上,用嘴向这些外国人指了指。

翻译明白,上前一步,说:"我们司令问你们是什么人?到我们军舰上有什么事?"

第七章　智斗土耳其海军司令

大龙严肃地说："我们是亚细亚大清帝国皇帝陛下派出的体育使团，我们要通过你们与希腊海军的交战水域爱琴海，请司令大人你下命令停战，让我们停在附近的'招商号'大轮船通过爱琴海去雅典，参加下月初在那里召开的世界第一届万国奥林匹克运动会。"

"什么是奥林匹克运动会？我怎么没有听说过呢？"哈商司令瞪大眼睛，傲气十足地说。

［大龙的画外音］你没听说过的事多呢？

大龙笑着说："这奥林匹克嘛，听说是希腊一国的一个村庄名字，据说那里的村民们家家户户男女老少都喜欢体育运动，村里年年都要举办体育运动会，一些国际组织呼吁希腊王国政府，在雅典召开世界性的运动会，以'奥林匹克'命名这次世界性的万国运动会。"

"那么奥林匹克运动会就是你们跟那些奥林匹克村的村民一起运动开会啰！"哈商司令左手拿着烟斗在胸前左右晃动，他微笑着为自己的高明解释而得意。

"司令，你对奥运会的解释太简单了。"大龙接话，"这奥林匹克运动会好比司令你指挥军队与希腊人打仗一样，这里我用杯子代表交战的每个国家派出参赛的军舰，军舰的大小、火炮和参战人员相同，双方按一定的规则进行'战斗'比赛，谁胜谁负由公正的裁判员决定，不服从裁判一方，视为犯规，取消比赛资格或被判为败方，这样将影响败方国家在赛场和国际上的形象和荣誉。"

大龙从桌子上拿起六个杯子，分成两组，每组三个杯子，代表双方军舰的数量，

他口沫四溅地向哈商司令解释,讲得高兴时,用眼角扫了一下哈商司令,见哈商司令专注地在看、在听,大龙继续讲,"这奥运会比赛,就像司令你在这里统率千军万马指挥数十条战舰与希腊人作战一个道理。"

"No,No。"哈商司令不同意大龙的说法,他把桌子边上的另外八个杯子拿到他自己的三个杯子旁,说,"在奥运会上,我要用十一艘军舰去与希腊人的三艘军舰进行比赛,胜利方肯定是本司令代表的土耳其,哈哈哈。"

"司令,你的这种战法裁判会判你犯规,算你为败方。"大龙说。

"谁有这么大的胆子? 敢判本司令为败方。"

"国际裁判秉公执法,按国际公认的准则裁决,他有权判决谁胜谁负。"大龙据理力争。

"他判其他的国家为败方可以,但判本司令为败方,小心我……"哈商司令手一扬,脸红脖子粗地说。

"你能把裁判怎么样?"大龙把头往司令面前一伸,互相横眉冷对。

"我一炮把他打死。"

"司令有这个本领和实力,命令炮手向执法公正但你很不满意的国际裁判开炮,也肯定能把他炸得粉身碎骨,但你想过没有,国际上所有国家的大小报纸都会登出一条特大新闻:'土耳其海军舰队司令哈商先生在比赛中,弄虚作假,不服从国际裁判判决,开炮打死裁判。'你们土耳其王国政府和国王将受到万国谴责,在国际舆论中丢尽脸面,即使贵国国王和政府不惩罚你,你还有脸面当司令吗?"大龙理由充分地说。

"你说的奥运比赛双方胜负,不是以人员和大炮多少决定胜负,而是以国际裁判的判决来决定比赛双方谁胜谁负? 这么说,你拿我们与希腊人打仗相比,好像是有点不一样。"哈商司令用烟斗轻轻在自己头上敲了几下。

"肯定不一样,听说你们与希腊人打了多年,究竟谁胜谁负? 司令你知道吗,这些年里你们各自打沉了对方多少军舰,击伤了对方多少军舰? 打死打伤对方多少无辜的老百姓? 各自死了多少士兵? 有多少士兵的妻子成为寡妇、母亲成为寡母,你知道吗? 而奥运会比赛的伟大之处是:可以分胜负,但无舰毁人亡。"

"我们当司令的不关心对方的伤亡损失。有仁慈之心就不能打仗了。"哈商司令理屈词尽,他为了镇定自己的情绪,又让勤务兵为他烟斗里安放丝烟,点燃后狠狠地吸了几口。

"我们中国佛教有句话说,救人一命胜造七级浮屠。一个有良知的司令员,不能只会指挥军舰打仗,要求士兵去冲锋杀人,还要体惜关心士兵的感情,我们中国的《孙子兵法》上讲,要知彼知己方能百战不殆,司令员不但要关心自己部下的伤亡、喜怒哀乐,还要关心了解对方士兵的伤亡情况,这些常识不但对打仗有用,对参加奥运会的体育比赛也有用。"大龙越说越激动。

哈商司令把一杯水推到大龙面前:"亚细亚大清帝国皇上派来的使者,你很有口才,尽管你说得天花乱坠,口若悬河,我还是不懂你说的奥林匹克运动会与我们两军打仗有什么关系。"

"拿你们与希腊人无休止、没有胜负、劳民伤财的战争,与即将召开的奥林匹克运动会相比,或者说用战争与体育比较,两者在本质内容、手段方式上有许多不同,但也有相似的程序和规则。"大龙说。

"你更把我说糊涂了。"司令摆手,立即将背对着大龙,表示不愿再听。

[大龙的画外音]这个哈商司令真是固执。要是我说不动他又怎能劝说他下命令停火呢?我必须继续与他周旋。

大龙招手把穿天龙和玉香龙叫到身边,三人密商一阵,大龙转身又说:"哈商司令,我们争得面红耳赤,实在有点儿不好意思,为了感谢司令刚才与我们的口水战争,现在换个战斗方式,轻松一下,让我三弟给司令表演轻功——双脚踩鸡蛋。司令你这里有鸡蛋吗?"

司令转过身对大龙说:"鸡蛋有的是,要多少?"

"拿二十个来。"大龙说。

司令对身边的军官说:"去厨舱弄一筐鸡蛋来,我要看看他们这些大清帝国的体育使者,玩什么花样?"

一会儿工夫,军官亲自提来一筐鸡蛋。穿天龙接过用小树条编的结实筐子,将鸡蛋全部拿出,细心挑选出二十个鸡蛋,放回筐内,平放一层,紧密地塞满。然后,穿天龙脱掉鞋袜,站立地面,他双手掌心向上,放在胸口深深地呼吸一口气,两手的手掌慢慢上移至头顶。此时大龙与玉香龙将一张大桌子抬到穿天龙身边,穿天龙将双手压在桌子上,双腿缓缓上升,做了双腿分开、合并、单屈腿、向上成"P"字形等一串优美造型,观看的官兵一片掌声。此时穿天龙双腿并拢慢慢下放,他的一双光脚板轻轻地放入地面那个树条筐子里的二十个鸡蛋上。他的腿和身躯逐渐伸直,先单手轻离桌面,再双手离开桌面,全身站直,微笑着向大家挥动双手。

一直担心鸡蛋被踩破的哈商司令见筐内鸡蛋无破碎迹象,便带头鼓掌,连说"Good,Good",他伸出大拇指,围观的官兵又一次鼓掌。

此时穿天龙又将双手放到桌面,用力压桌,双脚双腿轻举向上,再次做头手倒立,然后做了一个双手不落地的后空翻,最后双脚站立在桌面上。

官兵再次发出一串掌声。

哈商司令提着筐子,检查二十个鸡蛋,无一破损。他将筐子放在地上,学穿天龙的样子,脱掉鞋袜,将一只脚放在筐内鸡蛋上,突然,脚下八个鸡蛋破碎,他的脚上沾满了蛋青和蛋黄。

官兵发出一串笑声。

大龙对重新穿上鞋袜、坐在椅子上的哈商司令说:"哈商司令,刚才我三弟的表演只算轻功技巧,司令想学双脚踩鸡蛋吗?"

"我不感兴趣。"哈商司令头摇得像拨浪鼓。

"那你为什么用脚去试踩鸡蛋呢?"大龙问。

"我是想试验一下,你们是不是用骗术在骗本司令。"

"哪能骗司令您呢? 我们三弟的表演只想说明一个问题。"大龙欲说又止。

"什么问题?"司令看着大龙。

"踩鸡蛋是一种轻功,将来可能成为奥林匹克运动会的表演项目。"大龙说。

"我脑子乱,"哈商司令急忙摇手阻止大龙,站起来说,"你别在我面前再提什么奥林匹克运动会了,我实在听不懂你说的那个什么奥妙无穷的奥运会。"说完,司令有些不耐烦地迈着方步向外走。

"你不理解奥运会没有关系,司令请看窗外远方天空,有一串红色信号弹,那是希腊人给你们发的停战信号。"大龙站在窗前,右手指向远方天空。

"你怎么知道那是向我们发的停战信号?"哈商司令返身向另一扇窗走去,抬头远望,见一发接一发的红色信号弹正在升空。

“我们派出了两位兄弟去希腊战舰，找了他们的司令，我们商定：若希腊司令同意停火，就向土耳其战舰打二十发红色信号弹。”大龙眉飞色舞地笑着说。

“我的大清帝国朋友，你们远涉重洋，冒着生命危险到我的战舰上来宣传奥运会，要求我们停战，实话告诉你，我不能也无权宣布停战。”

“你是司令官，一呼百应，停不停战还不就是你的一句话。”大龙不理解地问。

“在我们土耳其，只有国王陛下才有资格宣布‘战争与和平’，我这个司令只是执行国王命令的人。”

“司令有仁慈之心，又那么伟大，你可以下命令休战几天，让军官们回家与妻儿老小团聚几天，让他们享受人间的天伦之乐，你何乐而不为？”

“你说得对，本司令下命令让官兵们休战几天的权力还是有的。”

“司令既然享有下命令休战的特权，你为何不把休战的时间延长到两个月，带上你的官兵卫队去雅典观看在那里举行的万国奥林匹克运动会的各项体育比赛，你就会对什么是奥林匹克运动会有所了解。”大龙极力劝说。

“什么？你要我去雅典看比赛？你知道那是什么地方吗？”

“雅典是将要召开全世界第一届万国奥林匹克运动会的地方，是和平的地方。”

“可雅典是我们正在交战的敌国首都，我是堂堂的土耳其王国海军司令，那我不成了去投降的敌国海军司令？那里的老百姓不把我生吞活剥了。”

“司令，你的顾虑太多了，告诉你吧：从 1896 年 4 月 6 日在那里召开万国奥运会开始，雅典将成为全世界和平的城市，它将敞开他的双臂欢迎全世界参加奥林匹克运动会的运动员、教练员、记者和参观者。”

“看你说的与唱的一样好听，好像你是雅典的市长，希腊的国王，难道他们都听大清帝国皇帝的圣旨？”

“我既不是雅典市长，也不是希腊国王，但我可告诉你一个事实，本来召开这第一次万国奥林匹克运动会有很多个国家的首都都争着想召开，你知道为什么最后定在雅典吗？”

“原因？那还不简单，奥林匹克本是希腊一个村庄的名字，在希腊首都雅典

开奥林匹克运动会,是理所当然的事。"

"司令你的解释只有一部分道理,据希腊王国政府派驻北京的公使大人向我们光绪皇帝介绍,奥林匹克从4月6日起将不仅是一个爱运动的希腊乡村的名称,它将升华成有和平意义的'运动圣殿'的代名词,当时法国人也力争要把万国奥运会拉到巴黎去召开,你知道雅典这个城市为什么争赢了吗?"

"这些,我没听说过。"司令想知道奥运会召开地点的争吵轶事。

"在巴黎召开的奥运会筹备会议上,几位专家学者给奥运会作了一项重大政治决定:召开奥运会的国家,在本届奥运会期间一律不能与他国交战,即把奥运会办成世界和平的大会。"

"希腊不是正在跟我们开战吗?"

"正因如此,希腊国王向奥运会筹备组作了口头保证,从奥运会开幕那天起,他将向全世界宣布,结束与周边邻国的任何战争。希腊国的总理是主战派,被国王当场免职,现在的希腊总理由希腊王国的王子康斯坦丁暂行代理。听说前任总理是希腊历史上第一位因好战而下台的总理,你看这奥运会的和平力量有多伟大?"

"伟大,奥运会的宗旨能与世界和平事业联系在一起,这很伟大,我拥护,我也支持奥运会。"哈商司令一直板着的脸孔开始有了微笑,他伸出两手的大拇指,表示他支持奥运会,也支持和平。

"司令拥护奥运会的和平原则,太好了,你可以放心去雅典看万国奥运会了。"

"你们几位大清帝国的奥运会运动员一定都身怀体育绝技,能不能在我的军舰上为我表演几项你们的'奥运战争',让我们官兵先开一下眼界,然后本司令才能考虑,值不值得休战两个月去雅典看你们表演的什么奥运比赛。"司令对奥运会开始有了兴趣。

"司令,我们到你舰上做客已半天了,肚子里的胃和肠在交战,它们正在向我的肚皮开炮,你总不能让我们空着肚皮为你打一场奥运战争吧?"大龙说。

"这好说。来人啊,传令炊事员送两只烤全羊、面包和奶茶,我要招待这七位大清帝国派来的和平使者,他们是我珍贵的客人,他们是真主给我派来的和平大使,我要让他们好好品尝一餐我们土耳其的烤全羊和奶茶。"哈商司令对副官讲,也是对大龙们表示他的热情与好客。

"是。"副官向司令敬了一个标准的土耳其军人礼转身走出。

一会儿工夫,四位穿白衣的炊事兵,用方木盘抬着两只又黄又亮、散发着扑鼻香气的烤全羊进来,放到大条桌上,又继续送来刀叉、奶茶和装奶茶的黄铜茶壶,还有七条长面包,和一盘椭圆形的土耳其馕饼。

"诸位大清帝国的体育使者,请你们好好品尝我们土耳其的烤全羊,你们远在东方,经过千辛万苦来到我们舰上做客,是我珍贵的客人。我们土耳其人好客,你们自己慢吃,味道要是不对你们大清国人的胃口,请你们原谅。希望真主保佑你们吃饱喝好,等你们吃好后,我要集合全体官兵看你们的'奥运战争'表演。"哈商司令说完转身离开。

军舰甲板上,各种大小炮筒上、炮台上,凡是能站人的大小地方,都或坐或站挤满了土耳其旗舰上的军官和士兵。哈商司令仍然叼着他的大烟斗,坐在比甲板高一层的平台正中的椅子上,他背后站着几名军官,哈商司令对身边的司仪官挥了一下手。

司令副官站在侧面小声问大龙:"大清帝国的奥运体育使者,你们准备好了吗?"

大龙说:"准备好了,第一个奥运'战争'表演节目是自由体操表演。"

大龙说完后,司仪官用土耳其语大声向官兵们翻译。

在京戏锣鼓声和喇叭声的伴奏下,穿红色紧身衣、头戴猴子面具的穿天龙,矫健地站在甲板一端。他先来了一个金鸡独立状的猴子观月造型,然后转身跑了几步,顺甲板翻了一串跟斗,接着在原地翻了三个空心跟斗后倒地,又变成两手触地,两脚朝天,再双腿分合,做旋转等优美造型,最后,他一个双腿弹跳站在地面上。忽见空手一闪,一根金光发亮的"金箍棒"闪电般出现在他右手上,他挥舞着"金箍棒"上下左右旋转,又滚地舞棒,跳跃舞棒等,变换了十多种舞棒特技,他手舞的"金箍棒"由于人们的视觉差,似乎成了一个飞速旋转的金色圆环,引来土耳其官兵们的阵阵喝彩。接着,他用力将"金箍棒"朝空中一抛,然后在地上一个前滚翻,弹跳站立飞身接住"金箍棒",用定棒特技将"金箍棒"直立在甲板上,又一个鱼跃腾空,单腿站在"金箍棒"顶,表演了一串猴子挠痒、猴子吃桃子、猴子观海等动作,再一个空翻回转双脚落地,从甲板上拔出"金箍

棒",将棒在头、手臂、大腿等处踢舞,"金箍棒"发出"呼呼"的声音,最后,他将
"金箍棒"向空中一甩,一条黄色的东西呼响着飞向空中,突然消失。

看呆了的官兵们再一次爆发出热烈掌声。

司令问大龙:"他的'金箍棒'哪里去了?"

"可能是飞上天了。"大龙答。

"好!妙!"司令竖起右手大拇指。

司仪官说:"现在开始第二个节目,它的奥运会名称是'举重',请大清帝国
的奥运体育代表团团长大龙先生表演。"

大龙脱光上衣,敞胸露背,迈着方步,来到旗舰甲板上的铁锚位置,他双手
放在胸前,腰微弯进行深呼吸,他的脸面开始变红,脖子变粗,两手臂的肌肉开
始膨胀,露出斜状肌纹,一股一股地胀大,胸前肌肉膨胀成两块碗口大的肉块。
他双手紧抓铁锚上的粗铁链,将头一摆,长长的独辫自动飞舞盘到他的脖子
上。他猛然又深呼吸一口,大吼一声"来"。大龙身体向后倾斜,迈着沉重的脚
步,缓慢而吃力,一步一步地倒退着走。沉入海中的铁锚开始上升,连接铁锚的
铁链像刚出油锅的麻花,往下滴着成串的水珠。

此时穿天龙、玉香龙和四位水手突然大喊:"加油!加油!"旗舰上的土耳其
官兵也齐声喊:"大清国人好样的,加油!加油!"全舰的呼喊加油声,震天动地,
似山呼海啸。

巨型铁锚随着大龙的脚步,缓慢上移,直至露出水面,旗舰开始左右轻微
摇晃,哈商司令再也坐不住了,他亲自走到甲板平台,又去到外悬梯观看升到
水面上的铁锚,铁锚上的水滴,像人的泪水,成双排往下飞溅。哈商司令大声
说:"大清帝国的好兄弟,请你停止提升铁锚比赛,我承认,要是我与你举行对手
赛,我肯定输,我甘拜下风,你是当之无愧的赢家。"

听到哈商司令的话,大龙大喊一声:"让开!"他双手同时松开铁链,身体闪
到一边,铁链随着铁锚的重力加速度,迅速回落,铁锚自由落体,再次落入海中,
在周围形成了一个巨大的白色水柱,水柱顶端像一个环形水花,同时,铁锚落
水的巨大响声传遍四面八方,旗舰摇动了一阵,又恢复了平静。

旗舰上官兵再次爆发出掌声。

哈商司令走到正在穿衣服的大龙身边问:"大龙兄弟,在奥运会上,你这叫

什么比赛项目？"

"我这是拉重物比赛,拿奥运会分类来讲,可能是属于举重项目,用你们军事上的术语,可以划分为重炮之类吧,你说我划分得对不对？司令。"大龙说。

"你的划分我不能认同,这在军事上最多叫扛大炮筒或搬炮弹之类的运动。"司令说。

"司令,我们按你的要求,进行了两个节目的奥运表演,这只是下个月在雅典万国奥运会上的几百个节目之一,现在是不是请你下命令休战两个月,去雅典看我们开奥运会,那里还有更精彩的比赛和节目等着你去观看。"大龙试探着说。

"不,不,我还没有考虑成熟,你们还有几个小伙子没有给我表演奥运会比赛项目,等他们表演完后,我再考虑有没有必要休战两个月去雅典看奥运会。"哈商司令用眼斜视了一眼玉香龙说。

"司令,实话告诉你,我们大清帝国一共只派了五位运动员参加这次万国奥运会,有两位去希腊战舰队找他们司令官谈判去了,这里我们只来了三位运动员,我、三弟和五弟。"大龙用手指了一下穿天龙和玉香龙。

"他们那几位不是运动员？"司令指了一下四位水手。

"他们是为我们划救生小舰的水手,虽然也是大清帝国的民众,但不是运动员,所以他们没有节目表演给你看,你若一定要看他们的表演,等你同意休战,我们乘小艇回去时,你可以远观他们的划艇表演,他们动作整齐、姿势优美,不逊于我们大清帝国农历五月初五端午节的划龙船比赛。"大龙耐心解释。

"我不懂你们大清帝国的划龙船比赛,他们四位可以不表演,但那个小伙子,我用土耳其烤全羊招待过,他也应该为本司令表演一个吧。"司令手指玉香龙。

"好,我去跟他二人商量一下。"大龙来到玉香龙和穿天龙身边,三人小声讨论一番,大龙又回到司令身边:"司令,我们需要一些道具,你能借给我们吗？"

"你说,只要我们舰上有的,都可以借给你,要什么？"司怜慷慨大方。

"我们要一张大方桌,一壶好茶,两个馕饼,还要两个玻璃杯。"大龙说。

"这好办,副官,叫两个士兵去饭厅抬一个大方桌到甲板上来,还要一壶奶

085

第七章　智斗土耳其海军司令

茶，两个馕饼，拿几个玻璃杯。"司令向副官下命令。

"是。"副官转身出去，一会儿工夫，两个战士抬着一张大方桌来到甲板上，大龙和穿天龙接过方桌，将桌面与甲板成九十度垂直固定，接着副官又亲自去拿来铜制奶茶壶，两个馕饼，还拿来两个玻璃杯，放在甲板上。

穿天龙作为副手，背靠在立着的方桌面上，他两腿分开，两手水平伸展成一个"大"字。

大龙将那个造型优美、有壶嘴的土耳其铜茶壶，往两个玻璃杯中各倒半杯黄红色茶水，又将两个杯子分别放到穿天龙的左右手掌上，接着他又将那个造型优美的铜制奶茶壶放在穿天龙头顶。

此刻，身着黄色紧身绸衣的玉香龙，背着牛皮箭袋，左手拿着弓箭，从船舱休息室走出，一条粗大油亮的长辫在她背后摇摆飘飞，她走到穿天龙身边，检查他左右手心上的玻璃杯中的水是否一样多。她观察发现，穿天龙左手杯中的茶水多了一点，便端起他左手的玻璃杯摇晃一下，往自己嘴里倒了一口，又端到他的右手边，将两个玻璃杯的水量比较，认为一样才满意。最后，她将两个馕饼各撕两个口，卡在两个玻璃杯口上，端详了一阵，又去扶正穿天龙头顶的铜茶壶。然后，她快速转身，大步走出二十步远，抽箭搭弦，先向穿天龙左右臂的腋窝下各射一箭。箭头深深扎入桌面，箭杆晃动了几下。第三箭射中穿天龙左手玻璃杯上的椭圆馕饼，第四箭射中他右手玻璃杯上的椭圆馕饼，两支箭杆分别把两块馕饼固定在桌面两边。这时，一群大雁从旗舰上方鸣叫着飞过，影响了玉香龙的情绪，也影响穿了天龙的情绪。她斜眼观雁，举箭向大雁射去，后面一只大雁落到舰上司令的旁边，雁血、雁毛飞溅。

舰上官兵一片掌声。

玉香龙又抽出第六支箭，搭在弓弦上，她屏住气，拉了一个满弓，手一松，箭发出"嗖"的声响，向穿天龙头顶的铜茶壶把手中间穿去，箭头深深地扎在桌面上。穿天龙头一低，从桌面前走出，茶壶把手被箭杆支承着，仍然挂在桌面上，但壶身倾斜，壶嘴中流出茶水，穿天龙仰头用嘴住接茶水，喝了两口。

哈商司令从椅子上站起来，说声"射得好"，他带头鼓掌，全舰官兵也跟着鼓掌。

大龙、穿天龙、玉香龙三人站成一排，向舰上的全体官兵按中国礼仪行了三个鞠躬礼。

全舰再一次为他三人的精彩表演鼓掌。

大龙双手抱拳，大声说："我代表中华大清帝国奥运体育代表团，谢谢哈商司令和全体土耳其的官兵朋友，感谢你们给了我们掌声和鼓励，希望你们将残酷的战争胜败，转化成友好、有趣味、有游戏规则的体育竞赛。我们大清帝国历史上有名的《孙子兵法》上讲，战争中靠杀人手段取胜是下策，不流血取胜才是上策。我们认为：国际间解决争端，若用体育胜负代替战争输赢，将是上上策。本旗舰上的土耳其朋友们，建议你们休战，作为和平使者，到雅典去访问，观看4月6日即将在那里召开的第一届万国奥林匹克运动会。在那里，你们将会看到各国优秀运动员为你们表演的奥运项目比赛，非常好看，也非常有趣。这是人类历史上首次万国体育盛会，你们不去看，将会遗憾终生。"

眼睛一直不离开玉香龙的哈商司令对大龙说："我对你们的奥运项目表演很满意，特别是刚才这位小兄弟的射箭技巧令我佩服，我想请他单独留在本舰上当我的射箭教官，你们几人先去雅典怎么样？"

玉香龙拱手接话："谢谢司令看得上我的射箭功夫，请我当射箭教官，我不敢当，因为我的射箭绝技，是本家祖传，祖先早有遗训，不能外传。"

"不外传本司令，你们的船就从我的炮火下钻过去吧。"哈商司令脸色骤变，露出他的凶恶面目。

玉香龙心中非常着急，但却平缓地说："承蒙司令你看重，我愿与你比赛角力，你若赢了我，我留下来当你的射箭教官；要是你输了，立即宣布休战两个月，并放行我们的'招商号'大轮船通过爱琴海去雅典。"

哈商司令转怒为笑："你们大清帝国的人说话可得算数，不能反悔，我同意与你比赛角力。"

"我们既然代表大清帝国，我一言既出，就驷马难追，但愿司令到时候别反悔。"玉香龙使出了激将法。

"本人是土耳其一个舰队的司令，说一不二，一言九鼎，你不信可以问一问我的军官和士兵，本司令的话，啥时候反悔过？"哈商司令说。

玉香龙："司令说话有无反悔，天知地知，你知我不知，你的军官、士兵自然维护你的声誉，我就不去调查了，我相信你。来，我们击掌为誓。"说完玉香龙与哈商击掌。

从心里暗恋玉香龙的穿天龙,对玉香龙与哈商司令的亲热举动很不满意,他用仇恨的眼光看着哈商。

[穿天龙的旁白]哈商司令,你与我香龙妹妹击掌,那么舒服呀?我恨不得抽你几个耳光。

甲板上的哈商司令脱去军装,换上衣袖宽大、带条状花纹的长衫,腰上扎着一条白布带,赤着脚,他暗下决心,今天一定要战胜"她",我才能留住"她"。

玉香龙还是那身黄色丝绸上下衣,脚穿软底运动鞋,腰上扎了一条黑丝带,独辫盘颈,显得干练利落。

大龙站在哈商和玉香龙中间当临时裁判。他说:"你们两人注意,谁先倒在甲板上为输,你两人同意吗?同意就举一下右手,表示服从裁判的判决。"

两人同时举右手,相互对站,四目直视,他们即将进行一场男女间的"和平与战争"的角力较量。

当裁判转身离开,喊声"开始",两人都想伸手去抓对方的腰带,以便用力把对方拖倒,但两人的手都被对方的手挡开,他们的腰都弯成弓形,让对方的手抓不住腰带。两人时左时右,时进时退,都在寻找进攻对方的时机。哈商看着面前这位如花似玉、女扮男装的东方美人与自己斗智斗勇,感到非常愉快,他蔑视对方个头瘦小,心想她与自己这个大块头男人斗角力是自不量力。他幻想着随便使一点力,便可将她摔倒在地。然而对方以敏捷的步法,闪电般的脚移手挡,躲避着哈商的手抓脚踢。玉香龙突然横飞一脚,踢到哈商的大腿上,接着又快速出拳,打在他肩上,他失去重心,身子后倾。他也来个飞腿横踢,踢到她腿部,她顺势一个后滚翻,又迅速转身站立,她双手按地,一条腿屈蹲,另一只脚来个三百六十度大回环,他双腿腾空跳起。她巧妙地松开自己腰上的黑丝带,迅速地向快要落地的对方双腿甩去,黑丝带端头的黑色饰绳,缠住他一只脚。她迅速一个前滚翻,突然用力一拉。他双脚失去平衡,跌个四脚朝天。她立即跳出圈外,拍手喊:"司令输了!司令输了!"

大龙上前扶起哈商,哈商不服气地对她说:"你偷偷地用腰带套我的脚,这也算角力竞技?不行,这不能算,我要与你再战。"

"这不叫偷偷用腰带,这叫斗勇斗智,我用智慧战胜了你。其实,你身上也有腰带,只是你没有用它,我们角力竞赛的条件相同,为什么不算?"她据理力争。

"我一定要与你重新较量,你不同意我就不准你们离开本舰。"哈商想耍无赖。

"司令你是堂堂男子汉,是土耳其王国的海军司令,你当着这么多官兵说你一言九鼎,绝不反悔,请你不要在你舰上这么多官兵面前失言。你要与我再比赛吗?可以,欢迎你下月到雅典,你可以代表土耳其王国去参加万国奥运会,在那里我们俩可以代表各自的国家,再进行一场角力比赛,只要你胜了我,我还可以回到你的军舰当教官,教你射箭。"她做了个拉弓射箭的姿势。

哈商被她说得无地自容,他说:"你的建议我可以考虑,但请你听着:在雅典奥运会上,我们各自代表自己的国家继续这场比赛,那可算是国与国间的比赛,要是我再输给你,我解甲归田,再不当海军司令,要是你输了怎么办?"

"我来你这里当射箭教官。"她说。

司令摇着脑袋说:"不,我要你嫁给我,给我当太太,你敢不敢答应?"他说出了自第一眼见到她就想说的心里话。

"可是我是个男人,而且是大清帝国的男人,这世界上哪有男人嫁男人的道理?"她绷着脸回绝。

"你真把我当傻瓜呀,不管你女扮男装如何巧妙,本司令可是火眼金睛,当我第一眼看到你,我就认出你是女子,正因为你是女子,刚才比赛角力,我才有意让你。"。

"我真的是男子汉。"她脸红着辩解。

"我在海军服役几十年了,什么样的男女都见过,就是一个蚊子从我眼前飞过去,我也分得清公母,何况你是一个人,一个装扮成男人的女人。你敢不敢再与我打个赌?要不要我叫医生为你检查身体?"哈商不依不饶。

玉香龙的脸色由白变红,无言对答。

副官进来向哈商行了一个军礼,双脚立正,小声在哈商耳边说了几句,他又对大龙等人说:"你们几位大清客人请到客舱休息,我有军事情况要向司令报告。"

当大龙等七人离开甲板后,副官问哈商:"司令官,你是不是爱上了这位从大清帝国来的东方美人?"

"那还用问,傻瓜,她那样美丽又活泼可爱,还有一身功夫,真是天下难寻,

她正是我梦寐以求的心上人,我不愿违抗我那当国王哥哥的命令,但看到她,我无法战胜自我。"哈商说。

"司令你要当心,听说中华大清帝国的历史上有过许多'美人计',你要小心,别中了'美人计'。"副官说。

"争来的江山是哥哥的,我不怕'美人计',我要要和平,不要战争。"司令坐在椅子上又说:"你向国王发电报,说我胃病复发,请求休战两个月,我要去雅典治病。"

[字幕与画外音]1896 年 4 月 1 日上午,大清帝国的"招商号"大轮船,抵达欧罗巴洲南边的希腊王国首都雅典港口。

镜头从世界地图的希腊雅典,变换成对雅典城的空中俯瞰全景,再用慢镜头——扫过雅典的名胜和港口。

港口码头上,热情好客的希腊人打着横幅标语:"热烈欢迎中华大清帝国奥运体育代表团"。

奥运会主席维克拉斯先生,领着几十个人打着西洋锣鼓,吹着西洋号,列队欢迎中华大清奥运代表团,他们按西方礼仪与每位中华大清国队员拥抱握手,几位儿童为他五人各献一把鲜花。一群希腊官员抬来一大缸酒,倒入五碗,为大龙五人每人送一碗酒,表示为他们洗尘接风。

大龙五人排成一列,面对东方跪地,向遥远的中华大清帝国叩了三个头,起身后每人喝完一碗酒,并将碗抛入大海,表示感谢大海的温情,把他们平安送到了目的地——雅典。

第八章　第一届奥林匹克运动会

[画外音]1896年4月6日，在希腊奥林匹克村，各国运动员代表聚集在村里一个阳光普照的山顶上，举行庄严、简单的采集奥运圣火火种的仪式。

大清帝国体育代表团团长大龙和几十位各国运动员代表们在山顶草坪上，向太阳方向跪地叩头，跪拜三次之后，站成一个大圆圈。圈中有一堆干柴，上有一堆洁白的棉花。几十个国家的运动员各持一个圆形的凸透镜，把太阳光聚焦在洁白的棉花上。聚焦点的棉花，由白变黄、变黑，继而发红冒烟，在凸透镜下开始起火，运动员们往燃着的棉花上添加柴火，火苗越来越旺，火势越来越大，最后变成一堆旺火，火苗升高八丈。

各国运动员围住熊熊燃烧的火堆互相点头祝福，他们手牵手跳着舞，欢笑着，齐唱神圣的奥运会圣火歌曲——《太阳、大地与圣火》：

太阳太阳，你从古到今照亮了大地。

因为有你，大地吸收了你的光和热。

万物才有生命，大地才有生机。

圣火圣火，太阳是你父，大地是你母。

用你燃烧的躯体，温暖着奥运健儿。

我们在你的身旁唱歌、跳舞、比赛、搏击。

我们把你高高举起，让你的光照亮赛场，照亮大地，

也照亮在我们心里。

为了人类更健康,让运动场充满活力。

请把怪兽恶魔般的战争,放在你的火焰中焚化成灰烬。

你为和平和友谊指引着康庄大道。

大地和天空因为有你的光辉才更美丽。

下午,各国运动员们轮流举着火炬,从奥林匹克村的山顶上下来,大龙领头向雅典城的方向跑去,后面跟着小龙、穿天龙、水蛟龙、玉香龙以及几十个国家的百余名运动员,他们轮换着,每人都举着火炬领跑一段路,再交给后面的运动员。他们高举着火炬奔跑,穿越草原、跨过河流、爬过山梁,向雅典城的主会场前进。沿途希腊乡村和城镇的男女老幼打着锣鼓为他们呐喊助威。傍晚,火炬传递队伍快到主会场时,由玉香龙接过火炬领跑。她领着队伍进入会场,沿场内跑道跑完一圈后,她将火炬先点燃运动场内的五堆篝火,再搭箭拉弓,将火炬射向天空。火炬落进高台上的圣火油池,突然大火冲天,黑烟飘升,人类历史上首次奥运圣火,在奥林匹克运动场边的高台上熊熊燃烧,火光映红运动场,照亮雅典城。

夜晚的雅典体育场人山人海,数千名雅典市民和各国运动员围着场内那五堆由圣火点燃的篝火载歌载舞,尽情狂欢。运动场周围的彩色烟花,像蘑菇朵朵升空,化作彩云,映红天空、大地、海洋。

[画外音]有数千年人类文明史的世界,从此有了全球性的奥林匹克体育盛会,人类历史将翻开新的一页。人们为了生存而从事体力劳动,强健身体,又自然地产生体育运动,再升华成增进人类友谊,反对战争、争取和平的奥林匹克精神,世界历史将会因奥林匹克精神的成长、壮大、传播,而使人类文明更加灿烂。

晚上12点,玉香龙等大清帝国的运动员,将他们从天津带来的有"红灯照"字样的大红灯笼,用圣火点燃,灯笼拖着有鞭炮响声的尾巴,斜着向远方的天空飞去(它在大清国叫孔明灯)。一些信奉东正教的雅典市民,用手在胸前划着十字祷告,祝奥运圣火飞向太空,到达上帝的神殿里,点燃上帝的"神灯"。

[幻景画面]在上帝的神殿里,巨大的"神灯"被地球上飘来的"红灯笼"灯笼的灯火点燃,神灯下坐着万能的上帝和他的臣民,在俯瞰雅典奥林匹克运动

场的篝火晚会。

[字幕与画外音]1896年4月6日下午3时，世界第一届万国奥林匹克运动会在雅典体育场隆重开幕。

运动场周围有数百面彩旗飘扬，许多红绿气球升空，它们定位在空中随风摇摆着，主席台正中坐着奥运会执行委员会的全体成员，希腊国王、王后、王子和公主也在主席台两边就座。各国来宾及外交使节坐在主席台两侧，运动场四周的看台上，坐着希腊市民。

奥委会主席维克拉斯讲话："我宣布第一届现代奥林匹克运动会正式开幕。"

从远方山头传来十六响礼炮声，数百只和平鸽腾空而飞，全体运动员和观众热烈鼓掌。

希腊国王乔治一世讲话："我代表希腊王国，热烈欢迎各国运动员、教练员、裁判员和来宾，来到雅典参加人类历史上第一次万国奥林匹克运动会。希腊是奥林匹克运动的发源地，我们的人民勤劳勇敢，爱科学，爱运动，我代表希腊王国，祝贺万国奥林匹克运动会在我国召开，欢迎各国运动员教练员、和来宾，到雅典开好这次运动会，赛出好成绩，祝大会圆满成功。"

接着维克拉斯主席讲："这次奥运会是一次探索试验性的全球体育盛会，将对所有竞赛项目制定统一的规则，为教练员、运动员和裁判员提供评判标准，只有统一了竞赛标准的项目，才能用成绩决定冠、亚、季军并得奖，运动员的成绩将载入奥运史册。这里需要说明的是，本届奥运会不设金牌，冠军只能得到银牌以及用'橄榄枝编成的花环'，奥运亚军得铜牌，奖品是'月桂花冠'。不设金牌的原因，是为了尊重东道主国的民俗，因为希腊的民俗中，金牌常与赌博联系在一起，显得俗气。本届奥运会有许多试验探索的项目，各国运动员带来的具有本国风味，或民族、民间特色的比赛项目，都可以在运动会上进行表演交流，它们暂不设冠、亚、季军名次。虽然本届奥运会不计表演项目的名次和成绩，但可以为今后每四年举行一次的奥运会增加新的比赛项目作应选准备，所以在本届奥运会上无论是制定了比赛规则的正规比赛项目，还是只作表演赛的项目，都要求各国运动员赛出风格、赛出水平、赛出友谊、赛出团结。"

观众台两边，希腊和土耳其两国的海军官兵热烈地鼓掌，他们带来的军乐

队轮流奏着自己国家的国歌,两国士兵们挥动着他们国家的国旗,八万名雅典观众和会场上的运动员、教练员,为希、土两国军人表现的热情所感动,他们热烈地鼓掌。

麦克风中响起奥运会会歌,奥运会主席团检阅各国运动员的游行仪式开始。

观众们合着音乐的节拍整齐地鼓着掌,他们为所有的运动员鼓掌,在庄严的古典弦乐声中,响起了《奥林匹克圣歌》,歌声雄壮热烈,激情昂扬。

"古代不朽之神,

美丽、伟大而正直的圣洁之父。

祈求降临尘世以彰显自己,

让人瞩目的英雄在这大地苍穹中,

作为你荣耀的见证。

请照亮跑道、角力与投掷项目,

这些全力以赴的崇高竞赛。

把用橄榄枝编成的花冠颁赠给优胜者,

塑造出钢铁般的躯干。

溪谷、山岳、海洋与你相辉映,

犹如以色彩斑斓的岩石建成的神殿。

这巨大的神殿,

世界各地的人们都来膜拜,

啊!永远不朽的古代之神。

歌声中,希腊奥林匹克村的男女村民们装扮成了古代希腊武士。他们头戴武士铜盔,上穿虎豹皮短装,下穿武士条裙,脚穿皮靴,双手持梭镖。梭镖顶是一块"P"字形的木牌,上面写着参加本届奥运会的各个国家的英文名称。由"古代希腊武士们"举牌领队,后面是各国运动员队伍,他们穿着本民族的服装,迈着整齐的步伐通过主席台。有少数国家的运动员牵着他们的辅助运动员宠物通过主席台接受检阅。西班牙运动员牵着一头蒙着双眼的公牛,两位印度运动员合骑一头大象,十名英国运动员骑着马,八名埃及运动员骑着骆驼,四名澳大利亚运动员骑着鸵鸟入场。

　　五位大清帝国运动员的服装打扮最为特殊，吸引着全场数万名观众的注意力，引起经久不息的掌声。他们头戴黑缎瓜皮红顶小帽，身穿墨绿色织锦绸缎长衫，外套紫红色的对襟马褂，每人背后拖着一条乌黑油亮的大辫子，辫梢吊着一个红黄相间的小皮球，小皮球随着他们长辫摇摆而左右晃动。大龙的背肩上插着五面大清帝国的黄龙旗，他迈着方步，雄赳赳气昂昂地通过主席台；水蛟龙双手高举一只鹦鹉笼，笼内有两只美丽的鹦鹉，它们一唱一和地大声对歌："奥运万岁！""奥运万岁！"穿天龙边走边用长线牵着一只孙悟空模样的猴面风筝，它不断在天空中翻着跟斗；小龙提着一只金黄色的鸽子笼，通过主席台时，他打开笼门，五只黄嘴白色信鸽，带着"嘘嘘"的哨声，飞向天空，在空中盘旋一圈后，它们向万里之遥的大清帝国首都北京飞去；玉香龙一手拿弓，一手持纸花，双手高举着通过主席台，她向看台上数万名鼓掌和欢呼的观众们挥手致敬，她通过主席台前时，从长衫内套里取出一支箭，将纸花套在箭头上射向天空，当箭头飞到五十米高空时，"纸花"内的火炮自动爆炸，将箭头推向二百米高空，箭头爆炸后，分解横射出三个小黑点，突然分开变成三把小花伞，三把小花伞下各吊着一个橡皮人娃娃，它们随风飘扬，像三个跳伞运动员，向坐满数万观众的奥运体育场内不同位置的三个区域缓慢下降。三个区的观众都举着双手，他们又喊又跳，争着想要接住这个从天而降的幸运橡皮人，全场掀起一浪又一浪的欢呼高潮。

　　第一届万国奥运会的第一个比赛项目是男子跳高比赛。各国运动员可以自由报名，于是赛场上棕、黑、白、黄、红各种肤色、穿各国服装的运动员排成一路纵队向 1.2 米的横杆高度，一个接一个地跑去，他们的姿势各异，或跳、或跨、或鱼跃，全都跳过了最低的横杆高度。但随着的横杆每升高十公分，便有几位运动员撞落横杆而被淘汰。

　　大清帝国由小龙和穿天龙两人参加跳高，小龙轻轻地过了一米二、一米三、一米四、一米五的四种横杆高度。而穿天龙运用他扮演过孙悟空大闹天宫的武打弹跳动作，跳一米二高时，用的是飞腿跨栏姿势。跳一米三高时，他跑步到横杆前，踮脚屈腿飞身腾空，在横杆上旋转三百六十度越过横杆。跳一米四高时，他从十米外起跑，冲到横杆前一段距离，身体前倾，单掌触地，双脚腾空

向前,飞过横杆。当跳一米五高度时,他用前一种方法,双手掌触地飞过横杆。当横杆升到一米六时,第一次试跳,他鼓起勇气猛跑向横杆冲去,纵身腾空跳过横杆,但横杆被他的长辫扫落;他第二次试跳,仍是纵身腾空,横杆又被右脚碰落地上;第三次试跳他跑到横杆前,一个纵身腾空,在空中转换成鱼跃姿势,双手平伸向前,身体呈平飞状,双腿并拢,从横杆下面鱼跃而过,引得场上观众一片笑声。

裁判说:"大清帝国的穿天龙先生,你在一米六高度上跳了三次都未跳过,你已被淘汰了。"

穿天龙说:"裁判先生,我想与我们大清帝国的另一位跳高运动员小龙先生,合作跳过这一米六零的高度。"

裁判问:"合作跳过一米六?我没有见过,也没听说过有这样的跳法。"

"若你同意,我们马上合作跳给你看。"穿天龙说。

"我们奥运会只有男子单人跳高的竞赛项目,没有'双人合作跳高'的项目,所以我认为你可以离开了。"裁判毫无商量的余地。

"你说不行,然而开幕式大会上主席说,这次比赛允许有表演项目。我们合作跳过一米六或更高的高度,可以不算成绩,只算表演。"小龙对裁判说。

"既然本次奥运会主席允许有表演项目,我只有同意你二人表演双人合作跳高,也好让我了解它的细节,开开眼界,要是好,有观赏性,我可以向大会主席团推荐,把'双人合作跳高'列为今后每四年一次的奥运会的预备推广项目。"高鼻子裁判说。

[画外音]为了大清帝国的两位运动员合作表演"双人跳高",裁判们将跳高支架上的横杆高度升至两米。

小龙与穿天龙合跳的表演程序为:小龙弯腰双手搭腿,站在横杆前一米的位置,穿天龙从十米外急跑,向小龙冲去,他双手压在小龙背上,借前冲惯性双腿腾空,一个抱腿前滚翻,在空中旋转三百六十度,全身飞过横杆落地,横杆纹丝未动。

大会裁判将跳高横杆升到两米五,小龙和穿天龙二人进行第二个接力跳高度,这次是穿天龙站在横杆前一米位置,面对横杆。小龙也从十米外向穿天龙处跑,他双手压在穿天龙肩上,借前冲惯性,双腿腾穿,纵身前滚翻在空中旋转两圈,侧体跳过横杆,但因为小龙用力不均身体歪斜,背先落入沙坑,手脚朝天,面向沙土,引起观众一片掌声和欢笑。

大会裁判将跳高横杆升至三米,又由小龙站在横杆前一米位置,背对横杆,面向急速跑来的穿天龙微笑着,穿天龙双手压在双臂弯曲两手心向上的小龙的两个手掌上,用急跑冲力和小龙双臂的猛力上推,纵身腾空,在空中旋转三圈,跃过横杆瞬间他双手向前平伸,双脚微弯,稳稳地落入沙坑中。由于穿天龙辫子的飞扫,横杆在原位置颤抖几下但未落地,观众为他们瞬间担心、虚惊一阵。

观众再一次为他二人跳高合作成功而鼓掌。

当大会裁判把跳高横杆升到三米五时,他问小龙两人:"你们两人能合作跳过三米五高度吗?"

小龙摇头说:"没把握。"

穿天龙说:"让我们试一试,若跳过了,就授予我们大清帝国双人合作跳高冠军。"

裁判说:"你们两人来试一试这个高度,就是跳不过,我也建议奥运会主席团授予你们这个项目表演赛冠军,只有你两人才有这个表演项目,拿你们大清帝国百姓的话说,你们已经是天下无双了。"

"你知道我们大清帝国?"小龙问。

"知道,我幼时跟我那当外交官的父亲在北京住过两年,北京的古老与神奇给我留下美好的印象。"大会裁判边说,边将跳高横杆升至三米五高度,他说,"你们这是表演赛,虽不计成绩,但只有一次表演机会,失败了就再不能表演了,这是大会的规定,你明白吗?"

"我们明白,一次跳不过三米五的横杆高度算失败,我们就不能再跳了对吧?裁判大人。"小龙说。

"明白就好,别冷落了观众,现在马上开始。"大会裁判说。

小龙与穿天龙小声商量了一阵后,小龙来到距横杆一米半左右的位置,一个头手倒立,头和双手成三点触及地面,双腿弯曲成八字形分开。穿天龙仍然从十多米外向小龙位置冲去,在距小龙两米远位置,穿天龙凭全身冲力双手触地,他的两手臂瞬间由曲变直,反弹上推,他借力纵身向上,一个三百六十度回

环,双脚落在小龙双脚上。小龙弯曲的双腿突然发力上蹬,将穿天龙猛力上推,穿天龙顺势再次纵身收腹屈腿上跳,又一个空中三百六十度前滚翻,他的脸面向着横杆方向下落,双脚落入沙坑内,但不小心一只脚碰飞了横杆,横杆飞向空中,向远方落去。站在观众中看比赛的玉香龙纵身飞高,在空中单手接住横杆,落到地面。

观众为小龙、穿天龙的双人合作跳高表演,也为玉香龙飞起接住横杆的优美姿势又一次鼓掌。

[画外音]男子跳高比赛,用跳高横杆逐渐升高的方法,自然淘汰。最后美国运动员得了冠军,希腊运动员得了亚军,一位德国运动员和一位加拿大运动员并列第三名。大清帝国运动员小龙和穿天龙的双人合作跳高虽然有较好的观赏性,也受观众欢迎,但这种两人合作跳高的运动,其他国运动员没人试跳过,故奥运会主席团只能将它列为表演项目,不计入奥运成绩。

第一届万国奥林匹克运动会男子田径三级跳远比赛,美国人詹姆斯·康诺利跳出了13.71米的成绩,获得了三级跳远第一名,成为这次奥运会的第一个冠军。

大清帝国参加百米赛跑的运动员是水蛟龙,他求胜心切,精神紧张,裁判尚未发出枪响信号,他便和一位西班牙运动员抢先跨步跑出了一段距离。赛场上的希腊执法人员铁面无私,田径裁判急吹口笛,并做手势,命令执法裁判将两名犯规运动员按倒在地后打了三下屁股以示惩罚,两位运动员重新回到起跑位置再参加比赛。这次裁判的指令枪响后,他们都比别人落后三步才冲出起跑线,他二人成了这一组百米赛跑的倒数第一和倒数第二。

第三项田径比赛项目,是一万米长跑,按原计划,大清运动队只有大龙一人参加,他知道有三十多名各国运动员参加此项目,争夺冠、亚、季军,心想,必须要设巧计,便去找水蛟龙商量。

大龙对水蛟龙说:"你也报名参加一万米跑吧,我一个人跑起来枯燥没劲。"

水蛟龙:"刚跑一百米犯了规,我不想参加一万米比赛。"

大龙对水蛟龙耳语一阵,并把一个小布包交给水蛟龙,水蛟龙心领神会,接过小布包藏在他长衣服内的腰带上方。

万米长跑大赛。指令枪响后,三十多名长跑健儿从起跑线一齐跑动,水蛟龙因怕犯规再被打屁股，他起跑后一直在最后漫不经心地跑着。跑完五圈后，他体力不支，逐渐被大龙及其他各国运动员超过大半圈。当大龙领跑到第八圈，快追上仍跑在第七圈的水蛟龙。此时，运动场上似乎变成了水蛟龙在领跑、大龙及其他各国的运动员在后面追的阵式。水蛟龙从上衣内掏出一只大白兔，放在跑道上，让大白兔随他领跑，大白兔随水蛟龙跑了两圈后好像找到了感觉，它顺着白色的跑道加速奔跑。在数万名观众的掌声和吆喝声中，大白兔越跑越兴奋，它先超越了水蛟龙。大龙领跑到第十四圈时，他追上了仍在跑第十三圈的水蛟龙，两人手牵手并排跑了一阵后，大龙超过了水蛟龙。后面二十多位各国运动员也陆续超过水蛟龙，大龙兴奋地用力追赶前面的大白兔，快追上大白兔时，大龙用右手的拇指和无名指放在嘴内吹口哨，大白兔听到熟悉的声音，知道大龙给了它一个"加油"的讯号，它快速飞跑，领着大龙等长跑运动员向前奔跑。此时全场观众欢声雷动，为大白兔叫好，也为大龙等追赶大白兔的运动员们加油，有两位希腊的执法裁判试图拦截、赶走跑道上的大白兔。大白兔见有人拦它，迅速地转了一个弯，绕过执法裁判，又回到跑道上继续领跑。观众台上的观众对执法裁判拦截大白兔的行为不满，他们对裁判喝倒彩投鸡蛋，吓得两位执法裁判再也不敢去追赶大白兔。最后十圈，大白兔一直领着大龙等三十多名各国运动员跑到了终点。观众们跑下看台，拥向跑道终点，向各国运动员拥抱祝贺。

大白兔见许多人通向跑道，阻拦了它的领跑路线，慌乱中逃到观众看台上，看台上的观众争抢着想抓住大白兔。被追急了的大白兔，跳起来从一个女观众的头顶逃走，又进入了临乱不惊的大会主席台，躲到了穿一身洁白礼服的希腊富商萨马拉斯的女儿格拉斯小姐的长裙下面，被格拉斯抓住，抱在怀里。格拉斯拾到这只万米长跑的"领跑英雄"，她高兴不已，她抱着大白兔亲吻着，用右手在兔背上梳理着它的皮毛。

正当格拉斯陶醉在捡到大白兔的欢乐之中，大龙来到主席台，站到格拉斯的侧面，礼貌地对格拉斯说："小姐，你怀里这只大白兔是我的，请你还我好吗？"

格拉斯一笑，狡黠地说："你怎么知道我这只大白兔是你的？"

"刚才，我看到它从运动场逃到观众台，躲到你的裙子下，才被你抓住。"大龙肯定地说。

"你有什么证据证明它是你的兔子？"小姐问。

"我的兔子毛是纯白，但毛尖上有一点淡蓝色，不信你看。"

"我们希腊也有毛尖带一点点儿淡蓝色的大白兔啊！"

"我的大白兔肚皮上还长有三个粉红色的小圆点。"

格拉斯翻开大白兔的肚皮，看到的确有三个粉红色的小圆点，她微微一笑说："可是我很喜欢这只兔子啊，你能不能……"

"这只兔子是我那远在东方的亚细亚大清帝国家乡的女朋友送给我的啊。"大龙托词婉拒。

"就算你女朋友送你的，你能不能送给我作个纪念？"格拉斯看了看英俊潇洒、一身豪气的大龙说。

"这个吗？"大龙摸了摸头，脸红地一笑。

格拉斯生气地说："堂堂大清帝国男子汉这么小气，这样吧，你把这只兔子寄养在我家里，我替你喂几天。刚才见它在跑场上领着你们几十位运动员长跑，它通人性，好可爱哟。我想每天让兔子领我跑上几圈，我也想报名参加奥运会的马拉松比赛，让兔子当我的陪跑员，你看成吗？"

"这只兔子领我们长跑，那是我们在北京皇宫外训练了很长时间，兔子才有这样的灵性，它在我们北京算无价之宝，名叫金不换。"大龙无话找话说。

"那我更应该把它留在我身边，让你训练出的'大白兔老师'当我的陪练。这样吧，你把它留在我这里玩三天，第四天下午黄昏时，希腊王宫斜对面的雅典娜花园有一场音乐会，你到花园西面的第二个喷水池边来，我把这只兔子还给你行不行啊？大清帝国来的长跑健将。"格拉斯小姐带着哀求的声音说道。

"啊，想起来了，前天，我们从奥林匹克村往雅典跑，我将火炬传给一位希腊女运动员，像是你吧？"大龙眼睛一亮。

"想起来了吧！你说得不错，开幕式头一天，我作为一名希腊女运动员，参加了传递火炬长跑。我以为你这位奥运会一万米冠军，会目中无人，忘掉了是我从你手中接过火炬的女子，就凭我们间这点瞬间友谊，你也不应该拒绝我的要求，你说是吧？冠军先生。"

"你刚才说什么，第四天下午，黄昏时间，你去希腊王宫斜对面的雅典娜花园西面第二水池边，我在那里等你，你还我兔子？为什么你要选在雅典娜花园？

听说那个花园是希腊首富的私人别墅花园,难道,难道你是那位富商家的千金小姐不成?"大龙认真地看了一阵这位美丽女子。

格拉斯小姐的一位随从女官笑骂道:"你有眼无珠,她就是希腊首富萨马拉斯的女儿格拉斯小姐,她邀请你,你还不赶快向小姐致谢。"

"她要我的兔子去陪她跑步,陪她玩,我为什么还要给她道谢呀?"大龙说。

"小姐约你在花园门口与她会面呀,傻小子。我们小姐是希腊第一美女,她可是从来没有邀请过哪个小伙子与她约会过哟。"随从女官说。

大龙摸头憨笑。

[画外音]奥林匹克运动会的举重比赛在一间室内体育馆进行,全世界只有八个国家的十二名运动员参加角逐争取名次。举重不分男女老幼,不论体重体轻,也不分"抓举"还是"挺举",凡是在大会主席团报了名的运动员,只要将举重器械举过头顶,停30秒,就可以按重量计算成绩,记录备案,便可定出冠、亚、季军。

大清帝国只有小龙报名参加举重比赛,其实小龙也没有玩过西洋人的举重器械,他只凭借多年练习过单手或双手举石锁,练成一身硬气功功夫,特别是他有头顶撞墙成洞的硬功。在他的头上放十块青砖,一铁锤砸下去,十多块砖全碎,而他的头颅完好无损。有这两样功夫,他报名参加了举重比赛。

这次奥运会的举重重量从一百公斤开始,第一轮比赛过程中,每个运动员都参加了比赛,但有五位运动员因为连举三次均失败而被淘汰。第二轮比赛,重量加到一百一十公斤,淘汰了六名运动员。第三轮,重量加到一百二十公斤时,又有三人被淘汰,运动场上只剩下小龙等四位运动员竞争一、二、三、四名。当重量加至一百二十五公斤时,小龙和一位美国大力士也被淘汰,最后两轮比赛,决定了希腊大力士的冠军宝座,加拿大巨人获得亚军,美国大力士拿了第三名。让小龙不满足的是,他想为大清争光,便决定还要显露一番,小龙按事先商量好的计划争取参加不计名次的表演赛。

此时,穿天龙和大龙合抬一张桌面能旋转的大方桌,放到比赛场,小龙钻到桌下,站立后用一只手顶起桌子,另一只手拨动桌面,桌子在他手上迅速旋转,一会儿,大龙又提来一个大的龙头形练功用铁锁。

小龙双手打拱说:"裁判大人,我是大清帝国的运动员,在国内我每天用这

第八章 第一届奥林匹克运动会

个五十公斤重的龙头铁锁练习臂力,刚才用你们西洋人的举重设备比赛,我很不适应,没发挥出我的水平。现在我想演练中华举重绝技,你看可以不可以?"

"为了增加举重方面的知识和奥运会的娱乐气氛,我代表奥运会主席团同意你用这些设备,可用它表演大清国特有的中华举重绝技。这里先提醒你,无论你用抓举、挺举,还是其他方式举,你必须把举重设备举过头顶,低于头顶的举重,不能算表演。"裁判说。

"我不敢断定一定能举过头顶,但我的举重表演,一定不会低于肩头。"小龙说。

"那行,现在你可以开始表演,我预祝你成功,要是你今日的中华牌举重绝技合乎要求,也具有良好的观赏性,本裁判报请奥运会主席团给你颁发一项举重特别奖。"

"那好,我先谢谢你的支持,这里,我先表演玩龙头铁锁的各种绝活。"小龙说完,开始单手舞动龙头铁锁:上下举,左右举,前平举,将锁抛向空中接住后再抛再接,单手从背后抛向空中,反复多次后又从胯下抛向空中,迅速转身接锁等,动作流畅,似彩蝶飞舞。

裁判微笑点头。

正当小龙用全力舞动他的中华龙头铁锁功夫时,着粉红色长袖短运动衣的妙龄美女玉香龙悄悄地走到小龙身边,她那油光水滑的粗长独辫子末端吊着一个小红球,球在她背上左右晃动,观众们的视线随着她发端的小红球飞舞晃动而转动着眼珠。她用右手将独发辫拉到胸前,轻轻地挥舞成流星般螺旋状转动的小红球;她的左手配合着在身边上下飘移,像鱼尾在水中戏水摆动。她围绕着小龙的练功脚步,慢行独舞。像走、像跑、也像飘,她身段柔美,舞姿婆娑,更像鱼缸里的一条红鱼在畅游追逐。小红球随小龙手里的龙头铁锁上下左右,她前进后退,跟踪前行,似乎小红球在追逐嬉戏龙头。小红球忽然飘然远去,龙头以依恋的舞姿,回头返身向小红球追寻。小龙和玉香龙的舞蹈兼举重功夫表演,动作忽大忽小、或猛或温,一会儿像大清帝国正月十五元宵节的彩龙追宝,一会儿又似天空中的山鹰抓兔俯冲直下,忽儿又直线升空,他们的表演更像一对情侣在林中调情玩耍,奔跑戏游。

观众们在欣赏举重表演也像在观看双人蝶舞,发出了一阵又一阵掌声,沉浸在力和美的享受中。

　　玉香龙一个燕子飞身,跳到了方桌面上,她盘腿打坐,右手仍玩着她那发辫上的小红球,小龙围着方桌将龙头锁举在手上,边跑边玩单臂大循环,最后龙头锁上的龙嘴一口咬住小红球,玉香龙夺过龙头铁锁,左手握龙头铁锁,右手仍舞动小红球,变成她一人玩龙头铁锁戏追小红球的游戏。小龙钻到桌下,用头顶起方桌以及上面的玉香龙和她手中的龙头铁锁,他双手拨动桌下的固定转盘,方桌及玉香龙在他头顶旋转。接着,他双手用力托起转盘,方桌及上面的玉香龙从他头顶升高到两手垂直向上的地方,方桌及玉香龙仍在旋转,旋转中的玉香龙成优美的定格舞姿。

　　观众中响起又一阵掌声。

　　[字幕及画外音]大清帝国运动员小龙的中华举重特技表演赛,总重量是一百二十公斤。

第九章　玉香龙展示射箭功夫

[画外音带字幕] 奥运会的撑杆跳高比赛在室外中心比赛场的东北角举行。英、美、法、德、希腊等国运动员都是这项比赛的强手,大清帝国运动队到了雅典才听说有这么一个比赛项目,为了学好这个项目的要领,临时决定让穿天龙报名。

依照比赛前抽签的顺序,各国运动员按顺序号站成一路纵队,每个人之间的间隔是二十米,每人双手握一根五米长的撑杆,依次向三米四零高的横杆奔跑过去,十六名运动员有十二名跳过了横杆,只有穿天龙和日本运动员不掌握基本要领,连续试跳两次均告失败。第三次试跳时,日本运动员从起跑线慢步跑到跳高架子位置,用双手将撑杆竖直插在沙坑中,他用两脚两手功夫顺撑杆爬到三米五的位置,双手向前一个鱼跃姿势跳过了横杆,他的头先落入沙坑,起来时满脸都是沙,嘴里吐出的也是沙。穿天龙第三次试跳时,也学着日本人的办法,先将撑杆插在横杆前的沙坑中,然后从二十多米远的起跑线快速跑来,在横杆前两米远位置,两脚瞬时触地反弹,身体前倾腾飞,双手抓住撑杆的三米高位置,用手力把运动着的身体抬高,并将双腿前伸向上移动,当超过三米五的横杆高度时,双手松开撑杆,他的脚、腿、身、头、双手依次顺利通过横杆,双脚稳稳地落入沙坑里的红黄色沙中,溅起半米高的喇叭状黄色沙浪。

[画外音]奥运会撑杆跳高的冠军由德国运动员约翰获得,大清帝国和日

本运动员均被淘汰。

在撑杆跳高现场，大清帝国运动员大龙和玉香龙站在看台上，玉香龙向冠军挥手说："喂，冠军先生，我没认错的话，你就是那位在大清帝国的天津卫当过传教士的约翰先生吧？"

约翰听到熟悉的声音走到看台前，惊喜地问道："你是师姐？没想到能在万里之外的雅典奥运会体育场遇见你，幸会，幸会。"他双手抱拳向玉香龙施礼。

"我也没想到你这位德意志传教士今天成了奥运会的撑杆跳高冠军，我向你表示祝贺！"玉香龙伸手与约翰握手，她说，"我来介绍一下，这位是我们大清帝国奥运代表团团长，也是我们最棒的运动员，他的名字叫康大龙，大家都叫他大龙，你们认识一下，希望你们能成为朋友，说不定在以后的比赛中你们会成为对手。"

大龙与约翰握手说道："你的撑杆跳成了世界冠军，我也向你表示祝贺，有空余时间，请向我们大清帝国的运动员传授你的撑杆跳高经验和动作要领。你既然把天主教的教义和精神文化向天津卫的老百姓传教，我希望你把撑杆跳高的技巧也传授给我们。"说完，大龙双手打拱。

"你们想什么时候练习撑杆跳高，请到德国代表团住地找我，我一定来帮助你们练习。"约翰说。

"那好，到时候我们一定请你。"大龙说。

约翰说："奥运会比赛刚刚开始四天，今后还有许多比赛项目，正如师姐所说的，我们以后也许会在某一场比赛中成为对手，要是如此，还望大龙兄让小弟三分。"

大龙："德意志帝国现在是一个工业化强国，我们大清帝国虽是地大物博、人口众多，但工业很不发达，文化教育也很落后，所以还是一个弱国。听说你们德国正在积极备战准备参与瓜分我大清帝国领土，我们大清百姓对你们相当反感，恨不得把你们生吞活剥，我也恨不得把你们从这奥运会运动场上全部打败，不让你们得到冠、亚、季军；但在运动场上，我们应该成为朋友对吧？约翰先生。"

"我承认战场上两国军队是敌人。随两国间利益、矛盾的变化，也许会有所变化；但运动场上无论胜败，我们都应该是朋友式的对手，不应成为敌人。"约

翰含糊不清地说。

"我认为两国间的争端,应通过谈判来解决,不应该派军队到别国土地上去侵略。国与国可以成为体育竞争对手,而不应成为动枪动炮的敌人,这才合乎奥林匹克运动会提倡的和平精神,你说对吗?约翰先生。"大龙说。

"我同意你的看法,大清帝国的体育代表团团长先生。"约翰睁大双眼看着大龙说。

"既然同意我的看法,你能不能为中德两国间的友谊做点贡献?"大龙说。

"我不但是奥运精神崇拜者,而且在天津卫生活过传过教,对贵国很有感情,我愿意为两国友谊做点贡献,但我不知道我该做些什么?"约翰说。

"你知道,你们天津卫教堂那位德国大主教,名叫什么来着?"大龙问。

"他叫约瑟夫,大龙先生。"约翰说。

"对,是约瑟夫,听说他是德国皇帝的侄儿,你能否给约瑟夫大主教写封信?"大龙说。

"我是约瑟夫大主教的学生,若为大清国的利益,我给他写信不成问题。而且我会写好这封信。你说说,写什么内容?"

"第一,宣传奥运会的和平精神,要求约瑟夫大主教上书德国皇帝,请他不要参与其他列强瓜分我们大清帝国领土。"大龙说。

"为了奥运会的和平精神,也为了报答我那天津卫死去师傅的恩情。是老师的鼓励和教育,使我有勇气走上体育健身的道路,今日得到了奥运会的撑杆跳高世界冠军。今天,我特别怀念我的天津卫的师傅,感谢师傅和师姐对我的培养与鼓励,吃水不忘挖井人,我会努力给大主教写好这封信,但能否起作用,我还不敢肯定。"约翰说。

"师弟,我们间论年龄,我应该叫你师哥,过去天津卫天主教堂因误会而杀死我师傅的事已过去就不说了,今天你听了我大龙哥的话,愿为两国友好作贡献,这使我很高兴。人不能言而无信,你既然有这种愿望,希望你努力去做好这件事,多给约瑟夫大主教写几封信,促进德国与大清帝国的友好交往,这样也可以告慰我们九泉之下师傅的在天之灵。"玉香龙说。

"在运动场上我们各自代表自己的祖国去拼搏,我们可以把对手看成'敌人',互不相让,毫不留情地为自己国家争取胜利。"大龙说。

"大龙兄的观点是：国与国间的相处，也应该学习奥运会精神，以友谊为重，有事情友好协调，不能诉诸武力，双方只是'对手'，而不是"敌人"；而运动场上的竞争，可以把对手视为'敌人'，才能争取到冠军或亚军。"约翰画龙点睛地说。

"对，运动场上的'敌人'，是指输或赢而言，都不会流血，更不会死人。他们输掉的只是运动场上的冠、亚军或是个人或一国的荣誉。但这种输，过了四年，下一届奥运会又有重新夺回的机会。"大龙补充道。

"谢谢大龙先生和师姐今日的一席话，用贵国民间流行的一句话说就叫'听君一席话，胜读十年书'，我好像明白了这次奥运会所倡导和平精神的伟大意义。"约翰说。

雅典皇宫斜对面的雅典娜花园门口，有大小不同的水池，水池间有清澈透明的溪水相连，各水池里流出的清泉汇集到溪水沟内，站在小桥上可以观赏溪水中时隐时现、追食巡游的金鱼。表情各异的大理石雕像被花草树木掩映着。水池里的大小喷泉冒着不同形状的白色水花，有的像串串珍珠直射蓝天，到了最高处被微风折弯了高贵的头，变成颗粒状的水珠散落到水面，滴成点点水花；有的喷泉像水中升起的白云，成圆锥形断续升起，逐渐散射放大，在水池上空形成一圈圈环形水花，在夕阳照射下反射出片片彩霞。花园斜对面是古朴典雅的灰白色皇宫建筑群，前方的道路浓荫密布，道路和建筑群之间镶嵌着如茵的绿地和人造山水景物。私家花园别墅建筑群与皇宫建筑群风格各异，遥相呼应。

雅典娜花园广场前面有一条宽而深的护城河，里面有数十条人工喂养的鲨鱼在游弋寻食。护城河上有五座通向皇宫的玉石桥，桥两边有玉石雕花栏杆，每根立柱上都有一个栩栩如生的半米高雕塑人像，他们表情各异，或笑或哭，或忧伤或目无表情。每座桥的两头各有两名着希腊古代武士服装的私家卫兵站岗把守，这些私家卫兵持枪佩剑严肃威武，许多雅典市民和各国运动员常站在护城河外的广场上，观看每日下午4点定期举行的卫兵交接仪式。

由十四位吹号、敲低音鼓的卫兵组成的仪仗队，由一位军官带领，后面跟着三十位持枪、迈着方步、穿古希腊军装的私家卫兵，他们一样高，一样胖瘦，全身挺直，迈着整齐的方步。每走一步，他们的皮靴便踩在地上发出"刷"的整

第九章 玉香龙展示射箭功夫

齐声音。他们雄赳赳地来到广场的喷水池边原地踏步,等待迎面走来的一队数量相同、着装打扮相同的交班卫兵。两队士兵接近后,自行踏步形成两列面对面的整齐队列,军官大声喊:"雅典娜城邦卫队交接班仪式开始,向前正步走。"

皮肤洁白细嫩、气质高雅、面带微笑、容貌倾国倾城的富商之女格拉斯小姐身材修长,穿一身雍容华贵的粉红长裙,金发披肩,随风飘扬,晚霞在她的金发上反射出道道金光。十多位绿衣伺女拥簇着她,向广场外长廊边的草坪走来。

广场上响着古典希腊宫廷音乐,格拉斯小姐和十多位侍女在草坪中间的一个圆形广场上翩翩起舞,她们的舞蹈动作多变,整齐优美,像一群下凡的仙女在舞、在跳,令站在走廊上观看的各国奥运会运动员和来宾大饱眼福,他们用一阵又一阵热烈的掌声为她们的舞蹈表演鼓掌喝彩,小姐和侍女们都陶醉在快乐祥和的气氛中。舞蹈的格拉斯小姐,见到长廊中间有一个身材高大、皮肤黝黑、穿大清帝国长衫、背上有一条乌黑发亮长辫的男子在注视着她,并向她挥手微笑。

格拉斯小姐从舞蹈行列中走出,通过草坪间的小道向注视着她的大龙走来,大龙见状也快步迎了上去,在草坪间小道边的一片花丛中,双方停止了脚步。格拉斯大方热情地对大龙挥手打招呼:"哈啰,追兔子赛跑的大清帝国先生,感谢你的到来。"

"格拉斯小姐盛情邀请,岂有不来之礼。"大龙拱手答话。

"我还以为你不会来呢。"格拉斯深情地望着大龙。

"我们大清帝国人受孔孟思想影响很深,做人讲求诚信,我既然答应了,就一定要来,要是我不来,你的仆人又会骂我是傻瓜。"大龙笑着说。

"你一点也不傻。"格拉斯说半句留半句。

"小姐你怎么知道我不傻?"大龙看着对方。

"我看出来的。"格拉斯笑着说话,露出一口白牙,十分整齐美丽。

"从什么地方看出来?"大龙问。

"其他运动员参加一万米赛跑,都是一步一步地跑出来的,你们大清帝国运动员确是狡猾狡猾的。"格拉斯微笑着说。

"我们跑万米怎么算是狡猾又狡猾的?难道我们开始时有抢跑犯规?"大龙说。

"那到没有。"

"我们与别的运动员一样,也是一步一步地跑出来的,没有用什么狡猾的方法比别人少跑。"

"你们那位叫什么水蛟龙的运动员在跑的过程中耍了一个魔术,'刷'地一下,变出一个大白兔,它领你去追赶,才让你得了冠军。"格拉斯说出了自己的看法。

"你说我们狡猾,原来说的是白兔领跑的事呀。"大龙说。

"对,你们用大白兔领跑,你去追就是大大的狡猾,你看着我干什么?难道我说的不是事实?"格拉斯回避大龙火热的目光。

"还有什么例证?请你都说出来好吗?美丽而高贵的格拉斯小姐。"大龙说。

"我说大白兔领跑的事,只是一种,还多着呢。"格拉斯好像对大清帝国运动员的每场比赛都十分了解。

"请你说得更细一些,我很乐意听小姐你的高见。"大龙说。

"不是什么高见,是我对你们的关心。"格拉斯说。

"对我们大清运动员的关心?"

"我对你们大清帝国运动员参加的每一场比赛都很关心,特别是对你,我更加关心……"她红着脸小声说。

"我代表大清帝国的全体运动员谢谢小姐你的关心与厚爱。"大龙说。

"你只代表大清帝国全体运动员,而不代表你自己?"格拉斯小姐咬文嚼字,一字一顿地说。

"当然,也代表我本人谢谢你的关心和……"大龙说。

"和什么呀?我喜欢听你没说出来的那半句话。"格拉斯追问。

"哪半句话呀?"大龙故意回避。

"什么谢谢我的关心和'厚'什么?"格拉斯穷追不放。

[大龙的画外音]这位外貌如花的富商小姐比我们开明,非要代我说出"爱"字。

"这个'厚'吗,就是像天这么高,像地中海这么深厚的爱护。"大龙有意回避"厚爱"二字。

"什么像天高,像地中海深,我说你狡猾,你还不敢承认。"小姐不高兴地翘起嘴巴。她微翘的鼻尖也露出一滴汗珠,更显出她的高雅文静。

"我们大清帝国人讲含蓄,把什么情呀、爱呀放在心里,一般不好意思讲出

第九章 玉香龙展示射箭功夫

来,特别是当着心爱人的面,那个扣人心弦而敏感的话不说为好,可以用眼睛、用手势或者用许多看得到摸得着的表情,去表现出来。直接说出来,会羞死人的。"大龙望着花草,脸上有些腼腆。

"你眼睛看着我,别总看着这些花草。"当大龙把眼睛从花草移到她的脸上时又低下了头。"我喜欢你这样的表情,你的羞涩比天上的月亮美丽,我好像从你脸上听到了埋在你心里没说出来的话。"小姐大方地说。

"你能告诉我,你为什么这样美丽?为什么这样活泼大方?"大龙说。

此时,一个侍女提着一个白兔笼前来说:"小姐,你只顾跟那个傻瓜说话,这兔子怎么办?是还他,还是带回家继续养?"

"啊,对了,这只可爱的白兔陪我玩了三天,让我很开心,今天刚好是第四天,按我们的约定,今天还你兔子,你拿回去吧,狡猾的大清帝国长跑冠军。"格拉斯将兔子笼接过来放在大龙手中。

当格拉斯提着兔笼的手碰着大龙的手时,大龙的手抖动了一下,脸上露出惊慌,他说:"你真要还我呀?那天……我是……你喜欢这兔子就送给你。"

"你家乡的女朋友送你的,我怎么敢不还。"格拉斯说。

"那天是骗你的,我原是一个'出家人',哪来的女朋友?"大龙想谈出他在山西五台山当过和尚,他欲言又止,把兔子推还给小姐。

"什么叫'出家人'?我不懂?"格拉斯看着他。

"'出家人'就是我离开了大清帝国这个家,坐轮船漂洋过海来到希腊参加奥运会,今日与小姐你幽会,像我这样的人,就是'出家人'。"大龙含含糊糊地故意曲解。

"你把我越说越糊涂。"格拉斯抱怨说。

"我们大清帝国与你们希腊王国一样都是文明古国,我们的语言相当丰富,一件事情想给你说明白也简单,想把你说糊涂也容易。"大龙说。

"你真是个让我捉摸不透的人,你真把兔子送给我?那我就不客气啰。每天喂兔子,我就会想起你。"格拉斯看着小白兔小声说。

"你收了我的兔子,你该回赠一个什么纪念品给我好吗?"大龙要求道。

"我送你一颗心,你想不想要?"格拉斯说。

"想要。"大龙说。

"想要你就后天下午再来这里,参加勇敢者选拔比赛,你若得了冠军,我就把心送给你，希望你一定来参加。"格拉斯红着脸诚恳地邀请。

"是不是奥运会的比赛项目？"

"不，与奥运会无关，是我们家庭单独举办的比赛。"

"既然是你的家庭举办的，我不是希腊人，怎么可以参加？"大龙说。

"只要是勇敢的人，不分国籍。"格拉斯看了一眼手表，又说，"今晚能与你一起度过这美好的时光，我感到很高兴。"格拉斯伸手想与大龙握手。

"能认识小姐你，我也高兴。"大龙没与她握手，只拱手回礼。

［字幕带画外音］奥运会的百米自由式游泳比赛，在室内游泳池举行。

大清帝国参加百米自由式游泳的水蛟龙，将辫子用布带扎在腰间，他戴着黄色游泳帽在第四条水道内奋力潜游一阵，浮出水面，又进行仰游，到五十米端头，他脚触池壁，迅速回转，深呼吸一口气，再次潜游一阵，浮出水面。他不断变化姿势，时而仰游，时而侧身游，时而蛙泳。他像水中的梭鱼，东摇西摆，快速但无规则地前进，有一阵他游出了水中的"红色分道间隔浮标"，碰着了相邻游泳道上的加拿大运动员，引起了加拿大运动员的抗议。水蛟龙游至终点，上到了游泳池岸边的平台，游泳池对面的裁判站在第四泳道的端头，对水蛟龙举着红牌，大声用英语讲了几句话。站在水蛟龙身边的翻译告诉水蛟龙："游泳裁判说，你游泳姿势变化太多，不符合自由式比赛的游泳规则。你的下肢伸到了第五道，碰伤了加拿大运动员，影响了加拿大运动员的比赛成绩，加拿大代表团向大会提出抗议，所以出示红牌，不准你参加下一轮游泳比赛。"

听了翻译的话，水蛟龙火冒三丈，他跳到泳池中，头上顶着他的衣服，上身露出水面，用脚踩立水的方式，通过泳池游向对岸，以此方式发泄对裁判的不满。

［字幕带画外音］奥运会的射击场设在雅典古希腊斗兽场前，各国运动员用的是"枪械射击"固定环靶，大清帝国运动员玉香龙独自一人报名参加的是"弓箭射击"活动靶标。

玉香龙穿绿孔雀图案的长衫，腰上扎着一条金黄色的宽腰带，腰带上面吊着两条红色长穗。脚穿红色的高筒马靴，一条粗长油亮的独长辫末尾，扎了一

112

个黄丝绸蝴蝶结,蝴蝶结随她的长辫摆动似在她身后飞舞。玉香龙椭圆白嫩的脸蛋上,一双水灵的丹凤眼直直地盯住前方三十米外的靶位,当她搭箭拉弓专心瞄准时,那柳眉下的眼睫毛,在她白玉般细嫩粉红的脸上忽闪忽闪地开闭着。她的嘴唇微微地开合,她那迷人的身段一扭一曲都显示出东方妙龄女子含苞待放、多姿多彩的魅力,她妩媚艳丽,十分迷人,一举一动、一恼一笑都牵动着关注她的全体观众的心。许多人为能亲眼目睹这位大清帝国东方美人的迷人风采而暗自庆幸。坐在看台上的希腊国康斯坦丁王子拿着单筒望远镜,屏住呼吸专注地观看着玉香龙的各种表情。

雅典人没见过玉香龙这样东方韵味极强的美女,个别年轻观众,不断制造一些小麻烦,以便引起玉香龙对他的注意。当玉香龙单腿跪射时,一位身着华丽、牵着一条红嘴花斑大狼狗的贵族少年,在玉香龙侧面牵狗奔跑,大狼狗发出"汪汪"叫声,使玉香龙思想混乱,无法瞄准靶心,她气愤地将箭头对准奔跑的花斑大狼狗的一条后腿射出一箭,大狼狗惨叫着从贵族少年的手中挣脱逃跑。玉香龙微笑着侧身重新对准射击目标,一口气连续射出三箭,三支箭分别射中悬空吊着的三个氢气球的活动连板,连板分离,三个氢气球徐徐飘向天空。

观众一片掌声。

玉香龙的第二个表演赛项目是"站立射活动靶"。有一位希腊女孩站在玉香龙右前方三十米处,她拿着一个带把的镜子,照了照自己不太漂亮也不太丑的脸蛋,又拿出梳子,梳了梳她的披肩金发,再用镜子左右移动,自我观赏了一阵。她妒忌地看了一阵正在瞄准射箭的玉香龙,暗下决心,要让这位东方美女丢丑。她走了几步站在太阳光中,高举手镜,使镜中反射出的太阳光,不时在玉香龙脸上晃动,玉香龙被突然的光线干扰,睁不开眼手搭凉篷,挡住手镜上反射来的光线。发现远处一位金发女郎举着镜子正在对她搞恶作剧。玉香龙心里很气愤,忽然心生一计。她嘴角微微一笑,将箭头对准金发女郎高举的镜子射去一箭,"啪"的一声响,镜子破碎,镜把也从金发女郎的手中弹落在地,吓得金发女郎魂飞胆破,狼狈惊愕,转身逃走。此时玉香龙舒心一笑,从腰上箭袋内又抽出一箭,瞄准地上正在飞跑的"野鹿"靶板,她选好提前量,一箭射出,正中"野鹿"眼睛,装在野鹿背面带干电池的警铃,发出"叮当"的响声,声音随着"野鹿"继续前行。

玉香龙要射的第三个活动靶，是一只沿着钢丝斜线上跑的"野鸭"。当"野鸭"扇动着机械翅膀缓缓上升时，玉香龙选好斜线提前量，射出一箭，箭中"野鸭"，"野鸭"发出"嘎嘎"的欢呼声。

玉香龙射的第四个活动靶，是一个活泼可爱的希腊小顽童画板，"小顽童"手上举着一块牌子，牌子上用汉语和英文写着"你射不中我"。小顽童边跑动边间隙性地上下跳动，不时眨着他那左右转动的眼睛，玉香龙越看越好笑。

[玉香龙的画外音]我偏要射中你这个调皮鬼。

玉香龙定了定神，观察了一阵"小顽童"的活动规律，便抽箭搭弓，屏住呼吸选好提前量，射出了第一箭，箭头落空远去，"小顽童"发出声音："哈哈哈，你没射中我。"玉香龙又将第二箭准备好，再屏气射出，箭头射中"小顽童"手上握住的牌子，箭杆定在牌子上不断晃动，"小顽童"又喊出声音："喂，喂！你射中的只是我手上的牌子，我毫发无损，哈哈哈。"当"小顽童"返回，第三次蹦跳着前进时，玉香龙总结前两次教训，"嗖"的一箭射去，正中"小顽童"身子，"小顽童"发话："射中了，射中了，唉哟，我肚子好痛哟。"

玉香龙的又一项射箭表演是"跑马射箭"。射箭场设在田径跑道上，跑道四角各立一根高竿，每个竿子的支臂上悬挂着一个不同标靶，等待玉香龙跑马射箭。身着黄红混合花纹闪光紧身上下衣、脚仍穿高筒红皮靴的玉香龙，骑一匹高大的黑马入场，她将马头缰绳一提，马头高高扬起，她双脚在马肚上用力夹，黑马像旋风般在道上奔跑，马后尘土飞扬。她那粗长黑亮的独发辫上扎有一朵小红花，随着马的奔跑速度在她身后飞飘。小红花吸引着四周看台上的数万观众，观众们要看一看这位大清帝国东方美女的跑马射箭功夫。玉香龙骑着黑马在跑道上奔驰三圈后，从腰间箭袋抽出第一支箭，然后搭箭拉弓，向前方第一根高竿上的一个彩色气球射去，气球发出"嘭"的破碎声响，全场观众一片喝彩声。她又抽出第二支箭，搭箭拉弓，跑出一段路后返身射出一箭，射中身后二十米远第二根高竿上悬挂着的鹦鹉鸟笼机关，笼门上的活动板打开，鹦鹉跳到笼顶叫道："好箭法，好箭法。"玉香龙骑着马又跑了一圈，她抽出第三根箭头，搭箭拉弓，向前方第三根高竿上悬挂着的一个方形纸盒的吊绳连接板射去，箭中连接板，吊绳脱落，纸盒掉到地上，盒门自开，无数条玩具蛇从盒内向四面八方爬去。观众蜂拥着从看台上跑到场内高竿下，抢拾地上的玩具蛇。还剩下最后一个方纸箱，人们猜测着里面会有什么令人惊喜的物品，都举手欢呼，要求玉香龙把纸盒射下来。玉香龙放慢马速，悠闲地从挂纸箱的高竿下经过，她将弯弓丢在地上，又从腰上取下牛皮箭袋，将它打开，让观众看，表示牛皮箭袋内无箭，因此无法把高竿上的纸箱射下来。接着她将牛皮箭袋也抛在地上，又打马快跑，起身站立到马背上，当马从高竿下通过时，她双手向上，企图抓住竿上的纸箱，但差一段距离，她向观众们摊开双手，表示无法取下纸箱。观众们齐声发出一阵"唉"的惋惜哀叹声！玉香龙再次打马快跑，绕运动场一圈后，从腰间取下一条带钩的长绳。她握住长绳一端，将另一端在空中挥舞，当马从第四个高竿侧面经过时，她手中挥舞着的长绳钩子，从空中钩住悬在高竿上的纸箱，她双手用力挥舞，纸箱随长绳在空中旋转，越转越快，箱体一面留孔处的封口纸破，从箱体飞舞旋转的切线方面飞出一粒又一粒的彩色小纸包，散落在运动扬上，好奇的观众拾起几个细看，只见小纸包上写有"上海大白兔奶糖"，可惜他们不识汉字，只能将纸包当玩物在手上抛玩，只见奶糖像雨点般地飞出，落到观众台上，也落在运动场的跑道上。观众们再次欢呼着争抢或从地上拾起身边的大白兔奶糖。有位观众迫不及待地剥开糖纸，将糖放在嘴里，香、甜、酥、脆的味道，在他的口中感觉良好。"My god（上帝）！"他用手在胸前划十字，又竖起大拇指高声说，"大清帝国的大白兔奶糖 delicious 好吃。"

玉香龙随马站在运动场中心，答谢观众对她射箭表演的欢呼，观众们将奶糖在手中高抛高接，喊着："Delicious 好吃。"她站在马背上向观众挥手。昆塔代表奥运和平促进会主席团乘坐豪华马车来到运动场中央，将一个橄榄枝编的花环套在玉香龙的脖子上，昆塔与玉香龙握手后说："大清帝国来的漂亮小姐，你的射箭表演很好，得到这里数万观众的欢迎，我代表奥运会主席团，把这个只有冠军才能得到的'橄榄枝花环'送给你，希望你在今后的其他比赛中取得更好的成绩。"

玉香龙说："谢谢昆塔的鼓励，谢谢奥运会主席团给我的这份荣誉。"

当玉香龙骑马离开体育场时，着一身运动员服装的土耳其海军司令哈商手拿一把鲜花准备献给她，他说："美人儿，你今日的射箭不错，比半月前在我们军舰上表演的射箭功夫还好看，这把鲜花送给你，希望你和大清帝国的其他运动员都在比赛中取得好成绩。"说完，他把鲜花递给玉香龙。

玉香龙接过鲜花,单手举过头顶向着观众挥舞,接着她对哈商说:"谢谢哈商司令这束鲜花。"她看了一眼哈商的服装又说,"哈商司令今日怎么不穿你的将军服?穿这身服装我差点都认不出你了,在军舰上第一眼看见你穿着将军服,好威严啊!"

哈商说:"美人儿,我现在是来参加奥运会的体育代表团团长,我已向奥运会主席团提出,要与大清帝国的运动员玉香龙进行一场摔跤比赛,你没忘记在军舰上对我许下的诺言吧?"

玉香龙说:"没忘记,只要奥运会主席团安排,我一定跟你再比赛,我们大清帝国有句话叫'一言既出,驷马难追',我现在代表着一个国家,别说与你比赛,就是刀山火海我也不怕;我倒是为司令你担心,万一你在比赛中再输给我,我怕你又要反悔。"

"那天在军舰上的比赛,是我让了你,所以你才赢了我。这次我代表的是土耳其大帝国与你们大清帝国比赛,绝不会再有反悔的事发生。你知道我有多爱你吗,美人儿?为了神圣的爱情,为了你,我已经决定辞去海军司令,不当了。"哈商深情地说。

"承蒙司令厚爱,小女子我实不敢当。"玉香龙拱手,骑马走出运动场。

第十章　奥运和平促进会

[字幕带画外音]为了宣传奥运会的和平精神，希腊富商萨马拉斯组织召开了第一届"奥运和平促进会"，参加奥运会的各国运动员代表及团长出席会议，大清帝国由大龙参加，"吉祥大使"玉香龙被主席推荐为促进会秘书长，她在主席台就座，曾亦轩作为维克拉斯的特邀嘉宾，也出席会议。

"奥运和平促进会"在雅典大学的阶梯大教室召开，大教室黑板上用希腊文、英文和中文写着："百战百胜非善之道，不战而屈人之兵善之善哉。实现世界永远和平，是奥林匹克运动的重大使命和精神。"

主席台上有两张长方桌，桌后有六张椅子，除萨马拉斯外还有五人就座，萨马拉斯站立讲话："各国朋友们，我代表奥运和平促进会主席团宣布：我们的'奥运和平促进会'胜利诞生，首先让我介绍'奥运和平促进会'主席团名单：主席由我本人兼任，副主席设三人，有法国诗人享利、土耳其王国体育代表团哈商将军和希腊昆塔先生。大会特别邀请大清帝国的医学博士曾亦轩先生担任政治顾问。'奥运和平促进会'的公关部长由'吉祥大使'玉香龙小姐兼任。在座的各国体育代表团团长，都兼任本届'奥运和平促进会'的委员，大家要是没意见，请起立鼓掌通过。"教室内的全体代表站立长时间鼓掌。

萨马拉斯又说："自希腊人民开展奥林匹克运动到现在已有两千多年历史，奥林匹克的星星之火已燎原到世界无数国家，并且以迅猛之势，逐渐向全世界各国各地发展，有历史学家说，世界是人类争生存求发展，也是相互野蛮争斗相互残杀的地方;有的人类学家评论,世界万国的由来,是地球上原始社会有千万个大小不同的部落,一些部族首领为了扩大自己部落的领地,组织武装,不惜杀人放火去抢夺相邻部落的地盘、牛羊和人口,被抢劫的部落人员或成为奴隶或远逃他乡,一些人去联合其他部落,组织武装反争夺地盘和财产,这样形成了数千年相互仇杀的战争历史。一些部落壮大发展成国家,一些弱小的相邻部落被合并成为这个国家的州、县、乡、村。国家与大部落的根本区别在于,前者组织了专业的武装人员,也就是军队,故有哲学家说,世界历史是一部从野蛮到进步的人类文明史。我们认为,上述历史学家和哲学家们对人类从原始部落社会发展成有一定现代文明的国家,他们的评论都有一定的正确性,但也有一定的局限性。我们以'奥运和平促进会'的观点观察世界,认为现代世界仅仅是建立了初等文明,全世界几乎天天都有大大小小的数百次战争,少则死伤几人到数十人,多则死伤成千上万人,他们使用的武器从石头、火药、刀矛、枪炮到飞机、军舰。一切人类进步的科学发展,人类生产的粮食,棉花织成的布,制造的机械都尽可能多的被运用到军事上,为战争服务。这些武器的威力越来越大,杀伤的人员也越来越多,这是人类的悲哀,是文明社会的不文明!我们从奥林匹克观点分析历史,人类历史发展到今天有无数的发明创造,丰富了人类的物资文化生活,但战争的烟云笼罩在世界许多角落。我们的认识是,人类社会现在还不成熟,也很不文明。我们奥林匹克工作者认为要建立高度的文明社会,必须要开展奥运体育运动。人类期盼和平,只有和平的世界,才能建立起人类文明,奥运事业才能发展,世界才能最终达到永久和平,真正文明。"萨马拉斯主席右手高举用力一挥,最后说,"希望大家开展讨论,提出建议,指出世界上还有哪些地区存在着国与国间的军事冲突。本届'奥运和平促进会'可以使用哪些方法手段,来对交战双方或涉及多方利益的国家政府施加影响,发言者请先举手,按先后次序发言。"

法国诗人亨利站立举手,他说:"本人作为'奥运和平促进会'的副主席,在这里发表个人意见,供各位正副主席及委员们参考。首先,本届奥运会的东道主希腊和土耳其两国军队在爱琴海和塞浦路斯岛的主权之争,已有数百年历史,两国海军和陆军时战时停,虽然现在英国控制着塞浦路斯,其原因是,没有找到也没有建立起一种长期解决战争争端的有效机制。有趣的是这次奥运会的召开,大清帝国代表团乘坐的'招商号'大轮船在爱琴海遇上了希腊和土耳其海军开炮交战,大清代表团的大龙团长和我们奥运会的'吉祥大使'玉香龙等五人,组成了两个以奥运会为名义的劝说停战小组,他们冒着炮火,打着锣鼓,吹着号,唱着歌,跳着舞,划着船,登上了希土两国海军的指挥舰。在军舰上,他们运用智慧,不但宣传奥林匹克运动会的和平精神,还在船上唱歌跳舞、表演一些有趣的杂技节目,感动了两国司令和海军士兵,他们还把一些战争上的军事用语,用体育比赛术语来代替,形象地表明用战争的方法,可以在战场上分出的胜负,同样用体育比赛的方法也可以分出胜负,为什么不可以用奥运体育比赛的胜负代表战争胜负,来解决国与国间的争端呢?值得庆幸的是土耳其海军司令,已被我们邀请到主席台西端就座,他的大名叫哈商,现在也是本届'奥运和平促进会'的副主席之一,我们鼓掌欢迎土耳其海军司令兼土耳其体育代表团团长哈商先生起立让大家认识一下,并请他讲几句话。"

全场观众的鼓掌声中,哈商站起来双手也鼓掌算作回礼,他有些腼腆地说:"说起来有些不好意思,我是职业军人,从没有听说过有什么奥林匹克运动会,上月我方正与希腊海军在爱琴海交战,大清帝国奥运体育代表团的大龙团长以及玉香龙小姐等九人上了我们军舰。他们的勇敢让我们佩服,他们在舰上表演的各种节目吸引着我,他们的善良和对奥运会的忠诚也感动着我,在他们的劝说下,我同意停战两个月,让他们的'招商号'大轮船通过爱琴海到达雅典……"

萨马拉斯主席插话:"听说哈商司令在你的指挥军舰上见到我们的'吉祥大使'玉香龙,就一见钟情,被她吸引要与她进行角力比赛,'吉祥大使'将计就计,比赛中你失败,你便被'吉祥大使'用一根无形的情线牵到雅典的奥运会上来,是不是真有其事,从实招来?"

"吉祥大使"听到此话,把头埋在桌子上。全体人员发笑鼓掌。

哈商听到此话微笑点头,他说:"自从在军舰上见到'吉祥大使'那一刻起,我就被她的一举一动和美丽善良深深地吸引,不错,我对她'一见钟情',不过这只是我一厢情愿,'吉祥大使'对我的友好,与她对奥运会上的任何男性一样,我无法挑剔,但我也无法更进一步接近她,她让我天天失眠,也许我将要患上无法自拔的相思病。"说着哈商用眼睛斜视了一下"吉祥大使",见她仍将头埋在桌面上羞于抬头。

坐在"吉祥大使"侧面的法国诗人亨利用手碰了一下玉香龙说:"喂,'吉祥大使',你是奥运会的'吉祥大使',又是'奥运和平促进会'的公关部长,听了哈商团长的肺腑之言,你有什么感觉?"

"吉祥大使"抬头,大方地站起来,面带羞涩地说:"今天这个'奥运和平促进会',承蒙各位朋友看得起我,推荐我当了公关部长,特向大家表示感谢。哈商团长刚才的肺腑之言,让我再一次感动,我现在不能对哈商团长回答什么或承诺什么,不过,我希望哈商团长给我留下充裕的时间让我考虑,我期盼也要求哈商团长以实际行动继续努力,争取实现土耳其与希腊的永久停火,来配合'奥运和平促进会'的工作,让我们共同努力寻找并建立起一种切实可行的永久和平机制,化干戈为玉帛。"

萨马拉斯说:"哈商团长,我刚才听了'吉祥大使'的发言,没有理解错的话,'吉祥大使'要求你在土希两国的领海和塞浦路斯岛的领土争端问题上,继续作出努力,找出一种永久和平的解决办法。"说完萨马拉斯又面向"吉祥大使"说:"'吉祥大使',不,我应该叫你公关部长小姐,我刚才把你讲话的含意翻译给哈商团长,我不知道翻译对了没有?"

玉香龙起立点头,说:"是那个意思,谢谢萨马拉斯主席。"

萨马拉斯又说:"我对希、土两国间解决爱琴海通航管辖权和塞浦路斯岛领土争端提一个具体解决方案,考虑塞浦路斯岛上有土耳其居民,也有希腊族居民,这是历史遗留下的事实,两国都想把塞浦路斯岛纳入自己国家的领土版图,这是引发几百年连续不断战争的根本原因,可否把塞浦路斯岛划成三个行政管理区:一个是纯土耳其居民行政区,一个是纯希腊族居民行政区,第三个区是土耳其居民和希腊族居民混居行政区,我们简称它为第三行政区。原则上土耳其行政区归土耳其政府管,希腊族行政区归希腊政府管,第三行政区则由我们'奥运和平促进会'先行调解,具体调解负责人由我们公关部长'吉祥大使'担任,在本次会议期间召开三方小组会协商,争取找出一个稳妥的管理办法。若找不出具体办法,就组织体育比赛,胜方国家有权对塞浦路斯岛第三区有四年为一周期的临时行政管理权,至下一届奥运会闭幕时为止。下届奥运会再举行比赛,再由下届胜方国家管理,要是两国找不出共同的体育比赛项目,或找出了比赛项目而比赛赛成平局,则由奥运会派人担任第三区的正行政长官,希土两方各派一名副职行政长官,三人三方共管第三区。在四年的临时管理中,第三区的财政收入,除希、土两方各得四分之一的财政收入,其余四分之二财政收入归奥运会所有,当然也只有四年期限。本届奥运会上你们两国具体进行什么项目比赛,是拔河,赛足球,还是投石比赛? 本次会议就此作出决定,由大会讨论通过后, 报两国政府批准,若哪一国国王不批准我们体育比赛方案,便认定为比赛败方。"

哈商站立发言:"我现在也只能以奥运促进会副主席的身份站在这里讲话,不代表土耳其政府。我支持萨马拉斯主席提出的,我们土耳其与希腊王国间对塞浦路斯岛的解决办法。这次'奥运和平促进会'若能讨论出结果,形成一个文件,我今晚将立即电告土耳其国王,只要国王批准,并对我作出详细电示,我才能代表土耳其政府讲话。"

亨利说:"我们法国没有卷入领土争端,所以我的发言可以超脱一些,公正一些。"他拿上香烟和火柴,为自己点燃一支香烟又说,"对不起大家,我的烟瘾大,我边吸烟边发言,不影响大家吧? "他又抽几口烟再说,"萨马拉斯主席对希腊王国和土耳其王国间关于塞浦路斯岛管辖权争端提出了详细具体的解决方案,我完全赞同。刚才土耳其的哈商团长的发言,虽然只代表个人,而不是代表政府发表意见,他支持萨马拉斯主席的方案,但我很看中他的地位,因为他能在土耳其国王面前说得起话,或者说他的意见能左右土耳其国王的最终表态。我的意见是,建议将主席提出的方案进行表决,若半数以上代表同意,就以我们'奥运和平促进会'的名义写出决议,先函告两国政府,请国王签字认可。至于在塞浦路斯岛建立三个大行政区的划界问题,应在本届奥运会闭幕后,由希土两国代表与'奥运和平促进会'的代表,三方去现场勘界,并与当地希土两族首领谈判,倾听他们的意见后,划出实际行政区分界,再绘出三个行政区的详细地图,印制成册送两国政府和本届'奥运和平促进会'三方存档备案,供以后各届奥运会官员们查阅。关于爱琴海的通航问题,希土两国各有三海里的控制权,其余属公海,不许争夺。"

萨马拉斯站起来说:"本主席接受亨利副主席的建议,现在举手表决,同意在塞浦路斯岛建立三个行政区的代表请举手。"

公关部长玉香龙站着清点举手的人数后,她说:"报告主席,本届'奥运和平促进会'三十二人参加,全部举手通过。"

全体起立长时间鼓掌。

萨马拉斯说:"今天通过了'奥运和平促进会'的第一次决议,表明了奥林匹克运动会的和平精神得到了全体代表的支持,相信这种精神会代代相传,把人类用战争解决国际矛盾的历史,逐渐过渡成用体育竞赛的方式解决国际争端的历史,以此提高人类文明,缔造世界和平的伟大事业。我再强调,无论两国国王批不批准,在本届奥运会闭幕的前三天,希腊和土耳其运动员间都应该举行塞浦路斯岛的专场比赛,是'赛足球','赛拔河',还是传统'投石'比赛? 具体项目和安排由'吉祥大使'与奥运会作战部负责人召请希、土两国代表团联合会议协商决定。希、土两国间的议题就讨论至此,下一步我想请大家发言,世界还有哪些地区有军事矛盾,也请提出来,看看我们'奥运和平促进会'能做些什么具体工作或参与调解? "

大龙站起来发言:"报告萨马拉斯主席,各位副主席及全体委员,本人有两个问题,1895 年日本中日甲午战争中,日方用强权手段与我大清帝国签定了不平等的《马关条约》,大清帝国不但向日本赔偿了二亿三千万两白银,日本国还强行割去了我国的宝岛台湾,本人代表大清帝国全国百姓请求'奥运和平促进会'干预,要求日本政府归还我台湾宝岛。第二,现在又有俄德法等国乘机向大清帝国的山东半岛和辽东半岛提出领土、租界等要求,也请'奥运和平促进会'干涉此事。"大龙说完用右拳头在桌面上一击,把桌面打了一个大洞。

萨马拉斯忙站起来说:"大清帝国体育代表团团长大龙先生,请不要激动,我听清了你提的两个问题,我们会用'奥运和平促进会'的名义,给上述各国首脑特别是对日本天皇施加影响。"

曾亦轩站起说:"我作为一个大清帝国旅居海外的侨胞,对大清帝国政府的腐败、软弱、无能感到痛心和歉疚,对大清帝国政府的自视清高、封闭、保守感到脸红害羞,更对日本抢夺我宝岛台湾的强盗行径,感到义愤。现在我们大清帝国受列强凌辱,他们分割强占我们的土地,强夺百姓的财产,我也请求'奥运和平促进会'主持公正,让我们大清运动员跟日本运动队进行一次专场体育

比赛,若我们大清帝国胜利,要求日本政府从台湾撤出,还我台湾岛,若我们大清帝国运动队败,我们中日双方在下一届奥运会上再进行收回台湾土地的专场奥运体育比赛。"

"曾亦轩博士,你认为中日间进行什么样的专场体育比赛,有利于你们收回台湾岛,大清帝国能有几成胜算把握?"萨马拉斯微笑着发问。

"具体赛什么,我也说不清楚,我国《孙子兵法》这本书上讲,知己知彼才能百战百胜,我刚到雅典不久,志愿为大清运动队的伤病运动员进行医疗服务,不完全了解以大龙团长为首的运动队有些什么运动强项? 更不知日本国运动队有什么运动强项,我既不知己也不知彼,我个人的想法是原则上一定要在本次奥运会结束前进行一次中日间的专项奥运比赛,具体比赛项目请'奥运和平促进会'邀请双方团长召集专门会议决定。"曾亦轩说。

"曾先生,听说你是心血管病医学博士,医术高明,从你的发言中,听出你好像对医治大清帝国这个多病的巨人很有信心? 请问曾博士,你有什么灵丹妙药能治愈大清帝国这个多病的巨人?"法国诗人问。

"医治一个病人容易,但要医治一个国家,不是用几味灵丹妙药就可以治愈的,不过我已为我们大清帝国诊出了病根,大清帝国患的是一种千年顽症,我开出治大清帝国千年顽症的药方是,'学习西方,唤醒民众,普及教育,反对封建',多味苦口良药调配使用,中国这个巨人才有可能康复,焕发青春活力。只有那时,中国科学发展了,人民才丰衣足食,有饭吃,有衣穿,人人有田地耕种,家家有房屋住,外国人才不敢来欺负中国人。"曾亦轩说。

"曾博士有他的救国方略,我同意他开出的药方,打铁还需砧子硬,一个国家自身软弱不强大,再有广阔的土地和众多的人口,也会受人宰割的。大清帝国被英法联军占了首都北京,火烧了圆明园,联军的战马在大清皇帝住的皇宫围墙边放牧,堂堂一个大清帝国糟糕到如此地步,真是出乎我们的意料。一个地大物博人口众多的国家如此软弱让人不可思议,这真有点像中世纪的一个童话,害眼病的猫被一群老鼠嘲笑和欺负,一个好心的医生为猫开了一个治病药方,药方上写了一味药:'多吃老鼠可以治猫的眼病。'后来瞎猫吃了一个死老鼠,眼病好了,猫便经常去抓老鼠吃,猫身体也壮了,那些从前嘲笑、欺负猫的大小老鼠逃到远方。曾博士希望你能尽快治好你们大清帝国的眼病。"萨马拉斯说。

"萨马拉斯主席说得对,我们大清帝国政府患了严重的眼病,鼠目寸光,看不见新鲜事物。听说,康有为等1885年成立强学会,宣传维新变法思想,后来强学会被慈禧太后封闭,创办的《中外经闻》也被禁止发行。我们大清帝国人要努力自强,被割让出去的土地也希望'奥运和平促进会'帮助讨回归还大清国。"曾亦轩说。

萨马拉斯见会议开得如此沉闷,说:"今天的'奥运和平促进会'就开到这里,希腊和土耳其间的塞浦路斯岛之争的专场奥运比赛以及大清帝国与日本国之间对台湾问题的专场奥运比赛,会后由'吉祥大使'主持召开小组会议,讨论后报奥运会主席团统一安排比赛时间和地点。至于大清帝国被割占的土地,我们马上发文到相关政府,敦促他们派代表与大清政府进行和谈,解决争端。"

[字幕带画外音]按照预定的日程安排,大清帝国队与美利坚合众国队,下午在奥运会赛场举行趣味篮球比赛。

上午,大清帝国代表队五人,以及张勇、曾亦轩博士共七人在住地的房间内进行了战术讨论。

大龙说:"美国也是想侵占我国的国家之一,我们这场比赛必须要战胜美国队,让美国人看一看,我们大清帝国人不是随便可以欺负的。大家讨论一下,看有什么好的战术方法能在下午的篮球比赛中有效阻止美国队进球。"

穿天龙说:"美国队没有什么了不起,我在比赛中设法用巧计,在裁判看不准的情况下绊倒他两个主力队员,摧垮他们的锐气,我们肯定能战胜他们。"

大龙对穿天龙的发言表示反对。

曾亦轩说:"我也不赞成穿天龙的办法,按奥运会规定,比赛中对故意犯规且情节恶劣者,不但不允许该队员比赛,还要被执法裁判打屁股,如果这样,用我们大清人的话说叫搬起石头砸了自己的脚,再说美国篮球队员身高是一米八到两米;我们队里最高的队员大龙和小龙哥俩才有一米八,你们其余三人才一米七左右,你们五人平均身高一米七五,我们首先不要怕美国队员比我们高大,也不要怕他们技术熟练全面,我们应该想出秘密绝招,目标是在两块篮板

上下功夫,最妙的办法是让美国队员把篮球投不进我们防守的篮圈内。"

小龙:"我同意曾亦轩博士的建议。"

穿天龙:"大家不同意我刚才发表的意见,我只有放弃。我也同意曾亦轩博士的建议,我个人承包我方的篮圈,我有办法让美国篮球队的球少投入我方篮圈内。"

大龙带头鼓掌说:"三弟好样的,下午就看你的绝招妙计了。"

玉香龙说:"三哥一个人承包我们方的篮圈,不让美国篮球队投进球,办法虽不赖,但要有个度,无论你用什么方法做到这一点,必须让裁判和美国队员像隔着玻璃看戏,能一眼看穿,但又要让他们感觉不出来你是犯规。要不然的话,裁判会判你犯规,惩罚你下场,禁止你比赛。"

穿天龙:"五妹,请你帮我多想一想这方面的办法!"

玉香龙:"我想不出更好的办法,只能建议你掌握好时机和度,别弄巧成拙。"

大龙自己拍了一下双手说:"现在大家说一说我们五人如何能尽量多地把球投入对方防守的篮圈内,四弟你一直不发言,想必是有什么高招?"

水蛟龙:"我没想出什么高招,只是在想万一我得到篮球,无论我在什么位置,在我方半场内,还是在对方半场内,我都要用尽力气,把篮球往大龙哥和小龙哥方向传,你们个子高大些,接住球就往篮筐内投。"

大龙:"四弟的办法太没有把握,无把握的远传球还是少传为妙,那样失球太多,只会对美国队有利。"大龙突然拍了一下自己脑袋说:"啊!想起一个办法,三弟、四弟个子不高,但动作灵巧,弹跳力也不错,是不是在运动带球时在这些动作上也动点脑子,如三步上篮,跑动时脚步能不能跨大一点,身体能否腾高一点?尽量能从美国运动员的头上飞过去把球投入他们篮圈内。"

穿天龙:"论跳高本领我不如大龙哥和二哥,你二人得球后,有身高优势才可能用三步上篮的办法从美国队员头上飞过去,将篮球投入他们篮圈之内。我的拿手本领是低、矮拍球过人,要是过不去,只要能赢球我就学韩信,君子能忍胯下之辱,我从高大的美国队员两侧或胯裆下传地滚球,或者我干脆从他们胯裆下钻过去投篮。"

小龙说:"我的优势是臂力大,从篮球场内任一点用单手或双手都可以把球向美国队篮筐内甩去,至于进不进得了篮筐我可不敢保证。"

玉香龙听见小龙的发言,低着头发笑。

"五妹,你笑什么?难道我说的不对?还是我没有这种实力?"小龙侧着头不解地问。

玉香龙用右手按嘴仍然笑着说:"我笑二哥你半天不发言,一发言就语出惊人,我也笑你刚才说话的表情太认真。"

大龙:"五妹别笑了,俺二弟是老实人说老实话,我相信他有这种臂力,能在场内任何一点把球向对方篮筐投去,我给二弟补充两点注意事项:一是尽量跳起来双手投球,命中率会高一些;二是无论你的球从哪个角度投出手,要尽量碰在篮板上,大家才好抢篮板球,争取第二次补投。"

小龙微笑着说:"大哥说得对,我在场上尽量注意。"

大龙又说:"二弟,你在后半场抢到篮球后,我尽量跑到前场篮板附近,你见我单手高举,说明我将要飞跳腾空,你可以把远球抛向空中,我立即跳起空中接球后,脚不落地转手把球向对方篮筐投去,这种战术要求我们两人把握好传球与接球时机,配合要默契。"

小龙:"大龙哥说的方法可行,你在对方篮板位置除了举手,最好是吹一声口哨让我早点准备。"

大龙:"刚才说的战术,请各自在赛场上临场发挥好。我最后补充一点,我们在比赛的最后十五分钟内才实施'魔术式打法',具体方法就按前晚上我教你们的方法去准备。"

1896年4月11日,雅典时间当天下午3点整,大清国和美利坚合众国间的奥运篮球比赛正式在雅典奥运中心体育场进行。四万人的观众看台座无虚席,观众们要看看身材高大的美利坚合众国代表队,如何与身材相对矮小、篮球比赛经验欠缺的大清国队进行趣味篮球比赛。为了提高大清国运动员的士气,也为了提高大清国队的威望,曾亦轩博士设计了一个令全场观众怀疑与吃惊的广告宣传画,画上用希腊文、英文和中文写着:"不怕美国队篮球玩得多漂亮,大清国篮球队赢你没商量!"此宣传画在奥运中心体育场东西两个大门边墙上抢眼位置各贴一张,其余八张同样内容的海报,头天已贴在雅典街头的各

主要街道上，它们吸引着爱看热闹的雅典市民前来观看实力悬殊的大清国篮球队，如何以弱胜强？

红色篮板、红色地面的篮球运动场上，五名穿白色上下衣，身高一米八至两米的美国运动员，提前在左右半场内练习传球和投篮，他们动作熟练，三步上篮时，几乎都单手或双手向篮圈内下压扣篮，他们动作轻松，神情自然，有说有笑，心情愉快。

大清国篮球运动员是快到比赛开始前十分钟，一行五人才从运动员休息室出来，他们都穿着一色的黑色长衣衫，腰扎黑腰带，长衫的左前衣角，成三角状吊扎在黑腰带上。辫子上各吊着一个红色篮球，他们每人的两只手上也各提着一个红网装着的红色篮球，他们的下身穿的是黑色宽大长裤，脚上穿的是黑袜黑鞋。总之除了五名队员的手和脸以及红色篮球外，其余是全身黑。当五人成一路纵队迈着正步入场，并绕场行走一圈时，全体观众齐声为穿奇异服装，像传教士也像魔术师的大清国篮球队鼓掌、喝彩。

[观众们的一串旁白声]这些黄皮肤的大清国运动员为什么打扮得这样怪异？他们的辫子上为什么吊着红篮球？他们为什么像魔术师一样穿一身黑？他们在篮球比赛场上会有什么新花样？难道他们与美国人比赛篮球时要玩魔术？

中国运动员入场后放下手中篮球后，又互相从辫子上摘下红色胶质篮球，并将宽大的黑色长衫前面下端的右角也提起，扎在他们黑色宽边绣花腰带的左边，黑长衫的后背下摆，也扎成三角形，以利运动员双脚前跑后跳，拼搏争抢篮球时利索方便。中国运动员们并不急于练球，而是在众目睽睽之下，站成一排，让张勇为他们整理服装、扎腰带和辫子。然后，五人围成一小圈，侧脸望着美国人练球，小声商量着战术，并不时用手对美国运动员指指点点，或每个人双脚弹跳几次。坐在球场边的张勇，以魔术般的手法将十五个红色篮球中的十四个，又拍又压成拳头大的十四个小的红色胶皮球，放在身边一个红色筐内。

坐满观众的比赛场内，以格拉斯为首的希腊女子拉拉队突然喊着口号"大清国队加油！"

大龙看见格拉斯小姐穿着美丽高雅的闪亮白色长裙，拿着一把红色的鲜花向他招手,他向格拉斯和全体希腊拉拉队拱手致谢。

美国的拉拉队也大声地喊着:"美国队加油! 美国队必胜!""我们要看沉睡的雄狮如何战胜山姆大叔? "

裁判的笛声响后,双方队员站在中线相互握手,然后每方出一个队员在中线跳球,美国队参加跳球的是二米一〇的最高队员;中国队由身高一米七一的穿天龙跳球。裁判刚将篮球抛出,穿天龙便顺着裁判的抛球动作,瞬间双脚跳起,他的右手与裁判抛出的球同时升起,球未到最高点已被穿天龙右手推出飞向前场的小龙,小龙接球后,两名美国队员前来封堵抢球,小龙躬身埋头,从美国队员裤裆下拍球,穿过美国队员,然后跳起用右手单臂侧身传球,将篮球往篮板下的大龙方向甩去,大龙腾空接球,接着一个三百六十度空翻下落,将球抛入美国队的篮筐内。

体育场两端的比分牌,被人翻成0:2,大清国队领先,全场观众一片掌声。

美国队员开头输了两分,反而激发了他们的士气,他们凭着身材高大技术熟练、快速远传、投篮准确的特点,仅十五分钟就投进中国队篮筐内三十分球,大龙见形势不妙,做手势要求裁判暂停。

暂停的三分钟时间内,大龙召集四名队员商量了一阵。

再次开始时,玉香龙传球给小龙,小龙转身跳起,从后场向对方篮板投球,球在篮圈上碰了一下,向上弹起,自然落下进入篮筐,此时比分 30:4,美国队仍然领先。接着,美国队又打了几次快攻,把比分推到38:4。美国队继续领先,上半场的最后三秒钟,大龙站在球场的底线外,准备传球给自己的队员,由于美国队实行人盯人、全场紧逼的战术,大龙几乎很难将球传到自己一方队员手中。他干脆退后一步,用单手将球高抛成弧线向对方篮板抛去,球正好落入对方的篮筐内。此时笛声响起,上半场结束,记分显示比分 38:6,美国队暂时领先。大清国队员进入体育场休息室休息。

比赛中间休息二十五分钟,先是希腊的女拉拉队员上场,为全场观众表演快乐的希腊民间舞,接着一位希腊杂技演员上场,为观众表演他的杂技玩球,他用两只篮球在场内用左右手互拍球,或腿下拍或单手拍或双手拍,两只篮球不断在他前后左右弹跳,最后,他用左右脚分别将球踢出两球各向相反方向飞去,一个进入美国队的篮筐内,一个进入大清国队的篮筐内。全场观众为希腊

杂技球艺表演喝彩鼓掌。

下半场开始前十分钟,中国队的五名运动员从休息室出来,他们的着装由全黑换成与比赛用的红篮球颜色一样的红色长衫,腰扎红色布带,脚蹬红袜、红球鞋,连长辫末端也各自扎了一个红色蝴蝶结。他们迈着整齐的步伐,用右手各自提着自己的红长衫一角,迈着"秧歌步"向篮球场走去。全场观众和高大而骄傲的美国队员都报以惊奇的目光和热烈的掌声,欢迎大清篮球队再次入场。

观众席上传出希腊拉拉队的口号:"大清国队加油! 大清国队为奥运篮球赛添光增彩、韵味独特。"

随着裁判的一声笛响,大清国队改变战术,采用"全攻魔术式"打法,他们由四人站在前场,只有穿天龙一人留在后场守自己的篮筐,不让对方将球投进篮筐。当美国人将球投进了球筐,他便跑出底线,快速发球给前场的四位中国队员让他们见机投球;或他一人站在底边端线外,单手甩长球直接往对方篮筐里投球;中国队的前场四人成8字形在前场穿梭跑动,时而顺时针,时而逆时针,时而假动作投球,三人起跳假投球,当他们依次通过红篮板附近,瞬间从长衫内掏出一个又一个红篮球,闪电般投入对方红篮板的红篮筐内。红球飞舞、红色飞旋,把美国运动员看得头昏眼花,场外观众也看得晕头转向,裁判员更是目瞪口呆,不知是该判进球,还是判犯规?

[特写镜头]大清国运动员借篮球暂无统一规则,从红长衣衫内拿出一个又一个红球或拍一两次,或不拍,跳到对方篮板下,将红篮球投入对方红篮板的红篮筐内,当投球人自己或其他大清国运动再接球后,瞬间红色篮球消失在他们双手的变换中,下一个大清国队员,又从红衫内取出红球,紧跟跳起投球……

从未见过这种打法的美国队员不知所措,不知道大清国队员在何时、何地向篮圈里投红球?

裁判员被红篮球场上的成串红球及如流星般变化的红衣、红裤、红鞋以及中国队员头顶和辫子不断跳动变幻的红蝴蝶,刺成"红色色盲",裁判员们没见过这种上半时一片黑,下半时一片红的魔术式视角色彩变幻,被扰乱了视线。他们眼盯红篮板上的红篮筐,凡见红球进入红色的篮筐,两裁判或一裁判鸣笛,用左手或右手的一两根手指,从上向下比画,表示进球算一分或两分。当大龙、小龙或穿天龙从后场或后场端线远投入篮筐时,他们伸出三根手指比画,表示该进球算三分。仅十五分钟比赛,中国队利用裁判和美国队员的暂时红色视觉差,把比分从上半场的38:6追到42:45,大清国队反败为胜。

美国队队长用手势向裁判作暂停手势,然后用英语和手势激动地表示,要求中国队员的长衫全部脱下。裁判用手势招大龙到面前,向大龙转达了美国队请求中国队的红色长衫全部脱掉的要求。

大龙把四位队友召集到身边,要求大家脱掉红色长衫,并将隐藏在长衫内的魔术式"红色隐形篮球"也一并藏在长衣内,放到场边的张勇和曾亦轩中间,此时中国队的五名队员除扎红腰带外,着装全部变成全白的短上衣和灯笼状白色长裤,红鞋也换成白色运动鞋。

最后五分钟,美国队又发挥原来的优势,将红篮球不断投入中国队防守的红篮圈内,比分变成52:48,差距加大,美国队又领先。

穿天龙见势不妙,气愤地脱下白色上衣,赤膊上阵,在场内连续翻了十多个跟斗,纵身腾空飞落到自己方红篮筐上,将他的弹性松紧红腰带罩在红篮筐上。此时,尽管美国队传得快投得准,入筐的红篮球都被罩在红篮筐上的松紧红腰带挡出。一位高大的美国队员跳起来伸手拉掉拴在红篮筐上的红腰带。此时,穿天龙从远处跑来双手撑地,一个跟斗,双脚踩在那位美国队员的肩上,又在空中转了三百六十度然后坐在红篮板顶,两只脚悬在红篮筐上方,数次踢飞了美国队员的远投球。美国队长又向裁判抗议,用英语说:"裁判,红篮板顶上不能坐人。"裁判走到大龙面前说:"大清国代表团团长先生,叫坐在红篮板上的运动员下来。"大龙走近红色红篮板架边,对穿天龙说:"三弟,你下来。"

当穿天龙从红篮板架上跳下来后,裁判吹笛继续比赛,美国队猛力拼抢准确投篮,他们又投进了六分球。大龙也急了,他干脆站在自己方防守的篮板下,每当美国队员投出手的篮球飞到篮筐上方,他跳起伸出左手或右手,把快入红筐的红篮球顶出去,他一连顶出了美国队的四个投球。美国队员也急了,他们派两个队员用屁股顶走大龙。此时,还有两分钟,水蛟龙在底线甩球给小龙,小龙在后场跳起,一个双手远投,球碰到对方篮圈上反弹跳起。大龙见球在他正前方,但此刻他已被两名美国运动员夹挤在中间,他伸双手压在两名美国运动

员肩上,纵身跳起用头顶碰飞来的红篮球,红篮球落入美国队的红篮筐内,裁判判有效进球。最后三十秒,穿天龙从对方传球中抢来一个球传给玉香龙,已经筋疲力尽的她有些晕头转向,把红篮球往自己方防守的篮筐内投了进去,红球在中国方篮筐上旋转两圈半,落入红篮筐。裁判吹笛并作手势,玉香龙投进自己方红篮筐内的两分球,算美国队得两分。此时场外爆发出欢笑和倒掌声,"欢呼""吉祥大使"将红球误投入了自己方的红篮筐内,玉香龙见自己出错,蹲在场上埋头抹泪。

最后十秒钟,玉香龙带着泪花,在端线外将篮球传给身边的小龙,小龙跳起一个单臂远投球,球被美国队员跳起封挡,球被碰飞飘向空中,在对方场内红篮板前六米处落地,红篮球反弹跳起,飞向红篮板,落入对方红筐内。裁判笛声响,并伸出三根手指表示算三分,最后比赛结束,体育场东西大门的记分牌显示比分为 66:64,美国队胜。

比赛结束,格拉斯带着女子拉拉队来到运动场,她们给每位队员送上一条白色热毛巾擦汗,最后她将一束鲜花和毛巾递给大龙说:"大龙先生,我祝贺你们大清国队员肯动脑子,用魔术奇招赛球,虽然你们输了球,但你们这种敢于与世界篮球强国美国队争高下拼输赢,值得钦佩!"

大龙接过毛巾边擦汗边说:"小姐你别挖苦我们,我们的篮球水平比美国队差远了,能达到今天这种少输球的结果,我们算尽力了,当然我个人要感谢小姐你领导的希腊女子'拉拉队'为我们呐喊助阵.增加了我方争抢的信心,也感谢雅典观众为我们鼓掌助威。"

土耳其哈商团长入场,他手拿一把鲜花献给正在擦汗的玉香龙说:"'吉祥大使'小姐,祝贺你们大清国队为全场观众奉献了一场不畏强队、敢于拼搏的比赛,你们的精神值得我们土耳其运动队学习,这束鲜花代表我个人对你的敬意,请收下。"

玉香龙接过鲜花说:"哈商团长,你送我鲜花该不会是拉拢我,为了下一场我们与你们土耳其赛篮球时,让我也往你们土耳其队的篮筐里投篮球吧!"

哈商说:"'吉祥大使',你说话真幽默。"

第十一章　吉祥大使的风采

[字幕带画外音]1896 年,世界第一届万国奥林匹克运动会期间,没有电影电视,希腊国富商萨马拉斯,不但出巨资支持奥运会的场馆设施建设,为了给奥运会期间的夜生活增加欢乐喜庆气氛,主办了一些力所能及的娱乐活动,为各国的运动员、教练员缓解精神压力,"赛诗会"就是其中一种。

"赛诗会"舞台设在雅典近郊有雅典娜女神像的神庙前的露天广场上,由木料临时搭建,外表用木板进行了装饰,并用彩色油漆绘出了有希腊民族风味的各种图案,加上各种颜色的灯光照射,"赛诗会"舞台给人以庄严肃穆的印象。

星空下的晚间会场上,坐满了各国运动员、教练员,一些国家的来宾和旅游者,以及众多雅典市民,他们的眼睛,都注视着舞台上进进出出的工作人员,许多雅典市民的孩子们在观众席间来回奔跑,欢呼雀跃。观众们忍耐不住"赛诗会"前的简短寂静,由稀稀拉拉的零星拍手,逐渐变成全场不断的掌声。

在掌声的催促下, 从舞台幕后走出萨马拉斯的儿子,"奥运和平促进会副主席昆塔先生,他是"赛诗会"的主持人。昆塔来到台前,向台下观众举起双手不断左右摇摆,观众的掌声渐减。他站在麦克风前大声说:"奥林匹克运动会开幕已经五天,进行了二十多项比赛,一切比赛都很顺利,为了活跃本届奥运会的气氛,决定从今天开始,每晚都举办一些娱乐活动。各国运动员朋友们,你们在白天的比赛中付出了汗水,取得了好成绩,我代表'奥运和平促进会'主席团向运动员朋友们和教练员们致敬,道声辛苦。大家在本届奥运会进行了精彩的比赛,创造了第一批好成绩,这些成绩将载入奥运史册,让以后各届奥运会的

运动员来学习、追赶、超越。这里,我向各国运动员和来宾介绍一位我们希腊的伟大人物——雅典娜。"说到这里,昆塔走到舞台侧面,他右手一挥,舞台的白色大幕徐徐拉开,十多盏探照灯齐亮,探照灯射出的十多条光柱,斜射到舞台后面一座巨大的玉石雕像以及她身后由四十六根高大圆柱组成的雅典娜神庙上。只见雅典娜女神像右手持盾牌,右手握一把寒光闪亮的胜利之剑,双眼警惕地注视着远方。她的雕像是那样庄重、高雅美丽,让在场的观众肃然起敬。昆塔虔诚地敬了一个鞠躬礼,又转身一百八十度,面对观众继续讲话:"雅典娜曾经是保卫希腊、保卫雅典的英雄,是她领导了反对外来侵略者的战斗,她英勇顽强,不怕牺牲,带领人民打败了侵略者,保卫了雅典,雅典人为了纪念这位伟大的女英雄,把这个当时还不出名的小城,用女英雄的名字'雅典娜'来命名。"听众们起立用经久不息的掌声对女英雄雅典娜表示尊敬。

昆塔说:"人民为她建立了神庙,一批我们希腊最有名望的艺术家花三年时间为她雕塑了这座高大的玉石全身像。我们希腊人永远纪念这位女英雄雅典娜。在座的各国运动员,各位来宾朋友,请你们也认识并记住我们希腊的这位女英雄雅典娜,希望她反对侵略、反对战争、保卫和平的英雄事迹能通过诸位运动员、教练员和来宾朋友传到世界各国,她的光辉事迹能通过这次奥运会传遍全世界。我还想强调:正因为雅典娜英勇地保卫了雅典,保卫了希腊,保卫了奥林匹克的发源地奥林匹克村,才使那里爱体育运动的百姓,有一个和平的环境创造发展奥林匹克体育运动,诸位朋友才有今日的雅典聚会,才能参加这里召开的万国奥林匹克运动会,也才有今晚的赛诗会。我有幸和各国朋友们在这里,在我们伟大的女英雄雅典娜像前相聚,希望大家珍惜我们今晚难得的美好时光。最后,请各位运动员和来宾朋友记住一句话,请把你们国家最优秀的运动技巧、水平带到这次奥运会上,也请你们把希腊人民长期坚持的体育、友谊与和平的精神,通过奥运会的带回你们的国家。人类需要体育,需要和平。"昆塔讲完最后一句话,他双手用力地在空中一挥,表示结束了这场开场白。接着他走下舞台。

观众们对昆塔的讲话报以热烈掌声。

接着奥运会赞助商、"奥运和平促进会"主席萨马拉斯从舞台下的第一排座位上起身走上舞台,他站在舞台中央,做了一个潇洒的脱帽动作,右手将帽子放到腰部,头微微向雅典娜女神像敬礼后,又用同样的动作,向台下数千观众敬礼, 然后端正地戴上他的礼帽自我介绍说:"我作为本届奥运会的赞助商,借开'赛诗会'这个机会与大家近距离相见,只说几句话。首先,感谢各位运动员为本届奥运会创造了第一批世界性的奥运会成绩。第二,请大家永远记住我们举办奥运会的宗旨,是通过奥运会向世界传达一个信息,人类只有拥有强健的身体,才能维护世界和平、增强团结与友谊,共创美好新生活。第三,向大家推荐一位来自亚细亚大清帝国的多才多艺、勇敢美丽的全能型女运动员玉香龙小姐,请她向大家朗诵法国诗人皮埃尔德·顾拜旦创作的赞美体育运动的诗篇。现在请婀娜多姿的玉香龙小姐上台。"

萨马拉斯带头鼓掌,全场观众也跟着鼓掌。

着一身粉红运动衣的玉香龙,慢步走上舞台,先向雅典娜女神像以大清帝国三跪九叩的礼节,叩头作揖,接着转身向台下观众行了一个九十度鞠躬礼,她微红的脸上,略带羞色,但她表情大方,充满青春活力。她以轻快的舞蹈般的姿势,首先表演了一套中国"长拳",她时进、时退、时跑、时跳,动作如行云流水,潇洒自然。

此时舞台天幕展开,天幕上出现了本届奥运会开幕式上各种比赛和表演赛的录像画面,欢快活泼的伴奏音乐声响起,画面由音乐衬托,互相交融。

玉香龙接着在舞台上又表演了一串空心跟斗,最后以一个优美的"金鸡独立"落到麦克风前,她将头一摆,头发发辫自然盘在她脖子上。接着她双手握拳,两只胳臂朝上,以金属般的北京腔高声朗诵诗篇《体育颂》(诗朗诵有相应的奥运比赛及生活画面):

啊! 体育,天神的欢娱,生命的动力,你像高山之巅的晨曦照亮昏暗大地。

啊!体育,你就是美的旋律,没有匀称协调,便谈不上美丽。你塑造人体,变得高尚还是卑鄙? 要看它是被可耻的欲望引向堕落? 还是被健康的力量悉心培育。

啊! 体育,你就是正义,你体现了社会生活中追求不到的公平与合理,任何人不可超过速度一分一秒,逾越高度一分一厘。

啊! 体育,你就是勇气,肌肉用力的全部含义是敢于搏击。

啊! 体育,你就是荣誉,荣誉的赢得要公正无私;反之便毫无意义。

啊! 体育,你就是乐趣,你可使忧伤的人散心解闷,使快乐的人生活更甜蜜。

啊！体育，你是培育人类的沃土，你可增强民族体质，矫正畸形躯体，防病患难于未然，让后代茁壮成长，完美发育。

啊！体育，你就是进步，为人类的日新月异，身体和精神的改善要同时抓起。

啊！体育，你就是和平，你在各民族间建立愉快的联系，互相尊重、互相学习，成为高尚和平竞争的动力，让战争在你面前发抖、哭泣。

在玉香龙朗诵时，整个晚会会场出奇的平静，好动的孩子们都安静地站着，他们被玉香龙那悦耳的声音和诗句中所含深刻哲理所折服，他们被后幕上录像画面恰到好处的配合所陶醉，他们也被玉香龙的优美姿势所吸引。人们沉浸在完美甜蜜、虚幻与现实交融的诗情画意之中，玉香龙结束朗诵的一瞬间，他们似乎还在等待玉香龙朗诵下句诗文。当见到玉香龙向台下的观众三鞠躬，转身往后台走去时，人们才意识到朗诵已经结束，他们突然从诗的美妙神韵中清醒，不自觉地用雷鸣般的掌声表示感谢。

第一个冲上舞台的是法国诗人亨利，他双手拦住正缓慢向后台走去的玉香龙，向她敬了一个法国绅士礼，对她说："谢谢你，你像是亚细亚大清帝国飞来的百灵鸟，活泼可爱、声音迷人，体育功夫也不错，你把我创作的诗篇朗诵得很成功，抑扬顿挫声音和语调都准确地表达了诗意，给本次奥运会增加了快乐与活力，让我和在座的观众度过了一个愉快的夜晚。"他再次带头鼓掌致谢，又引发了观众们的再一次掌声。

萨马拉斯接过话筒说："朋友们，本届奥运会期间，每天晚上本市将有一两个场地开展一些文化娱乐活动，活跃夜生活，你们各位运动员有些什么好的文艺节目，明天请到奥运办公室登记，以便统一安排演出时间和场地。我们在本届奥运会期间的夜生活丰富与否，要靠大家出力。另外，每天的奥运会各类比赛项目多而杂，有人建议应选一位'公关形象大使'，协助配合大会主席团做一些联络宣传工作，以便各代表团之间加强协调，紧密联系，使比赛合理有序进行。我本人表示同意，本届万国奥林匹克运动会可以设立一位'公关形象大使'，我已物色到了合适的人选，她就是站在我身边的这位女运动员，各方面条件俱佳的漂亮小姐，她是来自大洋彼岸亚细亚洲，大清帝国的运动员玉香龙小姐，大家同意不同意呀？"

"好，我完全同意亚细亚洲大清帝国的运动员玉香龙小姐为本届奥运会的'公关形象大使'。"法国诗人亨利右手举到头顶，又说，"简化一点就叫'吉祥大使'好了，大家同意吗？"

晚会上的观众全都说："同意。"并再次热烈鼓掌。

第二天中午，雅典奥运会广场门口贴出了一幅大型彩色宣传画，画面上绘着玉香龙在运动场上骑马射箭，画面右上方中英文两种文字写着："本届奥林匹克运动会的'吉祥大使'，玉香龙小姐"。

下午，昆塔亲自驾一辆豪华大马车，载着玉香龙在雅典城内的主要大街上游行，让雅典市民都认识这位美丽的"吉祥大使"。由42人组成的乐队奏着乐，沿街护送着马车。好奇的雅典人站立在马路边向站在马车上的公关"吉祥大使"投去鲜花，目睹她的风采。

[字幕带画外音]奥运会的越野障碍赛和骑马特技表演。

雅典郊外的一片山坡草地上，八个国家的二十六名赛马运动员正进行着越野赛马比赛。二十六名骑手骑着自己的骏马在草地上奔驰，马后是一片飞扬的尘土。他们都先后经历了跨越深沟、跳动一米五高的土障、涉水过河等障碍项目，一些人和马跌入深沟，或栽入河中，一些马匹翻倒在土障前。运动员们不怕伤痛，不怕困难，跌倒了又站起来，立即爬上马背，继续骑马勇敢前冲。

越野赛马比赛的前三名由英国、澳大利亚和希腊运动员分别获得。冠军马匹头上绑扎着一朵大红花，冠军骑手脖上戴着一个橄榄枝花环。亚军马匹头上扎一朵大黄花，亚军运动员头上戴着一个月桂花冠。第三名马匹头上扎一朵小蓝花，运动员头上戴一个蓝色花帽。冠、亚、季军都骑着爱马在大道上奔跑着，向雅典城内跑去，未得到名次的赛马运动员在他们后面骑马慢行，长长的赛马队伍浩浩荡荡，经过村庄、大小街道，受到沿途民众的热烈欢迎。队伍进入雅典市区，又受到雅典市民热情洋溢的夹道欢迎，他们经过市区绕道去奥运会的主会场，部分人将参加那里的赛马特技表演。

雅典奥林匹克体育场不远处的草地上，设置了三个障碍物：一堆直径约两米、高约一米的"大火堆"；一个宽五米、长二十米的"人工水池"，池内有鱼；一个宽一米、高两米、长约十米的"站马高台"。二十六名刚从雅典郊外比赛回来的

各国运动员,可以自由参加这里举行的骑马跨越障碍特技表演,没参加郊外骑马越野比赛的各国运动员,也可以报名参加特技表演。大清帝国的玉香龙是参加特技表演的唯一女运动员,大龙也报名参加了特技表演。

一声锣响,三十二位骑马运动员从运动场外依次跑马进入特技表演场,他们之间间隔二十米,大部分赛马都载着他们的骑手顺利通过"大火堆"、"人工水池"和"站马高台"。但有三分之一的马和马背上的骑手在大火堆前怯场或马失前蹄,落入水池,池水中的一些大小鱼,被落入水池中的人马挤压,从池中飞出水面溅到空地上。还有一些马匹驮着运动员从"站马高台"上悬空跳过落到地面,一些运动员拼命吆喝打马,试图重新让马向"站马高台"奔去,但马匹恐惧不肯前冲,一些马匹冲到高台前,突然绕行而过,观众们发出一阵阵笑声。最后一位骑马出场参加特技表演的是大清帝国运动员大龙,他骑一匹高大的枣红马,入场后他不急于去跳火堆,而是让马缓慢地绕着火堆走了一圈。此时站在火堆附近的玉香龙将一个直径一米、外缠黄色布带的竹制圆环,抛向马背上的大龙。大龙单手接圆环后,边慢跑马边将圆环在左右手腕上旋转达十多圈,然后他调转马头,双腿夹马肚,将马头上提,马像疾风般地向大火堆冲去。当马匹接近火堆十米远时,大龙将"黄色竹圆环"向前方高空抛出,枣红马驮着大龙,瞬间从火堆上方跳过,当马前奔十多公尺时,空中飞来的黄色竹圆环正好到达大龙的头顶,大龙伸手接住黄色圆环后,让马减速转弯向玉香龙跑去,他将黄色竹圆环抛回玉香龙。玉香龙腾空跳起,从半空中接住圆环后落地。她又将一把闪亮发光的长柄鱼钗抛向空中,鱼钗上许多装饰性活动小金属环,在空中发出一串"刷刷"的金属响声。大龙站在慢速小跑的马背上,单手接住长柄鱼钗,又落座在马背上,他挥舞长柄鱼钗,表演一阵冲锋陷阵,左右拼杀,像当年岳飞抗击金兵时使用的岳家枪套路,赢得了观众们一片喝彩声。

大龙提着长柄鱼钗,沿水池四周跑一圈,让马向水池方向急驰奔去,大龙挥舞鱼钗,当他随马从水池上飞驶而过的瞬间,用钗尖向水池中一划,一条活泼乱跳的大鱼被钗起,大龙将钗和鱼同时抛向远处的玉香龙。大龙又让枣红马驮着他朝着远处的"站马高台"方向奔去,他双腿夹马肚,提马头逼使枣红马跃起,马长鸣一声,跳上"站马高台",当马快要跳下高台的瞬间被大龙控制住,马站立在高台顶上。此刻,玉香龙走进高台,连续向马背上的大龙抛去五片人字形竹飞镖,大龙接住后,站在马背上,连续向空中斜上方甩出五片竹飞镖,五个飞镖一个接一个地在空中旋转,带着"咝"鸣声,在空中飞行一圈后,又迅速飞回到大龙的面前。大龙伸出双掌,分五次接住了飞回的五个竹飞镖。最后,大龙站立马背,用一个三百六十度空中侧向弹跳,稳稳地站立在地面上,他向马吹了一声口哨,枣红马跳到竞技场地面上,向大龙追去。

骑马特技表演完,着一身运动装的格拉斯小姐从看台上下到比赛场内,来到大龙身边对他说:"喂,大清帝国的体育英雄,你刚才的特技表演惊险刺激,我看了很开心,也很过瘾。我喜欢你的勇敢,我向你和你们大清帝国全体运动员表示祝贺。"说着格拉斯小姐伸出了细嫩的手。

大龙被小姐的热情感染,犹豫了一下,但他勉强用有力的大手握住了小姐。

"哎哟,"小姐惊叫道,对大龙说,"你的手好重,把我的手握疼了。"

"对不起,对不起。"大龙连连点头致歉,并松开了他的大手。

与你握手,让我感到很温馨,我们再握一次手行吗?"小姐小声说。

大龙再次与小姐握手。

大龙说:"小姐,谢谢你给我们大清帝国运动队的祝贺,我作为大清帝国奥运体育代表团团长,也向小姐表示感谢,向希腊国王和雅典全体市民表示感谢。"

"没看出来,大清帝国的体育代表团团长如此有绅士风度、有涵养、懂礼貌。"小姐把大龙夸奖两句后,又说,"团长先生,你知道我为什么来找你吗?"

"不知小姐为什么找我?"大龙摇头,问她,"有什么事要我为你效力的吗?"

"我要跟你比赛羽毛球。"格拉斯狡黠地一笑。

"什么? 你要跟我比赛羽毛球? 是我们两人的友谊赛,还是两国间的对抗赛? 若是前者,我请小姐你当我的羽毛球教练,先教会我,再比赛。"

"当然是我们各自代表自己的国家,参加本届奥运会的正式比赛。"格拉斯小姐一脸认真地说。

"格拉斯小姐,你想与我进行国与国间的羽毛球比赛,你可要先去奥运会主席团报名。我想格拉斯小姐你既然向我挑战,你一定是希腊国最优秀

的羽毛球运动员啰?可是到了雅典,我才听说羽毛球,更没有玩过它,我想我一定会输给你,我这里就甘拜下风表示认输,现在我宣布,大清帝国羽毛球队以零比二输给希腊羽毛球队。我这算满足了小姐你的荣誉感了吗?"大龙半开玩笑地说。

"谁要你还没比赛就想输给我? 我不要荣誉感,我要与你一拍一拍地比赛,从羽毛球场上战胜你,才能满足我的一点点儿心理平衡。"格拉斯认真地说。

"为什么你要用羽毛球战胜我,才能满足你的一点儿心理平衡?"大龙不解地问。

"我妒忌你们大清帝国女运动员玉香龙,她在这次奥运会上不但当上'吉祥大使'到处受欢迎,而且体育表演也出尽了风头,让我这位雅典城最漂亮的富商小姐也黯然失色,所以我要与你比赛羽毛球,来证明我不比'吉祥大使'差。"格拉斯愤愤地说。

"小姐想得到荣誉还不容易,请你父亲封你一个公司的主管,或请文人写几篇赞美你的文章,或找画家为小姐画几张美丽的大画像,在会场供人敬仰,都可以满足你的心理平衡,为什么一定要用我们大清帝国的败绩来衬托你的高贵和伟大?"大龙说。

"我要赢你的羽毛球,不是要赢你们大清帝国的羽毛球。"

"好,我与你比赛,不过我要告诉你,我们大清帝国运动队没有一人打过羽毛球,我们只会用脚踢羽毛球。"

"可以,只要同意与我比赛,你们用拍子打也行,用脚踢也行。"

"那你去向奥运会主席团报名,请他们安排场地和时间,"大龙想了一下,又补充道,"我还有一个条件,小姐你答应不答应?"

"你有什么条件,尽管说。"格拉斯高兴地说。

"第一,我重申:我们的这场比赛代表的是我们大清帝国与希腊王国间的比赛。"大龙说。

"这我已经同意,你们用脚踢羽毛球与我们用拍子击打羽毛球进行比赛,这条我也同意。"格拉斯说。

"你同意不行,还要奥运会主席团同意才行。"大龙说。

"这好办,本届奥运会是世界第一届万国奥运会,许多竞技项目比赛方法,是允许双方探索试验的。实在不行，还可以参加'奥运和平促进会'主办的比赛项目。"格拉斯理由充足。

"还是小姐你厉害，"大龙笑着说，"不过……"

"不过什么呀？你还想说什么，通通讲出来男子汉大丈夫，光明正大，说话不要吞吞吐吐的。"格拉斯有点性急地说。

"我不能与你单独比赛羽毛球。"大龙说。

"这又是为什么呀？"格拉斯撒娇地问。

"我怕我赢了你，别人会说我大清帝国一个堂堂男子汉在比赛场上欺负希腊小姐；要是我输给了你，别人又会说是我在让你。我左思右想总觉得有些不妥当，小姐，你认为我说的有道理吗？"

"你说了一大堆，是不是想反悔，不想与我比赛。"格拉斯眼圈微红，眼泪在眼角转。

"小姐主动要求与我比赛，不但是对我个人的信任，也是给我大清帝国面子，我既然同意与你比赛，无论你的目的是想与'吉祥大使'暗中较劲，还是想与我在比赛场上绿叶斗红花，我都不会反悔。"大龙说。

"说，你还有什么条件？"格拉斯又问。

"我们进行羽毛球'双打'，对阵'双人踢'的羽毛球比赛怎样？"

"你是说你们两人上场，我们也两人上场，进行双打对双踢比赛，是这样吗？"格拉斯追问。

"对，是这样，小姐可以再找一个帮手上场，男女都可以，我也回去与大家商量一下，找一个人陪我上场踢羽毛球，我们进行一场特别的羽毛球比赛，可以踢，也可用拍打，算是一个创新吧。"大龙说。

"只要你高兴，我什么条件都依你。"格拉斯说。

[画外音]玉香龙被运动员们推选为本届奥运会的"吉祥大使"，无论场内场外，均受人瞩目，她可以在各种场合代表奥运会进行公关活动，引起许多人的欢迎和注视，有些人看过她的多项体育表演赛，认为然是好看，但见到大清帝国运动员脑袋后面都吊着一条独辫子，觉得有点怪怪的，分不清他们究竟是男还是女？有的人还猜想，他们可能是外星人派到地球上来参加奥运会的太空中性人。

好奇的人们在街上找机会目睹玉香龙的风采，也常有人在大清帝国运动员住处的过道边聚集，他们等待着玉香龙和她的队友们路过。有人想与她打招呼问好，有人拿出照相机想与她合影留念。雅典的一些孩子们大胆地站在路中间，找她说话。一个小女孩拉住玉香龙的手天真地问："小姐，你就是奥运会上那个'吉祥大使'吗？我妈妈要我送你一束鲜花。"小女孩说。

玉香龙抱起送花的女孩问："你怎么知道我是'吉祥大使'？"

"我妈妈说大清帝国来了一位女运动员，头后面留了一条又黑又亮的长辫子，长得也特别漂亮，所以我想你一定是那位'吉祥大使'。"天真的女孩又说。

玉香龙放下小女孩，把鲜花放在鼻子上闻了闻，说："你回家代我谢谢你妈妈和你爸爸，好吗？"

小女孩点头："好，我妈妈说她看了你好多表演，精彩极了，可惜我在上学，一次也没有看到。"

"那真是太可惜了。"玉香龙用无名指按了一下小女孩的鼻尖。接着，玉香龙又从自己头上取下一个小巧的黄色蝴蝶形发夹，对小女孩说："我把这个蝴蝶发夹送给你，你喜欢吗？"

"喜欢。"小女孩答。

玉香龙为小女孩戴上黄色小发夹，搬着小女孩的头左右端详一阵说："漂亮极了，快回去让你妈妈看看。"

"谢谢阿姨！"小女孩转身小跑回家。

一次，当玉香龙和水蛟龙一道回家的路上，两人边走边说着话，从马路对面迎面走来一对年迈的夫妇，老夫妻同时认出玉香龙，老头举手打招呼："喂，我没想到我能在这里遇见'吉祥大使'，都说你体育技巧不错，人也 beautiful，啊！你太美了，有点像东方维纳斯。"

玉香龙躬身施礼："谢谢老伯夸奖。"

老人微笑着说："你这位'吉祥大使'现在已是雅典家喻户晓的明星，我坐在很远位置看过你几场表演赛，可惜我老眼昏花，只能看个大概，但你给我留下了很好的印象，你看能不能跟我们一起照个相，留个纪念？"

"老伯，谢谢你能认识我，这是我四哥水蛟龙，我们一起照一张，你给我和我四哥也照个合影好吗？"玉香龙愉快地说。

玉香龙、水蛟龙和老人夫妇站在一起，一位过路者为他们拍了两张合影后，老人说："姑娘，你们是亚洲哪一个国家的运动员？"

玉香龙说："我们是来自亚细亚大清帝国的运动员，你去过我们国家吗？"

"没有去过中国，要不是这次开万国奥运会，我还不知道你们大清帝国的人长的什么样子。过去我在伦敦见过亚洲的日本人，还有印度人，今日有幸近距离见到你们中国人，才知道你们大清帝国还有你这样漂亮有本领的女运动员，看了你在运动场上表现出来的力和美，以及你的外表气质，让我心情舒畅愉悦，也许我会多活十年。"老人夸大其词地说。

"谢谢你的夸奖，老先生，刚才照的相片，每样多印几张送给我行吗？"玉香龙说。

"可以，在奥运会结束那天，我会把相片都送两张给你。"老者说。

"这么说，你在运动会场上照了许多相片啰？"水蛟龙插话。

"对，忘了给你作自我介绍，我叫戈尔，原是伦敦《泰晤士报》的记者，到过许多国家，就是没去过亚洲，现在退休了，听说雅典召开世界万国奥林匹克运动会，所以带上照相机，领着我太太从伦敦来雅典干点老本行，拍一些有意义又有新闻价值的照片，准备带回英国去出一本《第一届万国奥运会影集》。今天有幸能在这儿遇到本届奥运会新闻人物'吉祥大使'，我总算找到了合影对象。"老人说着从衣袋里拿出一张名片送给玉香龙。

"谢谢你为我们照了相，以后有机会欢迎你到我们大清帝国去旅游，我们国家有万里长城，有五岳泰山，有长江、黄河，你可以照许多相，出许多相册。"玉香龙说。

"好，好，如果身体允许，我一定去。"老者说。

[字幕带画外音]奥运会特邀西班牙运动员的斗牛表演，在雅典的古希腊斗兽场内进行。

穿着艳丽服装的玉香龙拿着喇叭筒，微笑着走进斗兽场中间，她向观众挥手并绕斗兽场走了一圈，最后站在场中向观众拱手："各位先生们女士们，各国的运动员教练员及来宾们，你们好。承蒙大家厚爱，推选我为本届奥运会的'吉祥大使',今天我主持西班牙运动员的斗牛表演,我首先感谢奥运会主席团对我的信任,也感谢在场的各位观众朋友对我工作的热情支持,我以大清国国礼向大家鞠躬施礼啦!"说着她向四个方向的观众各自弯腰敬了二个大清帝国的鞠躬礼。然后,她又说:"由于西班牙运动员还没有准备好,我这里为大家先表演一点小球艺。"说完,她手向空中一招,看台上空连续抛下五个小红皮球。每一个抛下球落地弹起时,她便顺势拍几下,她的功夫表现为:将五个小红皮球用双手均匀有节奏地连续拍,无一停止。在拍球过程中,她时而转身,时而将五个球在双腿间交叉拍,时而双腿跪地拍球,时而拍得高,时而拍得低,时而将五个球分次序向空中抛甩,然后待球依次落后地跳起又拍,球时快时慢,均掌握在她双手拍球的节拍与速度中,最后,她用脚一个一个地将五个小红皮球踢向看台,小龙一一接住,她转身想退场,全场鼓掌。

昆塔进场,看了一眼手表说:"时间已到,斗牛马上开始,现在西班牙运动员已准备好,西班牙公牛也已到达大门边,请站在场内的观众立即退到看台上去坐好。"

玉香龙接过喇叭筒:"请大家支持,快退到看台上去,西班牙公牛凶猛,站在场内太危险!请退出场,谢谢。"

身材高大、头戴圆形高筒黑色礼帽的西班牙斗牛运动员,穿黑色燕尾西服、白衬衫,脖子上扎着一个红色蝴蝶结,风度翩翩地走进斗牛场中间,他右手取下帽子放在腰部向观众旋转了三百六十度,敬了一个长长的绅士派头西方礼,然后,他从衣内取出一块正面红、反面黑的双色布,双手高举,大步流星地绕场一周,向观众展示着他玩耍红黑布的风采,也展示着他将要与西班牙猛牛生死较量的勇气和决心。斗牛士是西班牙人最崇拜的英雄,他潇洒地展示着自己的男性魅力,最后到达斗牛场的一个铁栅栏门口。他把铁栅门打开,里面是一头长着外八字牛角,角上有着黑、白、黄彩云图案的公牛。公牛强壮彪蛮,凶悍暴烈,瞬间,公牛冲进场。吹着口哨的斗牛士不失时机地亮出双色布的红面,倒退着逗引公牛顺红布前行,他忽左忽右地挥舞着白布,时而又双手举起,并不时敏捷地躲闪牛角刺来的锋芒,最后他双脚一跳,飞身骑在牛背上。公牛愤怒地四蹄乱蹦,牛背呈波浪状猛烈翻腾,它要将背上的斗牛士摔下来。斗牛士双手按住牛背,一个侧身空中外滚翻,双脚落地,倒在牛脚侧面两米远的地方。猛牛迅速转身向躺在地上装死的斗牛士奔去,它用牛角轻顶斗牛士,斗中士不动,牛又用眼看着斗牛士,并在他四周慢步走了一圈,见斗牛士无动静,判断斗牛士已死。

[西班牙公牛的画外音]我以为你这位斗牛勇士先生好有能耐呢,还没跟我斗几个回合,你就死了,真是不够劲,我们西班牙公牛也有公牛的绅士风度,绝不欺负死人,我该进去休息了。

公牛转身向铁栅栏门走去,此刻,装死的斗牛士双腿朝天,一个原地弹跳,站了起来。斗牛士立即又拿出红布挑逗公牛,公牛感到上当受骗,奔跑着向他撞来。斗牛士连续左右躲闪并将红布在公牛眼前摇晃,经数个回合的躲闪与搏斗,公牛双眼通红,凶光四射,不断用牛角去顶他,忽然公牛快进快转,用两条后腿朝天猛踢,又横向乱蹦跳,差一点儿踢到斗牛士身上。斗牛士老练沉着,不慌不忙,从皮靴内抽出长刀,藏在红布后面寻机杀牛,他见牛快速回转,顺手用刀一挡,刀口从左侧牛角上划过,一只牛的牛角被削断,血随公牛狂奔乱闯四面溅飞,他手上的刀也被碰落在地上发出"叮当"的响声。他双眼看着牛,试图用脚踢刀柄,欲拾刀再杀牛,当他弯腰从地上拾刀的瞬间,公牛闪电般冲来,牛身迅速回转,一只后脚踢到他身上,他被踢倒在两米外,手脸出血无法站立,发狂的公牛疯狂冲向斗牛士。在这千钧一发之际,热血冒顶、蛮劲勃发的玉香龙从观众席上跳入场中,大吼一声:"闪开。"她冲到斗牛士身边,捡起红布,向公牛挑逗挥舞。疯狂的公牛转头向她冲来,此时,几位西班牙运动员跳进场内,救走受伤的斗牛士。

玉香龙左躲右闪,多次避开公牛的进攻,她瞬间向公牛甩去两个飞镖,牛的两眼被击中,什么也看不见,便在场中横冲直撞地跑直线,几次冲到看台栏杆边,撞得铁栏杆发出"啪啦"声响,吓得看台上的观众起身后逃。玉香龙迅速从地上捡起斗牛士留下的长刀,站在场中间,当公牛回跑经过她身边时,她与公牛并行奔跑一段路,用长刀往奔跑的公牛的肩胛骨穴位猛力刺进,牛血从刀口喷出。肩上带刀的公牛顺直线方向朝看台侧边的一面高墙猛烈撞去,牛头歪斜,倒墙而死。

惊呆了的观众看到公牛已倒地,长长地松了一声气,沉静中突然爆发出热烈掌声,有人高喊:"'吉祥大使'救了西班牙斗牛士,好样的。"

从大门外跑进来一群希腊少年儿童,来到玉香龙面前,给她献花敬礼。

昆塔前来握住玉香龙的手说:"勇敢的'吉祥大使',你的机智勇敢和美丽又一次折服了全体观众,谢谢你救了西班牙运动员,我将向希腊国王建议,给你颁发一枚希腊的雅典娜骑士勋章。"

第十二章　格拉斯小姐招亲比赛

[画外音带字幕]格拉斯小姐与大龙参加的羽毛球对抗赛,经奥运和平促进会主席团批准,成为一个探索性的比赛项目。此项目比赛,由格拉斯和一位陪她打球的希腊女球手为一方,她们使用笨重的牛筋网球拍,对阵以大清帝国体育代表团团长大龙和水蛟龙为另一方的"脚踢"羽毛球队,两国间的两女对两男羽毛球比赛,已进行了两场,双方战平,各胜一场。

第三场是关键的一场,现在是比赛换场间隙时间,场面十分热闹,许多希腊体育人士围着格拉斯和与她一起打羽毛球的女羽毛球手,他们忙着为格拉斯小姐二人出谋划策,指点战术。一些侍女们忙着为她两人递热毛巾擦汗送温开水,还有人用扇子为格拉斯小姐扇凉风。大清帝国的大龙和水蛟龙坐在长条木凳上,边擦汗边喝温开水,他俩听着小龙、穿天龙、玉香龙和从斯里兰卡赶来助兴的商人张勇等人的简短鼓劲、建议和注意事项提醒。

场边着装整齐的四十人乐队,齐奏节奏明快的欢乐进行曲,为进入场中的二十名助兴的舞女们伴奏。服装华丽的舞女们,动作一致,舞姿优美,个个像仙女下凡,为这场奇异特殊的羽毛球比赛献舞助兴。观众台上的数百名希腊拉拉队员,挥舞着手上的鲜花,鸦雀无声地观看着场中希腊舞女们舞蹈。休息时间结束,英国裁判大步流星地走到运动场中间的羽毛球网边,潇洒地吹了一声口哨,双手平行前举,然后左右手同时收回再向前推动,表示第三场比赛即将开始,双方队员入场。乐队停止奏乐,场中助兴的舞女们,成两路纵队自行退场,看台上拉拉队员们的掌声此起彼伏。坐在高台上的希腊首富、本届奥运会赞助

商萨马拉斯和妻子维比娅正在交头接耳窃窃私语。脸部皮肤白里透红、鼻尖微翘的格拉斯小姐穿绣花白色紧身上衣,下穿白短裙,脚穿白袜,白运动鞋,闪亮的金色卷发拖至腰际。她的双打搭档,一位职业女球手,身体结实,穿粉红上衣和粉红短裙,脚上也穿白袜白鞋,她们一前一后,微笑着小跑入场,她俩都是右手拿球拍,左手握拳高举,向观众台上的人群挥动,格拉斯还向坐在高台上的父母挥了两次手,表示她们又要开始比赛了。裁判吹了三次短哨,他左右手大拇指成九十度相向对指,表示第三场比赛马上开始。小姐与陪她打羽毛球的女球手互相击掌,然后排成一前一后屈腿躬腰,站在半场中间,目视大清帝国那边的大龙和水蛟龙。

大龙和水蛟龙微笑着一齐向二人敬了一个深深的鞠躬礼。两位小姐双手高举,表示向对方回礼。

格拉斯与队友稳接稳打,远扣近吊,但击打过网的球轻飘、无攻击力,加上小姐与队友都想显山露水,互相间缺乏配合,都争着想一拍子把对方"打死"。但球都被球网另一方的大龙或水蛟龙用头、身、手臂、肩、腿或脚接住后,或在自己脚上两三脚盘踢,调正;或给伙伴踢一个高球,最后选准一个"妙球"时机,一人突然跳起,用脚轻勾,球擦过网落地,让对方无法救起;有时大龙用绝招功夫"侧身腾空单脚猛力倒扣球",这种球力量大,角度刁钻,隐蔽性强,给对方造成压力,格拉斯和队友难判断来球方向和高度,常将羽毛球碰飞到场外,或回球时球触网落地。

小姐好胜,每次接住对方踢来的球,一般情况是直接打过去;而她的队友,接住对方来球后,不断放高球传给格拉斯,并且大声高喊:"小姐接球。"格拉斯若击球过网,令大龙俩人接不住球,希腊队得分,观众台上的希腊拉拉队便集体呼喊:"格拉斯加油!"或喊:"格拉斯好样的!格拉斯是雅典娜!是英雄!"观众席上乐队的洋鼓与洋号声也震耳欲聋地响起。要是格拉斯击球失败或选择性失球时,看台上的观众们整齐不一地发出"唉呀"的哀叹声,为格拉斯惋惜。由于格拉斯两人是用拍子打球,比分总是比大龙两人高些,大龙二人连续地用"侧身腾空单脚猛力倒扣球"的踢法,一直把比分追到23:23。

格拉斯气愤地用双眼直盯大龙,表示对大龙的不满,但大龙装作没看见,他不时地踢出几个花样球:"二踢腿""臂下单脚跳接球""大腿接球"等。希腊方教练向裁判做了一个暂停手势,裁判吹一声长哨,表示暂停比赛。

希腊教练将格拉斯二人叫到场边一角,面授机宜。

希腊乐队又奏起欢快的音乐。

舞女们再次入场表演优美多姿的集体舞,助兴取乐。

大龙两人只是相互握手击掌,以表示互相鼓励,争取踢好最后两个球,取胜对方。

[比赛中的画外音]以格拉斯两人为一方,对阵以大清帝国大龙和水蛟龙为另一方的特殊羽毛球表演赛,双打对双踢,为争夺最后两个球的比分,双方从二十三平,你追我赶,互不相让,比分交错上升,一直二十九平。

观众台上的希腊拉拉队发出有力的呼喊声:"希腊队加油! 格拉斯加油!"喊声震耳欲聋,响彻四方。每当希腊队得胜一分,乐队的洋鼓与洋号声便吹打成一片,拉拉队员的鲜花抛向空中满场飞舞;而当大龙两人接球失败或踢出场外,希腊拉拉队传出喝倒彩声"好"和鼓倒掌声,以示宽慰自己。

最后两个球,大龙仍用"侧身腾空单脚猛力倒扣球",第一球,大龙用力过猛,球飞出场外,希腊队得一分,场上比分是三十比二十九,为格拉斯助威的拉拉队员们像发狂似的用力呼喊:"最后一分,格拉斯加油!"乐队也用力敲打,猛吹高音号。最后一个球,由格拉斯单手用球拍打到大清帝国队的后场边缘,水蛟龙接球,单脚轻传给大龙,大龙见球太低,不能起跳倒扣,将球踢向对方后场,格拉斯接球,传给队友,队友又将球回传给格拉斯。格拉斯打个高球,过网飞向大龙,大龙用右腿一垫,球飞起,再用左脚将球踢出三米高,他使出了撒手锏"侧身腾空单脚猛力倒扣球",这一球踢得平、直、急,球触网顶落入自己场内。格拉斯和队友见大龙跳起,吓得惊魂未定,但瞬间又见球已在对方网边落地,格拉斯不顾自己高贵的身份,与队友拥抱,双脚蹦跳。此刻,裁判的哨声响起,他双手做了一个让双方队员退场的手势,格拉斯小姐两人与大龙、水蛟龙两人去到网边,格拉斯双手握住大龙的双手,两眼充满泪水,她无法说谢谢,只能用胜利的眼泪来表达感情。

[格拉斯的旁白]大龙呀大龙! 你十拿九稳的"侧身腾空单脚猛力倒扣球",

为什么在关键的时候两个球都输给了我们？是你体力不支、心情紧张造成的失误？还是你有意让我们？我有点摸不透你的用心。

观众台上的宫廷乐队奏起了希腊民族音乐——《迎接英雄凯旋进行曲》。

服装艳丽的玉香龙以"吉祥大使"身份，代表奥运和平促进会主席团来到赛场，她先与英国籍裁判握手："谢谢裁判先生公正执法。"

裁判微笑着说："我是第一次执法这样的两男对两女，又是双踢对双打的羽毛球赛，开始很不习惯，但很快有了兴趣，好在本届奥运会允许探索体育比赛新项目，我也从陌生到习惯了，这场球很有趣，有观赏性。"

接着玉香龙进场与格拉斯两人握手，她说："格拉斯小姐，祝贺你们希腊队取得了胜利。"

[格拉斯的旁白]我今天赢了你们大清帝国体育代表团团长的球，我不比你这位"吉祥大使"逊色哩，要是平时，你哪有资格跟我握手？

尽管格拉斯傲慢十足，态度欠友善，但"吉祥大使"和颜悦色，骄傲的格拉斯想施展威风也无处着手。

富商萨马拉斯和妻子走进运动场给女儿祝贺，格拉斯急忙上前向父母敬礼并拥抱。

萨马拉斯抱着女儿说："我女儿今天代表希腊国战胜了大清帝国，你应该高兴，爸爸向你祝贺，今天我突然感到我的宝贝女儿长大了，好了，别哭了！"

格拉斯擦着泪水说："父亲、母亲，我这是高兴的泪水。"

[画外音带字幕]萨马拉斯夫妇商量决定，利用第一届万国奥林匹克运动会的机会，举行"勇敢者"选拔赛，在世界范围内为格拉斯小姐选一位勇敢的人当丈夫。

希腊首富萨马拉斯的雅典娜私家花园正门前广场上，彩旗飘扬，乐队奏着欢快的古典音乐，广场正中高台上坐着萨马拉斯夫妇和格拉斯小姐，一些伺女来回穿梭为他们一家人端茶、送水、递水果，广场外护城河上的五条玉石桥通道，为防止参赛者通过已被木板封堵，且每条通道的两端都有两名卫兵持枪站岗禁止通行。护城河外通向市中心的一条宽阔的林阴大道两边，聚集着数百名围观看热闹的人。距护城河约一百米远的林阴大道上，横向绘了一条宽宽的白线,白线外站着数十名从希腊各地赶来参加竞争"勇敢者"比赛的年轻人,他们个个腰圆体胖,虎背熊腰,似乎力大无比。

大龙虽受格拉斯小姐数次邀请,参加这场勇敢者比赛,但他无心参加角逐,此刻,他和玉香龙一起在林阴大道上。俩人顺着林阴大道有说有笑地走着,最后来到护城河边的高台上看热闹。护城河对面广场上的格拉斯,远远看见大龙,她用鲜花向大龙挥手示意,希望他能参加这场比赛。大龙只是向远处的格拉斯做了个双手高举到头顶的拱手姿势表示还礼。大龙突然感到头顶被什么东西击了一下,他顺手一摸,原来是海鸟屙的粪落到他额头上,他骂了一句:"该死的海鸟。"弯腰从地上捡了一个小石头向树顶投去,一群海鸟从树上惊飞,向大海方向飞去。护城河对岸广场上稳坐在高台上的格拉斯看见了这一幕,用手绢捂着嘴发笑,但她又突然收起了笑容,原来格拉斯见到"吉祥大使"也笑得前仰后合,然后拿出红手绢,细心地为大龙擦额头上的鸟粪。格拉斯无处发泄不满,将手上端着的瓷茶杯重重地往地上一摔,茶杯"啪"的一声响,落在地上碎成八瓣,她眼角流出两行泪水。

坐在格拉斯右面的母亲见到女儿的一举一动,顺女儿的目光也瞧见玉香龙踮着脚尖,亲切地用红手绢为大龙擦额头上的鸟屎,母亲说:"女儿,护城河那边拿着红手绢的女子是谁呀?"

女儿低头不语,一位伺女拿出手绢,替格拉斯擦泪水,格拉斯推开伺女,强装笑脸说:"母亲,你问的是谁呀?"母亲向玉香龙的方向努了一下嘴.

格拉斯不高兴地说:"她是大清帝国来的一位女运动员,被这次奥运会选成'吉祥大使',我烦她。"

"女儿,你是不是因为她用手绢替别人擦头上的鸟屎而……"母亲微笑着说半句留半句。

"母亲……"格拉斯声音哽咽。

"你恨那个'吉祥大使',对不对?"母亲用手碰了一下女儿问,"女儿为什么恨她?她是不是欺负过你,快说给母亲听。"

格拉斯摇头,但她双眼仍斜视着护城河对岸那对有说有笑的人。

"'吉祥大使'没欺负你,你为什么恨她?"父亲好奇地问。

"她在这次奥运会上出尽了风头,受到那么多观众的欢迎,我恨死她了。"

格拉斯说。

　　"女儿妒忌那位'吉祥大使',可是母亲我很喜欢她,每次看她的比赛和表演赛,我都为她鼓掌,你应该与'吉祥大使'成为朋友。你是高贵的希腊首富的千金小姐,会妒忌一个贫穷的女运动员?让我不可思议。"母亲摇着头。

　　"我才不妒忌她呢。"格拉斯口是心非地说。

　　"你不妒忌她,为什么恨她?用不友善的眼光瞧她?"母亲又摇头,但她又顺着女儿的眼光,见到大龙和"吉祥大使"走到护城河边,有说有笑,不时用手指向护城河面,比划着。母亲似乎明白了什么,她又问格拉斯:"跟'吉祥大使'说话的那个男运动员,像是与你们比赛羽毛球的那两个长辫子小伙子中的一个。这些黄种人男女不分,都留一个独辫子,都是黄皮肤,长相也差不多,真是难以辨认。"

　　格拉斯听到母亲的奇怪议论,她的表情忽然从忧愁变得开朗,脸上充满阳光,对母亲说:"母亲,那个小伙子叫大龙,是大清帝国的体育代表团团长,他的运动员素质和表演功夫都不错……"格拉斯滔滔不绝地说。

　　"而且他们用脚踢羽毛球跟你们用拍子打羽毛球进行了精彩的比赛。"母亲有点不喜欢女儿表露出的感情。

　　"母亲,你好像不喜欢他们用脚踢羽毛球,我可是对这场比赛很满意。"格拉斯对母亲的态度表示不满。

　　一直注视着护城河对面动向的富商萨马拉斯,没注意妻子与女儿的对话,他向一个披着红色绶带的司仪招手,司仪立刻跑步到萨马拉斯面前,双脚立正,举手向萨马拉斯敬了一个礼,说:"请大人指示。"

　　萨马拉斯指了一下他座位前面的精美座钟说:"比赛时间已到,我们的'勇敢者'选拔赛现在开始吧!"

　　"是。"身躯高大威严、风度翩翩的司仪又敬了一个军礼,一个一百八十度转身,向广场边靠护城河的临时高台上跑去,爬上十二米高台,向护城河对岸站立着准备参加选拔赛的运动员和观众,挥动双手,高声说道:"希腊首富萨马拉斯先生发令:现在开始举行'勇敢者'选拔赛。护城河对岸的年轻朋友们,请你们听到炮声响后,一齐向别墅方向跑来,谁先游过护城河,上岸后再跑步到广场前的一条红线边,摘下近处月桂树上盛开的一朵月桂鲜花,献给看台上的格拉斯小姐,谁就有资格成为小姐丈夫的入选者。大家听明白了吗?"

护城河对岸的参赛者齐声喊:"明白了。"有人鼓掌,有人原地蹦跳。

"我还不太明白。"玉香龙站在护城河对岸高声问。

"有什么不明白,你大声说。"司仪回答。

"女子可不可以参加这次勇敢者比赛?"玉香龙问。

"女子不可以参加这次勇敢者比赛。"司仪说。

"为什么?"

"因为这次'勇敢者'比赛是为格拉斯小姐选丈夫而特别举行的。"司仪说。

"好吧! 我放弃参加这次勇敢者比赛。"玉香龙泄气地说,随即她又问,"我可以在这里看比赛吗?"

"当然可以,欢迎各国朋友观看比赛。"说完,司仪向玉香龙敬了一个礼。

雅典奥林匹克运动会,正举行大清帝国运动员与日本国运动员之间的柔道比赛,日本柔道运动员叫"得寸进尺",他体胖力壮,以8∶0胜大清帝国队的小龙,现在是第九场比赛前的休息时间,两国运动员各自坐在　边休息,各自的教练在为他们出谋划策,有人用毛巾为他们擦汗,还有人将水壶送到他们嘴边,让他们张嘴独饮。

在轻音乐伴奏下,镜头把柔道比赛双方的格斗剪影移出画面,投影在比赛场后面白色围墙上的浮雕群像上,一会儿精彩的"格斗剪影"从墙上逐渐移开,变成两个运动员的慢动作人物特写画面,一个低沉的男中音画外音响起:"本次奥运会柔道赛场后面的这面白色墙上,有一组古希腊最著名的艺术奇宝——'拉奥孔'雕像群,传说特洛伊祭司拉奥孔和两个儿子被两条巨蛇缠绕,身强力壮的拉奥孔极力挣扎,一只脚已迈下祭坛,他痛苦的脸部表情被雕刻得惟妙惟肖,整个雕像群不但显示了世界一流的雕塑艺术,更显示了拉奥孔与巨蛇斗争的"力与美"。现在展示奥运会"力与美"的柔道比赛,在拉奥孔浮雕像墙前举行,将把希腊的古典雕塑艺术之美,与奥林匹克运动会的体育之美,完善而统一地糅合在一起,把人类的体育健美水平提高到一个新的水准。"

随着男中音传出的画外音,比赛镜头从拉奥孔浮雕墙上缓慢移动,叠印展现的画面是日本运动员"得寸进尺"与大清帝国运动员小龙进行柔道比赛的二

十组搏斗场面:它们的衬景画面时儿是拉奥孔浮雕像群,时而是惊愕的观众,时而又是观众的欢呼鼓掌。观众在刺激、惊恐的情绪中,观赏到世界最高水平的柔道比赛。

四位希腊礼仪小姐穿着漂亮的摩登超短白裙,迈着斜向交叉横方步,一前一后入场,每个人都举着一块木牌。第一个人举的木牌上绘着一个日本人。第二块木牌绘着一个张开大嘴、留长辫子、结实健壮的大清国人。第三块木牌上的日本国旗下有个红色的"8"字,表示日本队的比分。第四位出场的摩登小姐举着的木牌印着大清帝国的龙形国旗图案:一条张牙舞爪的黄色龙,龙下用红色"0"字表示大清帝国的比分现状。第一位和第二位摩登小姐站在正中,另外两位摩登小姐分别站在各自代表的国家的运动员面前,四人一齐向观众敬了一个弯腰礼,然后成一路纵队迈着交叉横步退场。此时,裁判的哨声一阵长鸣,表示第九场中日柔道比赛开始。

特写镜头之一:日本运动员"得寸进尺"身高体胖肌肉发达,头顶上扎一个"道士发结",头缠一圈白布,额头上有块红疤,他双脚迈着八字方步,微笑着向裁判走去,傲慢地看了小龙一眼。

特写镜头之二:中华大清帝国运动员小龙身壮体瘦,他的辫子盘在头顶,用一块黄头巾扎着,他面部有三块青肿的肉包,嘴角出血,两团带血的棉花堵住鼻孔,他张大嘴呼吸,随着呼吸他的肚皮上下起伏。他双眼发红,射出不服的凶光,直直地看着日本人额头上的红疤。为防止比赛中被日本运动员抓腰,他从腰上解下宽腰带丢在地上,大步走到裁判面前,主动与日本运动员握手。

裁判员用双手将两人分开一段距离,说了一声英语:"Start(开始)."

日本运动员"得寸进尺"两手臂向外分成八字形快速向小龙扑去,他想使一个双手抓小鸡,小龙有了前几场失败的教训,将头一低,准备躲开,"得寸进尺"手快,抓住了小龙的上身马夹,小龙像一条泥鳅似的顺势脱去马夹,光着上身在地上一滚,与"得寸进尺"离开两米距离。"得寸进尺"用一只脚踩住小龙的一只脚,一弯腰,双手抓住小龙双脚,像提一条蛇似的将小龙举到胸前。小龙双手紧握"得寸进尺"的左腿,让对手无法把他再往上举。日本人无可奈何,换手准备抱小龙的腰。小龙顺势双手触地,瞬间反弹,全身突然上升,他用双腿夹住日本人的脖子,双腿快速扭转。日本人感到脖子疼痛难忍,双手松开。小龙脱身后,退步三米远,双脚一弹,迅速跳起,一个空中滚翻,双脚横空斜着向日本人肩部蹬去。日本人双手将小龙蹬来的双脚用力反推,小龙被推到五米外倒在地上。小龙双腿一曲,一个弹跳迅速站立,接着又一次飞身,单脚向日本人踢去,日本人双手抓住小龙的一只脚,横向一扭,双手松开。小龙全身平直,与地面成三十度斜角在空中旋转两圈后双手触地,接着又双手用力在地面一推,双脚又向刚起身的日本人再次蹬去。日本人沉着应战,再用双手抓住小龙的双脚不放,用力将小龙在空中旋转舞动三圈后,双手再松开。小龙像箭一般从圆圈切线方向飞出,向拉奥孔浮雕的墙壁上撞去。小龙急忙伸出双手触墙,用力一推,一个双腿腾空,全身向上旋转九十度站在地上。他们两人的这一串惊险动作,引得场上观众发出一阵阵惊叫和掌声。

小龙见此法攻击日本人"得寸进尺"很难取胜,便改变战术,用一连串以头、手、脚的滚动方法向日本人滚去,快到日本人站立的位置三米远时,他突然身体前倾倒地,双手按在地上,以双手为圆心,以身、腿、脚为半径迅速水平方向旋转双腿,一圈接一圈飞速地向日本人扫去,试图用双脚的飞快横扫把日本人的腿绊倒。日本人没找到应付办法,被迫向拉奥孔墙边退去,到墙根后,再无退路之时,日本人背靠墙弯腰,企图伸手抓住水平方向悬空飞来的小龙的双腿。此刻,横向飞来的小龙的一只脚已重重地踢在日本人的头上,"得寸进尺"头上的日本太阳旗包头巾落地,身体失去平衡,歪倒在地。小龙双脚一蹬,跃向空中又垂直落地,屁股重压在日本人的胖肚皮上,日本人喊了一声"哎哟",嘴角开始出血。

[小龙的旁白]我看你这个小日本还敢不敢出兵侵占我大清帝国的台湾,我叫你从战场上赢得的胜利,在这里跟老子吐出来。

愤怒的小龙,想起日本人在大清帝国土地上犯的罪行越加气愤,他加强了对日本运动员的强攻。此时,裁判的哨声响起,并做了一个停的手势,小龙不听劝告,继续蹦跳着攻击"得寸进尺"。

三个执法裁判冲上来阻止小龙。

四个举木牌的摩登小姐又出场,在她们双手高举的木牌上,显示出日本队得分8,中华大清帝国得分1。

[小龙的旁白]我在运动场上痛打了小日本柔道运动员"得寸进尺",为受

日军侵略的我大清帝国的台湾同胞报仇,解我心头恨,虽然我被执法裁判打了屁股,但我心里高兴,乐意受罚。

"吉祥大使"玉香龙从容地走进柔道比赛场,躬身向观众敬礼后说:"各位观众朋友们,大家以紧张的心情看了刚才日本运动员得寸进尺先生与中华大清帝国的小龙先生,进行了一场惊心动魄的柔道比赛,由于大清帝国以前没练习过柔道比赛,小龙先生为了祖国的荣誉,自告奋勇地报名参加了这场比赛。但是,他还不太熟悉比赛规则,动作不规范,致使日本国柔道运动员'得寸进尺'先生受了点轻伤。我这里代表奥运会主席团向得寸进尺先生表示慰问。"说着玉香龙向日本运动员行了一个礼。玉香龙又说:"我知道,小龙先生仇恨日本军国主义,他们用军舰大炮发动'甲午战争',侵占了我们大清帝国的台湾省,小龙先生仇恨日本人,我们大清帝国的全体运动员都对日本的侵略充满了愤恨,对他表现出的复仇感情,我表示理解。但小龙先生必须明白一点,日本运动员'得寸进尺'先生是我们的朋友,这是我向他敬礼表示歉意的原因,派兵占领我们大清帝国台湾的日本军阀才是我们的敌人,如果这一小撮日本军国主义者弃恶从善,从我们大清帝国的领土台湾撤走军队,还我大清帝国疆土,他们还可以成为我们的朋友。要根本解决日本和大清帝国间的全部领土争端,应该留给下一届或下几届奥林匹克运动会去解决。到时候,双方派更多更好的运动员到奥运会运动场比赛,以积分多少论英雄,决定输赢,用运动场上的输赢代替战场上的胜负。"

观众听了"吉祥大使"的讲话,爆发出阵阵掌声,有人大声喊:"讲得好,不愧是我们选出来的'吉祥大使'。"

[字幕]本戏回到"勇敢者"选拔赛现场。

远处三声闷炮声响,几十名参加"勇敢者"选拔比赛的希腊青年先后从林阴路上的宽白线处起跑,他们用最快的速度向一百米外的护城河边冲去,到达河边,前面的人都突然止步,惊奇地望着护城河里的几十条长嘴大型鲨鱼,他们思考着能不能下水游过河?后面拥上来的人不知道情况,刹不住脚步,把前面进退两难的人冲倒在地,有两人掉进护城河里。见鲨鱼咬人,又听见水里的人大声喊"救命",部分勇敢者转头向往封堵了的桥上攀爬,有的硬着头皮往上冲,均被桥头卫兵用长棍打了回去,有的人被推下护城河也被鲨鱼咬伤。

坐在高台正中的富商萨马拉斯见没有一个人过护城河，大声说道："我们希腊王国有几百万青年男子，就没有一位'勇敢者'过得了这条护城河？来自世界各国的奥运健儿们，你们漂洋过海，历尽千辛万苦来到了雅典参加奥运会，都算得上'勇敢者'，为什么没有人来参加今日的比赛？难道你们不够勇敢？还是有什么顾虑不愿参加今日的'勇敢者'选拔赛？我这里再次重申，欢迎各国运动员参加今日举行的'勇敢者'比赛，谁能过这条护城河，就有资格参加下一轮的比赛，最终的胜利者可以成为我的女婿。欢迎各国朋友勇敢地冲过护城河。"过了一阵，富商见护城河对岸站满了围观者，但仍无人下水，萨马拉斯又说："难道今天就真没人过得了这条河吗？我的上帝！"他右手在头与胸前划着十字。

玉香龙远观对岸广场台上的格拉斯小姐，只见格拉斯小姐脸一阵红一阵白，死死地盯着河对岸的大龙，大龙也含情脉脉地望着格拉斯小姐，他们四目相望，不知该怎么办？

[玉香龙的旁白]大龙哥呀！大龙哥！你还犹豫个啥呀？对岸小姐等着你呢，还不赶快设法冲过河去。

随着玉香龙的旁白，她突然在大龙背上猛地一推，大龙还没明白是怎么回事，身子一歪，向护城河落了下去。轻功功夫不错的大龙慌乱出智慧，他在空中一个转体，双手向前似蜻蜓点水状，向水中一条大鲨鱼背压去，他的冲击力把大鲨鱼冲压到水里，借鲨鱼重量产生的反弹力，他双手一推，身体从水面升起，像鲤鱼跳龙门似的向五米外水中另一条鲨鱼背落去。这条鲨鱼也因大龙的重量往水中下沉，这条鲨鱼也未反映出是怎么一回事，大龙已经纵身向对岸游去，正要上岸，突见到一条大鲨鱼闪电般向他游来，大龙想这下糟了，他快速脱下身上的外衣，向鲨鱼抛去，大鲨鱼误认为是大龙要自动进入它的口，张开大嘴一咬，把大龙的长衣吞下肚子。大龙奋力用双手划了两把水，爬上岸，向广场上格拉斯面前的红线跑去。

岸边的人一阵欢呼，有人说："终于有勇敢者过了护城河。"接着出现一片掌声。

见到大龙过了护城河，十多位希腊勇敢者也跟着跳下护城河，不幸的是，他们有的手被鲨鱼咬伤，有的腿被咬断，有的入了鱼腹，鲜血染红了护城河，一些残脚断臂或尸体浮于水面，惨不忍睹。

富商萨马拉斯起身来到大龙面前,看着落汤鸡似的大龙说:"祝贺你,年轻人,你是第一个过了护城河的'勇敢者'。"

"啊!想起来了,你就是奥运会万米赛跑,追大白兔子的青年人。"萨马拉斯笑着说。

"是。"大龙说。

"黄皮肤的大清帝国人,你今天参加'勇敢者'比赛,不顾生命危险冲过了河,是想娶我女儿,还是想要我的财产?"萨马拉斯问。

"都不想。"大龙说。

"那你想什么呀?"萨马拉斯惊奇地看着他。

"我在想刚才在对岸看热闹时,是谁把我推下护城河的?"大龙认真地说。

"有意思,你继续讲下去。"萨马拉斯有兴趣地说。

忽然,有人大喊一声:"小姐是我的。"话音刚落,只见一位高鼻子、黄头发、蓝眼睛的欧洲男子,持一根长竹竿,跑到护城河边,将长竹竿往护城河里一插,顺势以优美的撑杆跳姿势随杆跃过护城河。他来到萨马拉斯面前,单腿跪地说:"萨马拉斯先生,请你把小姐许配给我吧,我是欧洲最勇敢、最高贵的白种人。"

"好,又过来了一位勇士。"萨马拉斯高兴地说,"你是希腊人吗?"

"不,我是德国人,我身上流着日耳曼人高贵的血液,与小姐相配,我们算是门当户对,我应该是您女婿的理想人选,请你宣布不要让其他人过河来参加竞争了。"约翰说。

格拉斯看见被冷落在一边的大龙,对父亲说:"父亲,勇敢者比赛才刚刚开始,这位日耳曼先生只能算今天比赛中第二个跨过护城河的勇敢者。"

约翰说:"小姐,先过河的这位先生我认识,他是大清帝国运动员,他是黄皮肤、黑头发、黑眼珠的黄种人,他哪有资格娶我们高贵的白种人的小姐为妻。有谁听说过哪国有高贵的白种人血统的欧洲小姐嫁给亚细亚洲的黄皮肤人。萨马拉斯先生既然当众宣布,要把小姐嫁给这次参加比赛的任何'勇敢者',我是当然的人选,这位大清国来的大龙先生,让他靠边站吧。"

大龙站在一边微笑地听着约翰与他们的对话。

萨马拉斯看了一眼约翰,又看了一阵大龙,他又转向护城河对岸的希腊人,大声说:"我需要希腊的勇敢者成为我的女婿,河对岸勇敢的希腊年轻人,赶快冲过来吧,我再等你们十分钟。"

十分钟过去了,没有一个希腊人敢过护城河,萨马拉斯这才对约翰和大龙说:"今天是第一场'勇敢者'比赛,以后还有比赛项目,看来只有你们两人才有资格参加第二轮比赛,我女儿嫁给谁,就看你们两人在以后的几场比赛中,谁能取得最后胜利。"

[画外音]大清帝国运动员与日本国运动员"得寸进尺"间的柔道争霸赛,小龙以一比八的悬殊比分败阵,由于小龙求胜心切,加上知道日本人一连串侵略大清帝国领土的事实,错误地把仇恨记在日本运动员"得寸进尺"身上,违反了比赛规则,提前被比赛终止。

"吉祥大使"玉香龙从水壶里倒了两杯开水,先递给"得寸进尺"说:"先生辛苦了,请喝水。"将水杯交给他后,又说:"日本的柔道比赛是当今世界最棒的,先生是日本顶级的柔道高手,今天大胜大清帝国运动队,我代表本届奥运会主席团,向你表示祝贺。比赛中中华大清帝国运动员小龙有犯规行为,我这里再次向你表示歉意,中日两国是友好邻邦,我们可以在运动场上争胜负,可以争得面红耳赤,但日本之错是不应该派军舰到我大清帝国的领海进行侵略,强占台湾。希望你这位柔道世界冠军回国后,多向日本政府宣传奥运精神,用体育比赛争胜负,比用枪炮争输赢要高尚文明得多。"

"得寸进尺"边喝水边听"吉祥大使"说话,他点头说:"'吉祥大使'的话很对,中日两国应该世代友好,多在体育场上和平竞争,不用战争分输赢,我回去,一定向日本政府和人民宣传这个奥运精神。"

"吉祥大使"又倒了一杯水递给小龙,小声说道:"二哥,你是好样的,你的爱国心让我十分敬佩,小妹谢谢你。"接着她转身对看比赛的观众说,"刚才的柔道比赛大清帝国输,日本胜,现在大清帝国其他运动员还不服输,这里将进行第二场中日两国运动员的特殊柔道比赛,请大家耐心等待。"

人们安静地坐着,柔道比赛场的灯光由明变暗,从屋顶射下来一束灯光投射到拉奥孔墙角,柔道比赛的两个小伙子已经扭打成一团,激烈地争斗着,只见一个人头上有条短的独辫子,随身体左右晃动,另一个小伙子头上缠着一条白布带,正中有一个日本太阳旗上的"红疤",人们一看便知,是中日两国运动员又在进行另一场比赛。灯光随着两个小伙子移动。他们忽前、忽后、忽左、忽右，在扭斗中慢慢移动，脚不时地踢着对方的腿部，欲使对方倒地。他们一方力大，把对方推到墙角，用力猛推，逼使对方屁股撞墙数次。被撞的一方不甘心，用头猛撞对方的头，并突然转身，也将对方的屁股推到墙面猛撞数次，双方势均力敌，互不相让。他们在原地转着圈子，多次用左或右脚互踢对方腿部。忽然，一方占优势，将对方踢倒，结果两人一齐倒地，抱成一团在地上翻滚，并用脚互踢对方，然后他们又互抱着腰同时站立。两人又一次用腿脚功夫互踢对方，并再次迅速转身，试图将对方转晕。经过一阵互转互踢的交锋，他们头晕脑旋同时倒地，倒地后两人仍紧紧地抱着，四肢缠绕。突然一个小伙子猛地站起来，用双手将另一个小伙子举到空中，转了三圈，迅速将对方的身体和鞋向拉奥孔墙上甩去。从空中飞向墙的小伙子，身体撞到墙上，发出"咚"的撞击声，同时听到"唉呦，我的屁股撞成两半了"的惨叫声。细心一看，原来这是由水蛟龙一人表演的"单体双头两人杂技"——即两个小伙子的柔道比赛。站立后，他背对观众，人们看到了他背上用布缝制的一个人头和四个假肢。水蛟龙提着两只布鞋向空中抛出，两只鞋先后从空中落，他连续地起跳两次，将两只鞋分别用踢足球的动作，快速准确地踢到远方。最后，他向观众拱手施礼，灯光齐亮，人们大梦初醒，爆发出掌声。此时，三个希腊摩登女郎迈着横行方步先后走到台上，三块后底红字木牌子，分别写着：第二场中日柔道比赛结束；日本队 10；中华大清帝国队 10。

第十三章　马拉松比赛

[画外音带字幕]1896 年 4 月 10 日在雅典举行了奥运会最受人欢迎的四十二公里马拉松比赛。具体的时间是上午 10 点,以雅典远郊的马拉松森林为起点,运动员们经过的一个半小时的时间,跑到终点雅典体育场。共有二十七名运动员参赛,具体路线是当年希腊历史上的传奇英雄"菲迪皮特斯"跑过的,从马拉松森林到雅典的原始传信路线——希腊人尊称为"马拉松路线"。

马拉松比赛气氛热烈,无论是雅典市内还是郊区,每隔一定距离都有彩旗飘扬,彩旗下有大会工作人员设的茶水站,岔路口有人指挥方向,沿途村庄,有大人小孩鼓掌欢迎。为了迎接运动员到来,一些小孩用小木棒敲打着铜制的盆或罐。雅典郊区的村民们放下农活或家务活,男女老少聚集在大道边,拿着自制的红黄旗欢迎运动员。场面非常热闹。村社住户门口,妇女们在家门前放着一桶开水,她们手端水杯,为运动员们递水解渴,还有一些年轻漂亮的村姑,拿着自己编织的长方形绣花手巾,随时准备献给她们喜欢的长跑运动员。雅典城内,马拉松运动员经过的街道上,年轻的小伙子和姑娘们穿着节日的漂亮服装,在大街上载歌载舞,打洋鼓、吹洋号,迎接马拉松运动员们经过。

雅典郊区的乡间大道上,十多个国家的二十多位马拉松运动员成一条长蛇阵,奋力地奔跑着,跑在最前面的瘦高个意大利选手西米,人高腿长,跨两步相当于其他运动员跨两步半,但他口出粗气,脸色苍白,呼吸不匀。与他相距三十米远的是皮肤黝黑、身体健康的希腊运动员斯皮里东·路易斯,他双腿跑动变换频率快,身体健壮,体能充沛,脚步坚实有力,全身轻松,呼吸均匀,紧紧追赶前面的意大利运动员，他们间的差距正在以每跑一百公尺缩小半米的态势缩小。跑在第三位的是美国运动员劳伦士，他一路上半躬着腰，跑起来像旋风急驰，他的腿部力量不及前面希腊运动员的，但他的勇气似乎在步步紧逼前面的希腊运动员。美国运动员身后二十多米远有十多位马拉松运动员，前拥后挤，挤成一团，时而你赶过我，时而我超过他，时而两三人并排前行，互不相让。大清帝国队的小龙虽然是短跑好手，但缺乏马拉松长跑的耐力，他体力透支很大，逐渐由开跑前三十秒内的第五，退至半小时后的第十五位。但他一路上面带笑容，很受雅典郊区村姑们的赏识，一群村姑小跑着给他送水，有两位村姑抢着为他递送有民族特色的织花方围巾。跑到另一个小村庄大道前，一群村姑嬉笑着向小龙的身上抛去两把红白色的鲜花瓣，他感动地举起双手，回身退跑几步，连说几声："谢谢。"没注意到地上有个土坑，右脚踩入坑内，身子一闪差点摔倒，但他立即转身一百八十度继续向前跑，身后留下村姑们的一串笑声。跑在最后面的是土耳其运动员哈商，他本来无意参加马拉松比赛，但听说"吉祥大使"驾驶着一辆马车在后面压阵，随时准备救护伤病运动员，所以哈商临时决定报名参赛。

　　[哈商的旁白]我真希望自己受伤，以便让"吉祥大使"救护，这样可以接近说几句心里话。

　　在马拉松运动员们身后一百米远的大路上，飞跑着一辆装饰豪华的四轮马车，车辆两边有两个大的红十字，表明这是一辆为马拉松运动员服务的救护车，车内有一副帆布木制担架和两个急救的药箱，还有一男一女两位穿白大褂的希腊医生。车外四角和车厢顶上，扎有许多带松树叶的枝条，一是为了装饰，二是给马拉松长跑运动一个象征性的诙谐比喻，"马拉着松树在赛跑"。救护车的车长兼驾车人便是"吉祥大使"玉香龙，她头戴一顶漂亮的水貂黄皮帽，脖子上围着一条毛线白围巾，脚穿一双高筒红皮靴，着一身浅蓝色上下服装，打扮得像一个俊秀的东方勇士。令雅典郊区的村民们大开眼界的是，筹备奥运会的官员居然装饰出这样一辆扎着松枝叶的奇异四轮马车，而驾车人竟是一位俊秀的东方美女。信仰东正教的村民们，用右手在头和胸前划十字，感谢上帝让他们一饱眼福，让他们见到了从天而降的"驾车仙女"和她驾驶的松树枝叶装饰的救护车。

已经跑在队伍最后面的土耳其运动员哈商,索性慢跑等待着"吉祥大使"驾驶的马拉松救护车到来,他先在救护车前二十多公尺奔跑,逐渐放慢速度到救护车前面十多公尺奔跑,"吉祥大使"关心地问:"哈商司令,你是不是生病了?"

　　哈商说:"'吉祥大使',我好像有点儿不舒服。"

　　"哪儿不舒服?我叫车上的医生给你看病拿药。""吉祥大使"说。

　　"我肚子和头部都有点儿不舒服。"哈商狡猾地一笑。

　　"好,你先停一会儿,我请医生给你拿些药和水,吃了药肚子就不会痛了,你的头部不舒服,就先克服一下,跑完比赛,你到雅典医院去看医生吧。""吉祥大使"说完,回头对车内医生说:"我停车,你们马上下车看病人,别误了他的比赛。"

　　哈商似乎找到了理由,他等了半分钟,救护马车赶到他面前,一男一女两位希腊白衣大夫跳下车,一个端水,一个给药,让哈商迅速吃药喝水。

　　"现在你肚子是不是好些了?""吉祥大使"关心地问。

　　"我感觉好多了。"哈商用双手拍了拍肚子。

　　"那你赶快跑,去追赶前面的马拉松赛跑队伍。""吉祥大使"催促哈商。

　　"不用急,反正我已经落到最后面了,今日的马拉松赛跑再没有人能与我竞争倒数第一名了。"哈商说着俏皮话。

　　"这哪像一个堂堂的土耳其海军司令说的话?""吉祥大使"责备哈商。

　　"美丽的'吉祥大使',当海军司令是上个月的事,我已辞去海军司令职务,告诉你一个秘密,今天我只代表个人参赛,不代表土耳其,我跑的成绩并不重要,重要的是,我能有机会与我心爱的姑娘说几句真心话。"哈商无话找话,边跑边说。

　　"你心爱的姑娘在哪里呀?是刚才给你送绣花红围巾的那位漂亮的村姑吧?""吉祥大使"装傻地问。

　　"不是。"哈商摇头。

　　"是不是你爱上了美丽的萨拉斯小姐?前几天她家举行的招亲"勇敢者"比赛,你为什么不去参加?你可是最有资格的人选。""吉祥大使"说。

　　"我去了,但我怕被护城河里的鲨鱼吃了,再说格拉斯小姐也不是我心仪

之人，没有必要拿自己的身体去当鲨鱼的最后晚餐。"哈商说。

"格拉斯小姐的家庭富可敌国，你哥哥是国王，富家小姐配国王的弟弟门当户对，再说小姐又那么美丽，倾国倾城，只有傻瓜才不去追她。""吉祥大使"说。

"我有心上人，她是一位赶马车的姑娘。家住在遥远的太平洋那一边……"哈商说着手指东方。

"你别贫嘴了，快去追前面的运动员。""吉祥大使"说完在空中用力甩了一鞭，发出"啪"的声响，四匹马像离弦的箭在大道上加速飞跑，把哈商甩在车后面。

哈商见状，也只能加速去追赶马车，当他追上马车时说："'吉祥大使'，你别瞧不起人，我一会儿就会追上前面那个运动员，让他得到这次马拉松比赛的倒数第一，我争取倒数第二。"

"你的目标定得的还挺高嘛，我为你脸红发烧。""吉祥大使"扬鞭打马，车轮飞奔。

"你别为我的马拉松赛跑奋斗目标脸红发烧，马拉松比赛的前三名，冠、亚、季军，各样只有一个名额，我知道自己争取不上，但争取倒数前三名，我是有把握的。"哈商看了一眼对自己不屑一顾的"吉祥大使"，又说："你别笑，这里告诉你一个秘密，我已经向奥运和平促进会主席团呈交了报告，要求与你进行一场正式的角力比赛，这里先透露给你，你要有思想准备，要是你输了，别忘了在我们军舰上曾对我许下的承诺。"

"我不会忘记自己的承诺，但也希望你不要输了又赖账不算数。""吉祥大使"反唇相讥，"那样的话，你在奥运会上丢脸，比在你们土耳其军舰上丢脸更难看。你还是快跑吧，前面山坡上的中间临时监护裁判在向我挥舞急救信号旗，可能那里有运动员受伤了，催我们车上的医生去救护伤员。"玉香龙说完精神一振，打马扬鞭，四轮救护马车加速向前飞奔。

在马车前进的过程中，两位希腊医生都站到车厢门口观看前面什么地方有马拉松运动员负伤。当马车到达坡顶时，拿黄旗的希腊临时监护裁判对玉香龙说："'吉祥大使'，刚才有一位法国马拉松运动员负了点轻伤，走路有一点跛，我让他休息了几分钟，等你们车上的医生来做临时护理，他着急要去追赶前面的运动员，我只好充当临时护理，让他躺在地上，对他受伤的右腿，推、拉、揉、压，他起来后说脚不痛了，又继续追赶前面的马拉松赛跑队伍去了。"

玉香龙右手竖起大拇指说："你这位临时监护裁判不错，不但尽了裁判的责任，也起了急救医生的作用，待这次马拉松比赛结束，我要向奥运会主席团报告，请求主席团给你记功。"

"'吉祥大使'你过奖了，做好对马拉松运动员的全过程比赛监护，顺便做点力所能及的救护工作，减少一些运动员的伤痛是应该的，何况我还是希腊人，无论当不当临时监护裁判，只要发现运动员有困难，我们都应该及时帮助，在困难时帮助别人是希腊人的传统。"临时监护裁判边说边随马车跑步前进。

"车上只有我和两名医生，暂时没有伤员，你上来坐一段路吧。""吉祥大使"对监护裁判说。

"我不是伤员，上你们的救护车不好吧。"监护裁判摇头。

"请上来坐，我对希腊人为什么选这么一条路线作为马拉松赛跑路线的历史原因不了解，能不能上来为我介绍一下？"玉香龙邀请道。

"好吧。"监护裁判侧身一个跨步，纵身上车坐到"吉祥大使"身边的位置上，车厢内的一位女医生为监护裁判递过一杯凉开水。裁判说了一声"谢谢"，接过水杯一饮而尽。

玉香龙说："我们的运动员大概跑了二十公里左右，估计最前头的运动员还有半小时就可以跑到雅典中心体育馆，这条马拉松路线的风景这么好，山清水秀，百姓热情好客，你能不能简单地介绍一下有关马拉松赛跑的历史，满足我的好奇心？"

监护裁判一笑："我愿为美丽的'吉祥大使'效力。"

[临时监护裁判的旁白]几百年前，希腊人为了反抗波斯人的侵略，在马拉松的松林坡里埋伏了五千人的雅典军团，阻击有两万多士兵的波斯侵略部队，双方用刀、箭、石头当武器，进行了三天两夜的肉搏战。雅典军团利用居高临下的有利地势，凭着勇敢顽强，不怕牺牲的勇气和反抗侵略者的决心，先在松林坡里堆积了大量石块当武器，尽管波斯人发动了三次大规模的集体冲锋，试图攻占制高点松林坡，但都被雅典军团从山上推下的大小石头和密集的弓箭打退。夜里，雅典军团组织勇士队下山，到波斯人的营房去偷袭，烧他们粮草，让他们睡不好觉。白天他们的骑兵根本不能发挥作用，马成为雅典兵团弓箭手们

射击的目标,雅典兵团的投石手们掷石块打击波斯人。这次奥运会举行的另一个比赛项目,叫"投石比赛",就是效仿当年雅典兵团在松林坡战斗中投石抛远形成的比赛项目。马拉松的松林坡进行的是一场决定雅典人命运的残酷战争:胜利了,雅典人便可以继续自由地生活;败了,就会成为波斯人的奴隶。雅典全城的百姓焦急不安,坐卧不宁,他们盼望、等待着马拉松决战胜利的消息。结果是雅典军团坚持三天两夜,仅死伤一百九十二人,用较小代价,打死打伤六千四百多波斯人,波斯将领也被雅典军团的飞石砸伤,雅典军团的司令官派了一位善于长跑的传令兵菲迪·皮特斯跑步向四十二公里外的雅典城送信,报告松林坡决战胜利的消息。

随着临时监护裁判的旁白,画面回到三百多年前的希腊,传令兵菲迪·皮特斯从马拉松坡冲下山,向雅典方向奔跑:他头包染血白布带,满脸全身都是血污和尘土,连滚带爬,冲到山下,疾步草地田野,跨河流,跑过独木桥。过村庄时,一群野狗见他满脸血污,衣服破烂,对他围攻追咬,他弯腰从地上捡起石块向狗群打去,大部分野狗吓得远逃,去到高坡上汪汪乱叫,但也有三条野狗仍穷追不舍。他原地横扫一腿,踢在一条狗头上,狗在地上翻了一个跟斗,爬起来又追咬他,似乎不咬倒他不足以解恨。他转身抽刀向野狗刺去,又狠狠一脚踢去,把狗踢上半空,狗惨叫着落到十公尺外的小河里。当他在饥饿、疲劳、伤病状态下跑到雅典城门口,对焦急等待消息的百姓们说了一句:"我们胜利了",便脸色苍白地倒在雅典广场上。人们拿出水和食品喂他,他只喝了一口水,咬了一口面包,便歪头死去。雅典城人民抬着菲迪·皮特斯的尸体,他们含着泪水,但面带笑容参加游行,市民们自觉加入游行队伍,他们唱歌、跳舞、喝酒、向天空抛水果、放鞭炮、呼口号,庆贺雅典军团在马拉松松林坡的战斗大捷。

玉香龙问监护裁判:"你刚才说雅典兵团抗击波斯侵略者用了很多石头,从山上向山下投石,打击侵略者,马拉松松林坡里哪里来那么多大石块?"

临时监护裁判说:"马拉松松林坡上有历史遗留下的十多个废弃的采石场,采石场里有许多大小石块,战斗中雅典军团对这些大小石块进行了很好的利用,把石头变成了打击侵略者的武器。"

玉香龙听后,连连点头,说:"你刚才说的投石比赛就是马拉松松林坡战役中使用过的?"

"投石比赛是希腊民间早已存在的运动项目，不过那次松林坡战斗中雅典军团的士兵们充分利用了石块的优点，他们打得准，雨点般下落的石头，狠狠打击了山下的侵略者，使松林坡战斗取得了辉煌胜利，使投石比赛在民间普及。"

　　[画外音]希腊富商萨马拉斯和妻子维比娅及女儿坐在休息室，商讨是否举办第二轮"勇敢者"比赛。

　　富商家的客厅装饰豪华、家私精美，表情不同的大小雕像，摆放在不同角度和位置，与布满雕花图案的墙柱和顶棚上的浮雕，搭配协调，风格统一。能映出人像的光滑地板，把室内各艺术品一一映照在光亮的地板中，人们在地板上走动，影像也在地面玻璃砖中漂移。各种嵌金流线西式豪华型闪光家具上，摆放着各种金银器皿和艺术品。椭圆形茶几，沙发上面，摆着绣花精美的坐垫或靠垫。沙发边的茶几和桌子下，铺着米黄色和白色织花图案的艺术地毯，各房间主要通道上也铺着有希腊民族风格图案的黄色地毯，给人一种庄严肃穆、神圣不可侵犯的威严。显示出主人家富可敌国的财富。

　　萨马拉斯和妻子维比娅坐在一个长沙发上，格拉斯坐在侧面的单人沙发上，他们边饮茶边谈话，萨马拉斯右手玩着一个雕花桃木烟斗。

　　萨马拉斯："我只有你这么一个宝贝女儿，这次'勇敢者'比赛就是按我的要求，想为你选一位丈夫，希腊的几十个参赛选手，没一个人过护城河，这么小小的难关却过不了，实在让我失望。过了护城河的偏又是两个外国人，我一个都不满意，下一步该怎么办呢？"

　　维比娅："亲爱的，你在护城河里放了那么多鲨鱼，把希腊小伙子全都吓傻了，他们哪里敢下水过河，你真是想出了好主意？"

　　"你再别提那些'勇敢的'希腊小伙子了，他们都是怕死的胆小鬼，见了几十条鲨鱼就吓破了胆，让两个外国小伙子钻了空子。"萨马拉斯气愤地说。

　　"父亲，你说说还有什么办法可以安全过护城河？"格拉斯插话。

　　萨马拉斯沉默一阵说："安全过护城河的方法多的是，我要求参赛者不但要勇敢，还要肯动脑子找窍门，只有匹夫之勇的人，是不配当我女婿的。"萨马拉斯说完，用火柴点燃烟斗吸了一口，又说，"你们说说，我们的第二轮'勇敢者'

选拔赛要不要继续进行下去？"

维比娅："既然你对过了护城河的两名外国选手都不满意，这个'勇敢者'选拔赛我看可以不再举行了。"

格拉斯："母亲，我们既然在雅典市民和几百名各国参加奥运会的运动员、教练员和来宾之中宣传了这场'勇敢者'比赛，而且轰轰烈烈地进行了一场，没有一个结果，怎么可以不再进行了呢？这会使父亲、母亲还有我，失信于人，传到外面去，对父亲母亲的声誉肯定有影响。"

"那么，你的具体想法是什么？"萨马拉斯问女儿。

"我希望父亲考虑，第二场'勇敢者'比赛应该继续举行，我要从第二轮比赛中，观察那两个外国人中间，究竟谁最勇敢？"格拉斯说到此，端杯喝茶不说了。

"然后呢？"萨马拉斯问。

"然后由他两人进行对抗赛，总要赛出个第一和第二，到那时，我再考虑最后的'勇敢者'是不是我喜欢的人。"格拉斯慢声细语地说。

"女儿，你是不是喜欢上他们两人中的一个？"维比娅转脸问女儿？

"说不上喜欢，只是对先过河的那个有点儿好感。"格拉斯说。

"是不是那个留长辫子，万米长跑比赛追兔子，前天你们比赛羽毛球，你们用拍子打他们用脚踢的那个高个小伙子？可惜他是大清帝国的黄种人，要是希腊人就好了。"萨马拉斯幽默而拐弯抹角地说。

"父亲，你怎么知道女儿的心思？"格拉斯含羞地问。

"我的生意做遍了全国，全国大小事情我都该知道，特别是我宝贝女儿的一举一动，我自然了如指掌。"萨马拉斯乐呵呵地说。

"爸爸，你是不是派人在监视我？"格拉斯不高兴地说。

"不是监视，我家里的人，包括你哥哥，他的一举一动我也了解，他作为这次奥运会的荣誉主席兼副总裁判，好像也挺喜欢那个黄皮肤、留独辫子的大清帝国的女运动员，她叫什么名字？"萨马拉斯问身边的维比娅。

"大家都叫她'吉祥大使'，每场比赛她都要代表奥运会主席团讲几句话，有时候还表演一点小节目，你问的是不是她？"维比娅回话。

"对，叫'吉祥大使'，她在奥运会上可是个很受欢迎的女运动员。"萨马拉斯说。

"都怪我哥哥偏袒,他们把她推选成'吉祥大使',让她出尽了风头,抢了我的光彩。"格拉斯生气地说。

"女儿不必生气,你是一只美丽无比的金凤凰,'吉祥大使'再美丽再漂亮,多才多艺,最多只是一只长了美丽羽毛的鸡,在奥运会上她怎能挡住你孔雀般的万丈光芒。不过,我和你母亲每次见她出场表演或为别的运动项目出场助阵,都情不自禁地为她鼓掌。"萨马拉斯的语言中流露出赞美。

"我们抵抗不住她的笑脸、甜美的声音、多彩多姿的表演,你爸爸常夸,只要'吉祥大使'一出场,她的亲和力自然感动观众,也感动我和你爸。"母亲补充说。

"父亲、母亲,你们再别夸那个该死的'吉祥大使',我把她恨死了。"格拉斯嘴巴翘得很高。

"你不喜欢'吉祥大使',观众喜欢,你哥哥还有许多奥委会委员们也都喜欢她,我这个当父亲的可也是她的粉丝追星族哟。"萨马拉斯说。

"父亲,你可以叫哥哥离'吉祥大使'远一点,不要总是跟在'吉祥大使'屁股后面,她一出场,他也跟着出场。对了,父亲、母亲,我哥该不会是想娶'吉祥大使'当未来的妻子吧?"格拉斯神秘地说。

萨马拉斯笑着说:"你哥真要是娶了那个'吉祥大使'做妻子,我们家里就会热闹多了,会有很多乐趣,那样,也许我会天天开心,笑得合不拢嘴。"

"那不行,一个异国的平民女子,想当我们希腊国富豪的未来儿媳,我坚决反对。"维比娅说。

"我同意母亲的意见,反对哥哥娶'吉祥大使'为妻。"格拉斯说。

"你们甭着急,我话还没有说完,我当然不会让昆塔娶一个平民女子为妻,不过,昆塔作为本届奥运和平促进会的名誉主席兼副总裁判,他与担任公关任务的'吉祥大使'经常有工作上的联系,他被'吉祥大使'的善良、美貌所吸引,也是很自然的,年轻人互相爱慕,互相吸引,不足为奇。"萨马拉斯说。

"父亲,你好像很开通,当年你和我母亲是不是一见面就互相爱慕互相吸引?"格拉斯想逗父母岔开话题。

"这个吗?你问你母亲好了。"萨马拉斯说。

"格拉斯,你问这个吗?自然是你父亲第一次与我见面时见我美如天仙,就

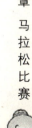

对我一见钟情要我留在他家陪他玩,我那时候没你们这样开通,羞得我吵着要回你外婆家,你外公很喜欢你父亲,邀请你父亲到你外公家中做客,你父亲很高兴,马上同意。第三天你父亲带了许多珍贵礼品,由一大群仆人陪着来到你外公家,陪我玩了两天,我与你父亲真有点儿难分难舍的味道。"维比娅手碰身边的萨马拉斯,说,"萨马拉斯,我说的对不对?"

萨马拉斯笑着说:"当着女儿的面,你说这些不怕女儿笑话。"

"父亲、母亲,我喜欢听你们当年的恋爱故事。"格拉斯说。

"你喜欢听可以,但不要跟着学,我可不愿意我们的女儿喜欢上一个小伙子,就带到家里来做客。"萨马拉斯说。

"爸爸,你不是在为我喜欢的小伙子举行'勇敢者'选拔赛吗?"格拉斯将父亲的军。

"女儿大了,是应该找一位小伙子当我的女婿,我与你母亲为你操心,想为你在奥运会期间找出一位你喜欢,我和你母亲也都满意的女婿,这是我们全家的共同目标。"萨马拉斯说。

"父亲,当年母亲和你一见钟情,你第三天就上门向我母亲求婚,为什么不让我向母亲学习?格拉斯与父亲论理。

"你是我和你母亲的掌上明珠,作为我的女儿,你的一言一行、一举一动都受到民众的注意,你的婚姻大事关系到家庭名誉、财产问题,我和你母亲结婚前,虽然都是有钱人,但没有如今的影响力。所以,我和你母亲决定举行'勇敢者'选拔赛为你在全希腊选一位你和我们都能接受的小伙子。"萨马拉斯说。

"可是,可是……"格拉斯吞吞吐吐,欲言又止。

"可是你喜欢上了一个人是不是?"萨马拉斯问女儿。

"爸爸,你明知故问。"格拉斯面带羞涩。

"女儿,你不必着急,你喜欢的那个亚细亚黄种人与那位傲慢的日耳曼小伙子约翰都过了第一关,我决定下一步举行的第二场'勇敢者'比赛,允许大龙和约翰都参加,但我还要允许一位昨天从塞浦路斯岛赶来的小伙子也参加。"

"两个小伙子参加第二轮'勇敢者'比赛我都感到头疼,又让姗姗来迟的塞浦路斯岛上的小伙子也参加比赛，那不让我更难选择吗？"格拉斯摇头不理解地说。

"两个小伙子参加比赛与三个小伙子参加比赛没有什么不同。唯一不同的是，两个人淘汰一个人，三个人比赛要淘汰两个人。他们三人比赛花的时间长一点，仅此而已。"萨马拉斯轻松地说。

"万一比赛中还要死伤两个小伙子才能赛出胜负，败者或死或伤，这都太残酷了。父亲、母亲，我不嫁人，跟你们过一辈子，把我养成一个老闺女算了。"格拉斯说。

"你真是个心慈面善的傻女儿，人到了一定年纪都要结婚生子，这是自然规律，也是人类繁衍的需要，再说我和你母亲到一定年龄都会死亡，那时候由谁来照管你这个老女儿？即使你哥娶了妻子，无论是希腊人还是其他白种人或黄种人，他们都不可能达到我和你母亲对你的关心和疼爱。那时候，你虽然名义上贵为富家小姐，但精神上，你会凄苦。为了不让你成为一个嫁不出去的老闺女，我和你母亲绞尽脑汁特别选在奥运会期间，要给你选一个你喜欢、我和你母亲也满意的女婿，让我们都开心，这有什么不好吗？"萨马拉斯苦口婆心地说着自己的观点。

"爸爸，你和母亲为我操心，女儿我很感谢，但我不需要一个只会在比赛中能将对手杀死或弄伤残的勇敢者来当我的丈夫。请你们让我在比赛中多一点主动，由我亲自挑选我喜欢的人，我愿意随他漂流到异国他乡，过我们清苦而甜蜜的生活，我求你们了。"格拉斯含泪拿出手绢擦了擦泪水又说，"你们把我从小扶养大，处处关心我，宠爱我，我的胆子很小，厨师杀鸡宰牛我都不敢去看，我见到了血，会晕倒，我不想嫁一个只会将对手弄死或致残的勇敢者当丈夫，让我与这样的人朝夕相处，同床共枕，我会夜夜做噩梦，睡不着觉的。如此久了，我也许会得精神病，会发疯、去跳楼，说不定会惨死在荒郊野外。"格拉斯边说边大声哭泣。

萨马拉斯把手中一个茶杯狠狠往地上一摔，发出"啪"的响声，他从沙发上站起来，生气地说："这三个勇敢者，他们可以比赛或决斗争出胜负。若你要自己挑选，必须选明天才参赛的塞浦路斯岛上的小伙子，其他两人自然淘汰。"

"为什么选他呀?他长的什么样,脾气性格、姓甚名谁我都不知道。"格拉斯语气生硬地顶撞父亲。

"因为他是我们希腊民族的同种人,你嫁给他,我可以封他当塞浦路斯岛上公司的负责人,全权管理那个岛上的业务,你将来生活也无忧了。爸爸这种苦心,你应该理解,其他两位勇敢者大龙和约翰,我各自给他们一些封赏,就算对得起他们来参加这次比赛了。"萨马拉斯背着手在妻子和女儿面前走来走去。

"萨马拉斯你坐下说,你在我面前走来走去,我的心也乱了。"维比娅说。

格拉斯也站起来说:"我不要嫁给塞浦路斯岛人,我只喜欢那个留长辫子叫大龙的亚细亚人,我对他有好感。我喜欢他。"

"你一口一个大龙,他头上留一个马尾巴似的长辫子,有什么好看的,他当我女婿,不让希腊百姓笑掉大牙。"维比娅表态。

"大龙能文能武,体育上技艺超群,而且他品格高尚,情感丰富,没接近过他的人是很难发现他这种内在之美的。我与他接触多了,就感到他的这些品格像磁石般吸引着我,因此我对他产生了爱恋。当然他不是一点缺点也没有,他头上那个独辫子不伦不类,看着别扭,这是他最大的缺点,不过,我有办法帮他克服掉。"格拉斯滔滔不绝。

"你说一说,那个大龙有什么样的磁力吸引着你?"维比娅站起来追问女儿。

"大龙的运动水平,外貌你们都是看到的,但是父亲、母亲,你们知道,土耳其海军在爱琴海与我们交战打得热火朝天,土耳其人为什么宣布停火,而且土耳其海军舰队司令突然不当海军司令,变成土耳其的奥运代表团团长,领着十几个土耳其运动员来这里参加奥运会?这些是为什么?父亲母亲,你们知道吗?"格拉斯擦着泪水激动地说。

萨马拉斯示意维比娅坐下,维比娅坐下后,萨马拉斯问女儿:"土耳其人的事与那个大龙有什么关系?我不明白。"

格拉斯倒了一杯茶水,喝了一口说:"这关系大着呢?上月,大龙们乘坐的'招商号'大轮船到达地中海,见到我们希腊海军舰只与土耳其军舰正在开炮交战,大龙把他们的五个运动员分成两组,各乘一只救生艇,冒着交战炮火,一些人到我们希腊海军司令的军舰上,另一些去到土耳其的军舰上作停战宣传。开始土耳其的哈商司令很傲慢,最后还是被大龙们说服,同意停火,让大龙们的'招商号'轮船到达雅典,参加这次奥运会,同时他还说服了哈商司令代表土耳其来参加奥运会。父亲、母亲,你们想大龙要是没有大智大勇和很高的外交水平,他能把骄傲的哈商司令说服来参加奥运会吗?"。

"这我倒是没听说,我还以为这是奥运会筹备组寄出的邀请信说服了土耳其国王。"父亲说。

"爸爸,你知道大龙他们是怎么说服了哈商司令的吗?"女儿说。

"我不知道,你说来听一听?"萨马拉斯态度缓和。

"大龙他说,国际间的争端用枪炮解决不了,最好的解决办法是请有领土争端的双方国家,各自派运动员到奥林匹克运动会上比赛,用比赛的胜负,代替战争的胜负,解决两国间的矛盾,划分两国间的利益。有领土争端的国家间,用体育比赛积分作评判,积分多为胜方,对争端领土有四年一届的临时管理权。下届奥运会再比赛,决定下四年的临管权,以此奥运比赛胜负代替战争,解决国家领土争端,把战争引向奥运比赛,从而找到一条世界和平路。比如塞浦路斯岛和爱琴海的归属,若用此方法,不流血不死人,用奥运会的和平力量,便能和平地解决我们与土耳其间的领土和领海争端。你说大龙伟大不伟大,我该不该找这样勇敢又聪明的男人当丈夫,战争和和平这个人类最大的难题,被解决了。"女儿说得眉飞色舞。

萨马拉斯想了一下,喝了一口茶说:"这不失为一个解决我国与土耳其国争端的新方法,但土耳其国未必会同意这种方法。"萨马拉斯拿烟斗吸烟,陷入沉思。

[萨马拉斯的旁白]这个大龙不简单,他们能凭三寸不烂之舌,说服哈商司令停火,更不可思议的是,哈商像着了迷似的回去要求土耳其国王让他带领土耳其运动队到雅典来参加奥运会,难怪我女儿被他吸引为他着迷,我该怎么办呢?

"爸爸,你说大龙有没有资格当你这位希腊富商的女婿?"格拉斯问。

"他很有头脑,可惜他不是希腊人。"萨马拉斯摇头说。

"母亲,你说大龙是不是对我有吸引力?"格拉斯转脸问母亲。

[画外音]马拉松赛跑进入了最后五公里的冲刺阶段。

一直跑在最前面的意大利运动员西米,远远见到前方雅典城的密集房屋,他极度兴奋、精神紧张、视线模糊、脑子发晕,在一个岔路口,不知谁把指路小红旗拿走了,他判断错误,好像前面两条道路都差不多,本该左拐入城,他却沿直线方向继续大步向前跑,附近监督赛跑的工作人员和群众见状对西米大喊:"西米,你跑错方向了,快回来向左拐。"

西米本来用力过度,极度疲乏,听后面众人对他大声喊话,惊厥,昏晕倒地。

正当西米倒地昏迷不醒,嘴冒白沫之时,一直紧追在后的希腊运动员斯皮里东·路易斯在岔路口选了正确方向,左拐往雅典城方向跑去,接着又有二十多位马拉松运动员通过了路口,紧跟着路易斯追赶而去。

过了两分钟,"吉祥大使"驾驶的四轮救护车也来到岔路口。车上两位穿白大褂的医生下来车,小跑着前去将西米扶起,往岔路口回跑,到了马车边,"吉祥大使"对西米说:"你上救护车,我们把你送到马拉松会场终点。"

西米摇手:"你们放开我,我爬也要爬到终点。"

两位白衣大夫和玉香龙松开手,西米东倒西歪坚持跑了十几公尺,又重重地倒在路边,他的额头被路边的石块碰出血,他爬起来又跑。此时,附近的两名工作人员上前,左右扶着他前跑一段路,他头晕腿软,再次瘫倒。最后他们扶着满脸是血的西米艰难地向马拉松终点走去,走着走着西米头一歪,身体再发软,腿抽筋下蹲,迈不开脚。此时"吉祥大使"驾驶的救护车也赶到,他们一齐将西米抬到马车上,"吉祥大使"打马赶车,向雅典市中心的奥运会体育场跑去,车上两位白衣大夫忙着为西米按摩、打针、喂药。

站立在车前面的"吉祥大使"将马鞭举得高高地连续在空中抽打出"啪啪"响声,大街两边欢迎的市民们齐声鼓掌。

有人问:"这辆马拉四轮救护车,为什么四周捆扎这么多松树枝叶呀?"

有人回答:"这些人从马拉松的发源地——我们雅典军团战斗过的松林坡往雅典城跑了四十公里,车上捆扎松枝是为了伪装,防止敌人偷袭。"

"你胡说,松林坡的战斗结束几百年了,敌人早已死光,还伪装什么呀?"第三位反驳道。

"我想,他们在救护车上捆扎松树枝叶,跟在马拉松运动员后面救护伤病员,是不是表示'马拉着松树枝叶在赛跑'？这意味着'马拉着松树在赛跑',意为马拉松赛跑。"第四位观众,一位戴眼镜的老人解释道。

"你说的有道理,驾车的那位漂亮的'吉祥大使'真的有些鬼点子,她是想让我们雅典人在这里猜谜语。"第三位同意道。

马拉松赛跑的终点,从雅典体育场正中铺设的一条宽宽的红地毯早已接到大门外,体育场坐满了观众,他们等待着运动员们到达。体育场外的大街上站满了人,时间一秒又一秒地过去,看台上的数万观众也急不可耐地等待着,他们要看看,谁将会获得这场马拉松比赛的冠军？当身穿浅蓝背心的希腊运动员斯皮里东·路易斯进入人们的视线时,场内外暴发出热烈的掌声。站在运动场入口处的大会总裁判长昆塔在路易斯经过他面前时, 与路易斯并行同跑五十米,把斯皮里东·路易斯送到了终点红线。国王乔治一世也走下观礼台,迎接这位凯旋的英雄。一束束鲜花,一件件礼物抛向地毯,落到路易斯的脚边,成千只系着希腊国旗、彩带的鸽子飞向天空,观众们如潮水般拥入场内,争着拥抱他,把他抬着向空中连续抛接。有人高呼:"路易斯是希腊的马拉松英雄,让他当部长。"二十多位马拉松运动员先后到达运动场,观众全都给予热烈的掌声。正当观众向场外拥出时,一辆外饰树枝叶的四轮马车,在"吉祥大使"的驾驶下飞快的驶入会场。"吉祥大使"风尘仆仆,英姿飒爽,她的皮鞭在空中发出的"劈啪"响声,惊动着观众,车到终点,她跳下车,车内的两位白衣大夫抬着运动员西米也下了马车,"吉祥大使"大声说:"这位意大利运动员西米,带病跑完全程,也是英雄。"

第十四章　奥运精神

　　[画外音带字幕]奥运会体育比赛期间,大龙等人站在马路边观看自行车比赛,由于大清代表队没人会骑自行车,所以没派队员参加,大龙们只能观看别人比赛。

　　当三十多名各国运动员骑车从大龙身边飞驶而过时,大龙兴奋地带头鼓掌,大家齐喊:"加油!"

　　水蛟龙看着急驰的自行车队员们远去的背影,感慨地说:"大龙哥,你在北京住那么久,怎么没学会骑自行车呀?"

　　大龙一笑说:"大清帝国偌大一个北京城,我连一辆自行车都没有见到过,怎么能学骑自行车呢?"

　　"我听说德国人送了光绪皇帝一辆自行车,你怎么说没有一辆自行车?"穿天龙接话。

　　"我也听说皇上有一辆自行车,皇上不会骑,由四位太监扶着车,皇上骑了一阵,感觉不错,叫太监们松手,四位太监都松开手,光绪皇帝骑自行车撞到一棵大树上,碰破头皮还流了血,吓得四位太监魂不附体,谁也不敢再陪皇上骑自行车了。"大龙说。

　　"你要是向皇上借来那辆自行车来骑就好了。"水蛟龙说。

　　"你说得轻巧,皇上的东西,即使他不要,也轮不到我的份。"大龙说。

　　"皇上支持我们参加奥运动,向他借车来学习,名正言顺。"水蛟龙又说。

　　"李鸿章大人给我们的指示是找几位有一技之长的能人,所以选了你们参加比赛,但他没有谈自行车比赛问题,当时谁也没想到要通过李鸿章大人向皇上借自行车来学习。"大龙用右手拍了一下自己的头。

"要是我知道皇上有自行车,我会找人买通太监,把皇上的自行车偷出来学。"穿天龙说。

"真是胡言乱语,你长了几个脑袋?偷皇上的东西不但要杀头,还要株连九族,满门抄斩。"大龙说。

"我这不过是说一说,我连紫禁城的大门都没敢靠近走过。我见过守皇宫的八旗兵,个个像要吃人的凶神,看着都害怕哪敢进去买通太监?再说太监们个个都是财迷精,求他们办事,没万贯家财去收买,他们理也不理。我在天桥学艺时,偶尔见到过一些太监来看戏,我从来也没跟他们说过话。"穿天龙说。

"今天看自行车比赛,我们算是开了眼界。"水蛟龙说。

正当大龙、水蛟龙、穿天龙三人在谈话时,忽然见到刚才比赛自行车的马路上,有四匹骏马在大道上飞奔,向大龙们站着说话的方向跑来。大龙三人停止谈话,抬头观看,只见前面一匹黑马上坐着一位戴黄色面纱,披红色披风,穿白色上下衣的妙龄女子,她披散着的金发,在太阳光反射下,闪着点点金光。后面紧跟的三匹马背上骑着三个威武的卫士,他们成三角阵式在大道上并行前进,扬起四股黄尘。四匹骏马的雄姿和马蹄在大道上踏响的"嗒嗒"声,惊动了大道两边刚看完自行车比赛,正准备回家的雅典城百姓,他们不约而同地停住脚步,把目光投向四匹急驰飞奔的骏马。骑马跑在前头的女子,边骑马边用面纱里面的蓝色大眼睛对站立在大道两边的人群搜寻,当他们四人到达大龙们身边时,四匹骏马猛然停步,前边那位穿白衣裤戴黄色面纱的女子跳下马,径直来到大龙身边,悠然地取下脸上的面纱,将红色披风解开,顺手抛给仍骑在马上的卫士。

大龙吃惊地说:"原来是格拉斯小姐,你怎么来到这里?"

格拉斯笑容可掬地对大龙说:"我骑马沿着这条自行车比赛大道奔跑找你,还害怕找不到你呢,没想到在这里找到了你。"

大龙问:"小姐你找我有什么事吗?"

"自然有事,你今天有空吗?"格拉斯问。

"我们今天暂时没有比赛项目,今天晚上我们要排练节目,为明天晚上的

175

演出作准备。"大龙说。

格拉斯回头对大道上仍然骑着马的三位卫士说："我找到大龙先生了,我要跟他学习骑马特技,你们三位先回家,告诉父亲说我在跟大龙先生学习骑马特技,我下午回去,请父亲放心。"

一位领头的卫士小头目下马,给格拉斯行了一个举手礼,大声说："报告小姐,你的话我不便从命,离开前卫队长官命令我们,一定要寸步不离地跟在小姐后面,保卫小姐的安全。"

"你是听我的话还是听卫队长官的话?"格拉斯有点愠怒,声音低沉而严肃地说。

"这个,当然是听小姐的话。"小头目站立,毕恭毕敬地说。

"那好,既然你听我的话,你们立即回去,这里有大清帝国的奥运会体育代表团团长大龙先生,他会保护我的安全,他的少林武功,一人抵挡十人没问题,下午学习完后大龙先生会把我送回家。"格拉斯语气缓和地说。

"就怕大龙先生是徒有虚名,不能保卫小姐您的安全。"第二位卫士不以为然地说。

格拉斯说："要论体育,他已经是这次奥运会的多项世界冠军;若论武功,你们三人未必是他的对手。"

大龙双手向三位仍骑在马上的卫士拱手："小姐刚才言重了,我只是一名大清帝国的体育运动员,论武功本领还得请三位卫士先生赐教。"

格拉斯对大龙招手："大龙先生,请随我上马,到前天你们表演骑马特技的地方,教我骑马特技好吗?"

大龙对格拉斯拱手："小姐,你不打招呼突然来访,我们几兄弟刚看完自行车比赛,正商量事情,我随你去,留下穿天龙和水蛟龙两位兄弟,这不合适吧。再说,你身后的三名卫士也在这里,我去教你骑马特技,把他三人晾在一边,也不太礼貌。"

格拉斯："我刚才已叫我的三名卫士离开,只要你肯去教我,他们一定会离开回家,我从来没求过什么人,今日专程来求教你,你不能不给我一点儿面子吧?"格拉斯言语恳切。

穿天龙说："大龙哥,小姐看得起你,你去教她吧,我们的事另找时间商量。"

水蛟龙也说:"大龙哥,小姐诚心求你,你千万别推辞。"说完,他双手推着大龙往格拉斯面前走,他又对格拉斯说,"美丽的小姐,我今日做主,把我们大清帝国最优秀的运动员大龙哥借给你,你想让他教你什么骑马特技,他都会教给你。不过,天黑前你必须放他回住地,要是他没回去,我可要去你们那个别墅要人的。"水蛟龙一本正经地说。

大龙训斥水蛟龙道:"当着小姐的面,你开什么玩笑。"

格拉斯对水蛟龙说:"我喜欢这位小兄弟的话,今天太阳落到地中海前,我一定把大龙教练送还你,我保证他安全回到你们的住地,一根头发都不会少。"

大龙对穿天龙说:"那我就跟小姐去了,你们回去合计一下,看明天晚上演出还缺什么道具?有时间的话再编几句台词。"

"你去吧,我等一会儿去找小龙哥和玉香龙妹,下午我们几人去雅典大学演练我们的篮球绝技。"穿天龙说。

"那好,我去了。"大龙向两位弟弟拱手,转身向格拉斯走去,对格拉斯说:"小姐你上马,我跑步追你。"

"不,你也上马,我们两人合骑这匹马到特技表演场。"格拉斯说着脚踩马鞍上的铁镫轻巧上马,"来,快上。"格拉斯伸出右手,想要拉大龙。

大龙摆手说:"你一人骑,我先行一步了。"说完他跑步上路。

格拉斯骑在马背上对三个卫士说:"大龙教练已同意去教我骑马特技,你们怎么还不回去?"

三位骑马卫士应声道:"是。"说完,卫士们骑着马顺大道慢慢回跑。

格拉斯见三个卫士走远,打马向大龙的方向追去,她大喊:"喂,前边跑步的先生你等等我。"当格拉斯骑马跑到大龙侧面,大龙飞身上马,骑在格拉斯后面,他双腿夹马肚,马迅速奔跑。格拉斯与大龙合骑高头大黑马,在大道上嘶鸣飞奔,引起人们又一阵鼓掌和欢呼。

此时,三位骑马卫士害怕格拉斯的安全受影响,又悄悄地骑马返回,向格拉斯与大龙二人的方向慢行跟去。

格拉斯回头看了大龙一眼说:"你的弹跳力真好,这么高的马背你一跳就上来了,看来我请你教我的骑马特别技巧,选你当教练官,我算是找对了。"

"承蒙小姐夸奖，我愧不敢当。"大龙小声说。

"你们大清帝国的人是不是都像你这么谦逊？"格拉斯问。

"可能是吧。"大龙拘谨地说。

"我要让马飞起来，你把我的腰抱紧。"说着格拉斯把马缰绳拉紧，马头上抬，黑马加速快跑，跑了一段路，格拉斯感到大龙没有用双手紧抱她的腰，她又偏头问大龙："你怎么不抱住我？小心掉下马。"格拉斯偶然看到有三名骑马人，远远地在大道上不快不慢地跑着。

大龙说："小姐，你让我下马跑步追你好吗？我在你的背后全身不自在。"

"为什么？"格拉斯问。

"在我们大清帝国除了夫妻外，男人是不能随便抱女人腰的，抱了算'授受不亲'，老百姓若抱错了别人的太太，犯杀头之罪。我可不想被别人砍了我的头。"说着大龙手按马屁股，一个三百六十度腾空翻转跳下马，站在地上。

格拉斯见大龙跳下马背，她也停住马手按马鞍脚踩马镫小心下马，大龙害怕她跌倒，伸手扶了一下她的右肩，格拉斯笑着说："我们欧洲人可不像你们大清帝国人那样封建，男女间连手都不能握，骑在我后面万一跌下马有摔伤的危险，这么危险你为什么不能伸手抱住坐在你前面那位从心里爱着你的姑娘，真是迂腐得可爱。"

"可是我前面坐的是希腊富豪的宝贝女儿，情愿跑步随你前进，也不敢抱你多姿的杨柳腰，刚才与你同骑马背，我已经心惊肉跳，连出气也怕从嘴内呼出的气流把小姐的头发吹乱。还有……"大龙欲言又止。

"还有什么？快说出来，我很想知道你对我的感受。"她微笑着说。

"还有你身上散发的青春气息和莫名其妙的香味，几乎要把我快乐得窒息在马背上，我珍惜刚才这种连大气也不能出的美妙时刻，害怕它悄然离去，我多么希望时间永远停在那一瞬间，让大道两边的观众为我鼓掌，让树上的鸟儿为我们歌唱，我陶醉在如诗般美妙的感觉中。"大龙闭着双眼抒发他的感情。

"有那样美妙的时刻，你为什么不珍惜、不保留、不延续它？而要跳下马来。"格拉斯双手叉在腰间，望着大龙。

"为了换一换新鲜空气，要不然我会醉死在马背上。"大龙原地一跳，从附近的花树上，摘下一朵黄花，双手送给格拉斯，又说："谢谢小姐带给我美妙绝伦、如痴如醉的快乐时刻。"

格拉斯将黄花插在胸前,扭了扭身说:"我喜欢,谢谢。"正当格拉斯自我欣赏自我享受黄花给她带来的快乐时,她发现三个卫士站在距她不远的地方,成三角形保卫着她,卫士们的出现破坏了她的情绪,她很生气,对三名卫士招手:"你们过来。"三名卫士走近她身旁,她问:"你们为什么跟着我?说呀,为什么?"

卫士小头目整了整军衣,向格拉斯敬了个军礼说:"报告小姐,我们本来按你的命令要回去,但考虑你的安全,怕你出意外,所以我们又返回来,想暗中保护你,请你原谅。"

"我不是说过吗,这位大龙先生武艺高强,与他一道我绝对安全,何况我是请他当教练,教我骑马特技,我暂不需要你们来保卫我。"格拉斯生气地说。

"小姐,你就让他们跟着吧。"大龙说。

"对,你就让我们远远地跟着,保卫你的安全。"卫士小头目说。

"难道你们怀疑大龙先生的武功?"格拉斯生气道。

"这个……"卫士小头目不敢多言。

"这样吧,为了证实大龙先生的本领,你们与大龙在这里进行比武,若你们输了,就回去好吗?"格拉斯说。

"这样也行。"三位卫士从三面向大龙包围过来,各举双拳准备进攻。

大龙摇手:"小姐,你今天出来该不是要我与他们打架的吧?"

格拉斯说:"大龙先生,我这几位卫士害怕你没有能力保卫我的安全,所以他们不肯回去,你就与他们过一过招,若你打不过他们,我就只好跟他们回去。"

"真要过招?"大龙问。

"对,你要跟他们过招,否则他们不放心。"格拉斯答。

大龙说:"那好,恭敬不如从命。"他脱下外衣,将头一摆辫子自然地卷在脖子上,他双手打拱道:"各位卫士先生,小姐要我们比武过招,我多有得罪了,请多包涵。"他腿一屈,站了一个马步,左右手一上一下在胸前分开,等待着三位卫士来进攻。

格拉斯背对大龙和三位卫士。

三位卫士见格拉斯不看他们,便认为是默许,他们三人一齐上来围打这个马

尾巴长错位置的东方异族人,他们两手握拳,双脚移动,挥舞西洋拳来教训大龙。

[卫士小头目的旁白]你这个勾引我们富豪家小姐的黄种人,真是癞蛤蟆想吃天鹅肉,我们就是要与你比试武功,打不过我们,你就别想再接近我们小姐。

三位卫士从三个方向挥舞西洋拳向大龙挥打,大龙本不想与他们认真交手,只是用手或脚作防御性的推挡,三位卫士见大龙只招架不进攻,他们越攻越勇,六拳三腿,在大龙的头肩、背腰上进行雨点式的打击,大龙忍气吞声不愿还击。

[大龙的旁白]格拉斯小姐的葫芦里不知卖的什么药?说要我教她骑马特技,怎么又默许她的三个卫士与我比武?不管怎样,我只防御不进攻也不是办法,他们会笑话我,我的忍耐力有限,只有还击,压一压他们的傲气。

大龙虚晃几脚故意倒地,三位卫士紧绷的脸突变成笑脸,他们每人飞出一只脚,一齐往大龙身上踢来。此刻大龙大吼一声:"去你娘的蛋。"他双腿一屈一伸,两个卫士同时被他踢了一个趔趄,瞬间,他双腿收回,一个纵身弹跳,身体直立,此刻他从耳边风声知道,第三个卫士在后面偷袭他,他纵身跳起,一串空中连环飞腿,把偷袭他的卫士踢了个四足朝天。大龙准备第二次进攻附近的两个人,他再纵身腾空……

格拉斯转身鼓掌说:"姿势优美。"她用双手做了个暂停的手势,制止大龙的进攻,格拉斯对三个卫士说,"怎么样?还要不要继续与大龙先生过招?"

卫士小头目说:"小姐,我们认输,这就回去。"说完三个卫士哭丧着脸,跨上马背,头也不回地顺大道远去。

大龙有些不高兴地对格拉斯说:"你不是邀请我教你骑马特技吗?怎么默许三个卫士与我比武?"

格拉斯微笑着说:"你不是没看出来,我的三个卫士对你的高超武艺很不服气,我不默许他们与你比试一下武功,他们是不肯回去的。再说……"

"再说什么?"大龙追问。

"再说我对你有好感,他们不瞎不聋,肯定早已看出苗头,按人性来讲,漂亮姑娘对男性的好感,总是会引起另一些男人们的妒忌对不对?"她说。

"小姐,用妒忌不太准确。"大龙说。

"那用什么词才准确?请你指教。"格拉斯深情地望着大龙。

"按我们大清帝国民间通俗的说话,叫'吃醋',许多男子喜欢一个女孩子,而这个女孩子偏偏当着众人的面对其中一个男人亲昵示好，其他男人们口中酸水直冒，用仇视的眼光看着这一男一女的亲昵举动，这就是在吃醋。"大龙胡乱解说。

"醋是什么？是蔬菜，还是长在树上的果子？"格拉斯睁大双眼盯住大龙。

"醋这个东西不是蔬菜，也不是树上结的果子，它是一种调味液体，喝起来酸酸的，凉凉的，那个味道美极了。可惜我们走得急，离开北京前没有买几瓶山西老陈醋给你带来，你喝了一瓶，保证你还想喝第二瓶、第三瓶。"大龙瞎吹。

"真有那么好喝？"格拉斯舔了舔舌头，自己吞口水。

"我骗你就变成猴子。"大龙伸出双手表演了一阵猴拳。停了一会儿，他又说，"我们大清帝国怀了小孩的妇女特别喜欢喝醋。"大龙神秘地说，接着他又做了个端碗喝醋的动作。

"我懂了，是不是怀了小孩的妇女不喜欢她的老公跟其他女人说话，所以喝些酸醋来发泄对老公的不满？"格拉斯自作聪明地解释。

"No，no，no。"大龙摇头说，"我们大清帝国的妇女们怀小孩时，肚内的小孩一点也不老实，老在妈妈肚子里打拳、翻跟斗，妈妈的肚子一会儿胀，一会儿疼，很不舒服，一位大清帝国山西的怀胎妇女，无意中喝了一碗醋，一会儿肚子里的小孩，鼾声大作，安静地睡着了，原来是肚内的小孩也喝了醋，这醋能给肚内小孩安神催眠，怀胎的妈妈自然就舒服多了。"

"你这是瞎编来骗我的。"格拉斯不信，但她仍然开怀大笑。

"这可是真的。"大龙一脸认真。

"那么，男人吃醋又是怎么一个生理反应？是不是他们肚里也有小孩在顽皮地打拳翻跟斗？"格拉斯反问。

"那倒不是，我想男人们吃醋是见到他喜欢的姑娘被别的男人捷足先登，他们心急，肝火旺，吃了的饭菜在肚内翻滚冒烟起火。这种男人肚内的烈火会从眼中射出绿光，跟你的三个卫士刚才眼中的绿光一样，用武力难压制。要是他们各喝一碗山西老陈醋，下肚后便可浇灭肚里的愤怒之火，这就是我们山西老人说的男人们为了女人而争风，用喝醋的办法来解决问题，这叫争风吃醋。"大龙忍不住为自己发表的谬论发笑。

格拉斯右手捂着嘴和鼻子，弯腰蹲在地上大笑。

两人大笑后,大龙说:"喂,我的小姐大人,你今天兴师动众来找我的目的究竟是什么?对不起下午要排练演节目,我先想回去了。"

格拉斯神秘一笑,说:"我父亲决定后天要举行第二轮'勇敢者'选拔赛跑,选拔谁,对我很重要,所以希望你一定要去参加。"

"就为这件事呀,我知道了,谢谢小姐。"大龙拱手,"不过,去不去我还得想一想,看有没有必要。"

"想什么呀?你一定得去,我求你了。"格拉斯说。

"为什么呀?"大龙大眼双睁。

"第二轮比赛不只有你和德国的约翰,还有一位刚从塞浦路斯岛赶来的我们希腊人,听说他力大无比,曾经一次打死过两只老虎。你们三人单打独斗,说不定有两人不死便伤,我特地赶来提醒你千万小心。"格拉斯诚恳地说。

"那么说,你今天带来的三个卫士与我比武,也是你安排的啰?"大龙说。

"对,他们三位是家中最有格斗能力的三个卫士,今天你能一人打败他们三人说明你功夫不错,我对你充满信心。"格拉斯满意地说。

"参不参加比赛我还要想一想。"大龙犹豫不决。

"你慢慢想,现在我们回去。"说完,格拉斯上马,回头对大龙说,"你还是坐在我后面吧。"

"不行,坐在你后面,我的头会晕,也许我会发狂。"大龙说。

格拉斯下马,做了个双手平端姿式:"请你先上马,坐前面,我坐在你后面,你就不会头晕,也不会发狂了。"

"谢谢小姐。"大龙双手按住马背,一个头手空翻,坐到马背上。

格拉斯说:"你伸手拉我一把。"

大龙伸左手将格拉斯拉上马背,他收紧马缰,黑马载着他两人向雅典城飞驰,大龙说:"你把我抱紧一点,小心跌下马。"

"要是跌下马,我就跟着你,让你养我一辈子。"格拉斯说。

"你尽说疯话,啊,对了,你和我这样骑马飞奔,你父亲知道了会不会有意见?"大龙说。

"我父亲早知道我喜欢你。"小姐把头贴在大龙背上。

载着两人的黑马,奔驰在宽阔的大道上,马蹄声响,人们驻足观看。

[画外音带字幕]为了表彰土耳其原海军舰队司令哈商先生说服土耳其国王,同意在奥运会期间停止在爱琴海的海战,并派他担任土耳其出席奥运会的体育代表团团长,带领十多名运动员来雅典参加奥运会,奥运和平促进会主席团破例答应哈商的要求,同意他与大清帝国的"吉祥大使"进行一场土耳其与大清帝国间的男女特别角力比赛。

赛场设在雅典中心体育场。椭圆形看台上人山人海,大家为土、中两国运动员助威。萨马拉斯夫妇和格拉斯小姐静坐在观礼台上。

比赛开始前,大龙、小龙、穿天龙、水蛟龙四人把玉香龙围在中间,他们在商讨着战术和注意事项。着粉红上下衣裤,腰扎红丝带,足穿红亮软靴的玉香龙,一面做着各种扭身弯腰、屈腿的准备运动,一面静听他们四人的发言,玉香龙的一举一动、一弯一扭都吸引着数万人的目光。

房内的哈商司令穿着宽大的黑白相间的竖条纹运动长衣,他背部朝天安静地躺在床上,两位土耳其白衣女护士在慢条斯理地为他做全身按摩,一位运动员打扮的男保镖地推门进房,说:"报告司令。"

哈商推开两位女护士,翻坐起来对保镖说:"跟你讲了多少次,这里不是军舰,不要叫我司令。"

保镖笑着说:"报告团长,运动场已坐满了观众,大概有五六万多人,他们鼓了三次掌,欢迎你出场呢。"

哈商拿一支长的雪茄烟叼在嘴上,保镖用打火机为他点燃烟,哈商深吸了两口问:"那个……那个大清帝国的女子,她,她出场了吗?"

"她早已在场内作准备运动,穿了一身粉红色上下衣,看起来漂亮极了。"

"场内观众的情绪如何?"

"他们不断鼓掌,好像在催你。"

"急什么? 等吸完这支烟出去也不急。"哈商说着猛吸几口烟,把燃着的半支雪茄烟丢在地上,他站立着,一位女护士弯腰,继续用双手轻轻地为他敲打双腿,另一位女护士,为哈商捶背,哈商不满意地说:"这雅典人什么都好,为什么不在体育场内为我建一个土耳其桑拿浴池? 现在要是在土耳其桑拿浴池里泡半小时,再按摩一阵,一定很轻松,我出去三拳两脚便会把那个穿粉红衣服

第十四章 奥运精神

的大清帝国女子打倒在地,让她跪在地上向我求饶,要求我娶她当我的太太,哈哈哈。"哈商大笑时他嘴角的两个上翘胡子不断上下颤动,他双手握拳像在空中上下左右猛烈击打,像是在击打他的对手"吉祥大使"。

一阵电铃声响,这是奥运会总裁判长按的电铃声,催哈商出场比赛。

保镖把一件黑色披风披在哈商身上。哈商穿上拖鞋,迈着方步,走出休息室,后面跟着两位白衣女护士和保镖,他们一行四人出门拐弯,向运动场中心一块大的方形红地毯走去。走到红地毯边,他两肩一耸,保镖取下他背上的黑披风,哈商又将脸上的一副墨镜取下,随手向空中抛出,保镖跳起双手从空中接住墨镜,哈商分别将两只拖鞋脱掉,只穿两只白软鞋走上地毯。

观众礼貌地为哈商团长的入场进行了鼓掌,哈商双手握拳伸向头顶,绕大红地毯走了一圈,答谢观众对他的欢迎,也表示他对这场比赛有必胜的信心,然后,他对玉香龙点头并拱手,又将左眼闭了一下,做了个怪相,算"吉祥大使"打招呼。

玉香龙微微一笑,双手打拱,算是回礼。

裁判双手掌拍了三次,大声说:"应土耳其王国体育代表团团长哈商先生要求,"他左手指了一下哈商,又讲,"特地举行这次男女角力比赛,哈商先生的对手是大清帝国的女运动员玉香龙,也是我们这次奥运会的'吉祥大使'。"他右手指了一下玉香龙,继续说,"这场男女间角力比赛的举行,是为了感谢哈商先生为本届奥运会倡导的和平事业作出巨大贡献。众所周知,我们希腊王国和土耳其王国间,为了爱琴海的领海权和塞浦路斯岛的管辖权,进行了数百年连续不断的战争,哈商司令同意在奥运会期间停火两个月,他的唯一要求,是要在军舰上与我们的'吉祥大使'进行一场角力比赛。当然,他们间第一次比赛已在土耳其指挥舰上举行,当时,哈商司令风格高尚,发扬了土耳其男子'男女相争、男子先让'的高尚美德,让'吉祥大使'取胜,今天算是他们间的第二场比赛,我预祝土耳其王国的哈商团长好运。"

当哈商司令听到裁判说他"风格高尚"时,他得意地举起双手,原地转了三百六十度,表示他就是哈商。

[哈商的旁白]"吉祥大使"呀"吉祥大使",你别得意,今天比赛我不会再让你了。

[玉香龙的旁白]哈商团长,今天你还让不让我呀?

裁判双臂往胸前一合,表示比赛双方可以进入比赛的红地毯上了。运动员入场后,分别站在裁判的左右侧,裁判从衣袋中拿出一把信号枪,向空中扣动三次扳机,"啪啪啪"三声枪响,枪口飞出三发绿色信号弹,成抛物线下落:"Start(开始)。"裁判转身,迅速退出地毯。

　　这次比赛,哈商总结了上次失败的教训,不急于进攻,而是站好马步,泰然自若地进行防守。她静观对方,虚晃手脚,巧于应付,待机出击。玉香龙佯装进攻,她一会儿出手,一会儿踢脚。双方都处于守势,势均力敌,两人在红地毯上转着圈子,像做游戏。

　　土耳其人组成的男子拉拉队在台上呼喊:"土耳其队加油!""哈商加油!"

　　大清帝国队的大龙等四位运动员八只眼睛看着玉香龙的一举一动,他们沉默不语。

　　观众台上也响起了希腊女子拉拉队的喊声:"'吉祥大使'加油!""'吉祥大使'为妇女们争气!""打败男人的嚣张气焰!努力进攻,再进攻!"接着是一阵掌声。

　　大龙回头,见格拉斯领着一群穿着漂亮服装的伺女们,在为大清帝国运动队加油,大龙忙站起,双手举过头顶,向希腊女子拉拉队致敬。

　　女子拉拉队的领队格拉斯举起双手在头顶摇了摇,算是对大龙的回答。

　　玉香龙听见观众台上有拉拉队在为她加油,吃了一惊,她看了一眼观众台上的希腊女子拉拉队,顾不上回礼,只是点头致谢。随后她收回视线,落到哈商身上,她招手让他进攻,哈商不理,故作轻松地吹着口哨。

　　哈商此刻正得意玉香龙不敢进攻,他的双臂在胸前时开时合,时上时下,等待着还击她的任何进攻,他的双腿随着她的步伐在红地毯上转圈奔走,他慢慢地移动脚步,目不转睛地监视着她的手脚变化。

　　玉香龙见近攻无法取胜,她退至红地毯最远一角,向他站的位置跑去,在他面前五米远,她双手触地毯,翻了一个跟斗双脚落地,再快速双脚弹跳,身体飞起从他的头顶飞过。当她从他头顶飞过时,双脚在他头顶用力前后摆动,想要踢他的头;他头一偏,伸出双手,企图抓住她的一只脚,将她从空中拉下来,但他的左手被她的右脚踢了一下,疼得他蹲在原地甩手。他左右手互相摩擦一阵,又站起来,准备迎接她的下次进攻。

　　此时,四面看台上的观众发出"好"的欢呼声和掌声。

以格拉斯小姐为首的女子拉拉队齐声喊:"好,'吉祥大使'踢得好!""加油! 为女同胞争气! "

玉香龙的第一次进攻失败,她迅速改用第二套战术:走近哈商伸出右手推他,他迅速用左右手臂挡开;她伸出左手抓他上衣,他用右手掌下切,她左手迅速收回,她快速前滚翻后双手压地,一腿屈蹲,全身与地平行闪电般旋转,试图用另一只脚横切,将他扫倒。

哈商连续跳动躲开了她一圈又一圈的旋转飞腿横切,当他跳到第七次时,动作慢了一点儿,被她的旋转飞腿横扫在左腿上,他倒地但又迅速一个后滚翻站立起来,接着他用一个泰山压顶的姿势,双脚跳起,用臀部往她旋转着的腿上坐去。

玉香龙迅速收腿,就地翻滚面朝天,双腿弯屈,在他屁股将要落地的一刹那,她双腿用力伸出,蹬在他屁股上。他被蹬出两米远,一个前滚翻又站立起来。她用一个双腿弹跳站在原地,再快速围着他转圈,思考着对他进攻的第三种方法。

此时哈商也不含糊,双脚互相一靠,两只软鞋的鞋带断开,他快速弯腰下蹲,似乎要弹跳起来飞身进攻,突然他从左右手中投出两个白糊糊的东西,快速向玉香龙飞去。她急中生智,纵身跳起,双腿在空中前后交叉分踢,各自踢中一个不明飞行物,将它们踢飞到地毯上空又落到地毯上。她细看,原来是哈商的两只白软鞋,这让她又好气又好笑。她运用踢足球的铲球动作,将他的两只鞋连续向他踢回去,他将头左右各偏一次,两只白软鞋分别从他左右耳边闪电般飞出地毯外。正当他躲过飞回的两只白软鞋时,玉香龙已将她腰上的扎腰红绳解开,握住一头,将另一绳头向他腰部甩去,哈商双手接住绳头,在自己左右腿上缠了三圈,对她微微一笑。

[哈商的旁白]我早知你有如此雕虫小技,上次你用的是黑布带,让你占了我的便宜,今天你改用红绳,这点诡计岂能瞒过我的慧眼,我看你还有什么招。

哈商将红绳踩在脚下,此刻玉香龙握住绳头另一端,用力一拉,他岿然不动,她连续拉了三次,他突然松脚,致使她身体后歪,差点倒地。她又来了个后滚翻然后迅速站立。哈商哈哈大笑,转身将绳子在右腿上缠了一圈,他也要改变只守不攻的策略，要与她斗心计斗巧力，他不规则地猛拉快松，开心地望着她那美丽的脸上流露出的那种无法取胜的窘态，再次使猛劲，想把她拉一个向前倒地。她睁大双眼，细观他脸上每块肌肉的变化，判断出他再次用力猛拉的时间，她突然松手，哈商用力过猛，身体失去平衡向后倒地。他想立即爬起来再战，但由于她快拉、快跑、快收绳，他的手虽然松开了绳头，但绳头仍然缠在他右腿上使他无法解脱。她用红绳拖着他在红地毯上跑了一段距离，红地毯因为哈商身体的摩擦而卷曲，虽然他双手按住地毯，几次试图站立，但均未成功。

裁判昆塔看着自己手中的怀表已过半分钟，哈商仍无法站立，更无法再战，他拿出信号枪，扣动扳机，一发红色信号弹升空，表示这次比赛结束。

看台的女子拉拉队齐声呼喊："我们的'吉祥大使'胜利了！"全场观众站立热烈鼓掌。

玉香龙松开红绳头，上前扶起哈商说："对不起，哈商司令，不，应该是对不起哈商团长，这次又承蒙你相让了，谢谢。"她对他躬身敬礼。

哈商大声说："总裁判长，'吉祥大使'诡计多端，我抗议，我要求与她再比赛一场，她两场都赢了我，我才能心服口服。"

"我们不是已经进行了两场比赛吗？"玉香龙说。

"这才进行了一场，怎么算两场？"哈商瞪着眼睛说。

玉香龙微笑："哈商团长你健忘了，在你的军舰上，你与我举行了第一场比赛，难道不算数？"

"这，这个，你与我再赛一场，三场都输给你，我才认输。"哈商说。

裁判："哈商团长，赛前你们比赛双方只签有赛一场的协议，而且规定任何一方倒地二十秒起不来，就算输，你刚才快有一分半钟没起来。"

"我没起来，是她没有松开缠住我腿的绳头，要是她松开绳子，我肯定早站起来了。"哈商说。

"我们比赛的条件是相同的哟，哈商团长。"玉香龙又小声说，"哈商团长，你回头看一看背后的几万观众，这里是奥林匹克运动会的比赛场，你我各自代表自己的国家在进行比赛，你再不承认今天的胜负，恐怕会影响土耳其王国在世界上的声誉。"

"那么，你是不肯回到我的军舰上去当教练啰？"哈商问。

第十四章　奥运精神

玉香龙想了一下说:"去当教练? 现在你又输给了我, 这一条件已不存在了,请问哈商司令,你是不是一定要我去你们舰上?"

"对呀。"哈商说。

[哈商的旁白]"吉祥大使",我那么爱你,你为什么一点儿都不明白? 我宣布在爱琴海单方停火,带运动员来雅典参加比赛,都是为着你才来的。

"吉祥大使"看到哈商失望的样子,心软地说:"当着裁判的面,我有一个想法请你两人考虑。"

昆塔:"'吉祥大使'请说来听一听?"

"我跟哈商团长本来不认识,两场比赛都是因为你们希腊和土耳其两国的海军在爱琴海交战引起的。"玉香龙说。

"为什么这样说?"昆塔问。

"听说你们两国在爱琴海的领海权和塞浦路斯岛的管辖权争端已有数百年的历史,不断交战和停火,影响爱琴海和地中海的国际水域通航,现在,哈商司令又要求与我进行第三场比赛,我给他开出的第三个条件是,用你们两国的爱琴海水域和塞浦路斯的管辖权作'交易',我们三方进行一场奥运会式的'赌注',你看行不行?"玉香龙说。

"我不明白你的意思?"昆塔说。

此时,大龙凑上前来说:"我来解释'吉祥大使'的意思"。

昆塔:"请讲。"

"我们大清帝国运动队的意见是,用奥委会提倡的和平的神圣原则,以世界各国人民团结友爱亲如一家人的信念,永远放弃战争为理想,建议你们希腊和土耳其两国政府各自组成一个足球代表队,每队二十个人,正式上场的十三人,其余人员替补轮流上场,比赛场地可以在雅典,也可以在土耳其首都伊斯坦布尔,最理想的地方是在你们两国最有争议的塞浦路斯岛,比赛时间不限,谁先踢进对方十个球为胜方,胜方拥有对爱琴海国际航道上过往船只的管理收费权,胜方还可以拥有塞浦路斯岛的管辖权。当然这两种权限的有效期为四年,与奥运会四年一次的举行期同步,便于奥运会官员们监督和管理。若你们双方同意,由奥委会主席团出面召集一个专门会议,做出有关比赛细节,发两份正式文件,你们将文件带回到双方国王那里去批,批准后,再将批件送给奥运会主席维克拉斯，由他召开全体奥委会执行委员会讨论，并作出最后决定，确定出比赛地点、时间和裁判，当这一计划的实施比赛之日，就将是哈商团长与'吉祥大使'的第三场角力比赛之时。我说得对不对呀，'吉祥大使'？"大龙对玉香龙闭了一下右眼，表示帮她圆场。

"对，我们大清帝国大龙团长说得对，我完全赞同，就看昆塔和哈商团长的态度了。"玉香龙说。

昆塔："你的这个建议我会向维克拉斯主席报告。"

哈商问："'吉祥大使'，你们说的可是真话？"

"我什么时候骗过你？"玉香龙说。

第十五章　大清与土耳其两国间的
排球友谊赛

[画外音带字幕]土耳其奥运代表团团长哈商与"吉祥大使"玉香龙间的角力比赛失败,他不服气,来到大清帝国奥运代表团住处找大龙商量,要求与大清帝国代表队进行另一场比赛。

"哈啰,大龙先生,你好吗?"哈商见了大龙主动招呼。

大龙学着西方礼节与哈商握手:"你好吗?哈商团长?你是土耳其的大官,无事不登三宝殿,现在来找我,该不是急着要与我大清代表团的'吉祥大使'进行第三次角力比赛吧?昨天已讲好了你与她再次比赛的条件,这件事就免谈了,抱歉。"大龙拱手。

"大龙团长你知道,我听了你们的劝告才决定在爱琴海休战两个月,并组织一个土耳其帝国体育代表团来参加本届奥运会,说明我支持奥运会是有诚意的,我们是临时拼凑的体育代表团,没有经过训练,成员有二十多人,人数上比你们大清帝国代表团多几倍,但我们在各项比赛中都成绩平平,没尝到过拿冠亚军的滋味。我这个团长脸上无光,加上我本人与'吉祥大使'的角力比赛以我的失败告终,我上对不起我们土耳其国王,下对不起我们土耳其舰队的官兵和百姓,今日来拜访是希望你们大清帝国再与我们另选一个项目进行比赛,关键时候照顾一下我的这个。"哈商用右手指了一下他的脸面。

"你认为我们双方进行什么项目的比赛,你们土耳其队才能找回面子?"大龙问。

"不知道，我们这个临时组成的运动队水平都不太高，我也不知道与你们进行什么项目比赛能有胜算把握？所以我才找你商量。"哈商手拍脑袋。

大龙在房内走来走去，思考着如何能帮助哈商团长，他推开三间相邻房门，准备找弟妹们商量，但见几间房内都空无一人。

哈商拿出烟斗，用打火机点然后吸了几口，屋内烟雾弥漫。

大龙见屋内烟雾重，忙去推开窗户排烟，他顺眼往远方观看，见穿天龙、水蛟龙和一群小孩在玩胶制排球，他们时而头顶，时而手打脚踢，排球不断上升，也不断下降，在他们头、手、脚上弹跳，他们边玩边笑似乎很开心，不远处，小龙独自光着上身在练习舞九节钢鞭，钢鞭发出清脆的"啪啪"声，小龙的姿势潇洒自如，动作变化万千，引得路过的人们驻足观看。

在另一处，玉香龙一人拿着两把宝剑在练她的"滚龙云霞双飞剑"。

更远处，还有十多个小男孩正在草坪上或坐或躺，观看舞剑和甩练钢鞭。

大龙被窗外的几处运动场面所吸引，忘了哈商正在等待他的回话。

哈商吸完烟，把烟斗在桌面上碰了两下，发出轻响，他又倒出烟灰，烟斗碰击桌面的响声，惊醒了全神贯注向外观望的大龙，大龙回头用右手招呼哈商过来："哈商先生，你到窗边来看。"

哈商来到窗边，大龙说："哈商团长，你看见我三弟、四弟和孩子们玩排球了吗？他们头、手、脚并用，灵活多变地争抢排球，你看他们玩得多么开心。"

哈商看了一阵说："他们开心，可是我开心不起来。"

"哈商团长，我有办法了。"大龙回头对哈商说。

"什么办法，说来听一听。"哈商说。

"我们两国间来一场排球比赛，你看怎么样？"大龙说。

"我们代表团的成员都是由爱运动的士兵组成，叫他们操练正步走、搬炮弹、拼刺刀还行，他们从来没见过排球，也没听说过排球比赛。我这个过去当海军司令现在当代表团团长的人，也一样没玩过，更没听说过比赛排球。"哈商用不断地摇头表示他的难处。

"你听我说哈商团长。"大龙手指窗外的穿天龙和水蛟龙说，"我三弟、四弟用头顶排球，你见到了吗？"

"我见到了，他们是在玩杂技球。"哈商说。

"对，他们是在玩头顶杂技球，我认为那也是排球的一种新玩法，你往远处看，在他们不远处的那些小孩在用手打或脚踢球，把球往空中拍打，那也是玩排球的又一种玩法。"大龙又说。

"你的意思是？"哈商双眼盯着大龙。

"我的意思是我们两个代表团，或者说是你们土耳其与我们大清帝国两国间举行一场奥运会的排球赛，我们各方都上场六个人，你们用手打或脚踢排球，我们用头顶排球进行比赛，你们的手脚一定比我们的头灵活，相信你们一定会赢，怎么样？你同意吗？"大龙说。

哈商说："这样比赛我们肯定会赢，但那样赢了你们，我的肚子会不舒服呢。"

"哈商，你不必害怕肚子不舒服，现在要紧的是你们需要一场胜利，你才有脸面回去见国王，你也才有体育资本向国王建议组织足球队与希腊足球队比赛，万一胜了，你们国家才有可能得到对塞岛和爱琴海四年一届的临时控制权。要是你没带一点儿成绩回去面见土耳其国王，他不一定会听你的建议，那样，你们不但得不到临时控制权，你与'吉祥大使'的第三次角力比赛也难实现。"大龙学哈商的语调说。

"你说得对，让我想一想，嗯，行。"哈商拍了一下大腿，又说，"我同意与你们举行排球赛，我们手脚并用打排球，对阵你们用头顶比赛排球。"哈商与大龙击掌拥抱。

"还有，你应该亲自去向奥运会主席团提要求。"大龙说。

"为什么我去提要求？你想出的花样应该你去提要求。"

"因为你为爱琴海休战停火作了突出贡献，又带运动员来比赛，你是本届奥运会最伟大的英雄，奥运主席团很赞赏你为世界和平作出的贡献，你的要求他们定会百分之百的支持。"大龙说。

"那我们两人一道去见奥运主席维克拉斯先生，要是你不去，他问我几个技术问题，我会说不清楚。"哈商说。

"有道理，我们一道去。"大龙喝了一杯水，"我们说去就去，走，立即去奥运会办公室。"

"大龙先生你够朋友,开完奥运会,我邀请你们五人去我们土耳其首都伊斯坦布尔访问。"哈商说。

"到时候再说,我这里先谢谢你的邀请。"大龙说。

[画外音带字幕]奥运会期间大清帝国的五名运动员为生活费和住宿费筹集资金,公演中国武打神话哑剧《孙悟空智盗芭蕉扇》。

两天前已在奥运会中心体育场大门口贴了一张《孙悟空智盗芭蕉扇》的彩色大海报,海报上绘有孙悟空挥舞金箍棒与手拿双剑的铁扇公主腾云驾雾,互相对打的武打绘画,用英文、中文和希腊三种文字写着演出的时间、地点和票价。进出体育场大门的各国运动员、教练员及观众都要在彩色海报前立足观看美猴王孙悟空斗铁扇公主的彩绘图画,一些人不自觉地用手摸一下自己的腰包,计划着提前去买票,看一看大清帝国的猴子如何斗美女。在彩色海报斜对面的一间小房窗口上,用希腊文、英文和中文写着一张通告:这里是《孙悟空智盗芭蕉扇》演出的售票处,欢迎购票,只演一场,数量有眼,售完为止,功夫惊险刺激,武打场面美妙绝伦,不看会终身遗憾。售票房坐着的售票人是义务卖票的斯里兰卡华侨张勇,人们自觉地排着长队依次购票。

在购票队伍中有一位身穿西服、外表英俊潇洒、留着西洋小分头的黄皮肤年轻人,到了窗口他向窗内递去一张十元的英镑说:"先生买三张票,要前五排正中位置,三张票的座号请联在一起。"购票者说着一口纯正的广东话。

张勇边给他票边问:"小伙子,听口音,你好像也是大清帝国的华人?"

"你说对了,请问这次演出的负责人叫什么名字?我到哪里能找到他?"年轻华侨问。

"他的名字叫大龙,他是咱大清帝国参加这次奥运会的体育代表团团长,现在他们可能在雅典大学运动场练习排球,因为他们明天要与土耳其代表队比赛,你去雅典大学也许可以找到他们。"张勇热情地说。

"那好,谢谢。"年轻华侨说完接票后离开,他去到斜对面体育场门口,远远地凝视那张彩色海报。

年轻华侨走了一段路，来到雅典大学体育场，见到五个留长辫子的大清运动员在运动场的一角，玩头顶排球，五个人都聚精会神，双眼看着空中上下弹跳的胶质排球，每当球落到附近时，相邻的两个人都抢着用头去顶排球，排球发出"啪"的声响后又反弹向空中，向另一个人的头上落去。他们时而头顶球，时而手打，时而脚踢，还不时发出欢笑声，突然，一个头顶球向着看热闹的年轻华侨身边落去，他慌忙伸出右脚将排球踢回去，球被大龙用手接着。大龙看起来一眼留分头的年轻华侨，五人又继续顶球。大龙想了一下说："你们继续练。"说完，他走到年轻的华侨身边热情地问："我没猜错的话，你一定是一位华侨同胞。"

年轻华侨热情地伸出右手与大龙握手说："你说对了，我是华侨，真是'老乡见老乡，两眼泪汪汪，走遍欧罗巴，巧遇在他乡'。"

"瞧你的派头好像是学富五车的雅士。"大龙说。

"过奖了，自我介绍一下吧，我叫曾亦轩，是美国檀香山的华侨，祖父那一辈是广东人氏。我是医学院毕业的，心血管病病理学博士，现在欧洲行医，同时考察欧洲一些国家的政治、经济和文化。听说这里召开万国奥运会，所以就从伦敦赶来这里，想看看有没有我们大清帝国的体育代表团参加。昨晚刚到达这里，今天一早到雅典中心体育场去看比赛，没想到在体育场看到了你们今晚自赈演出的海报，看了海报我便买了三张票，其中两张是请我的同行、英国朋友们看的，一打听才知道你们在这里练排球，所以赶到这里来。"曾亦轩说。

大龙说："认识曾博士，我很高兴，我们真是相见恨晚。我也自我介绍一下吧，我叫康大龙，广东南海人，受光绪皇帝的皇恩，御准我当大清帝国赴雅典参加奥运会的代表团团长，当然我也是运动员。"

"原来你就是康大龙团长，幸会，幸会。"曾亦轩拱手。

大龙转身继续介绍说："大清帝国一共有五名队员，刚好他们都在这里。"大龙拍手大声说："二弟、三弟、四弟、五妹你们过来认识一下美国檀香山华侨，英俊潇洒的外科医生曾亦轩博士。"当小龙四人围上来后，大龙又说："曾博士，这是我胞弟小龙也是我二弟，这是三弟穿天龙，这是四弟水蛟龙，这是五妹玉香龙。"曾亦轩主动与小龙等四人握手后说："日本人和一些不友好的欧洲人常骂我们是'东亚病夫',是'一盘散沙',听说你们前几天的比赛和表演赛取得了令人高兴的成绩,让我代表旅欧、旅美的华侨和欧洲同盟会向你们表示感谢和慰问。"说着他拿出十张五百英镑的大钞递给大龙,又说,"大清帝国腐败无能,甲午战争失败,一纸《马关条约》将台湾割让给日本,大清国库空虚,听说你们的生活费还要靠卖艺自筹,真是辛苦你们了。"

"那我就代表大家谢谢您了,曾博士您不但英俊潇洒,谈吐不俗,还富有爱国热情,你要是在雅典呆得久,能不能请你当我们的保健医生,我们每次比赛下来,总有一两个人带伤,正愁无人医治。"大龙说完,穿天龙接话说:"曾博士你当保健医生,有空时间我跟你学医。"

曾博士笑着对穿天龙说:"刚才大龙团长称你三弟,叫穿天龙对吧。"

"对,我是老三穿天龙,这是我在北京天桥的艺名。"穿天龙又说。

"你们刚才提议让我当你们的保健医生,这个想法很好,我也正发愁不知该怎么帮助你们呢。从你们几人的身上,我看到了'一盘散沙'的大清帝国正在凝聚,西方人诬蔑我们中国人是'东亚病夫',我从你们五人身上看到了中华民族的未来和希望。目前我们大清国是一条沉睡的巨龙,再过几十年时间,这条沉睡的东方巨龙一定会从睡梦中苏醒。我现在在欧洲以医生为职业,为天下人治病,这里能为自己的同胞治病当你们的保健医生,是我非常乐意做的事,我要把你们在比赛中的各种伤病治愈,让你们在奥运会上多为中华民族争几块奖牌,为中华民族争光,也让我们旅外华侨扬眉吐气。"说着曾亦轩从西装口袋中拿出一张名片递给大龙。

大龙将曾博士的名片给四位弟妹传看。

曾亦轩又说:"我明天搬到你们那个旅馆去住,方便给你们看病,我能讲英、德、法、日等国语言,还可以当你们的后勤联络官,这样你们办事情会方便些,你们欢迎吗?"

"欢迎,非常欢迎!"大龙说。

晚上,雅典歌剧院里,大清帝国体育代表团演出中国传统哑剧——《孙悟空智盗芭蕉扇》。场内坐满了观众,后台上五位大清帝国运动员正忙着为自己

化妆,小龙扮牛魔王,玉香龙扮铁扇公主,穿天龙扮孙悟空,大龙扮唐僧,水蛟龙扮猪八戒。

剧场内的观众不断地发出掌声,催促早点开场。

曾亦轩从观众席来到化妆室问大龙:"大龙团长,演出还要等多久?观众像是等得不耐烦了。"

大龙:"恐怕还要等十几分钟,曾博士请你先到舞台上讲个笑话或表演个节目,稳定一下观众的情绪。"

曾亦轩想了一下说:"你们演的是哑剧不说话,我先上台用英文和希腊文对《孙悟空智盗芭蕉扇》作个剧情介绍,以免你们演出时,他们看不懂剧情。"

"这样好,你先去介绍剧情,拜托了。"大龙边化妆边说。

着西装留小分头的孙博士站到幕前,向观众敬了一个九十度鞠躬礼,然后两眼对全场观众注视了一阵,先用英文、希腊文,最后用中文介绍《孙悟空智盗芭蕉扇》的剧情,他说:"在地球东方古老文明的中国的唐朝时期,有位叫玄奘的大唐和尚唐僧受大唐皇帝派遣,带着三个徒弟步行,欲到西天去取经,西天就是指当时的佛教圣地印度。当他们长途跋涉历经苦难到达一个叫火焰山的地方时,看见山上不断冒出熊熊烈火,路上热浪翻滚,气温白天高达八十度,从空中飞过的鸟儿会烧掉羽毛,落到地面的鸟儿会被烧焦,方圆数百里渺无人烟。唐师傅派大徒弟孙悟空前去探路,孙悟空一个跟头翻了十万八千里,来到一个庙前,求老和尚指教。老和尚说,过火焰山的唯一方法是去铁扇公主那里借一把芭蕉扇,那是她的传家宝,可放大缩小,放大可对火焰山扇风灭火,缩小后只有拇指一般大,平时夹在铁扇公主的头发上当装饰品。铁扇公主早听说唐僧师徒四人要过火焰山去西天取经,她想用芭蕉扇作诱饵抓住唐僧,把唐僧煮熟当肉吃,因为妖怪们都传说,唐僧修行千年是神仙,吃了唐僧肉可以长生不老。传说孙悟空五百年前下过地狱,他大难不死反而造就了高强的武功,会七十二变,他有金刚之躯,刀枪不入,火烧不烂,是唐僧的得意门生。去西天路上共有九九八十一难,已被他们攻破了七七四十九难,火焰山是他们的第五十难,孙悟空明白,欲借芭蕉扇先要找到铁扇公主与她丈夫牛魔王的住地,据说他们住在万山老林中一个叫'牛洞'的山洞里。唐僧的二徒弟猪八戒武功也不错,但不及孙悟空功夫高强,他的最大弱点是好女色,这也难怪,他长了一个像猪头样的面孔,看了怪吓人,女孩子们见了他,早就逃得远远的,谁愿嫁给这位猪八戒?所以他见了女人就讨好卖乖,几次上了妖怪的当,差点被变成美女的妖怪骗去杀他的猪肉吃,幸好孙悟空多次相救,猪八戒才大难不死。这次他又迷恋上了铁扇公主的美丽,铁扇公主使用'订根法',把猪八戒订在一棵大树边,并用绳子把老猪绑在大树干上,老猪不能动弹,欲知本剧详情,请看精彩绝伦的中华武打神话哑剧,请稍等片刻,好戏即将出台。"

曾亦轩介绍完退出舞台,大幕拉开,台后传出张勇一人操作的联体锣鼓声:钹、钗声、平锣声响起(由于锣和鼓同固定在一个四方木架内,用绳连接,一只脚踩锣和鼓同响,另一只脚踩的是上下碰击的钹钗,加上自吹喇叭的悠扬声,组成一人乐团,他手脚并用奏出了轻快而热闹的京戏舞台伴奏音乐)。

舞台布景是一个大山洞,洞墙上有双喜字样,小龙扮演牛魔王,玉香龙扮演铁扇公主,两人在山洞内坐着饮酒猜拳,一会儿工夫铁扇公主已有醉意,她拿出两把宝剑一人独舞"滚龙云霞双飞剑",双剑在她手中闪电飞舞,像两道寒光刺目耀眼。铁扇公主的双剑飞舞,似蛟龙出海上下翻滚、忽上忽下穿云驾雾,左挡右刺呼啸生风,霞光万道锐气千条,引得牛魔王鼓掌叫好。接着牛魔王倒了一杯酒递到铁扇公主嘴边,铁扇公主接杯,一饮而尽,将杯一甩。牛魔王也拿出九节钢鞭,夫妇二人在洞内你进我退,你推我挡。他们从地面转圈互杀一阵,跳到凳子上对打,再跳到石桌上对刺对拼,一双宝剑的"呼呼"声与九节钢鞭的"哗哗"声,以及它们相碰时发出的"噼啪"响声,尖厉刺耳。此时张勇一人操作击打的锣鼓声、钹、在钗声和悠扬的吹喇叭声猛响急打,似为铁扇公主与牛魔王的饮酒比武呐喊助威。

[画外音]在万山老林的牛魔洞里,铁扇公主和牛魔王在洞内饮酒作乐,比武助兴,庆贺铁扇公主三十岁生日。

观众们边看边为铁扇公主和牛魔王的精彩比武鼓掌。

正当铁扇公主和牛魔王在洞中比武,庆贺铁扇公主生日之时,孙悟空来到洞口在一根粗藤上做了一个倒挂金钩。他半身悬在洞顶,手搭凉棚侦察洞中的

情况,见牛魔王与铁扇公主二人正在饮酒比武。

[孙悟空的旁白]俺老孙怎么才能从铁扇公主头上拿走她的"芭蕉扇"发夹呢?待俺进洞后来一个闪电战,先下手为强,用武力抢走她头上的发夹,俺老孙有办法了。

孙悟空从粗藤上轻轻跳到地面,摇身变成一只"蜜蜂"飞进洞,沿洞内旋转飞舞,并发出蜜蜂的"嗡嗡"叫声。铁扇公主用宝剑去砍这个吵得她心烦意乱的蜜蜂,牛魔王想用双手抓住蜜蜂,他俩闹腾了一阵,但砍不着也抓不到这只蜜蜂,便坐下继续喝酒。蜜蜂落到公主头发上"芭蕉扇"形状的绿色发夹上,公主感到不妙伸手去摸,蜜蜂慌忙飞走。

[铁扇公主的旁白]这个野蜜蜂该不是唐僧的徒弟孙悟空变的吧?幸好芭蕉铁扇还在,我得小心。

铁扇公主从头上取下绿色芭蕉扇,放在手上看了又看,她双手拿着扇子抖动三次,每抖动一次,芭蕉扇长大一些,抖动第三次时,就长大成一个面盆大小的绿色芭蕉叶状铁扇。她拿着铁扇跳到桌子上,用铁扇在空中舞了三圈,洞内产生一股强大的旋风气流,把蜜蜂和牛魔王都吹到了洞外,牛魔王双手抓住洞口粗藤才没被刮走。铁扇公主走到洞口,伸手把牛魔王牵下地,牵着他的牛角回洞内石凳上坐下,倒了一杯酒递给夫君为他压惊,铁扇公主也为自己倒了一杯酒,两人再次碰杯对饮。此时,公主的耳内又传来蜜蜂的"嗡嗡"叫声。她将铁扇抖三次变小成发夹,将发夹放在石桌上,她站立抬头回望,见飞走的那只蜜蜂又飞回洞内,在洞内一圈又一圈地旋转飞舞。铁扇公主警惕地从石桌上抓住发夹,再次将它插入发中,并用一撮头发遮住发夹。

[孙悟空的旁白]哈哈,铁扇公主,你的芭蕉扇藏在头发里面,我已经看到了,俺老孙今天就是来借你芭蕉扇的,拿去灭火焰山的山火,你借给我,我用了会还给你的,有借有还,再借不难,要是你不借,休怪老孙不讲情面。

随着孙悟空的旁白,洞内飞舞转圈的蜜蜂越来越大,经过三圈飞舞,蜜蜂逐渐变成孙悟空落到地面,他跳到石桌上右手一挥,金箍大棒瞬间显现在他手中,他先在石桌上挥舞一阵,又跳到地面上,不断舞动,棒的旋转似圆形光环,四射刺眼。舞台后面传来锣鼓声和钹钗声,为他助兴。

铁扇公主拿出双宝剑,牛魔王拿出九节钢鞭,两人对阵孙悟空,他们混战在一起。金箍大棒与双宝剑和九节钢鞭四件兵器交织在洞中,上下左右碰击,不断发出"啪啪"的金属碰击声,每碰一次闪现金光一串。孙悟空、铁扇公主和牛魔王三人的兵器也不断与山洞岩壁撞击,声音震撼着全体观众。张勇也用快节奏的锣鼓声、钹钗声和高音平锣声,营造昏天黑地的激烈战斗气氛使观众身临其境。

兴奋、惊奇、感动着格拉斯小姐及在场所有的观众,他们使劲鼓掌叫好。

[画外音]这场突然发生的战斗,是孙悟空潜入山洞与铁扇公主夫妇进行的第一场恶战,孙悟空虽然有七十二种绝招,但他一人不敌铁扇公主和牛魔王俩人的夹击,只得败阵逃走。

孙悟空头一摇,瞬间变成一只小蜜蜂,在洞内绕一圈后飞走。

[孙悟空的旁白]俺老孙回去面见师父,叫他命令二弟猪八戒来助我,我两师兄斗你两公婆,我不相信抢不走你头发上的芭蕉扇。

当蜜蜂飞出洞口,铁扇公主手指铁门,牛魔王会意,走到洞门口关上铁门,铁门发出"哐当"声。

[铁扇公主旁白]猴子准是出去搬救兵去了,夫君你看这芭蕉扇藏在哪里保险?

[牛魔王旁白]芭蕉扇是你的传家宝,藏在哪里也不安全,还是藏在你头上保险些。

第一场演完,观众为舞台上的精彩表演再次鼓掌。

张勇敲打的锣鼓声、钹钗声和平锣的"欧欧"声,以及大龙暂时退场后帮助吹起的"萨喇声",组合成大清国京戏舞台幕间的休闲合奏音乐:欢快、轻松、活泼。

第一场戏演完的间隔时间,格拉斯小姐从侧门来到幕布前,看到张勇一人手脚并用打着几套乐器,很是惊奇。

第二场落幕,全场鼓掌。正看得津津有味的土耳其代表团团长哈商从剧情中苏醒过来,他也跟着拍手,并站起向舞台走去,在舞台边,张勇拦住哈商说:"先生,观众禁止上舞台。"

哈商："我是土耳其奥运体育代表团团长,为什么不可以到舞台上去看一看?"

"舞台正在换景,演员也正在换装,观众一律不准上台。"张勇两手臂一伸拦住哈商。

"我上台去找我女朋友你也不准上?"哈商说。

"谁是你女朋友?"张勇问。

"本届奥运会的'吉祥大使'是我的女朋友。"哈商说。

"我们舞台上没有'吉祥大使',只有演员,或者说只有剧中的孙悟空、唐僧、猪八戒、牛魔王和铁扇公主,你究竟找哪一个?"张勇说。

"对了,就是那个很漂亮的铁扇公主,她就是我的女朋友。"哈商兴奋地说。

"你在这里等着,我进去问一问,看铁扇公主肯不肯见你。"张勇说。

"谢谢。"哈商不太满意地做了个拱手。

过了一会儿,张勇出来说:"哈商团长,铁扇公主说了,她在演戏期间不见任何人。"

"连我也不见?我可是代表土耳其大帝国的奥运代表团团长,上个月我还是土耳其国防部的海军总司令,而且……"哈商正在自我介绍。

"而且上个月在爱琴海,你们大清帝国的'招商号'大轮船能送你们到雅典来参加奥运会,都是我哈商司令兼土耳其体育代表团团长哈商先生下的命令,停了火,你们才能到达雅典参加奥运会,今晚上也才有机会演出这场武打戏,你们应该欢迎本团长哈商到舞台上来遛一遛。"铁扇公主打扮的玉香龙露出脑袋,学着哈商的口气接话。

"啊,我亲爱的'吉祥大使',你扮铁扇公主美极了,我好爱你呀!"哈商双手在自己胸前一合,赞叹道。

"好了,请哈商团长回到座位上去,下一幕戏马上开始。"张勇说。

"'铁扇公主'妹妹,等演出完,我请你们大清帝国的全体演员和工作人员到雅典大酒店吃夜宵,怎么样?"

"谢谢你的邀请,我们住处已准备了夜宵。"玉香龙双手抱拳,转身回后台。

[字幕带画外音]大清帝国与土耳其王国间进行排球友谊赛。

大清帝国队的五名运动员,加上爱国华侨张勇共六人为一方,与土耳其王国的六名运动员,举行事先商量好了的排球友谊赛,双方队员各自站在自己的半场上,每方前后两排各三人,裁判由法国人担任。裁判站在左侧中部的高台上吹响口哨,大清国的六名队员和土耳其王国的六名队员,各成一路纵队同时从 B 处顺排球网边向裁判的方向走来,大清运动员们用的是小跑,到达网边正中位置立正。土耳其国运动队的运动员,在哈商队长的带领下走的是土耳其军队古典的检阅方步,在土耳其军人拉拉队和洋鼓洋号伴奏声中,他们动作整齐,每跨一步双腿绷得笔直,跨出之腿抬得与地面平行,每换一步他们六个人的皮靴同时落地,发出整齐的"噼啪"声响,他们的双手也同频率摆动,他们雄赳赳气昂昂,抬头挺胸,似有必胜的信心。土耳其队的军人入场式赢得了全场观众一阵又一阵掌声,当他们走到场中,队长哈商喊口令:"停,全体向右转,给裁判敬礼。"哈商又喊道,"全体向左转,向大清帝国运动员敬礼。"

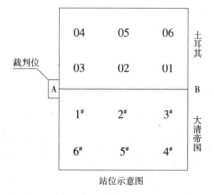

站位示意图

土耳其运动队先声夺人,颇有军人风范,引得了全场观众长时间掌声。

大清帝国运动员没见过土耳其军队的高水平入场仪式,开始时他们惊奇地望着对方的军威风姿,当对方向他们举手敬军礼时,他们先鼓掌,接着大龙也喊:"敬礼!"六人向土耳其运动员弯腰鞠躬回礼,回礼时他们的辫子垂直落地,又一番大清国风味。

观众们也向大清帝国运动员报以掌声和笑声。

此时,姗姗来迟的格拉斯小姐及二十多位伺女和卫士们走进运动场,在来宾席的预留座位坐下,他们高声齐喊:"我们为大清帝国和土耳其帝国的双方运动员加油助威!"接着他们也一齐鼓了一阵有节奏的掌声:"啪……啪……

啪……大清队加油！土耳其队加油！"

土耳其的军乐队兼拉拉队，也奏起《迎宾曲》，表示对希腊拉拉队的欢迎。

法国裁判站在高桌上，双手高举示意全场安静，他双臂成八字形向外分开，请运动员站好位置。

土耳其队队长哈商命令道："解散，各人站到指定位置，准备战斗。"哈商自己去到后排 05 位，其余五名队员也分别走到 01、02、03、04 和 06 位置。

大清帝国队长大龙也站在后排 5# 位置，6# 是穿天龙、1# 水蛟龙、2# 小龙、3# 玉香龙、4# 是张勇。

裁判将一只羊皮制排球抛向大清帝国队的队长大龙，大龙又将球抛给 4# 张勇。

"嘟"，裁判吹响口笛，并伸出右手，表示可以开始。

张勇单手将球举过头顶，小跑到端线外中间，将球双手高抛给 5# 大龙，大龙双腿一屈轻跳，头向后一扬，排球被他头顶碰过网，落到土耳其场上的 04 位，04 用双手将排球排到 03 位，03 单手扣球过网，到大清队的 6# 位，穿天龙用头将球顶给 5#，大龙也将头一伸，把球顶到土方端线，土方 06 见排球飞来，伸出右脚轻踢，球过网到中方 5# 位，大龙将球顶给 3# 玉香龙，她顶球给 1#，水蛟龙顶球过网到土方 05 位，哈商见来球高，跳起，单手扣球，球飞过网到 4# 位，砸在张勇的肩上，弹出端线外，大龙急跑出场单脚将球踢到 2#，小龙将头一伸，顶球过网，飞出场外。

"嘟"，裁判一声笛响，表示第一球土方胜，土耳其拉拉队齐声喊"好"并鼓掌欢庆。

第二次发球，由土耳其的 04 号单手发高球，球过网后落到 2# 位，小龙顶一个高球给 5#，大龙双脚弹跳，腾空前滚翻三百六十度，在空中用头向前一击将球直线击到土方 04 位，04 号单手接球，将球碰飞到 01 号位。水蛟龙用头顶碰球球飞出场外，6# 穿天龙跑出场外救球，他左脚将球踢过对方端线外。

"嘟"，笛声响起，土方又胜，运动场边的数字牌显示土方 2，中方 0。

第三球还是土方 04 号从端线外发球，叫高兴地跳起单手扣球过网，可惜球飞出大清场外。

"嘟"，笛声响，"大清胜球"，2:1，土耳其领先。

第四球仍由土耳其 04 号发球，球过网落到大清 6# 位，穿天龙将球顶到 3#

位,玉香龙又将球顶到5#位,大龙将球顶向土方06号位,06号双手将排球托到02号位,04号传高球给05号,哈商跳起单手扣球,球快而急,向中方5#飞来,大龙跳起头顶接球,将球顶给3#,玉香龙将球顶给6#,穿天龙一个弹跳飞身腾空,在空中用额头将球扣向土方05号位。哈商单手打球过网,球飞向大清方的4#位,大龙推开张勇,用右腿垫球,传给3#位,玉香龙头顶球传回5#位,大龙站住头向右偏,将球碰到对方场外。

"嘟",笛声响,土方胜,字牌比分:土耳其3,大清1。

每当土耳其队胜一球,土耳其拉拉队都有掌声。

每当大清队胜一球,格拉斯小姐带领的女子拉拉队也有掌声。当大龙或穿天龙飞身腾空,用头扣球时,希腊女子拉拉队都齐声喊好,为他俩的精彩头击球喝彩。

[画外音]排球在土耳其和大清运动员之间来回穿梭飞行,土耳其队总是比大清帝国队比分多三至五分,大清帝国队用的是头顶球和偶尔的脚踢球,不及土耳其队的单手或双手接球或扣球,第一场结束,大清帝国队以12:15败给土耳其队。

场边,土耳其军乐队吹起《胜利进行曲》,土耳其军人拉拉队员们长时间鼓掌后,将一束束鲜花抛向空中,六位土耳其少女抱着鲜花冲入场内,分别献给六位土耳其运动员。

格拉斯用嘴示意,十二位如花似玉的希腊拉拉队的女孩各自端一杯开水走进运动场,送给双方排球运动员,运动员们接水后各自到场外饮水交谈,接着十二位希腊女孩站在大清队员场内,跳起欢快的集体舞,她们转动着美丽的长裙,似蝴蝶纷飞,时而左旋,时而右转,时而相互拍掌,时而成双成对,跳着优美的华尔兹舞步。她们跳完退场后,十名土耳其军人拉拉队员到土耳其半场上,跳土耳其《水兵舞》。坐在看台上的土耳其军乐队,用小号吹奏着欢乐的《水兵舞》曲,为场上跳舞的水兵们伴奏,跳《水兵舞》的水兵们动作整齐,舞蹈热情奔放,军人风范十足,全场观众报以热烈掌声。

裁判看一眼手表,见休息时间到,他又站到高台上,吹了一声长长的笛声,双手一招,双方队员仍从B处,各成一列纵队小跑入场站在端线边。裁判做了个交换手势,双方队员顺自己场内边线绕行一圈,大清帝国队左旋、土耳其队右旋,都经过B处交换走入对方场内。土方六名运动员迈着军人方步,走出了军人的风度和气势,走到端线时,哈商司令大喊:"立正、向左转、敬军礼、解散。"土方队员们跑步到了原来规定的位置。中方六队员松散地走入对方场地,站好位置,集体向土耳其队员敬了一个弯腰鞠躬礼,表示回敬。运动场上大清帝国运动队与土耳其王国运动队,奥运排球比赛第二场,双方比分交替上升。土耳其的哈商团长利用他的身高优势和其余五名队员的配合,在 05 号位不断地单手跳扣球,成功率高,连续得分,每当他跳扣球得分一次,土耳其的拉拉队都给他鼓掌叫好。大清帝国队的大龙和穿天龙也利用一切机会展示他们的"腾空弹跳前额碰击球",或"纵身三百六十度空中空翻用头击球",不但姿势优美,而且球路多变,也连连得分,每当他们的头击球成功,格拉斯小姐便指挥拉拉队鼓掌叫好喊"加油"。现在,第二场比分已交错上升到 14:14。土耳其队若先赢两球,场次总比分为 2:0。若大清队胜,双方场次比分为 1:1,将再次比赛一场才能决出比赛的最后胜方,为此,比赛已进入白热化状态。

　　一声笛响,大清帝国队的 4# 张勇,在端线抛球给穿天龙,穿天龙性急,顶球过猛,球过网飞过土耳其方的端线外落地,记分牌显示比分为 15:14。土耳其队得分。

　　现在,由土耳其队的哈商到端线外,发重力扣球,球过网向 5# 位的大龙飞来,他头顶给小龙,小龙回顶一个高球给 6#,6# 跳起一个空中三百六十度回转,用前额狠狠一碰,球成斜线飞到土方 06 号位,06 号双手将排球托至 03 号位,03 号放高球至 05 号头顶,哈商纵身高跳一个单手重扣球,球过网落到 5# 大龙的肩上,球弹到 3#,玉香龙将球顶到高空,大龙又纵身跳起,在空中用头的左侧碰击排球,球过网再落到土耳其的 05 号位,哈商双手托球到了 01 号位,01 号又回传给 05 号,哈商再跳起重扣,球过网,猛砸到 4# 张勇的头上,球跳出端线外,大龙急步追端线,用右腿轻轻一垫,球飘向头顶,他纵身跳起,一个侧身头顶猛力扣球,球太低,被网拦截落在地上,玉香龙一个鱼跃,用头将球顶起,球触网后落回自己场地上。

　　"嘟",一声长鸣,比分 16:14,土耳其以 2:0 胜大清帝国队。

　　土耳其军乐队奏出了《胜利进行曲》,土耳其拉拉队热烈鼓掌,将鲜花抛向场内的六位比赛队员。

　　哈商喊口令:"立正,向左转,跑步走。"他们六人成一路纵队从网底穿过,来到中方队员前,哈商又喊口令:"向大清帝国运动员敬军礼。"

六位土耳其运动员,向大清帝国运动员们先敬礼、后握手、再拥抱。

哈商上前与玉香龙握手,说:"亲爱的'吉祥大使',你的最后一个球救得很漂亮,可惜用力小了一点儿。"

玉香龙:"但愿这场球赛能给土耳其运动队增光添彩。"

在球场一角,格拉斯小姐对大龙说:"大龙团长,你们的头顶排球很精彩,让我们开了眼界,谢谢你们。"

大龙:"我们输了球,你谢我们什么呀?"

格拉斯:"我知道,你们这场排球赛虽然输了,但它意义重大,你们这是为奥林匹克精神在走一条曲线的和平道路,你们用心良苦,虽败犹荣。"

"小姐,你不但漂亮有知识,而且聪明过人。"大龙说。

"能得到你的赞美我很高兴,"格拉斯与大龙握手后,又说,"明天,我们要举行第二轮'勇敢者'比赛,你是有资格参加的三名选手之一,你可一定要来哟。"

第十六章 招亲第二轮比赛

[画外音带字幕]奥运会期间,希腊首富萨马拉斯举办的第二轮"勇敢者"比赛开始。

雅典古斗兽场内,椭圆形高看台上坐着萨马拉斯,他左边坐着女儿格拉斯,右面坐着妻子维比娅,二十多名持长刀的卫士威严地站在他们的两侧,萨马拉斯背后的高墙上斜挂着两把剑,正中间挂着一个大钟。斗兽场内有左、中、右三个大门。中间大门与萨马拉斯坐的正中椭圆形看台相对,左边大门与关狮、虎、豹三间房的走廊相通,右边大门与场外道路相接,斗兽场与观众看台有五米高的墙分开,墙顶还有铁栏杆作防护。

站在萨马拉斯附近位置较低平台上的司仪官向萨马拉斯敬了一个军礼说:"报告大人,比赛时间已到,是不是开始?"

萨马拉斯回望墙上大钟,然后举手表示可以开始。

司仪官立正,整理了一下自己的衣帽,手持喇叭状话筒大声说道:"第二轮'勇敢者'选拔赛参加人员资格,有第一轮比赛过了护城河的两位选手,加上另一位刚从塞浦路斯岛希腊部族来的金牌大力士,他经萨马拉斯先生特许,今日,他们三人参加比赛。"

司仪官讲完话,向萨马拉斯敬了一个军礼,然后拿出一支铜号吹了一声悠扬的号声,斗兽场右边大门口出现一位塞浦路斯岛来的希腊族金牌大力士,他身材高大,腰粗、膀圆、腿壮,脚蹬高筒皮靴,下穿皮裤,上身穿豹皮背心。他右手握一把雪亮的双角钢叉,英气勃勃,雄壮威武。他迈着大步来到斗兽场正中站立,先向高台上的主人萨马拉斯、维比娅和格拉斯小姐一家三口目视瞬间,然后,双手高举,将全身原地转三百六十度,算是给全场观众一个招呼。接着,他放下钢叉又活动了一下头、手、脚的筋骨。他左右手互压手指,指骨发出"劈劈啪啪"的清脆响声。突然,一阵门铃响,左边铁门被四个手持铜棒的卫士推开,一只两眼闪着凶光的雄狮怒吼着冲入斗兽场,向场中的塞浦路斯勇士扑去,卫士们迅速走进左边铁门,关门上栓,铁门发出一串金属碰击声。

大力士先是一惊,见饿了三天的雄狮来者不善,他将身体往右边一闪,躲过雄狮的前腿利爪,迅速从地上拾起那把雪亮闪光的双角钢叉,用双手握叉柄,用一双鼓样圆睁的大眼盯住雄狮的一举一动。雄狮迅速转身再次向他扑来,他慌忙举叉向雄狮刺去。勇士精神紧张,惊慌失措,手脚忙乱,当他用双叉刺雄狮的瞬间,身体向左移,想躲避雄狮的第二次扑咬,但他尚未站稳脚跟,雄狮快速回跳再次扑向他,他手中的双叉被雄狮前腿碰落在地,发出"当"的响声。雄狮的一只前爪压在他身上,他举拳向雄狮猛击,大力士几次想站起,但雄狮用两只脚死死地压在他身上,地上传出撕心裂肺的惨叫声,雄狮咬断了他的左臂,他昏死在血泊里。

如此场景吓得高台上的格拉斯小姐双手蒙面,不忍再看。

此时,左铁门打开,四位卫士持长棒冲入场内,用长棒追赶雄狮,接着四位白衣大夫入场,将鲜血淋漓的勇士用担架抬走。四位卫士追赶在场内奔跑的雄狮,雄狮狂奔着不愿进入左门,两位卫士从腰上取出钢鞭,猛抽雄狮,雄狮怒吼着逃进左门。

全场观众紧绷的神经此刻才放松。

第二位选手从右铁门入场,他是用撑杆跳过护城河的德国年轻运动员约翰,他高举双手微笑着入场。

高台上的萨马拉斯先生用木锤敲着桌面,他问:"年轻人,你见到刚才那位被雄狮咬断一只手臂的大力士吗?"

"见到了。"约翰说。

"你怕不怕猛兽吃了你?"萨马拉斯又问。

约翰一笑:"刚才那位勇士本领差矣,这里是'勇敢者'比赛,怕者不来,来者不怕,他被雄狮咬断一只手臂,算他本领不够,我未必斗不过雄狮。"约翰在场内打了一套醉拳,显示他的本领。

正当约翰用心表演他在天津当传教士时学的中国醉拳功夫时,左边铁门的

门铃响起,门闩发出"吧嗒"的响声,接着铁门发出"吱嘎"声,门开后,四个手持铜棒的卫士走出铁门,来到斗兽场内站到门两边。一只硕大的黄色猛兽闪电般从门内窜出,卫兵们闪身入铁门,关门加栓。这只三天未进食的猛兽,见到场内的约翰,"刷"的一声,纵身跳起,张牙舞爪向他扑去。早有心理准备的约翰,睁大双眼一看,不是刚才咬断前面那位大力士胳膊的雄狮,而是一只金钱大花豹。豹的身躯较雄狮要苗条而瘦长,看起来十分美丽,豹比雄狮动作轻盈敏捷,跳起来像一道黄色闪电。他闪身横向跨步,躲过了花豹的第一次扑咬,豹子见没扑到猎物,随即纵身斜向跳扑。他瞬间倒地,又快速在地上滚了两圈,一个双腿弹跳,几乎与豹子同时落地。约翰与花豹相距三米远,豹子再次转身跳起,向他扑来,他迎着金钱豹侧身前跨一大步,当豹子还在空中时,他用左勾拳朝豹的屁股一拳打去,四脚腾空的花豹,沿他的出拳方向侧着屁股落地,嘴里发出"咄"的一声,表示它的愤怒。花豹两眼闪出凶光,不断向他扑跳追咬,似有咬不死他誓不罢休的架势。约翰运用他的快速奔跑与灵巧应变,先在场内奔跑,回头见豹扑来,他突然闪身转弯逃跑,一次又一次地躲过豹的迅猛追咬。他时而跑步,时而飞身上墙,时而回落到场内,豹也随他的逃跑上墙和回落到地面,不断调正追咬他的方向,经过半小时的人与豹多次较量,花豹喘着粗气,追跑的速度减慢。约翰也累得够呛,他一个双腿弹跳,纵身腾空飞上观众席前的铁栏杆前,转身坐在栏杆上,用两只脚逗引墙下的金钱豹。花豹虽然弹跳力好,但它只能站在五米高墙下的斗兽场内喘气,经过长时间奔跑冲刺,它跳不上去,只能原地转圈,它怒吼、蹦跳、哀怨,不断地喘着粗气,徘徊在墙根,时时抬头翘望,似在等待着约翰落下后,再行扑咬。此时,约翰抬头看一眼萨马拉斯、维比娅和美丽的格拉斯小姐,用右手在嘴边向格拉斯送去一个飞吻。

[约翰的旁白]萨马拉斯,你看花豹把我没奈何吧?现在我全身完好无损,我一会儿还要跳下去与豹玩一玩捉迷藏,你们等着瞧好戏吧。格拉斯小姐你为什么发呆?难道我的勇敢、英俊的外表和高贵的血统,不符合当你丈夫的标准吗?

高台上的格拉斯小姐,对约翰的飞吻没有什么反应,只是嘴角露出了捉摸不定的一丝冷笑。

萨马拉斯用眼角望了一下女儿说:"女儿,对于这位德国勇敢者的表现,你的看法如何？"

"父亲，你注意看他表演，这场比赛结束，我再给你谈对他的印象。"女儿冷淡地说。

花豹向坐在高墙铁栏杆上的约翰疯狂扑跳一阵后锐气大减，只在墙边来回转悠，试图等待他跳下。突然，约翰飞身从铁栏杆上跳了下去，骑在豹子背上，双手死死抱住豹颈，双腿夹住豹腰，任凭花豹在斗兽场内发怒狂奔，猛冲直撞。花豹不时上下蹦跳，企图甩下背上的"包袱"，在狂怒跑跳一阵后，感到甩不脱背上的"包袱"，只得减慢速度，喘着粗气往东边铁门走去。约翰在豹背上右手高举，中指与食指成 V 字形，表示他的胜利。

此时，斗兽场里的全体观众报以约翰雷鸣般的掌声。

台上的维比娅问女儿："你认为这个德国人约翰怎么样？"

"母亲你别问，我心烦。"格拉斯心不在焉地说。

萨马拉斯："你们母女俩别说话，这场比赛还没有结束。"

维比娅："萨马拉斯，你赞赏、寄予厚望的塞浦路斯小伙子被狮子咬断了一个手臂，不知有没有生命危险，多可惜的一个小伙子呀！"

"可惜什么？他很勇敢，敢于与兽中之王狮子搏斗，丢了一只手臂我也很赞赏，他没有丢掉我们希腊民族的勇敢精神。"萨马拉斯说。

"听你的口气，要是塞浦路斯岛来的那个小伙子没有死，你还是要选他当女婿？"维比娅说。

"我可不要嫁一个缺一只手臂的男人。"格拉斯插话。

"我可是需要一个女婿代我去管理塞浦路斯岛的公司。"萨马拉斯边说边用眼光看了一眼女儿的表情。

司仪官大声说话："报告大人，这次比赛是不是可以宣布结束？"

萨马拉斯不回话，用眼光环视了一下斗兽场，见约翰正向西门走去。

[萨马拉斯的旁白]这位德国日耳曼小伙子是很勇敢，可是我不希望我女儿嫁给一个外族人，刚才那位塞浦路斯小伙子是我寄托希望的女婿人选，可惜他被狮子咬掉了一只手臂，虽然不一定会死，但在这场勇敢者比赛中是算胜利者，还是算失败者？我该如何说服女儿？

萨马拉斯正在犹豫，格拉斯突然起立向地道口走去。

维比娅说:"女儿,厕所在地道端头右拐弯处。"

格拉斯头也不回地说:"知道!"

几分钟后,格拉斯打开了斗兽场中间的铁门,铁门被她推开,门扇与墙发生碰撞,发出"当"的响声,格拉斯大步流星地走到场内,沿着看台巡视,她的目光在观众中寻找什么。

萨马拉斯见女儿格拉斯一人在斗兽场中走动,大惊,对司仪官说:"你快叫几个卫士到场内去保卫小姐的安全,那里太危险,老虎出来了怎么办?"

司仪官立即跑步下地道,从斗兽场中门走出,一会儿工夫,十名手持长棒的卫士冲入场内,远远围着格拉斯小姐。她绕场巡视找人,他们也随着她的脚步缓慢移动,她停止脚步,他们也停止行走,全场观众的视线都被格拉斯小姐一行人吸引。

司仪官入场对格拉斯说:"小姐,你是在找人是吗?"

格拉斯说:"是,我在找人!"

"你找谁?告诉我,我帮你找。"司仪官说。

格拉斯走近司仪官小声对司仪官说了几句。

司仪官点头,他站在斗兽场中间大声说:"大清帝国的大龙先生,你在不在观众席上就座?在就请举手。"司仪官环视观众席,见无人举手,他又高声说:"上次'勇敢者'比赛,从鲨鱼背跳过护城河的大清帝国的大龙先生,你有资格参加本次勇敢者比赛,现在你是唯一没有出场的选手,小姐希望你立即入场,参加这次'勇敢者'比赛,请不要坐失良机。"

观众席上鸦雀无声。

格拉斯招手,司仪官去到格拉斯面前,她又小声交代。

司仪官再次大声喊话:"本司仪官代表萨马拉斯先生和格拉斯小姐,发表声明如下:'大清帝国上次参加过'勇敢者'比赛的大龙先生,你若无诚信,是个胆小鬼,你就保持沉默;你若是一位勇敢者,你应该下场来参加这场'勇敢者'比赛。"他站在场内对着观众大声讲了三次。

稳坐在观众席的大龙不动声色,埋头思考,该不该参加比赛?

[大龙的旁白]小姐呀!你这又是何必呢?你为什么要下到斗兽场这个危险的地方?我不是你们希腊人,上次过护城河,那是因为别人趁我不注意把我推

下护城河的,我是求生本能,才从鲨鱼背上跳过护城河的,从内心讲,我喜欢小姐你的美丽天真,活泼可爱,但我无意,也不可能来竞争当你的丈夫。

玉香龙看着场内格拉斯悲哀的表情,她用手臂碰了碰埋头沉思的大龙,大龙抬头也看见格拉斯的表情,又听见司仪官一次又一次的喊话,他再也坐不住了,站了起来。

格拉斯看见了大龙,他们一个在高台,一个在场内,远远地站着,四目相望。格拉斯双手高举,对大龙点头微笑表示欢迎。

司仪官也见到大龙,大声说:"大龙先生,你参加了第一轮'勇敢者'比赛,为什么不来参加这第二轮'勇敢者'比赛?你招呼都不打一个便悄悄地退出比赛,太令人失望了。你算不算一个男子汉?"

大龙慢步走下台阶,来到高台的铁栏杆前,双腿跨坐在铁栏杆上,思想斗争激烈,不知该跳下去,还是不该跳下去?

玉香龙站在他背后说:"大龙哥,无论你爱不爱格拉斯小姐,你都应该跳下去参加这场比赛,做事要有始有终,不能半途而废,即便你比赛胜利了,被选上了,还有结婚这一关,世上没有捆绑成夫妻的道理,还犹豫什么,快跳呀。"说着她轻轻在大龙背上拍了一下。

大龙不情愿地将另一只脚也跨过栏杆,纵身跳下场内,格拉斯来到大龙面前,她说:"你总算来了,谢谢你没让我失望。"

大龙说:"小姐,我既然跳到场内来,狮子和金钱豹一齐来我都不怕,请你快退场吧,以免猛兽出来伤着你。"

司仪官说:"小姐,我们退场吧,请你回到看台上去观看大龙先生与猛兽的生死决斗。"

当格拉斯、司仪官和十位保护她安全的卫士从斗兽场中间门退场后,大龙一人站在场内,双手打拱向全场观众打招呼,全体观众也为他鼓掌。

萨马拉斯从桌上拿起木锤,敲了三下桌子说:"斗兽场内的勇士,你好像是第一次'勇敢者'比赛从鲨鱼背上跳过护城河的大清国人,你是叫大龙对吧?"

"正是本人。"大龙答。

"为什么姗姗来迟?"萨马拉斯又问。

"本人不知道该不该参加这第二轮'勇敢者'比赛。"大龙迟疑而缓慢地回答。

"年轻人，你是上百名参加者中幸运地过了护城河的少数人员之一，你有资格参加这第二轮比赛。你不愿入场参加本轮比赛是什么原因，能告诉我吗？"萨马拉斯说。

"原因很简单，我是大清帝国派来参加奥林匹克运动会的运动员，不是专门来希腊竞争当你女婿的勇敢者。比赛前格拉斯小姐曾对我再三邀请，但是我一直犹豫不决，不知道值不值得下场来用生命与猛兽较量。"大龙说。

"你算是有自知之明的年轻人，我欣赏你的诚实和勇敢，既然进了场，你就与我的猛兽拼个你死我活吧。这里要告诉你的是，我的猛兽要是咬断了你的一只手臂或一条腿或者吃了你，本人概不负责。"

"明白，既然我入场参加比赛，就要与猛兽拼个你死我活，我已报定不是虎死就是我亡的必胜决心。"大龙说。

格拉斯小姐插话："大龙先生，你拿出全部本领战胜猛兽，我为你击鼓助威。"说完，格拉斯去到观众席最前排边的一个栏杆后的平台上，那里有三面直径不同的西洋鼓，格拉斯站立在鼓前，双手各拿一个包着红布的木制长柄鼓槌，她先试着敲打了一阵，激昂的鼓声从三面鼓上发出，雄壮有力，响彻斗兽场，似千军万马冲锋陷阵，似马蹄声声振大地，声声激荡在斗兽场上空；更似两军对阵的呐喊声，激励三军将士冒着枪林弹雨勇猛前进。鼓声也激励着大龙，他热血沸腾。

观众们为格拉斯小姐的击鼓声和优美的击鼓舞姿鼓掌。

在击鼓声中，斗兽场左边的铁门在铃声中开启，四位持铜棒的卫士出门，分别站在场内铁门边。突然一声长长的虎啸声，一只斑纹大虎，从铁门内腾空飞跑进场，它以闪电般的速度飞奔到大龙身旁。大龙吹着轻松的口哨，用敏捷的步伐躲闪着老虎的扑咬，他一次又一次地避开了老虎的锋芒，老虎性急，多次龇牙咧嘴发出虎啸吼叫，嘴里喷着热气，狰狞可畏。

格拉斯的击鼓声细小而密集，似乎提醒大龙小心防避。

大龙逗引猛虎在场内狂奔，他像一只灵巧的狡兔，让猛虎的扑咬次次落空，他不断地左右急速转弯，躲避老虎的尖牙利爪；他纵身跳高，飞快地从老虎的身上跃过，落到老虎的左面或右侧面；他连续弹跳，多次斜身飞落到距老虎数丈远的地方，有几次他的身躯几乎与老虎的利爪在空中"握手"，虎爪划破他的皮肤，他的衣袖被血染红。

观众屏住呼吸观看大龙与老虎的生死搏斗。

萨马拉斯和维比娅在高台上为大龙的勇敢不断鼓掌。

格拉斯小姐用优美的姿势双手敲击出低沉、恐怖、震耳的鼓声，似催促大龙加油！再加油！

［大龙的旁白］好险啦，幸好只是轻伤，我必须改变策略，主动出击打掉老虎的嚣张气焰。

大龙与猛虎经历了十多次的扑咬与躲避争斗，他见老虎站在距他不远处，似要向他进攻，便双脚弹起，以一个鲤鱼跃龙门的姿势跳上格拉斯正在为他擂鼓助威的看台上，双手打拱说："谢谢小姐为我击鼓助阵。"

格拉斯说："不用谢，你是我邀请来参加比赛的客人，我愿意帮助你，你受伤没有？"

"还好，只是衣服撕破了，皮肤受了点轻伤。"大龙说着从格拉斯手里接过木鼓槌，用力在鼓上敲打出暴风骤雨般的鼓声，似抒发对猛虎的怨恨，也像在为自己打气壮胆。打一阵后，他将鼓槌往空中一抛，突然大吼一声，手压栏杆回转身躯跳下场去，他从格拉斯深情的目光中得到力量，勇气闪电般爆发出来。他以泰山压顶的气势，双脚直蹬虎背，老虎被他蹬翻在地，滚了一圈后，迅速跳起，向他反扑过来。

人与虎在场内搏杀，而格拉斯敲击的鼓声，像排炮轰击，万弹开花，更像千军万马列队冲锋，震撼着全体观众的心灵。

大龙运用他的轻功技巧，飞身上墙，瞬间双脚蹬墙，纵身三百六十度腾空倒退下落，双脚猛蹬在老虎屁股上，虎尾坐地，他再一个腾空，落在距虎尾一丈远的地方，老虎嘴一咧，发出深沉刺耳的虎啸声。大龙在原地打了一个滚，趁老虎尚未扑来之机，再纵身飞起，上了观众台，瞬间又双腿分开闪身下落跨骑在虎背上，老虎第三次被他压翻倒地。大龙趁势用左手和单腿压住虎头，再用右拳头雨点般地打在虎头上，老虎被他打昏，他迅速跳到老虎后面，用双手抓住老虎尾，用力将老虎在空中旋转五圈，然后松手，老虎旋转飞出，向场内的五米高墙上撞去，碰墙时，老虎发出"呼"的惨叫声，嘴边出血。大龙再次纵身跳上虎背，伸出双拳欲再打虎头。

"停。"萨马拉斯用木锤敲击桌子大声说。

从斗兽场东门冲进十位持长棒卫士,跑步上前推开大龙,他们齐心合力把老虎抬出东边大门。

此刻格拉斯用双捶敲打了一阵鼓点,欢快、柔和的鼓声,表示她喜悦的心情,然后她将鼓槌丢在地上,回到高台上萨马拉斯身边坐下,喝了一杯水,一位侍女用手绢为她擦汗。

萨马拉斯责备女儿:"女儿,你去打鼓助阵是为什么呀?"

格拉斯笑着说:"大龙先生远道而来,我作为主人为他击鼓助阵,增加他的信心,有什么地方不对吗,爸爸?"

"对,对,你的鼓打得不错,我还不知道我女儿有这么好的击鼓技巧。"维比娅插话。

"谢谢妈妈夸奖。"格拉斯说。

站在场内的大龙双手打拱,对高台上的萨马拉斯说:"尊敬的萨马拉斯先生,我还没有把老虎打死,你就派人进场抬走老虎,这场比赛怎么个算法? 是算我胜利,还是算我失败?"

"算你胜如何? 算你败又如何?"萨马拉斯反问。

"算我胜,你就放弃对我们黄种人的歧视;若算我败,我未被老虎咬断一只手臂或咬掉一条腿,我还想与老虎决斗,或虎死或我亡,才能决出最后胜利。你过早地叫人抬走受伤的老虎,恐怕不好裁定谁胜谁负吧?"大龙说。

萨马拉斯狡黠地一笑:"年轻人,你的话很刁蛮,在我们希腊国的雅典城邦里还没有哪个人敢跟我如此论理。"

"要是萨马拉斯先生认为我的话有失您的尊严,还请谅解。我们大清帝国有句俗话叫'宰相肚里能撑船',相信萨马拉斯先生的肚内不但有像地中海那样浩瀚宽广的海洋,更有能够包容当今全世界各种肤色人种的'海量'。相信您不会在这万人的斗兽场失言。"大龙说。

萨马拉斯想了片刻,转怒为笑,说:"狡猾的亚细亚年轻人,你的话先像蜜,接着又像尖刀,似乎要逼我承认你是这两轮比赛的胜利者,以便使你成为我曾许诺的'女婿',事已如此,好像我不把女儿许配给你,就会在这万人观众面前丢丑,会失去我的威望和信誉。请你放心,也请在场的万名观众作证,一旦你取得了最后胜利,我一定会把女儿许配给你,不过比赛还没有最后结束,我特批的塞浦路斯岛来的小伙子虽然右手臂在比赛中被狮子咬断了,但他人没死,还不能算他失败。"格拉斯插话:"爸爸,塞浦路斯岛的小伙子应算失败。"

"好,按我女儿的表态,塞浦路斯岛来的小伙子算失败,还有一位德国的日耳曼青年,他是正统的白种人,与你一样也过了第一轮和第二轮的'勇敢者'比赛,你战胜了斑纹大虎,他斗垮了金钱大花豹,我只有一个女儿,选谁当女婿呢?你能替我找出公平合理的答案吗?"萨马拉斯理直气壮地反驳说。

"萨马拉斯,你出的题好回答。"大龙说。

"你答给全场观众听。"萨马拉斯说。

"这有何难,有两种解决办法,制作两块牌子,分别刻上我和德国人约翰的名字,将我俩的名字用石蜡或橡胶皮泥密封,放在一个地方,然后请格拉斯蒙住双眼,由她摸出一块牌子,刮去密封,牌上是谁的名字,谁就是格拉斯小姐亲选的夫君。"大龙说。

"这不失为一种解决办法,我还想听一听你的第二种解决办法。"萨马拉斯说。

"这第二种解决办法也简单,在足球场上两个足球门的门柱上,分别刻上我和约翰的名字,仍然用石蜡密封,请格拉斯小姐到足球场上去,站在二十码远的地方,分别向两个足球大门各踢三个球,哪一个球门进球次数多为胜方,刮去足球大门柱上的密封,是谁的名字,谁就可以成为你的女婿。"大龙说。

"我这里是选女婿的'勇敢者'比赛,不是奥运会比赛,本人认为你说的两种方式虽然有公正性,但不予采纳,我要采纳的是另一种方法。"萨马拉斯说着招呼司仪官说:"传我命令,请约翰先生入斗兽场。"

"爸爸,你这是要干什么?"格拉斯不理解地问。

"一会儿你就知道了。"萨马拉斯说。

斗兽场西铁门一阵铃响,铁门打开,十名持棒卫士护送约翰入场,约翰大步走到大龙身边,很有绅士风度地与大龙握手,然后两人转身面对萨马拉斯。

萨马拉斯说:"场内的两位'勇敢者'选手注意,今日感谢你两位选手来参加我为女儿选婿举行的'勇敢者'比赛,你们两人都先后过了第一轮和本轮的比赛,我很感谢你两人在赛场上表现出的惊人勇敢和才智,但是我只有一个女儿,要求你两人当着众人的面决斗出最后的胜利者。"萨马拉斯说完,转身从墙

上取下两把条形闪光长剑,分别向场内的大龙和约翰抛下,两把剑像两条弧形闪光,成抛物线下落。约翰跳起腾空接剑。大龙见剑向他飞来,在落地瞬间,他右脚踢剑柄,剑柄上升,他伸手从空中抓住剑柄。

约翰潇洒自如地将剑在自己左手上挥舞一阵。

大龙双手握剑柄,剑尖垂直向上,正反转动一阵,欣赏剑上的美丽云纹,然后用两根手指在剑上弹了两下,剑颤抖着发出悦耳的金属声。

大龙主动上前与约翰握手,并将他的剑与约翰的剑互碰一下,碰击时两剑发出悦耳的金属声,接着他二人进行的是花式击剑表演。二人你进我退,我退你攻,左击右碰,下刺上挡。两把剑不断地碰击,发出"啪啪"的金属声。他们的对决看起来热闹,但二人都不认真刺杀对方,像两个调皮的小孩在玩游戏。

台上的萨马拉斯看了很不满意,他拿出木槌在桌面上重重地敲了三下,大声说:"喂,场中比剑的两位年轻人,你们别玩游戏了,我要的是你们间你死我活的拼杀。只有剑尖见血,把对方刺倒在地,才能算胜利,要是你们再进行虚假的比剑,我将取消你两人的资格,重新选拔人才。"

约翰听了萨马拉斯的话说:"大龙先生,承蒙相让,萨马拉斯发话要我们剑尖见血才算分出胜负,我很喜欢格拉斯小姐,只有认真出招了,请原谅小弟失礼。"约翰左手握剑,将剑尖朝下,给大龙打拱施礼。

大龙右手握剑,剑尖朝下打拱回礼:"约翰先生,该出剑时你就出吧,不必客气,你也别怕我负伤倒地,比剑场上不能有慈悲之心,讲究的是个稳准狠,你出剑吧,格拉斯小姐正看着你呢!"

约翰摆开进攻的架势,又说:"大龙兄,你爱不爱格拉斯小姐?想不想当乘龙快婿?"

大龙:"我当然爱格拉斯小姐,至于当萨马拉斯的女婿,你让我,我就当,你不让,我就不当。"

约翰:"我爱格拉斯小姐,必须赢这场比赛,你手下留情让我吧,我娶了格拉斯小姐为妻,欢迎你到德国来做客。"

"我让你可以,但你上次答应过,给德国皇帝写信,叫他下命令,德国军队不得参与侵略我大清帝国,而且要从大清国领土上撤走已有的德国军队。"

"我同意宣传奥运会的和平精神,强调不能用武力去侵略大清帝国的土地,武力并不能解决国际问题,只能激发国际矛盾。待奥运会结束,我回国后,立即面见皇叔,请他不要派军队参与侵略瓜分大清帝国。"约翰说。

"如此说来,我代表大清帝国,代表北京的百姓感谢您。我们间今日的击剑决斗中,你尽量出招,往我身体上刺几个洞也无问题,我只防御,不把剑尖往你要害部位刺,以此感谢你为促进中德两国和平、友好所作的贡献。我的回报是在你与我争夺驸马爷的搏杀中,让你三分。"大龙说。

"那我就多谢大龙兄的支持,小弟我失礼了。"说着约翰挥舞着利剑,先退一步,接着一个单腿跳跨,向大龙胸部猛力刺出。大龙侧身用剑横向切击约翰的剑,"当"的一声,约翰手中的剑被击落,人也打了一个趔趄。剑落到三米外,大龙斜跨两步,用剑尖将约翰的剑从地上挑起,向约翰抛去,说声"接剑",约翰说声"谢谢",他单手接剑,两人第二次拉开击剑架势,互相兜着圈子,寻找对方空当待机出剑。大龙虚晃一剑,假意进攻,有意留出漏洞。约翰见大龙只是虚攻,无意向他要害部位刺剑,又收回手臂,然后突然迈步出招,剑向大龙的左胸刺来。大龙左右躲闪,避其剑锋,然后纵身后跳,拉开与约翰的距离,约翰趁势起跳,又跨步追刺。两人上下左右互相对刺,也互相躲避剑锋,怕伤及自己。大龙再后跳退让,约翰乘机再进击,大龙乘约翰未站稳,将剑尖向约翰上身连刺数剑,约翰全力挥剑挡住对方的剑尖。此时大龙将右脚向约翰的左脚一勾,约翰失去平衡身子后倒,跌了个仰面朝天。约翰反应迅速,双腿一屈一跳,迅速站立,再度追击猛刺大龙。大龙为了实现诺言,不主动出剑,只是用他的灵巧步伐和轻功,时而退步还剑,时而纵身腾空,从约翰的前面跳到他的后面,剑刺约翰后背。约翰快速转身挡剑,并伺机出剑。大龙边挡边退,快到斗兽场围墙边,他纵身飞向围墙,约翰也举剑飞身跳上围墙,向大龙连刺三剑。大龙在围墙半腰上抵挡一阵,又突然闪身跳下场内,约翰也跟着跳下场内,继续追击大龙。在场内他们又互战二十余回合,大龙纵身腾空飞上观众看台边的铁栏杆上。约翰也不含糊,两腿一屈一伸,也纵身上跳,在空中旋转三百六十度,落到观众看台的栏杆上。两人又在栏杆上对刺十多剑,当大龙退到格拉斯击鼓为他助阵斗老虎的平台上时,他连续将两面鼓用右脚踢飞,紧接着他用双手甩第三面鼓,三面鼓都先后向铁栏杆上追击奔跑着的约翰飞去,第一面鼓被约翰用剑刺穿,甩落到斗兽场内,发出"叮当""哗啦"响声。第二面鼓被约翰用左脚踢落到场内。第三面鼓紧跟着朝约翰头部飞来,他反应慢了一点,鼓扣在了他的头上,鼓皮被他头顶穿破,滑落到他腰上,约翰手上的剑也被撞落掉入场内。他腰上套着鼓圈跳下场内,大龙也一个空翻跟斗,在空中转五百四十度,落到斗兽场内与约翰相距五米远处。大龙见约翰从看台上落下的长剑就在脚边,他用右脚勾起剑柄将剑甩向约翰。刚甩掉破鼓壳的约翰单手接剑,尚未回过神的瞬间,大龙的剑已向他左手腕刺去,约翰手腕被刺中流血,剑也落地。大龙停止用剑,不安地看着约翰。约翰生气了,他左脚勾起剑柄,右脚一脚踢出,剑带着寒光和"咝咝"声,斜着向大龙头部飞去。大龙将头一偏,躲过剑锋,剑发出一道闪亮的寒光斜着往观众台飞去,附近座位上的观众纷纷埋头弯腰或双手抱头倒地,惊恐万状。剑插在观众席后面的墙上。

约翰欲作最后一搏,他弯腰从皮靴内拔出一把匕首向大龙冲去。大龙为显示君子风度,将剑丢在地上,徒手迎战,大龙快速躲闪,用支字形步伐左右拐弯,躲避约翰追杀。大龙又突然一串后滚翻自己倒地,约翰乘机跳起,试图来个飞鹰抓小鸡,向连续滚翻后退的大龙扑去。大龙正要起身,见约翰挥舞着匕首向他直刺下来,他迅速滚了两圈,蹦跳站立,待约翰落地的瞬间,大龙跳起,一个侧向飞腿,右脚闪电般踢在约翰的左手臂上,约翰手中的匕首被踢飞,到十米以外的墙上发出"当啷"的响声后落地。大龙突然快速起跳,单腿横扫,约翰躲闪不及,被大龙旋风般的飞腿踢翻,跌了个四足朝天。大龙迅速收住双腿,瞬间再一个箭步向前,右脚踩在约翰身上。

约翰躺在地上拱手求饶:"大龙兄请饶命,你的功夫比我高一筹,我放弃,小姐是你的。"

从高台上传来萨马拉斯的声音:"小姐是谁的还难说。"

大龙伸手把约翰从地上拉起来,说了声:"对不起。"他又转身双手高举打拱,对萨马拉斯说:"听萨马拉斯先生说话的意思,好像不愿意承认两次勇敢者比赛我是最后胜利者!"

萨马拉斯笑着说:"你多心了,年轻人,我想说的是这场比赛你两人还没有决出输赢。"

"为什么?"大龙问。

"你刚才听到德国年轻人的最后一句话了吗?他说什么来着?"萨马拉

斯问。

"他说,小姐是我的。"大龙说。

"他前面的一句话呢?"萨马拉斯又问。

"我放弃。"大龙说。

"你说对了,他说'他放弃',意思是'他让你',这表明他并没有输给你,这怎么能说你是最后赢家呢? 这样吧,为了决出你们的最后输赢,我决定增加一个你两人都能轻松应答的智力测验比赛项目,谁赢就算最后胜利者。"萨马拉斯说。

"什么比赛?"大龙问。

"你们等着。"萨马拉斯双手击掌,斗兽场中间大门打开,十多名武士抬着一个木架及一块大木板入场,将其放到场中间。木板和木架竖立后,大家看到木架上有一块银灰色的大木板,上有许多希腊文字,木板架下方挂有两个笔记本、两支鹅毛笔及两瓶墨水。

萨马拉斯说:"我承认你们两位勇敢都已过了这第二轮比赛的勇敢关,约翰先生斗赢了金钱豹,大龙先生战胜了斑纹大虎。在你们两人的击剑比赛中,虽然大龙先生略占优势,但那是约翰先生主动放弃的结果,所以还评判不出绝对的胜负。然而,我要求的是这第二轮比赛中,必须产生绝对胜负,不但包括与猛兽的拼搏,还包括你们两位'勇敢者'间的剑击比赛,你们两人在这轮比赛中,总成绩只有微弱的差别,我只好增加竞赛项目,对你们进行智力测验,用智力测验可看出你们的知识水平,因为要当我的女婿不能有勇无谋,只有智勇双全的勇敢者,才能算真正过完了这第二轮比赛。场内大木板上有七道题,你们用大木板架下面的笔记本和鹅毛笔在十分钟内写出答案,由司仪官送来我当众打分。"

司仪官从斗兽场中间铁门入场,他从大木板下取出笔记本、鹅毛笔及墨水瓶递给大龙和约翰,他大声说:"我给你们念大木板上的智力测验题,题目简单,不用紧张。"

"司仪官先生,你最好叫一位翻译。"大龙说。

"我通晓六国语言,我自会给你翻译。"司仪官说完又对约翰说,"约翰先生,我用希腊文还是德文给你念题?"

"随便,我都能听懂。"约翰说。

司仪官念题:"第一道智力测验题目,希腊是世界文明古国吗? 你们答'是'或'不是'就行,写好举一下手。"

大龙和约翰都举手,表示已写出了答案。

司仪官:"这黑板上的第二道智力题目:希腊对世界作出了哪两个重大贡献? 你们写出后也请举手。"大龙和约翰经过一阵思考后写出答案,都举起了手。

司仪官:"这第三道题目,圆周率代表的是什么? 并尽可能多地写出它的数字,知道就写,不知道就不写。"

约翰摇头表示答不出,大龙举手表示已写出。

司仪官:"听好了,我念第四道题,奥林匹克运动会为什么不叫世界运动会? 原因何在? 简单写出便可。"

约翰和大龙经过一会儿思考,都举手,表示已答完。

司仪官:"我念第五道智力题:浩瀚宇宙中,是地球绕着太阳在旋转,还是太阳绕着地球在转?"

约翰和大龙都举手表示已写好。

司仪官:"我念第六道测验题,家禽中,先有鸡还是先有蛋? "

约翰与大龙都举手。

司仪官:"第七道测验题是数学公式: $\sqrt[z]{x^m+y^n}$ =P 代表奥林匹克精神的什么意思? "

约翰摇头,大龙举手。

司仪官:"无论你们答没答,都请交给我,我立即送萨马拉斯评判打分结果。"司仪官收了两人的答题本子快步从中门走出,上台阶走到高台上的萨马拉斯面前,将两人智力答题本交给萨马拉斯。

萨马拉斯翻着两人的答题本,思考着该如何评判分数。

萨马拉斯看完两人的答题,依次解说:"第一题的问题是,希腊是世界文明古国吗? 你们都答'是',正确,你们各得一分。"

约翰和大龙都举双手,转身跳动,欢呼,并互相击掌,表示互相祝贺。

大龙小声对约翰说："希望你的答题都比我好。"

约翰说："谢谢。"

萨马拉斯："第二题问,希腊对世界作出哪两大贡献?大龙写的是'奥林匹克运动'和'马拉松赛跑'。写'奥林匹克运动的发源地'是对的;答'马拉松赛跑'是错的,因为'马拉松赛跑'只是'奥林匹克运动'中的一个项目,它们是一回事,所以本题只能得零点五分。约翰回答的是'奥林匹克运动'和'苏格拉底及亚里士多德的哲学',后者也不对,因为苏格拉底、亚里士多德虽然对世界哲学史作出了突出贡献,但他们只是世界众多哲学派别中的一个派系,算不上希腊对世界作出的重大贡献。所以本题中,约翰也只能得零点五分。"

约翰："请问萨马拉斯先生,希腊对世界作出的另一重大贡献究竟是什么?请指教。"

大龙拱手："我也不明白,请萨马拉斯先生指教。"

萨马拉斯："你们到雅典开了这么多天奥运会,也参观过许多我们希腊人引以为骄傲,包括这个斗兽场在内的众多古迹,这些都是世界建筑上的奇迹,它们之所以几千年不倒不垮,巍然屹立在爱琴海边,是因为我们的古希腊建筑师们发明了'几何学',或者说'几何学'奠定了古希腊建筑学的基础,所以'几何学'才是希腊对世界作出的另一重大贡献,它与'奥林匹克运动'齐名,并成为希腊对世界作出的两大贡献之一。"

大龙："谢谢萨马拉斯先生指教。"

萨马拉斯："这第三道题问,圆周率 π 代表的是圆周长与直径的比率,它们的标准数字是什么?约翰答它的数字是三点一四。大龙也答的是 π,具体数字是什么'山巅一寺一壶,酒儿留二舅吃'什么乱七八糟的,以本题约翰为零点五分,大龙为零分。"

大龙举手："报告萨马拉斯先生,我答的完全正确,为什么才得零分?"

"我们希腊不信奉佛教,更没有像你们大清帝国那样,有众多的佛教寺庙建在山巅上,希腊没有佛教庙宇和众多会喝酒守庙宇的和尚,也许你们国家的人会把神庙用圆周率的方法修建成像北京天坛那样的圆形建筑吧!"萨马拉斯边说边笑。

大龙拱手说："萨马拉斯,你理解错了,我写的'山巅一寺一壶酒儿留二舅

吃'它代表的是 3.1415926297,不是写庙宇,也不是写和尚,这是把干枯的数字用谐音编写成押韵的诗句,便于记忆。"

萨马拉斯看了一阵,用手掌拍桌子:"好,聪明,我不但给你打一分,还要褒奖你零点五分。"萨马拉斯停了一会儿又说,"这第四道题是,奥林匹克运动会为什么不叫世界运动会,原因何在?你们都答了,因为它是我们希腊国的奥林匹克村发展起来的体育运动会,得到全世界爱好体育运动的人们的支持和响应,你们每人都得一分。"

大龙和约翰听后鼓掌,并双手相互击掌。

萨马拉斯说:"这第五道题问,浩瀚宇宙中,是地球绕着太阳转,还是太阳绕着地球转。大龙答的是地球绕着太阳转,约翰写的是太阳绕着地球转,你们两人一正一反,让我怎么评分呢?约翰你说一说为什么太阳绕着地球在转?"

约翰:"我是教会学院毕业,学院的神学教授说,当年意大利科学家哥白尼宣传地球绕着太阳转是错的,被教会烧死。所以我相信太阳绕着地球转。"

萨马拉斯说:"这一题大龙回答正确,地球绕着太阳转,得一分;约翰得零分。"

约翰:"我不同意你的说法,这有违我们基督教的教义,我抗议。"

萨马拉斯:"你去德国或意大利抗议去吧!这是本人出的智力题,答案的正确与否,一切听本人的裁决,不容争办,我今日的解说完全符合天文学家的结论。"

大龙鼓掌对萨马拉斯的裁决表示赞同。

萨马拉斯又说:"第六题问,家禽是先有鸡还是先有蛋,约翰答的是'先有鸡',大龙答的是'先有蛋'。这是一个'否定之否定'的思考题,你两人都只答对一半,各给零点五分。"

"为什么?"大龙和约翰同声问。

"以进化论的观点,是'先有鸡';以现代统计学的观点是'先有蛋'。"萨马拉斯又说第七道测验题,$\sqrt[z]{x^m+y^n}=p$,约翰没有答。大龙的答案是:x^m 代表矛盾一方,y^n 代表矛盾的另一方,Z 代表奥林匹克运动会的精神与力量, 等号另一端的 p 代表和平 Peace。他的解释是有 m 次方的内外矛盾,有 n 次方的内外矛盾,两国在爱琴海和塞浦路斯岛的争论问题上,有千年历史和内外矛盾,但用奥林匹克精神把双方矛盾加起来开 Z 次方,公式等号另一边便产生和平 Peace,即在奥运会精神鼓舞下经过 z 次谈判或奥运比赛评分,便能得到双方满意的答案。故约翰得零分,大龙得一分。本次考试的结果,大龙先生总分是 6.5 分,约翰先生总分是 3.5 分,大龙为第二轮'勇敢者'比赛的最后胜利者。"

约翰伸手向大龙握手:"大龙先生祝贺你。"

萨马拉斯站立:"大龙先生你也别高兴得太早,当心乐极生悲。"萨马拉斯话中有话。

第十七章 "吉祥大使"的困惑

　　上午10点,格拉斯小姐带着两位侍女,乘坐一辆由三匹高大骏马拖着的豪华马车,经过十多条雅典的大街小巷,来到大清帝国体育代表团住的一栋两层小楼边,停车后她带着两位侍女,来到大门边,遇见正坐在门口一张椅子上看雅典英文日报的曾亦轩。

　　格拉斯小声问:"先生,请问中华大清体育代表团是住在这里吗?"

　　曾亦轩抬头,见是着装华丽、气质高雅的希腊美女格拉斯小姐,他微笑而有礼貌地说:"对,这里是大清帝国体育代表团住地,请问你找谁?"

　　格拉斯微笑说:"我找大龙团长。"

　　"你是谁?"曾亦轩问。

　　格拉斯身后的一位侍女抢着上前答话:"我给你介绍一下吧,先生,这位是格拉斯小姐,连她,你都不认识,真是……"

　　格拉斯制止侍女说:"不得无理。"接着格拉斯面对曾亦轩说:"我找大龙团长有事,能不能麻烦你通知一声。"

　　曾亦轩站立,面对格拉斯的美丽和平易近人,他肃然起敬,把身边的木凳指了一下:"小姐,你们是珍贵的客人,今日驾临我们大清体育代表团住地,我代表大龙团长欢迎你,请先坐一会儿,我这就进去通报。"说完,曾亦轩进屋,上二楼,把每间房门一一推开,见都空无一人,便下楼出门。格拉斯和侍女们仍然站在原地向四周观望。

　　曾亦轩走到格拉斯身边说:"对不起,大龙团长不在屋内。"曾亦轩拍了一下自己的头说:"忘了,大龙团长五人可能是跑出去练功去了,还没有回来,你们要不要到会客室休息一会儿,也许他们很快就会回来。"

"也好。"格拉斯看了一眼门顶上的大圆钟,三人随曾义轩来到一楼右边会客室的一排西式雕花长椅上坐下。

曾义轩为三位客人各倒一杯茶说道:"小姐是稀客,请品尝大龙团长从北京带来的福建乌龙茶,味道不错,但不知是否对小姐的胃口?"

格拉斯笑着说:"既然是从万里之外的亚细亚带来的茶,一定好喝。"她端上茶杯喝了一口,点头说:"好极了。"她小声说:"听说中国是个古老而神秘的国家,有许多奇特有名的特产,'茶叶''丝绸''瓷器'都很有名,我们家里就有许多花瓶、碗、盘、碟都印有 CHINA 字样,听说都是中国制造的,外观精美,精细光滑,用小木棒敲它能发出清脆悦耳的声音。小时候我将大小不同的十几个瓷碗放在桌子上,用小木棒敲,发出的声音美妙极了。老师常教我用中国瓷碗演奏我们希腊民族的音乐,不过,你们中国瓷器也有一个大缺点……"格拉斯话说到此,有点不好意思,她停住了。

"什么缺点?请小姐指出,回中国后,我一定转告给中国的瓷器制造商人,请他们改进。"

"你们大清帝国造的瓷器,致命缺点是'脆',碰不得,我用银勺子敲碗练音乐,稍微用力大一点碗就破了,要是敲不烂就好了。"

曾义轩听了哈哈大笑,说:"小姐,你的意见很对,我回去一定去一趟江西景德镇,向他们转达你这位希腊美女格拉斯小姐的宝贵意见,让他们制造一种敲不烂的瓷器碗。"

"大龙先生曾告诉我他这里有一位医学博士,是你吧?"格拉斯问。

"我是心血管方面的博士,小姐对医学感兴趣?"曾义轩问。

"我认为医生救死扶伤很伟大,所以对医学有天生的兴趣,我读过许多医书,也请教过许多雅典名医,向国内外有名望的医学专家请教过医学上的问题。"格拉斯说。

"小姐,你对医学仅仅是爱好,还是想当一名医生?"曾亦轩问。

"我们希腊有最好的医生,也有欧洲最名贵的特效药品,我不愁病了没人给我治病,也不愁没钱到德国、意大利、英国这些国家请名医为我治病。目前,

我仅仅是爱好,幻想有一天我可以当保健医生。"格拉斯说。

"小姐有如此高的志向,令我高兴。在我们大清帝国和欧美许多国家,像小姐你这样的身份和地位,应该是天天玩耍,享受神仙般快乐的日子,当医生有许多烦心事。"曾亦轩说。

"人与人的想法不同,我不想要那种整日无所事事、无所作为、只知道吃喝玩乐、虚度时光的人生,我希望生活得充实。再说,总有一天,我想为周围的人治病,做些力所能及的工作。相信曾博士也与我有同感吧!"格拉斯说。

"小姐有如此高的人生境界,值得敬佩。"曾亦轩点头说。

"我只对医学常识懂一点皮毛,曾先生是医学博士,知识渊博,一定挽救过无数病人的宝贵生命,你才应该值得我敬佩。我与曾博士相见恨晚,有许多医学保健问题想向曾博士讨教。"格拉斯说。

"不要说讨教,小姐你有些什么问题,说出来我们一起讨论好吗?"曾亦轩说完,又给格拉斯上茶水,"小姐请喝口茶,我们边饮茶边讨论。"

"曾博士,你是心血管专家,我有一位舅舅,他的心脏比一般人跳得慢,这是怎么回事?"格拉斯问。

"你这位舅舅的心脏跳得慢,在心血管名词上叫'窦习性心脏减缓',这对一般人讲是一种心脏病,定期服药便可缓解。小姐可以告诉你舅舅,叫他多运动或多做些体力劳动,这种病便可以自然消失,因为定期运动或体力劳动可以增强血液循环,促使心脏跳动加快,达到和正常人一样的心脏跳动速度。叫你舅舅放心,不必有太多的担心。"

"我舅舅这个人也算皇亲国戚,有钱有势,过着衣来伸手、饭来张口的富贵生活,出门以车代步,养尊处优,只知道吃喝玩乐,叫他参加体力劳动恐怕比登天还困难。"格拉斯摇着她美丽的头,金发在她肩上晃动。

"你舅舅胖,还是瘦?"曾亦轩问。

"他爱喝雅典啤酒和白兰地,长了一个啤酒肚,当然胖。"

"他想长寿,也想身体像公牛一样壮的话,最好让他搬到你们希腊的奥林匹克村去住,跟那里的村民一起白天在地里劳动,出一身汗,晚上和农闲时锻炼身体,定期参加运动会。听说那里山清水秀,空气新鲜,民风朴实,村民们生活乐观,对爱运动想长寿的人来说,是一个好地方。人受环境影响,只要他长期住在那里,他不爱运动也会爱运动,他不想长寿也不行。"曾亦轩说。

"我舅舅很固执,他肯定不会去那里住。"格拉斯摇头。

"那他可以去找外科医生动外科手术,切掉一些脂肪,来个人工减肥,身体轻了对运动就会有信心。"曾亦轩说。

"曾博士,我希望我父母都能长寿,你能为我做些有益的建议吗?"格拉斯问。

曾亦轩喝了一口茶,起身为格拉斯三人和自己再倒一些茶水说:"长寿是人类共同探讨的话题,无论是王宫贵族、巨商富贾,还是平民百姓,都对健康长寿这个话题感兴趣,我只是从教科书上知道一些长寿之道。"曾亦轩说。

"请曾博士介绍,你把我当成你的学生好吗?"格拉斯谦逊地请求。

"当你这样高贵美丽小姐的老师,这可是我从来没有想过的事,不过,我愿将自己知道的,尽其所能介绍给你,供你参考。"曾亦轩说。

格拉斯点头。

"长寿的人群有些共同的经验可以借鉴,比如不吸烟,多运动,至少每隔四十八小时应该有半小时到一小时左右的运动。每天出一身汗,把体内毒素从汗液或尿液中排出。多吃蔬菜水果,少吃烟熏食品,一日三餐或一日四餐应定时定量。有条件的话,可以常在海边湖边、或森林里去,尽可能多地呼吸新鲜空气,最重要的是,饮用水应无污染,最好水中能含十至二十种有益的微量元素,避免饮用含汞、铅、钙等有毒有害物质的水。现在的难题是,用眼睛看不出水中含些什么物质。人要长寿,体内需要多种平衡,酸碱度平衡。比如膳食平衡,保持体内肉、鱼、蔬菜、水果、糖、盐等平衡,体力劳动或运动时间与每天工作与休息时间的平衡,饮水中含有微量元素的平衡。人超过三十五岁,各种器官在衰减,自然老化,适当补充体内微量元素及维生素 A、B、C、D、E,保持补充与衰减的平衡。人体内有多种平衡存在,便可以防止衰老过程中因缺乏某种微量元素或维生素而引发的各种病症:比如缺钙,人在年轻时就该每天少量补充,否则到一定年龄人腿会因缺钙而抽筋、站不稳。我们大清国民间有句俗语叫'人老先从脚板老',站不稳,走路会东倒西歪。还有一种说法是'人老先从牙齿老',人老脱牙、缺牙,钙缺乏是主要原因,当然每天保持三餐或四餐饭后都漱口一次,即每天漱三次或四次口,也是保护牙齿清洁牢固的好方法。还有天下百姓的住房多是用砖石或土当建筑材料,一些地区的土石中含有对人体有害的放

射性物质,所以人们住在用砖、石头、泥土作材料建造的房中,也不太符合长寿要求。"曾亦轩侃侃而谈。

格拉斯插话:"曾博士,我们家的别墅也是用砖和石头建起来的,住在那里面,对健康有没有危险?"

"小姐放心,一般讲,即使房子的砖、石、土中含有对人体有害的放射性元素,经过二十至三十年的自然衰减,有害的放射物质会自然衰减到对人无害的程度。如果条件许可,可选最老的建筑作生活起居室,就绝对安全,或者建一栋木结构房屋作起居间,木材不但清香,还不含任何有害的放射性元素,而且木材的纹路自然流畅,很有观赏性。"曾亦轩说。

"谢谢曾博士对学生我讲的长寿知识,这叫'听博士一席话,胜读二十年书'。大龙先生怎么还没回来?我该回去了,晚上我再来找他。"说着格拉斯小姐起身,她回头又说:"我回去把你告诉我的知识,讲给我父母听,他们一定会高兴的,说不定他们会请你去当保健医生,你愿意吗?"

曾亦轩摇头:"谢谢小姐邀请,我们大清帝国现在就是一个生病的巨人,我要走遍世界为我们大清帝国寻找良方,争取早日治愈大清帝国这个巨人身上的顽症,让大清帝国早日健康富强。"

格拉斯小姐起立告辞说:"曾博士,您不但是医学博士,还忧国忧民,够得上是一个政治博士。难怪奥运促进会主席维克拉斯先生要邀请你去当政治顾问。"

格拉斯一行人乘车刚走,大龙等五人满头大汗地跑回到住地。

曾亦轩微笑着说:"大龙团长,你的贵客刚走你就回来了,真不凑巧。"

"曾博士,你说我的贵客刚走?该不会是奥委会有什么紧急事派人来通知我去开会?"大龙问。

"不是奥委会派来的人,你想一想还有什么人会专程上门找你?"曾亦轩不把话说透。

"是不是格拉斯小姐来找过我?"大龙双眼盯住曾亦轩。

曾亦轩笑了。

"小姐专门来找我?她没说什么事吧?"大龙问。

"小姐样子很急,她没讲什么事。不过,她好像对医学和健康方面的知识有兴趣,与我谈了好一阵子。啊!对了,小姐讲,晚上还要来找你,你晚上等她好了！"曾亦轩说。

[字幕带画外音]自玉香龙被推举为本届奥运会的公关"吉祥大使"以来,她因为长相俊秀,身材婀娜多姿,而且随时出现在各个项目的比赛场边,代表奥运会主席团调解比赛过程中出现的各种纠纷并解答疑难问题,加上她在参与的比赛项目中均取得优秀成绩,极受观众的好评。近日,她又被"奥运和平促进会"任命为"公关部长",在本届奥运会上显尽风采,极受观众和运动员欢迎。人怕出名猪怕壮,"吉祥大使"也成了许多好奇的男女围睹追踪的目标,他们想近距离目睹她的风采。许多观众误认为她是"男子",理由是亚细亚洲大清帝国来的运动员都留一根乌黑油亮的马尾长辫。一群好奇的人常在公共厕所前守候,准备乘她入厕方便之机,解开她是"男子"还是"女子"的秘密?

玉香龙去到雅典郊外运动场的厕所边,从附近小树林中突然窜出十多位男女,也随她进入厕所,她刚入女厕,两位希腊女子推开她,抢着进了附近的厕所坑位,并各自关上了坑位上的木门,发出一串关门的"劈啪"声响,她见势不妙,误认为进错了厕所,立即回身冲入男厕,推开一个坑位的门,进入后准备蹲下,一群男子嬉笑着进入厕所,并挨次推拉,敲打每个坑位的木门,她感到情况不妙,立即起身提裤,推开木门跑出厕所,当她走出男厕所,后面传出一阵男女的淫笑与尖叫声。

"吉祥大使"惊恐无目标地向远方跑去,准备另寻隐蔽的地方方便,她警惕地回头一看,发现后面有另外一群男女跟着她。她跑上山坡,看见一群人正在观看奥运会的"骑鸵鸟"比赛,她进入人群,附近的观众、运动员和教练员都认出她是"吉祥大使",鼓掌欢迎她的到来。一位矮小的鸵鸟管理员站在木制围栏边大声说:"欢迎'吉祥大使'来观看我们的骑鸵鸟比赛。"

玉香龙哭笑不得,说:"谢谢你的邀请,不过,我还不会骑鸵鸟,你看能不能借一只鸵鸟,让我学习骑它好吗?"

"可以,你自己进去挑一只鸵鸟。"鸵鸟管理员说。

"吉祥大使"进入鸵鸟围栏,选了一只高大肥壮的白色鸵鸟说:"我骑这只鸵鸟好吗?"

鸵鸟管理员说:"行。"他走到围栏内的栏杆上解开绳索,牵着鸵鸟出了围

栏,把绳索交给玉香龙,"'吉祥大使'你骑上去吧!"

"我没有骑过鸵鸟,不知它的本性,它会不会啄人?"她问。

"放心,它不会啄人。"管理员说着用手抓住鸵鸟的颈子说:"我扶着它,你放心地骑上去好了。"

"它这么高,我上不去。"

管理员用一只手拍了拍鸵鸟的身子,鸵鸟双腿蹲下:"'吉祥大使'你快跨到它背上。"

玉香龙上了鸵鸟背,接过牵鸵鸟的绳,拿出骑马的本领,双腿夹住鸵鸟两侧,大声吆吼道:"快跑。"白色鸵鸟带着身穿绿底黄花运动长套衫的玉香龙,一阵风似的向远方跑去,她用右手中的绳索甩打鸵鸟尾部,并用左手指示前进方向,任凭鸵鸟飞奔着向一片树林跑去。

正在比赛中的二十多只鸵鸟见白鸵鸟载着穿绿底黄花运动长套衫的"吉祥大使"在前面飞跑,也跟着它飞奔而去,吸引了观众的注意。

"吉祥大使"的长套衫随风飘起,长辫子在背上左右摇摆跳跃,在阳光的照耀下,她骑的鸵鸟给鸵鸟比赛场带来诗情画意般的浪漫色彩和戏剧性的变化。

站在山坡上的数百名观众,看着玉香龙惊恐万状地骑着鸵鸟,狼狈不堪的样子,又见她后面跟着的骑鸵鸟的比赛队伍,一起欢呼呐喊;一些当地年轻观众也跑着、跳着、笑着;追赶白色鸵鸟,他们要看鸵鸟能把玉香龙带到哪里去?

此时山坡上又出现了从厕所追寻而来的一群人,他们边追赶边呼喊:"'吉祥大使'我们终于找到你了,你往哪里跑?"追赶而来的人群不断在奔跑追逐她,看比赛的许多观众也跟着她的鸵鸟奔跑。

"吉祥大使"回望,见参加奥运会比赛骑鸵鸟比赛队伍以及后面和侧面跑步紧跟着她的两群人,惊恐万状。

["吉祥大使"的旁白]后面的人群和骑鸵鸟比赛队伍为什么紧追我不放?他们究竟想要做什么?要是大龙哥和小龙哥们在这里就好了,我该怎么办?在哪里才能找到公共厕所?用什么办法才能摆脱这些人?快把我急死了。

慌乱中,玉香龙指挥白色鸵鸟向树林逃去。

一些人不依不饶也跟着追入茂密的树林。

玉香龙在树林中完成解脱任务后,忽然又听到人的喊声和脚步声,她感到气愤,想跟这些追赶她的人开个小小的玩笑。她从衣内取出一把小刀,从林中割下一根细的长葛藤,一端拴在一棵大树上,绕过一个大坑,将另一端拴在另一棵大树上,然后她在远处大声唱说中国的江南小调《茉莉花》,她的声音悦耳、高亢,似从大清帝国江南水乡传来的声音,一些追逐她的人群被吸引,向歌声的方向追去。人们欢笑地跑着,追着,突然发出"唉约"的叫声及一串沉闷的"扑通"声响。

[特写镜头]追赶"吉祥大使"的人群在密林中不小心碰断拦路的细葛藤,一齐跌入一个深坑内,他们跌落在一起,下面的叫骂声和上面的欢笑声叠在一起。他们从坑中爬出来,继续向歌声方向前进,他们似有解不开"吉祥大使"的秘密誓不罢休的架势。

"吉祥大使"骑着鸵鸟从树林的另一个方向出来,发现前面一群人围成圈,正在观看"骑象特技表演"。

比赛场上有印度、泰国、斯里兰卡等国运动员在一个又一个地表演他们的骑象特技——"爬象背"。运动员从象鼻子向上爬,从大象背跳下地,再往象鼻上爬,象鼻卷着运动员做上下举重运动等。

进行骑象特技表演的各国运动员们,见到"吉祥大使"骑着白鸵鸟从树林走出,来到骑象表演场,都热情地与她打招呼:"欢迎'吉祥大使'来参加我们的骑象特技表演。"

"吉祥大使"回头,见还有一群人从树林窜出,向骑象特技表演场跑来。

"吉祥大使"急中生智,下了鸵鸟背,把鸵鸟拴在树干上,来到正在进行特技表演的印度女运动员的大象前面,她说:"喂,印度姑娘,你好吗?"

"'吉祥大使',你也好吗?"印度女运动员向她招手。

"我可以到象背上来和你一起表演吗?""吉祥大使"说。

"欢迎,你上来吧!"印度女运动员说。

"吉祥大使"骑着大象跑了三圈,然后一个跟斗,在空中转三百六十度站到印度女运动员骑的象背上,她与印度姑娘手拉手,在象背上表演双人舞,她们又做了一串双人杂技表演,有"头手倒立""白鹤亮翅"等造型。

追赶"吉祥大使"的人群围住大象,对"吉祥大使"指指点点,大象驮着她们两人转着圆圈,并用长鼻横扫追赶来的人群,这些人吓得四散逃开。

　　"吉祥大使"站在大象背上见到这些追逐她的人虽然离开了,但他们站在远处,仍然对她评头论足指指点点。她与印度骑象女运动员拥抱后,一个七百二十度佩刀式侧空翻,从象背跳下地,走到不远处的鸵鸟边,解开系鸵鸟的绳索,骑上鸵鸟往回走。

　　追逐"吉祥大使"的人群再次跟着她的鸵鸟前行。

　　"吉祥大使"赶着鸵鸟奔跑,她绕过一个山梁,来到一条河边,远远看见河上游岸边有群人。

　　["吉祥大使"的旁白]那里又是什么比赛? 我去看一看,也许能遇见熟人。

　　"吉祥大使"到达河边,鸵鸟不愿走,站立在水边戏鱼饮水,并不时将嘴伸进水中吸食鱼虾,尽情享受。她只好离开鸵鸟徒步来到河上游的人群附近,她站在高坡上观看,发现这里正在举行奥运会的"投石比赛"。

　　[画外音]"投石比赛"是古希腊奥林匹克村的村民们喜欢的民间体育竞赛项目,古希腊武士们的投石本领达标后,才有资格拜师学艺,成为一名声誉高、受人尊敬的"武士"。投石运动开始时很简单,只要在河边或海滩拾起半公斤重的斑纹卵石向水中投去,谁投得远、入水后溅起的浪花飞得高,就可以按名次戴花受奖。连续二十次成为第一名的受奖者,可以被国王授予"武士"称号,传说当年雅典人在马拉松的松林坡上,与波斯人的那一场以少胜多的生死战斗中,就有三十多名希腊武士参加战斗,他们投出的石头又远又准,为保卫雅典,在马拉松的松林坡战斗中作出了突出贡献。

　　"投石比赛"不分男女,只按人体重量分等级,体重69公斤以下算轻量级,体重70公斤以上的人为重量级,轻量级运动员投半公斤重的白色卵石,重量级运动投一公斤重的黄色卵石。队员们背心上的号数与卵石上的编号一致,他们十人为一列,向前跑一段路,到一条白线位置,向草坪上投出卵石,然后由测量员用绳尺量出投石飞出的距离,记录在册让运动员签字。根据远近,由裁判定名次。

　　八十多名各国运动员站在河岸草滩上,各自在作准备活动,或扭身弯腰、压腿转脚,或屈蹲拍腿,或双手大臂旋转,或前后跳跃。站在巨石顶上的裁判吹响哨音,各国运动员按照服装上的统一编号301、302、303……站成一列纵队。

裁判员右手舞动一面黄色三角旗,吹口哨,编号为301号的第一名男运动员右手握301号卵石跑了十多公尺,到达一条白线前,用力将卵石向前投出。卵石落地后,两位助理裁判用绳尺丈量落地点与白线间的距离,并高声报出数字,由裁判身边的助理员回声应答,并将成绩记录在册,然后让投石运动员在本子上签名。裁判又舞动黄色三角旗并吹响口哨,让第二名投石运动员准备。302号是一位高大的黑皮肤女运动员,当哨音再次响起后,她左手握石,跑到白线边,甩出编号为302的卵石。两位助理裁判测量报数,助理员回声唱数,记在本子上,由302号运动员签名。以此办法进行投石测量、记录。比赛进行到309号运动员,这是一位高大的澳大利亚女运动员,她与前面投石运动员不同的地方是,她右手抓石,直接站在白线外,双手抱住卵石,向右旋转数圈后突然松手,309号卵石飞出。第312号是男运动员,他站在白线前,右手握石,双脚旋转移位,反时针转四圈后,石头从手中飞出。第315号运动员是日本人,他将石头用两根绳扎成十字状,右手提着约2米长的细绳,他站在白线外,快转数圈,悬吊在他手中的315号卵石带着细绳从手中飞出,落到距白线66米远的地方,比前面十四位运动员都投得远。此时,轮到大清国运动员小龙,他的衣服编号为319号,他将319号卵石放在白线外两米处,他从二十米外向白线跑去,双脚在距白线两米处瞬间合并,夹住地上的319号卵石,纵身前扑,双手落到投石白线前,双脚夹石腾空收腹,滚翻向前,当双脚过头顶后瞬间分开,319号卵石被抛向远方白线外,裁判助理测量后报出的数字是66.5米。

全场观众为小龙的66.5米最高成绩鼓掌欢呼。

编号为307号的希腊运动员当场向裁判提出意见:"裁判员,这位319号大清国运动员用双脚夹石抛出的比赛方法违反了用手投石的规则,不能算数。"

"为什么?"裁判反问。

"我们希腊民间早已开展这种运动,从来没有人用过他那种方法。另外还有第315号运动员用绳子吊石,甩绳投石的方法也不符合我们传统的比赛规则。"其他国家的运动员也七嘴八舌,表示出他们的不满。

裁判又说:"我们今天举行的投石运动是奥运会的正式比赛项目,我们奥运会的比赛原则之一是允许创新,许多国家的运动员原只是参加本届奥运会其他项目比赛,只是出于好奇和学习的目的,才报名参加'投石比赛'。我考虑

我把你提出的意见报到总裁判长那里去,由他作出裁判。今天的比赛暂不公布名次,留到明天这个时候,在市内运动场的大门口张榜公告。"

此时,站在山坡上观看比赛的"吉祥大使"走下山坡,走到裁判身边说:"裁判的决定我支持。"

裁判对玉香龙说:"'吉祥大使'你来得正好,刚才各国运动员对'投石比赛'的投石方法争议,你快来帮助我调解一下。"

玉香龙:"各国运动员朋友们,你们的成绩都记录在运动记录册上,你们也都签了名,承认了自己的比赛记录,要是你们的比赛成绩没记错的话,明天公布比赛名次,应该不太晚吧!若是你们明天看到比赛名次不满意,可以来找我,我作为公关'吉祥大使',一定为你们主持公道,我祝贺大家今天都取得好成绩。"说着她双手打拱,然后退出人群向小龙走去。

小龙见到玉香龙,说:"五妹,你怎么来到这里的?这里距雅典十几公里远呢,你该不是从天上掉下来的吧?"

"二哥,别开玩笑,我今天遇到一连串哭笑不得的怪事,我被迫无奈,鬼使神差地逃到这里来。"玉香龙说。

"究竟为什么呀?快说来二哥听。"小龙催促着说。

"一言难尽,现在不想提它,等以后再跟你们慢慢讲。二哥,你们这些运动员都是乘马车来的?"玉香龙问。

"大多数运动员都是乘马车来的。"小龙说。

"你呢,是乘马车来的还是跑步来的?"玉香龙又问。

"跑来的,我今天本来是在练习长跑,半路上,几位希腊朋友约我来参加投石运动,我出于好奇,跟着他们跑来,开始是想看看热闹,希腊朋友怂恿我报名,裁判知道我们大清帝国运动员无人参加'投石比赛',临时同意我报名参加。"小龙又说:"五妹,你是跑步来的吧?"

"我是骑鸵鸟来的。"玉香龙说。

"真的?哪里来的鸵鸟?"

"说来也巧,我在远方的树林那边,见到今天在另一处场地举行的'奥运会骑鸵鸟'比赛,那里管鸵鸟的小伙子认得我,借给我一只鸵鸟,我胆战心惊地骑上它,它乱跑一通,穿过树林来到这里。"玉香龙说。

"鸵鸟呢？你把它放到哪里了？"小龙说。

"它正在河边找食吃，你看远处那个白色的就是。"玉香龙手指远方。

"要是丢了怎么办？快去把鸵鸟牵来。"小龙说。

"二哥，你放心好了，鸵鸟不会飞，丢不了，你知道吗，希腊民族不但爱和平，而且爱动物。听说这批比赛鸵鸟都是其他国家赠送来的，个个是国宝，每个鸵鸟腿上都吊着一块奥运会的铜牌。这里的百姓捡到比赛鸵鸟都会主动送到雅典奥运会场，雅典市政府还会给送回鸵鸟的百姓奖励，所以鸵鸟丢不了。"玉香龙说。

"希腊百姓的好品质我早已领教过，我相信他们有拾金不昧的优点。啊！时间不早了，我看你还是骑鸵鸟回去吧，你骑鸵鸟我跑步，我来保护你，我们一道向雅典城的方向前进。"

在雅典郊区的乡村大道上，"吉祥大使"骑鸵鸟飞跑前进，小龙在后面跑步紧跟。

在雅典市区林阴路上，鸵鸟驮着"吉祥大使"急步行走，紧跟鸵鸟跑步的小龙与鸵鸟跑步的速度相同，他们并行前进。许多人驻足观望，一些小孩将一条条手指大小的海鱼抛向鸵鸟，鸵鸟眼尖嘴快，不时停步啄吃地上的一条又一条活蹦乱跳的小鱼，吃得津津有味。

235

黄昏时分，雅典城边，天空的太阳被彩云团团包绕着，向地中海海面下沉，天空中的彩云与落日的余晖，在海中形成条条波纹，它们在远方连成一片。

格拉斯小姐独自驾着一辆一匹马拉的小马车来到大清帝国体育代表团住地，她见到坐在门口椅子上看书报的曾亦轩，主动打招呼："晚上好，曾博士，大龙团长在家吗？"

曾亦轩站起来回话："小姐好，大龙团长在楼上等你。请你先坐下喝杯龙井茶，我上楼去叫他下来。"说完曾亦轩先敬茶后上楼，一会儿工夫，曾亦轩和大清国体育代表团的五位成员，都下楼来到小姐面前。

大龙说："小姐光临我们宿舍，让我们这个临时住所蓬荜生辉，欢迎！欢迎！"大龙鼓掌，其余几人也鼓掌，大龙又说："小姐，我这几位弟妹你都在运动场上见过了吧？要不要我再介绍一下？"

"要，我见过他们，但都是在运动场，隔得很远，没看清面孔，你就一一介绍一下吧！"小姐说。

大龙介绍道："这是我二弟小龙。"

格拉斯与小龙握手时，细看了一阵小龙，又回看一眼大龙，她说："大龙团长，你二弟与你像是孪生兄弟？"

"你说对了，我们确实是一对孪生兄弟，但我比他早生两个小时，所以我是哥，他是弟。"大龙说。

格拉斯伸手把小龙拉到大龙身边站着，目视一阵说："要是你二人走在大街上，我肯定分不出你俩谁是谁。"

"别人会认错，小姐你不会认错。"大龙说。

"为什么？"格拉斯问。

"你知道我弟弟的名字，可以喊名字，叫大龙，他不会答话，叫小龙，我也不会接话。"大龙说。

"小龙。"格拉斯试着叫。

"有，我是小龙。"小龙腼腆地立正，向小姐拱手施礼。

"小龙性格内向，不善言词，这也是我兄弟俩的区别。"大龙说。

"要是在大街上遇见小龙一人，我肯定会把小龙错认成大龙。"格拉斯小姐自言自语，又像是对大家说话。

大龙又介绍："这位是我三弟穿天龙。"

"格拉斯小姐，你好，今日有幸与你相识，我深感荣幸。"穿天龙伸出右手与格拉斯握手。

格拉斯伸手与他相握。

握手中，穿天龙看着格拉斯的脸说："小姐你好像天上的外国仙女下凡，能与你握手，我这一辈子算没有白活，就是马上去见阎王爷，我也不会后悔。"穿天龙双手握住格拉斯的手久久不放。

"谢谢你的夸奖。"格拉斯微笑着从他手中抽出右手，又说："你是不是那个会装猴子翻跟斗的穿天龙？"

"小姐，你喜欢我演的齐天大圣孙悟空？"穿天龙问。

"喜欢，非常有趣！你能在这里为我翻个跟斗吗？"格拉斯说。

穿天龙双手后扬,连翻两个跟斗,面不改色。

格拉斯双手为穿天龙鼓掌,大龙们也跟着鼓掌。

大龙又介绍说:"小姐,这位是俺五妹玉香龙,你们多次见过面,你曾说过你很希望与她结为姐妹、交个朋友对吗?"

"什么?她叫玉香龙,她不是叫'吉祥大使'吗?为什么改成玉香龙?"格拉斯伸手要与玉香龙握手。

"玉香龙是我的名字。"

格拉斯见玉香龙不伸手她干脆用西方礼节,伸出双臂与"吉祥大使"拥抱。

格拉斯强装笑脸说:"'吉祥大使'的名字在本届奥运会上路人皆知我很想与你这位中国姑娘交个朋友,你愿意吗?"

"吉祥大使"说:"承蒙小姐看得上我这个普通的大清帝国运动员,我当然乐意与你交朋友。小姐,按我们大清帝国的风俗,结交朋友,男子与男子拜兄弟,或女子与女子结拜姐妹,都要点上香烛,对着天地进行三跪九拜,你肯与我双双跪着拜天地吗?"

曾亦轩对玉香龙说:"他们西方人也没有这种跪着拜天地的习俗,你们想结为好朋友好姐妹可以,但不可以让高贵的小姐跪拜。"

大龙也附和着说:"五妹,你就别出怪招与她跪拜了,这会让小姐为难,做个朋友就行。"

大龙又介绍说:"这位是我四弟,水蛟龙。"

格拉斯又大方地伸手与水蛟龙相握,她说:"听说你会游水潜水,我很高兴认识你,以后有机会你带我到爱琴海里去教我游泳好吗?"

与格拉斯握手时,水蛟龙说:"希腊有许多游戏高手,我的游泳水平很一般,可不敢收你当我的徒弟,不过,等本届奥运会结束了,小姐想吃什么海鲜、鱼虾,我可以跳到海里去为你抓几条,现抓现炸。"

"那好,我们一言为定。"格拉斯说。

大龙又说:"曾亦轩博士,你们已经认识了,我就不给你介绍了。"

格拉斯点头。

大龙到厨房把正在做晚饭的临时炊事员张勇拉到格拉斯面前:"小姐,我给你介绍一下,这位是我们大清国运动队的幕后英雄,不但从经济上支持我们,他还丢下生意,留在这里当我们的体育参谋和义工。"

格拉斯伸手与张勇握手说:"张先生的头上为什么没有留一条大辫子? 有辫子的男人跑步时,辫子在背上左右摇动,有趣极了。"

与格拉斯握手后,张勇说:"我年轻时随亲戚到斯里兰卡做生意,在那里定居,经常过红海、地中海沿岸各国经商,所以没有在头上留下那条有趣的长辫子,不过,男人留辫子梳理也麻烦,很不方便。"

"你今后到希腊买卖货物,需要什么帮助的话,可以到王宫斜对面的雅典娜花园别墅来找我,也许我可以帮助你点什么!"格拉斯说。

"谢谢小姐,今后少不了求小姐关照我的生意。"张勇说。

大龙驾着格拉斯的小型豪华马车准备送格拉斯小姐回花园别墅,在路上大龙小声问:"小姐,你上午也来找过我是吗?"

"是,我上午来,你不在。我向曾博士请教了许多医学问题,曾先生不愧为博士,热情地为我介绍了许多保健常识,使我受益匪浅。"格拉斯说。

"你来找我,就是为了向曾博士请教保健常识吗?"大龙问。

"当然不是,我主要是想告诉你,希望你参加皇宫里的第三轮'勇敢者'比赛。"格拉斯说。

"什么? 还有第三轮'勇敢者'比赛? 我可不想再冒生命危险参加什么第三轮'勇敢者'比赛了。"大龙赶车,头也不回地说。

"你听我把话说完好吗?"格拉斯小声而温情地说。

"你说,我洗耳恭听。"大龙说。

"这第三轮'勇敢者'比赛的对手是谁,你知道吗?"格拉斯说。

"我哪里知道?"大龙摇头说。

"这次比赛是你与我父亲比赛马车,你驾驶一辆车,我父亲驾一辆车比赛,谁的马车先跑完四十二公里的马拉松路程就算胜方,你胜了,我父亲就会同意你与我结婚;要是你输了,我们间就不可能……"格拉斯说。

"我可不敢与你父亲比赛,要是我输了,你父亲会高兴,我想他的目的就是想让我输给他,他才好冠冕堂皇地赖掉前面两次比赛我是第一名的事实,在我们大清国,这叫毁约;要是我的马车赢了你父亲的马车,你父亲会失去面子和尊严,他可以随便找个借口,加害于我。"大龙说。

"不会，父亲不是那样的人。"格拉斯说。

"我这只是推理与设想。"大龙回头望了一眼格拉斯，又说："我们中国有句话，叫'虎不食子'，你是他唯一的女儿，掌上明珠，你父亲不会把你怎么样，可我是一位亚细亚的外族黄种人，虽然前两次'勇敢者'比赛都胜利了，但是我从你父亲挑剔性的语言和他眼神中知道，我不是他满意的女婿人选，更不是他需要的能为她管理公司的理想人选。唉！第一轮比赛时，要不是五妹在护城河边多管闲事推了我一把，使我在被动中落入护城河，否则，我今天就不会有这么多烦心事，这个五妹把我害苦了。"

"你是不是爱上了你五妹'吉祥大使'，才找借口想赖掉这次比赛？"格拉斯问。

"不，不，五妹是我的结拜妹妹，我们五人烧香点烛，跪拜结为亲兄妹，结拜时我们对关公老爷起过誓，有福同享，有难同当，我们可以同生死共命运，肝胆相照、两肋插刀，既是亲兄妹，就不能成为夫妻，你懂吗？"大龙说。

"我懂，可是你不懂我的感情？你现在已经刻在我心上，挥之不去了，你懂吗？"格拉斯伸手抱住大龙的腰，头靠在他背上流泪。

大龙回望格拉斯流泪的脸，茫然不知所措。

第十八章　希腊的"秘密武器"

　　大龙驾着格拉斯小姐的马车,放慢速度在雅典大街上行走,大龙伸手拍了拍格拉斯的肩,小声说:"小姐,你别流泪好不好,要让别人看见了,会认为我在欺负你呢。"

　　格拉斯小姐双手把大龙抱得更紧,假装生气地说:"你不答应去参加第三轮'勇敢者'比赛,就是欺负我。"

　　"这么说,你一定要我参加。"大龙拉住缰绳,停车回头小声问她。

　　"对,我一定要你参加。"小姐用炽热的目光看着大龙。

　　"小姐,你流泪的样子真可爱。"大龙笑着说。

　　"我流泪也可爱?你该不是在讽刺我吧?"格拉斯也笑了。

　　大龙说:"我哪敢讽刺你这位至高无上可与仙女比美的小姐?喂,小姐,送你回雅典娜花园内的别墅,还是到什么地方去休息一会儿?"大龙说。

　　"我们到湖边的'水上乐园'找个地方玩一玩好吗?那里很安静。"格拉斯手指右边一条街道:"沿这条街道直走两公里,再向左转过一条街就到了。"

　　"好,我遵命,小姐你坐好了。"大龙扬鞭打马,马车奔跑起来。

　　马车过了两条街,来到"水上乐园"门口,乐园的服务员见是豪华马车,忙上前接鞭扶马,说:"欢迎小姐光临水上乐园,是上顶层豪华娱乐室,还是乘游艇欣赏湖光美景?"

　　大龙把马车缰绳和马鞭交给他说:"请问,在哪里买票?"

　　服务员:"在那边买票。"

大龙往大门口的售票房走去。

"大龙先生,你等等我。"车内传出小姐的喊声。

大龙回望,见格拉斯小姐站在车门口向他打招呼,他回到马车边。

格拉斯伸出戴白手套的右手:"大龙先生,你扶我下马车好吗?"

大龙伸出左手拉着格拉斯的手说:"小姐你先跨出右脚,左脚再下地,千万别跳,小心碰坏你的鞋。"

格拉斯拉住大龙的手从马车上往下跳,大龙忙将左手臂伸直,格拉斯双手抱住大龙的左手臂,轻松地跳到地面,温情地说:"谢谢你。"

他们来到门口,格拉斯对服务员说:"要一条豪华游艇,我们要到湖上享受湖水漂荡,听虫鸟鸣唱,观赏落日的余晖。"

"小姐,请你们随我来。"服务员把他们领到一个小码头边,先上了豪华游艇,用布擦了坐船,并将游艇的马达发动起来,马达发出"突突"声响,艇尾冒着水花,问:"你们两人谁来驾驶? 这是制动刹把,那里是调速按钮,上面1、2、3、4、5表示速度,1表示最慢速度,5表示最快速度,2、3、4依此递增。小姐请注意安全,湖边四周有红色信号打,切勿将游艇开到红色信号灯以外的危险区。"说完服务员一步跨上小码头,向格拉斯两人挥了挥手。

格拉斯对服务微笑点头算是回礼,大龙向服务双手打拱表示感谢。

大龙说:"你坐好,我来驾驶。"

"不,你是客,我来开游艇,我要让你享受本小姐给你的最佳服务。"说着格拉斯坐到游艇的驾驶座位上,动作熟练地操作起来,游艇在水面慢速前进。

"你为我驾驶游艇确实使我享受到希腊国的最高规格服务,你让我怎么感谢你呢? "大龙两只眼睛盯着的水面,张大嘴巴呼吸着清新的空气,欣赏着'水上乐园'的湖光山色,偶尔他们能看见成群的小鸟从树上飞起,在湖面上空低飞盘旋。

"大龙先生,你该怎么感谢我? "格拉斯两眼平视前方,微笑着问。

"我不知道。"大龙说着把视线收回到格拉斯身上。

格拉斯斜视了一眼大龙说:"你为什么这样看着我,好像不认识我似的。"

"你的脸为什么发红? 是不是生病了? "大龙明知故问。

"是你那火热的目光把我的脸烤红了。"格拉斯的脸更红了,红得好像一朵

盛开的红牡丹。

"我的目光有那么厉害？能把小姐你的脸烤红？但愿不要把小姐的头发也烤焦了。"大龙开心地回话。

"你把我的头发烤焦了，我就变成光头跟你到大清帝国的山西五台山大庙里去，削发出家当尼姑。"格拉斯说。

"你怎么知道我们大清帝国有个山西五台山大庙？"大龙问。

"看你的记性，你曾经告诉过我，你在山西五台山出家当过和尚，在那里学学少林功夫。"格拉斯说。

"好像是告诉过你。"大龙右手拍着脑袋，又说，"我在五台山当过和尚，可不是学少林功夫，那是当武术教练，每天教二十几个徒弟练习少林功夫。我的少林功夫全都是从河南的嵩山少林寺学的，学成谢师后，我才去五台山当武术教练。你刚才说什么要跟我到山西五台山当尼姑，你真逗，哈哈哈。"大龙笑出了眼泪。

"大龙先生，请你告诉我，你是不是喜欢跟我在一起？"格拉斯问。

"我喜欢跟小姐在一起，今晚我很开心。"说着大龙走到游艇驾驶台前的甲板上，双手按在甲板上做头手倒立，他的头和双手成三点撑在甲板上，两腿并拢向上，水中的倒影，随艇飘行。

格拉斯看到大龙童心未泯的样子，她很开心，便悄悄地把游艇的速度从3挡提高到最高速5挡，顿时游艇在湖面飞速前进，两岸的山水树木闪电般急驰后退，格拉斯高兴得手舞足蹈，哈哈大笑。

"小心，不要把游艇驶到危险区。"大龙仍倒立着说话。

格拉斯抬头见前方红灯闪现，惊呼："不好。"立即将方向盘左旋，游艇九十度急转弯，把仍在做头手倒立的大龙摔出，他从甲板上跌入湖中。格拉斯急忙手拉游艇刹把，游艇在惯性作用下，仍然冲出五十米远才停住，格拉斯回望，见大龙正在湖中游水前进。

格拉斯重新启动游艇，慢速向大龙驶来，格拉斯把游艇停在大龙身边问："怎么样，受伤没有？"她伸手准备拉他。

大龙摇手："你别管，我自己会爬上来，万一你拉不动我，反被我拉下水就不好了。"

大龙背对游艇,双手反抓游艇护栏,脚从水面台起,一个三百六十度回转,双脚立在甲板上,游艇左右歪斜动荡一阵后自行平稳。大龙脱下长衣挤干水分,打了一个喷嚏。

格拉斯打开游艇驾驶舱里的衣柜,从中取出两条毛巾被,一条披在大龙身上,用另一条为他擦头上身上的水渍,关心地问:"冷不冷?"

"水中不冷,只有点儿凉,上来后才感到有些冷。"说着大龙又打了个喷嚏。

"不要感冒了,再披一件。"格拉斯从衣柜里又拿出一条毛巾被为大龙顶在头上,"你坐好,我帮你把身上的水擦干。"

"不,不,小姐你是金枝玉叶,你帮我擦水,我怎么受得起?你别管我,我坐一会儿,等身上暖和了,我们就回去。"大龙边拧头发上的水边说。

"好,我听你的,等你衣服干一些,我们就上岸。"格拉斯说。

"小姐你背过脸,我要脱内衣。"说着大龙解内衣扣子,当格拉斯背过身后,大龙脱去上衣下裤,只穿一条内裤。他用毛巾擦去全身水渍,然后左右手交叉反复擦腿、脚和上下身,直至全身变热发红。

格拉斯回头,见大龙肌肤洁白发亮,全身肌肉发达,一种少女的冲动使她大胆地走到大龙身边,脸红含羞地说:"你的皮肤真美,我来帮你擦身。"

大龙有点紧张,他说:"小姐,这不成,这不好。"

格拉斯埋着头说:"什么成不成好不好的,是我把你弄下水的,应该我来帮助你,再说……"

"再说什么?"大龙敏感地问。

"再说我早已爱上了你。"格拉斯抬头痴情地望着大龙。

大龙摇头:"谢谢小姐厚爱,我们近在咫尺,可是我感到我们仍然远隔千里。"

"你是担心这几次'勇敢者'选拔赛是假的?"格拉斯边给大龙擦身边问。

"那倒不是。"大龙轻轻摸着格拉斯的手说。

"既然不是假的,那你担心什么?"格拉斯问。

"我担心,我虽然两关都是第一名,但我总感到我不是你父亲中意的女婿人选。"大龙说。

"何以见得?"格拉斯又问。

"若我是你父亲心目中的女婿人选,他绝没有必要再举行第三次比赛。"大

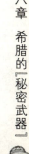

243

第十八章　希腊的「秘密武器」

龙把自己全身按摩得发热，又在游艇甲板上练习了一阵气功，表演了一套"飞鹰抓鱼虾"的拳脚功夫。

"你多虑了，大龙先生。"格拉斯为他披毛巾。

"这不是我多虑，你父亲摆的是一付明棋，他这是要逼我自动放弃。"大龙声音低沉地说。

"无论我父亲举办的这几次'勇敢者'比赛是真是假，只要你在第三轮比赛中胜了我父亲，我自己会作出最后决定，到时候我会跟你走，无论是留在希腊，还是去到你们那个遥远而神秘的大清帝国，我都会跟着你。"格拉斯态度坚决。

"小姐，如此说来我必须要参加第三轮比赛了？"大龙边穿衣服边说。

"对，听我的没错。"格拉斯为他扣衣扣。

[画外音带字幕]经过"奥运和平促进会"的协商调解，希腊和土耳其两国团长都赞同用特别比赛方法代替军事手段，解决塞浦路斯岛长期悬而未决的领土争端问题。这次比赛中，哪国胜，该国就拥有对塞岛四年一届的临时管辖权。第一项比赛是"拔河"，五战三胜制，即哪一国胜了三场，便算是"拔河"比赛胜利的一方。

雅典港口，一队特殊的士兵巡逻在码头边的大道上，他们是希腊民间退伍军人由民间组织的拔河培训队，因为时间紧急，所以采用军事化管理。港口附近每隔一段路站着一名士兵，成扇形包围着港口的两条进出口。附近的木制高塔平台上，两位士兵各手持一个望远镜，时看时停地监视着进出码头的人流。远处海面上，传来一声汽笛，木制高塔上的两位士兵同时举着双筒望远镜，监视着缓缓入港的大型客轮。客轮各层外廊走道栏杆边站满了旅客，他们兴奋地说着、笑着，指点着。

高塔上的一个士兵走到电话机边，摇通电话，高声说："喂，中士杰克从海岸三号监视塔上报告，一艘六层楼高的大型白色客轮'格拉斯'号驶入雅典港 2 号客运码头，估计半小时可以进港靠岸，请派一队士兵封锁码头各条通道，检查下船旅客……是，长官。"

岸边的马路上出现一队士兵,他们跑步到了雅典港口码头,三步一岗,五步一哨,包围了进出港口的两条人行通道,监视着从"格拉斯"号轮船上下来的旅客。旅客们排成两路纵队向岸边走去,到达出口处时,三个彪形大汉和两个男胖子以及一个胖女子被拦住,他们被带到一间大房内。两位穿军装的年轻漂亮女兵,为坐在椅子上的六位特殊客人端来茶水,微笑地送到客人手中,说声:"请慢用。"便转身退出。

大房间西头的正门大开,走进十名希腊士兵,成八字站成两排,最后进来的是一位高大英俊的少校,他站在大房中间,向六位客人敬了一个军礼,然后微笑着说:"你们六位旅客乘船到雅典,一路辛苦了,我们从昨天中午12点开始,在全国寻找大力士和大胖子,征召入伍,组成特种部队,经过训练后开赴塞浦路斯岛。"少校说着,用火柴点燃香烟吸了一口,弹了一下烟灰,准备接着讲。

座位上的一位胖男子接话:"我说长官,听你话的意思,现在把我们几个人扣押在这里,是要我们这些胖子去当什么特种兵对吗?既然是招兵为什么搞得如此神秘?你们在城市乡村、车站码头贴上公告,自然会有愿意当特种兵的人来报名。现在怎么弄得鸡飞狗跳如临大敌,我还以为我们犯了什么王法,被你们抓起来了呢?"少校抽儿口烟,把烟头丢进墙边垃圾筒,回头说:"招特种兵是秘密计划,不能贴布告,你明白吗?今天大家先受点委屈,在这里登记一下,然后直接把你们送到特种兵接收站。"

胖女子说:"长官,我虽然是胖子,但我是女子,从来没有听政府说要招胖女子去当你们那个什么特种兵哟。你们是不是弄错了?"

"这个,我无权答复你,一会儿登记后,你们去到特种兵接收站,那里的军官会答复你招不招收女胖子当特种兵的问题。"

"报告长官,我是从塞浦路斯岛来的土耳其人,你们招特种兵是想跟岛上的土耳其人打仗,我可是不愿当你们希腊人的特种兵,更不希望土耳其人打土耳其人,你放我走吧,我是来雅典看最后几场奥运比赛的。你们把我扣押在这里,耽误了看奥运会比赛,你们要负责赔偿我的一切损失。"一个身体强壮满脸胡须的高个男人说。

"什么?你是塞浦路斯岛的土耳其人?你到一号房内,里面的军官会鉴别你的国籍,你请。"少校彬彬有礼地做手势,高个男人进入一号房。

少校问其余几位客人："你们几位该不会是土耳其民族吧？"

"我是希腊族。"第一位彪形大汉站起来说。

"那好，你愿意当特种兵吗？"少校问。

"当特种兵能为希腊王国效力，我愿意。长官，请你告诉我，特种兵是干什么的吗？"第一位彪形大汉又问。

"这是机密，你们军事训练结束后，那里的军官会告诉你的。"少校微笑着说。

"长官，我虽然也是希腊族，可是我家住在塞浦路斯岛，我的周围邻居都是土耳其人，我们像兄弟一样友好，要是他们知道我当了希腊国防军的特种兵，要跟土耳其族人打仗，那多不好意思，所以我考虑请长官你放了我。"第二位彪形大汉说。

"看你这位帅小伙白长了一个大个子，身体又粗又壮实，你不去当特种兵，谁去当特种兵？我看你的身体最合适当特种兵，你多大岁数了？"少校拍了一下第二位彪形大汉的肩，亲切地问。

"报告长官，二十四岁了。"第二位大汉说。

"讨老婆了吗？"少校又问。

"还没有，不过别人给我介绍了一个女子，约定我们明天在雅典奥运会上相亲。长官，你把我关在这里，我们已约好了明天上午 10 点在奥运会体育场左边门口见面，要是见不了面该怎么办呢？介绍人和那位女子会着急的，求你放了我。"第二位大汉说。

"你的女朋友和介绍人他们不会着急的，明天我会将你的情况通知特种兵接待站的军官，叫他们明天派两位士兵陪你去奥运会比赛场，让你和你的女友相亲会面，误不了你的好事。"少校说。

"可是我那位没见过面的女朋友要是听说我带着希腊士兵去与她相亲，她是不会高兴的。"

"为什么？"

"因为她是土耳其人，而且是住在塞浦路斯岛的土耳其族人。"

"你肯定明天要见面的女朋友是土耳其民族？"

"肯定，他叔叔当我们的介绍人，她叔叔是土耳其人，当侄女的肯定也是土耳其人,错不了。"

"我们希腊族美丽漂亮的姑娘多的是,你为什么要找一位土耳其民族的姑娘谈恋爱?"少校说。

"长官,这你就不了解我们塞浦路斯岛的现状了,我们岛上希土两国人通婚已有几百年的历史。再说他们给我介绍的这位土耳其姑娘那么漂亮。"说着他从衣服内拿出一张土耳其姑娘的画像说,"长官,你看她多么漂亮,长得可爱,笑得灿烂迷人,我明天上午 10 点在奥运体育场左边大门口拿着这张相片见人。"第二位大汉又说。

"好了,等你到了特种兵接待站,你向那里的长官解释吧。"少校说着来到第三位大汉的面前说:"小伙子,你的女朋友该不是土耳其族人吧?"

大汉起立回话:"我才不与土耳其姑娘谈恋爱呢。"

"说说你的看法,为什么不与土耳其姑娘谈恋爱?"少校面带微笑,看着面前这位不算胖但高大结实皮肤黝黑的壮汉。

"我父亲、我哥哥在与土耳其人的海战中,被土耳其人的炮弹炸死,连尸体都没有找到,真是惨啊!"第三位壮汉说。

"你家里还有些什么人?"少校关心地问。

"自父亲八年前死后,母亲改嫁,与我的养父住在一起,我们家除我外,还有两个弟弟和两个妹妹都十几岁了。"壮汉说。

"那就是说,你若成为特种兵,家里没有后顾之忧,对吧?"少校用右手握拳,轻轻地在壮汉胸前碰了一下。

"对,长官。"壮汉说。

"那么,谢谢你同意参加我们的特种部队,我相信经过训练后,你一定会成为一名优秀的上等兵,现在也请你进入一号接待室,房内的军官会为你办理相关手续。"少校做了一个手势,让他进入一号房。

雅典一所大楼里,从全国招募来的男胖子或身强力壮的大汉们,在大楼一层大厅里排着长队等候体格检查。一群穿白衣、戴白帽、白口罩的男女大夫和护士们,忙着为这些胖子或壮汉量血压、测身高、称体重,用听诊器听内脏。每进行一项检查,大夫们用红笔在他们赤裸的后背上绘上 √、△、Ω、×、β、γ 等不同的符号。绘有符号的表示指标合格,没有绘上述符号的人,便从侧门走出,表

示为不合格人员,已被淘汰。

　　背身上绘满上述符号的合格人员,穿上衣服后拿到一张卡片去到第二层的第一间大房内,依次进行姓名、年龄、家庭住址、父母妻子儿女等的登记后,再依次进入第二间房内量身高、腰围、头围、脖围、手臂长等,每量一项,军官们便在他们带来的卡片上写数字。他们拿着卡片进入第三层大房内,凭着卡片上的尺寸,领军帽、军衣、军裤、衬衣、袜子、运动鞋和一双高筒黑皮靴,他们抱着领来的军用品,推门进到第四间大房内,选择领取适合他们粗大腰围的特制军用宽皮带和裤子专用吊带,然后他们下楼出门右转弯,来到浴池沐浴后,换掉全部旧衣,穿上全新的军装。穿新军装的特种兵学员们个个精神焕发,面目一新。

　　在特种兵接收站训练营地的另一排平房的各间大房里,分别放着各种健身器材:悬吊沙袋、铁哑铃、铁杠铃等。房间内的几位胖子学员和壮汉,赤裸上身,戴拳击手套在击打沙袋或脚踢沙袋,汗水淋漓。第二间房内,几位学员分别在练习举铁哑铃或扛铁杠铃。练习过程中,他们黝黑发达的手、腿、胸部肌肉不断颤抖。第三间房内,一群学员散乱地站在房内,两人一组,其中一人用包裹着棉花的短木棒,击打另一位的手臂肌肉,然后同法击打腿部肌肉,上下往复,最后是用较长的木棍横向击打胸部、腰部和背部。每打一下,被打学员牙齿一咬,有时发出一声"哎哟"哼叫声,个别被打学员痛苦的脸上落着泪水。打完了前身,再转一百八十度让对方击打后背。站在一边指导、监视的教练官,吹一声口笛,并做停止手势,学员们转身到阳台上各喝一盅盐开水。十分钟后又一声口笛响起,教练官先双臂高举,然后做了个互相交换的手势,让刚才被打的学员们分别拿包棉花的木棍击打刚才打过他的学员,从正面的手臂、腿、前胸、腰部,然后转身到背部的手、臂、腿、背部和后腰。

　　第四间房内,楼板上吊着十多个双吊环,学员们在陪练人员的帮助下,双脚倒挂在双吊环上,被悬吊在空中的学员,头与地面的厚棉垫,相距仅几厘米。他们的双手或同时向上,或呈十字状平伸,被吊的学员头朝下悠闲自乐,互相窃窃私语。一位教练官员从外面进来,拿着一根木棒敲了几下桌子,示意学员练功时不准说话,室内顿时安静。

　　一位上校领着十多位军官,从一间练功房巡视到另一间练功房,他们见到几位胖子在厚垫子上做俯卧撑，一位胖子在两位陪练人员的帮助下做仰卧起坐，胖子不断发出"唉哟、唉哟"的叫喊声。

镜头从第五间切换到室外露天运动场，一些学员在爬吊绳，另一些学员在石桌上扳手腕，还有几对学员们赤着背，反向斜站双脚呈八字，一人的左手臂碰另一人的左手臂，每碰一次两人都发出"嘿"的吼声。远处两位学员齐心协力，吃力地推着一个圆柱形石滚在地上缓慢前进。不远处还有三个学员，各拉一根粗绳，拖着一个更重更大的圆柱形石滚向一个坡度不太陡的上坡，缓慢而吃力地爬行着。在坡顶有四位学员，两人一组，赤背单手互推一根两米长的圆木，他们面红筋胀，互不相让，相持十多分钟直至一方力衰退步落败，两人都斜窜着扑倒在地上，嘴里喘着粗气。

第十九章　小龙骑骆驼比赛

[画外音]埃及、美国、德国、大清国等国的十二名运动员参加奥运会的二十公里骑骆驼比赛,沿途要经过平原、沙丘、沼泽、河流等地段,地形复杂多变,且有无数天然屏障,不但要考验运动员的体力和耐力,更要检验他们的意志和判断力,许多路段的分界口插有两个木牌,指示着前进方向,供运动员们临时判断作出选择。

中国派小龙参加骑骆驼比赛,小龙与大龙是孪生兄弟长相相似,许多外国运动员分不清谁是大龙谁是小龙?另外,大龙在参加格拉斯小姐的选驸马的"勇敢者"比赛中两次都表现出色,引起某些人的妒忌,成为骑骆驼比赛中隐藏的祸端。

比赛的大草原上,十二匹骆驼成一字摆开,当裁判举起信号枪,手压枪机,天空升起三发绿色信号弹后,十二名运动员骑着骆驼立即奔腾起来,在草地上卷起一串串黄尘。

骑骆驼的奥运会比赛队伍,从草原逐渐进入一片开阔的沙丘地带,骆驼在起伏不平的软沙地上速度减慢,但适应沙漠行走的骆驼,发挥着它们体长蹄大、抗沙陷的优势,十二匹骆驼像海上飞驰的十二艘快艇,各自选一条路线自由前进,每匹骆驼的后面扬起一片沙尘,十二团沙尘在远处汇成一片黄色的沙雾,沙雾中显现远处观看比赛的人们欢呼跳跃的身影。

比赛的骆驼队伍跑完了五公里沙丘地段后,即将进入最难通过的河网沼泽翻浆区。地形分界处有两块显眼的方形大木牌,一块写着"这条路短,但有一段难行的沼泽翻浆区";另一块写着"此路线行走无翻浆区,但要绕行五公里"。

十二匹骑骆驼的比赛队伍,有九匹选择了绕行五公里的安全比赛道路,他们拥挤在时宽时窄、芦苇丛生的水网区原始土路上,飞奔前进。

小龙和两名埃及运动员各骑一匹骆驼,选择了直通水网区的近道行走,当他们三人骑的骆驼刚行走三百公尺时,骆驼和人都被陷到泥浆里,奥运会的十多名工作人员早在泥浆上面放了五十多块长木板,并在木板上放了一根粗大的绳子,让三名运动员手拉着粗绳,脚踩木板小心而艰难地通过这段最困难的翻浆区。偶尔有骆驼陷入泥浆区后,它们凭着高大的身材、宽厚的躯体在泥水中昂首前行,到达超过两米深的翻浆地段,三匹骆驼本能而自然地在泥水中翻滚几圈,仰着头,出着大气,吃力地通过深水翻浆区。当它们第二次、第三次在浆区中昂首艰难地前行时,马的四蹄突然踩空,躯体不断下沉,三匹骆驼又自行在泥水中多次翻滚着前进。然后三匹骆驼连走带滚通过了危险区,三位运动员顾不了身上的污泥与脏水,他们脱下外衣,迅速对自己和骆驼进行了简单擦洗,骑上骆驼,向终点方向急驰。

三名走捷径的运动员,比九名绕行运动员早几分钟通过三条清澈见底的小河沟,小龙和另一名运动员从骆驼背上跳入水中,再次清洗身上的脏泥和骆驼身上的污泥后,骑着骆驼向前方大河上的木板桥汇合点冲去。

此时,绕道五公里的九名各国运动员也从另一条大道也向大河上的木板桥奔跑而去,有六匹骆驼先后冲过木板桥,奔向终点,后面紧跟而来的五匹骆驼和小龙骑的骆驼几乎同时拥上桥面,骆驼蹄踩踏在木板桥上发出震耳欲聋的响声。夹在五匹骆驼中间的小龙,忽然听到他的骆驼发出一声惨叫,不知是谁暗中用铁钉狠狠地锥了一下小龙骑的骆驼的屁股,它突然惊跳发狂,怒吼着冲断桥的木栏杆,小龙随着这匹可怜的受伤骆驼,一齐落入桥下滔滔奔流的河水之中,在河水中溅起两片高大的浪花。

奥运会工作人员奋力抢救,人和骆驼很快被救上岸。

小龙骑的骆驼出水后自己走上岸,它的左前腿有些跛。为表示对受伤骆驼的敬意,裁判临时决定在受伤骆驼的驼峰上,戴上一个大大的月桂花环。

小龙落水时被水中的石头碰伤,被抬上岸时已经昏迷。

站在山坡上拿着望远镜观看骑骆驼比赛的格拉斯小姐,来到木板桥另一

端不远处的比赛终点,从救护担架上看到昏迷不醒的小龙,她误认为是大龙,格拉斯用手势命令车夫,把小龙抬到自己乘坐的专用豪华马车上。她守候在小龙身边,叫驾车人把昏迷不醒的小龙送到自家的别墅内,并吩咐家庭医生为小龙打针、吃药、治疗,最后把小龙送到一间专用休息室养病。

第二天上午,大龙来到别墅门口,对值班官员说:"请通报格拉斯小姐,就说大清帝国参加奥运会的代表团团长大龙先生有事求见格拉斯。"

一会儿工夫,格拉斯的一位贴身侍女来到门口,她说:"你是大龙团长吗?"

"对,我是大清帝国奥运体育代表团的团长。"大龙说。

"我是格拉斯小姐的秘书,你找小姐有什么事?"一位长相端庄、动作斯文、态度和善、戴金丝眼镜的金发年轻女子问。

"听说格拉斯小姐昨天在雅典郊外看奥运会的骑骆驼比赛时,救了受伤的大清帝国运动员小龙到此治伤,我是小龙的哥哥叫大龙,我现来接小龙回我们住地,麻烦你通知格拉斯小姐,请她将小龙送到门口,好吗?"大龙说。

"好,我这就去禀告小姐。"年轻女子对看大门的卫兵说:"这位大龙先生是小姐的客人,你先让他进来。"

卫兵说:"好,先生请进。"

大龙随年轻女子进到别墅的贵宾休息室,女子说:"先生请休息一会儿,我去请小姐。"

过了一刻钟,格拉斯在女子陪同下来到贵宾休息室,格拉斯说:"大龙先生,欢迎你来做客。"

大龙从沙发上站起来说:"谢谢小姐,我不是来做客的,听说你救了我弟弟小龙,我来接他回去。"

"昨天,我站在骑骆驼比赛终点不远的小山坡上看比赛,突然从望远镜里看到'你'和骆驼从木桥上被挤到河里,我赶快叫我的马车夫把'你'拉到家里,找家庭医生给'你'看病,没想到我小心又小心,还是把你弟弟小龙错当成了'你',送到这里来医治。"格拉斯说着笑了起来。

此时四位侍女用木盘端着牛奶、鸡蛋、面包、三明治、奶酪、火腿肠等放到贵宾室的圆桌上。

格拉斯说:"大龙先生,你是我的贵客,本小姐招待你吃早餐,请坐到圆桌边来。"说着格拉斯自己坐到圆桌边，"说起来不好意思，我刚起床不久，还没有吃早点，你来了，正好和我共进早餐。"格拉斯又说。

"谢谢小姐，我们是运动员，早上6点准时起床，二十分钟的梳洗、穿衣、上厕所时间，晨练一个小时，7点半到8点就吃完了早饭，所以我现在不能吃？"大龙说。

"为什么不能吃？"格拉斯问。

"因为我已经吃过早餐了。"大龙说。

"你这么一个大个子，早餐吃进肚的东西恐怕早已消化掉了，你赏给我一点面子好不好？"格拉斯小声说。

"好，我赏给你一张'桌面子'，没想到你们希腊人待客如此热情，我今天要是不吃就不算是赏给你面子，说不定大门我都走不出去。我们大清帝国有句话叫'秀才遇着兵有理说不清'，我在你面前是运动员遇上小姐，有理无理也要听你的摆布。"大龙说着幽默话，去到桌边，坐在格拉斯的对面。

"什么叫秀才遇着兵？有点乱七八糟的，我不明白您说的是什么？"格拉斯满脸疑惑不解。

"你不明白我的意思没有关系，我明白小姐的意思就行。"说着大龙端上一杯牛奶，一饮而尽，又用叉子叉上一块三明治咬了一口，另一半仍留在叉子上，举到格拉斯的面前给她看。

格拉斯不断地点头。

大龙狼吞虎咽地吃了一阵东西后，从衣袋内掏出一个洁白的丝织绣花手绢准备擦嘴。

格拉斯好奇地拿过大龙的绣花手绢，展开一看，手绢上有一对活灵活现的大清国苏绣，"白猫戏绣球"彩绣图案展现在她面前，格拉斯爱不释手。

大龙见状说："小姐，你好像很喜欢这个手绢？"

格拉斯点头："大龙先生，这个你能送给我吗？"

"可以，不过我用过了，我把用过的手绢送给你，有些不太礼貌吧！"大龙笑着说。

"我不在乎，我喜欢它。"格拉斯说。

"我拿回去洗干净再送给你好吗？"大龙说。

"不必了，我拿去不是用。是当收藏品。"

"是吗，你想用这块手绢作什么样的收藏？"

"我准备把它嵌在镜框里，挂在墙上作装饰品，让它给我的房间增添乐趣，同时我也会时时思念送我手绢的人。"格拉斯深情地说。

"那好，小姐如此珍爱我们大清帝国的苏绣工艺品，过几天我另外再送你几条有各种图案的苏绣绣花手绢。"大龙说。

"那我就先谢谢你了。"格拉斯说："明天我们希腊要与土耳其进行'拔河'比赛，你知道吗？"格拉斯说。

"知道，这是'奥运和平促进会'前几天定下的事，也是为了解决你们希腊王国和土耳其王国关于'塞浦路斯岛争端'而进行的专场比赛，你们两国为了该岛的归属权争论了几百年，也时断时续地打了几百年仗。双方失去那么多年轻而鲜活的生命，真让人哀叹惋惜。这次，通过奥运会的体育专场比赛来解决该岛的归属，虽然不是永久性解决办法，只是四年一次的阶段性解决办法，但它不失为一种双方都能接受的好办法。没有战争，不死人是最文明的解决办法。我们大清帝国代表团支持你们两国为世界的和平所做的努力，用体育比赛定胜负，代替战争定输赢。事实上你们两国实力相当，用军事方法永无胜利可言，只能劳民伤财，增加仇恨。从某种意义上讲，用奥运比赛解决矛盾无论哪方胜哪方败，都不要紧，即使失败，也仅仅是失去四年一届对该岛的临时管辖权，以及损失四年的小小经济利益。失败一方不服输的话，回去好好准备，下一届奥运会时还可以跟对方一起到奥运和平促进会进行协商，选择一种对自己有利的奥运比赛项目。这样做的重要意义，是你们两国为人类和平事业开创了一个用体育胜负解决国际争端的先例，人类和平的文明历史，将从你们两国明天的拔河比赛开始，这样你们两国将会对人类和平作出重大贡献。"大龙说。

[格拉斯的旁白]大龙先生是一位文武双全的人物，我父亲为什么就没有看出来？

格拉斯小姐听了大龙的这番高论，笑了一下说："大龙先生的高论我完全赞同，这里想请教一些'拔河'比赛方面的技巧，即是说在比赛中我们应该注意哪些细节？才有利于取胜土耳其运动队，你介绍一些经验，可以吗？"格拉斯说。

"小姐你也对'拔河'运动感兴趣？"大龙问。

"我是希腊人，我当然关心这场'拔河'比赛，要是我们的运动员们输给土耳其运动队，这不但意味着希腊有四年的政治和经济损失，也意味着我们家在该岛上的公司的经济利益受损，所以我对这次'拔河'比赛不但有兴趣，而且很关心。"格拉斯神情严肃地说。

"我理解小姐的心情。"大龙声音低沉。

"那你快告诉我，在'拔河'运动中，运用哪些技巧我方才能有胜算把握？"

"体育比赛技巧是世界人民共同的财富，只要我知道的，我不但告诉你，若是土耳其人或其他国家运动员们想知道，我也可以告诉他们。"大龙说。

"那好，现在你讲给我听，等明天'拔河'比赛完后，你也可以讲给土耳其人听。"格拉斯说。

"小姐，你是一个机灵鬼，狡猾狡猾的。"大龙说完自己从桌上的牛奶罐中倒了两杯牛奶，一杯放在格拉斯面前，一杯自己一饮而尽。

"谢谢您给我倒牛奶，您有点反客为主了。"她说。

"我这是借花献佛。"大龙说。

"我不要你借我的花献我这座佛，多此一举，本小姐需要你介绍'拔河'技巧。"格拉斯说。

"那我就给你献'拔河'技巧啰！"大龙说着双手在胸前做送物状。

"大龙团长，你在你们五台山教徒弟练武术，有没有教过拔河？"

"有过，我在山西五台山当武术教官，曾与一些武僧徒弟们在休息时组织过几次小小的'拔河'比赛。记得有一次庙后的山崖上有一棵大树被风刮倒，我们让一名小和尚爬上去，在枝干上套了三根粗绳，三十名武僧和尚用'拔河'的方法始终没有将树拉下来。后来一位长老和尚看了一阵，他说出一条妙计，我们按计行事才把崖上的大树连根带石块一起拉了下来。"大龙说。

"他说的什么妙计？快说给我听。"格拉斯双眼直视大龙。

大龙点头说："长老和尚说了四个字'脚稳心齐'。"大龙伸出四根手指比画着。

"脚要怎么站才算稳？心要怎么想才算齐？"

大龙一笑："两队'拔河'比赛中，双方队员体力相当的情况下，取胜的必要条件就是'脚稳心齐'，方能保证最后的胜利。"

"你认为我们希腊队的队员要取胜土耳其队，应该怎样做才能'脚稳心齐'，你说具体点儿？"她催问。

大龙站起身在桌子周围走动几步，想了一阵说："请问小姐，你是这次'拔河'比赛希腊方的总指挥吗？"

"这跟我当不当总指挥有什么关系？我是希腊人，当然希望这次决定塞浦路斯岛命运的奥运会'拔河'比赛希腊队能取胜，所以我才诚心请教你，我相信你这位大清帝国奥运会代表团团长会全心全意帮助我，我想我应该没有看错你这位朋友。"格拉斯诚恳地说。

"小姐执意要问，我就说具体一点，'脚稳'就是你们的全体比赛队员应该统一穿能产生较大摩擦力的防滑鞋，具体应该在鞋底上下功夫，比如鞋底上有凹凸不平的深波纹，或鞋底上钉有许多个均匀密集的铁钉，都可以增加鞋的摩擦力。"大龙说。

"我明白了，请你再说一说比赛队员们在'拔河'的瞬间，怎样才能做到'心齐'？"格拉斯问。

"'心齐'，就是指拔河时集体用力的技巧，它不是队员们各自使蛮劲，而是用波浪法加力。具体就是在力的波谷时作用小力，与对方保持力的平衡，不让对方拉倒；在波峰时，一齐用大力，把对方拉过比赛区。"大龙比画着又说："几十个人一齐拔河，如何掌握好力的波峰与波谷时刻，这是拔河取胜的关键。我们大清帝国长江三峡上的船夫们几十个人拉船冲滩，他们齐唱'船夫号子'，纤绳便会产生力的波浪，便有波峰与波谷。"

"什么是'船夫号子'？"格拉斯插问。

"'船夫号子'就是拉船的几十个人为了统一步调，协同使劲，同唱一首叫'船夫号子'的民歌歌曲，由一个人领唱，众人应和。"大龙解释说。

"他们唱的'船夫号子'好不好听？"格拉斯又问。

"好听，另外，我们那里的筑路工人，打夯时也要唱一种'打夯歌'，与'船夫号子'的唱法差不多。"也是一人领唱，众人应和。这个领唱人就是总指挥，每当领唱人唱一句便是力的波谷时刻，应和人员齐声合唱时，便是大家一齐用力的波峰时刻。当船拉到最吃力、水急浪大冲滩的时候，力的波峰与波谷间隔越来越短，船夫们两手双脚同时触地，每当喊一声'嗨哟'，他们的左手与右脚，或右手与左脚同时移动一小步,这是最吃力的波峰关键时刻。船上了滩后流水平缓了,领唱人与应声合唱人的调子放慢。"大龙边说边表演,比画船夫们应声合唱时用力的姿势。

"大龙团长,按你的说法,我们的拔河队员里,应该有一个人会唱歌,由他领唱,其余的队员应和齐声喊'嗨哟','嗨哟'声就是大家齐用力的口号,只有都做到了心齐,就是'领唱人'和'应和人群'同时发力,便会产生交替的冲击性牵引力,对不对?"格拉斯问。

"小姐真聪明,你对'脚稳心齐'理解得完全正确。"大龙说。

"我可不可以邀请你下午随我到希腊特种兵团去教唱你们那个'船夫号子'歌曲,我想让我们的特种兵团明天跟土耳其人比赛'拔河'时,有人领唱,也有众人应和齐唱,让士兵们同唱同出力。"格拉斯说。

"这个……"大龙犹豫着不便答复,只有摇头谢绝。

"你不想帮助我们希腊王国在这次'拔河'比赛中战胜土耳其王国?"格拉斯问。

"我的心情是既想帮助希腊王国,也想帮助土耳其王国,全世界希望得到我帮助的国家我都想帮助他们,所以我的心情很矛盾。在这场为'塞浦路斯岛争端'举行的希土两国拔河比赛中,我们这些中立国家的运动员应保持中立和公正,以免使'奥运和平促进会'失去它的权威性和公正性。"大龙说。

"好,我理解。不过,大龙先生我们已经是朋友,而且我敬佩你,你能不能接受我个人的邀请,下午陪我到我们国防军特种兵训练团去视察。"格拉斯说。

"好,看在小姐你个人的面子上,下午我舍命陪君子,陪你走一趟。"大龙又说,"啊,时间不早了。我弟小龙的伤好了吧,小姐,你看我是不是现在领他一道回去。"

"不用急,等医生下午给他再换一次药,打一次针,我晚上派马车把他送回你们住地?"格拉斯说。

"那好,我该走了。"大龙起身。

"你在我这里吃完午饭再走吧。"格拉斯看了一眼室内墙上精美的挂钟,已经是上午10点30分钟了。

"我11点要去'奥运和平促进会'开会,商量希、土两国明天'拔河'比赛的

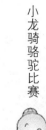

具体事宜。"大龙边走边说。

"我派一辆马车送你。"格拉斯说。

"不用,我是长跑运动员,习惯以跑步代替坐车。"大龙说。

"那么,我送你到广场的喷水池边。"格拉斯说,"大龙团长,下午4点我坐马车到你们住处,接你与我一道去我们的特种兵团视察,你千万要等我呀。"格拉斯说。

"跟你到特种兵团陪你视察,我算什么名分?"大龙边走边说。

"你算本小姐请的外国教练员。"格拉斯说。

下午4点正,大龙陪格拉斯乘坐一辆马车来到雅典郊外的特种兵团大门外,一位将军和特种兵团的上校团长在门口迎接他们。格拉斯和大龙下车后,将军说:"欢迎小姐光临我们特种兵团,我向小姐致敬。"说着将军向格拉斯敬一个军礼,也向大龙敬了一个军礼。

"为了避免泄露你们的机密,我们是不是应该另找一个合适的地点,我把'拔河'取胜的'要领'告诉两位先生,你们明天比赛时可以作为参考。"大龙说。

"我同意,将军你说,我们到哪里谈好呢?"格拉斯问将军。

"我们去作战室。"将军说。

"对,我同意去作战室。"上校接话。

大龙摇头:"我看,我们几人坐上马车,拉到一个无人的安静地方,随便谈一谈。"

"同意。"格拉斯点头。

上校对驾马车的车夫说:"你一人在这里休息一会儿,我们几人上车,找一个地方商议完事后马上回来。"

上校跳上马车接过马鞭,格拉斯、大龙和将军三人跟着上车,马车向一个山崖边开去。车停在山崖下的一堆大石头边。

三人坐在距大石头堆不远的草坪上。

格拉斯不坐,她站着说:"大龙先生是本届奥运会的体育明星之一,他对拔河运动有独特的见解,现在请他介绍一些'拔河'时制胜的要领。"格拉斯说完带头鼓掌。

将军和上校也鼓掌。

大龙从草坪上站起来说:"我在这里说两点比赛的技术性问题。"

此时,将军和上校都拿出铅笔和小本子,专心地听并记录大龙的讲话。

大龙接着说:"第一,你们参加'拔河'比赛的特种兵,最好穿鞋底有深坑型纹路的防滑胶鞋,增加鞋底与地面的摩擦力,要是穿皮鞋的话,在皮鞋底上加上粗短密集的铁钉效果也同样。第二,比赛开始后你们应该有现场总指挥,总指挥的人选最好由交响音乐团的总指挥担任,队员们听他指挥。他也指挥唱,每唱一句,队员们齐声'和应'一句。'和应声'应短而有力,每'和应'一句,队员们随声音齐用力并移动一小步。只要队员们'和应'声齐,脚步自然会一致有力,用我们那里的话讲,叫人心齐,泰山移。"

"你们两位听了大龙先生的两点意见,有什么想法?请都表一个态,行,就回去逐条落实。经济上有什么困难,我负责解决。"格拉斯说。

"上校你先谈一谈你的看法。"将军说。

"大龙先生讲的第一条,明天'拔河'比赛时队员们穿增加摩擦力的防滑鞋,我看可行,只是我们已经决定了特种兵团明天的比赛时间,一律穿普通平底皮鞋,现在改穿有密集铁钉的防滑皮鞋,找鞋厂现加工恐怕来不及。"上校说。

"这件事我马上找几位采购商量,由他们立即找皮鞋厂的老板,争取在明天中午12点前制作出一百双鞋底上带密集铁钉的皮鞋,你们特种兵团明天中午1点派人去皮鞋厂取货。"将军说。

"我补充一点,鞋底上的铁钉的直径应该在半公分左右,露出鞋底不超过一公分,铁钉间的间距最好在一公分半左右,供你们参考。"大龙说。

"关于去希腊国家歌剧院找一位交响乐团的总指挥,让他来担任明天的领唱,由他指挥并领唱拔河比赛,我看不必要。这拔河只要裁判一声令下,两边队员一齐用力拉就行,哪来的时间领唱,完全不必要。"将军摇手。

"我同意将军的意见。"上校说。

格拉斯看了一眼手表说:"将军,还有上校,你们立即去准备铁钉皮鞋。"格拉斯说。

"要是来不及加工铁钉防滑皮鞋,可以找加工马掌的铁匠,加工一百双带铁钉的铁垫板,能套在鞋的外底上也行。"大龙补充说。

"好办法,我去找参谋研究,哪样快就加工哪样?"将军说。

"明天正式比赛的时间是下午3点整,明天上午11点,我约昆塔与国家歌剧院的交响乐团总指挥,还有这位大龙先生,我们四人到你们特种兵团训练场,把你们的全体队员分成两队,每队二十五人,进行'拔河'演练,由穿带铁钉皮鞋的二十五名队员,与穿平底皮鞋的二十五名队员进行试验性比赛。赛一场后,互换鞋,再比赛一场。我要看一看这两种鞋各自的效果如何?另外,我还要试验一下,有音乐领唱指挥,与没有音乐领唱的效果又是如何?这次试验性的领唱指挥,先由大龙先生领唱'拔河号子',若有领唱一方取胜次数多于对方,明天下午3点与土耳其人正式比赛时,就由交响乐团的总指挥,来担任希腊方的比赛总指挥。这样试验,你们看行不行?"格拉斯说。

"行,我同意。"将军勉强地说。

"好,这个我来办。"格拉斯说。

"我们立即返回,分头办理。"将军说。

大龙拿出一张纸条交给格拉斯:"格拉斯小姐,我这里用中文写了一首明天比赛的'拔河'领唱词,你拿去交给交响乐团的总指挥,请他翻译成希腊文并谱曲,要是明天用领唱拔河效果好,音乐总指挥可以用这首歌词领唱。"

"好,谢谢大龙先生,我们走。"格拉斯边上马车边说。

途中,格拉斯又说:"上校,你把我们送到你们特种兵团门口。"

"是,格拉斯小姐。"上校说。

第二天上午11点,昆塔、格拉斯小姐、大龙、雅典歌剧院交响乐团的总指挥四人准时到达特种兵训练场,将军和上校进到门内看到训练场中,每边二十五人的拔河队员已分别站成一条直线,一队穿着普通平底皮鞋,另一队是穿着带铁钉的皮鞋,一条长长的粗绳已经摆放在队员们的脚边。

当昆塔、格拉斯、大龙、乐团总指挥及将军等五人坐在检阅台上坐好后,上校向将军敬礼后问:"将军,我们的试验是否马上开始?"

将军起立转身向昆塔和格拉斯敬军礼:"报告昆塔先生和格拉斯小姐,可以开始吗?"

昆塔和格拉斯都点头表示同意。

将军向上校下达命令:"开始。"

上校手拿一面黄旗一挥，并吹响口哨声。

双方拔河队员用力向后拉，僵持一段时间后，穿带铁钉皮鞋的一方，把穿平底鞋的一方拉着向前滑动。

上校吹三声口哨，又喊："立正，双方队员都有：向左、向右看齐，正步走，立正。"

五十名特种兵站成一条直线。

上校又命令："解散，换鞋。"

刚才穿带铁钉皮鞋的人员，全部换成平底皮鞋；刚才穿平底皮鞋的人员，全部换成带铁钉的皮鞋。

五分钟后，换鞋任务完成，上校吹口哨后，喊道："立正，两队各自报数。"穿平底皮鞋和穿带铁钉皮鞋的人员各自从一报数到二十五。

上校又喊："交换场地。"并做手势。两队人员各自成一路纵队，小跑到对方位置，站成一排。

"第二场比赛开始，准备。"上校说完，五十名人员各自抓绳站好，做好预备动作。

上校吹哨挥旗，两边队员经过十分钟的僵持，仍是穿铁钉皮鞋的一方胜。

上校喊："立正，解散，原地休息。"然后转身小跑到将军面前，向将军敬礼说："报告将军，穿铁钉皮鞋一方，与穿胶鞋一方的两场交换比赛都是穿铁钉皮鞋一方胜，下一步如何试验？请指示。"

将军起立向昆塔和格拉斯敬礼，说："刚才两方换鞋比赛都是穿铁钉皮鞋的一方胜，是不是3点钟的正式比赛都穿铁钉皮鞋？"

昆塔转向格拉斯："妹妹，你看呢？"

"我这是听了大龙先生的建议，昨天才向将军和上校推荐的，穿带铁钉的皮鞋上场，表演比赛已经证实能增加稳定性，我同意与土耳其队正式比赛时都穿这种鞋。"格拉斯兴奋地说。

昆塔点头对将军说："我代表国王宣布，下午与土耳其人的拔河比赛都穿带铁钉的防滑皮鞋。"

将军大声命令："全体特种兵士兵们，你们下午3点一律穿铁钉皮鞋进场。"

格拉斯对昆塔说："哥，我们再试验一次，请大龙当领唱，喊号子，指挥一

次,我要看喊号子一方是否力量会大一些?"

"他们穿什么鞋?"昆塔问格拉斯。

格拉斯问大龙:"大龙先生,他们穿什么鞋好?"

大龙站起身,大步向站在拔河粗绳边的特种兵们走去,巡视一阵后,来到格拉斯身边说:"小姐,我想指挥穿平底鞋一方的二十五名队员。我领唱他们合应'嗨哟'就行。我唱一句,他们喊一声'嗨哟'。我唱得快,他们的应和声也快,这样才有力。他们喊'嗨哟'的瞬间,就是集体突然加大冲击性拉力的瞬间。"

格拉斯转身对交响乐团的总指挥说:"路易斯先生,一会儿大龙先生指挥穿平底鞋的一方,你跟着向大龙学习拔河的领唱指挥艺术,下午3点就由你指挥我们这些希腊特种兵与土耳其人比赛,能否战胜土耳其人?就看你的指挥能力了。只许成功,不能失败,保卫塞浦路斯岛的重任,就落在你身上了。"

昆塔也说:"指挥这次拔河比赛胜了土耳其人,我们就会拥有对塞浦路斯岛四年的管辖权,这比你指挥一百场交响音乐还有意义。"

"我明白昆塔先生和格拉斯小姐的意思,我会努力向大龙先生学习。"路易斯先生随大龙走到穿平底鞋的二十五名比赛队员一边,细听大龙对队员们的小声交代。

大龙对上校说:"两队比赛,你是双方的总指挥,开始吧。"

上校吹哨,并举黄旗挥舞,表示要双方比赛队员做好准备,接着上校大声喊:"开始。"双方队员用力向自己一方猛拉。比赛僵持三分钟,穿平底鞋一方逐渐向前方移动,呈现失败之势,大龙迅速拿出口哨,在穿平底鞋的队员旁边吹了一阵短促的急音,大声说:"跟我喊号子。"接接他唱道:

[领]拔河赛呀!　　[和应声]嗨哟!

要用劲呀!　　嗨哟!

气要足呀!　　嗨哟!

牙咬紧啰!　　嗨哟!

身后扬呀!　　嗨哟!

脚踩稳哟!　　嗨哟!

要拼命啦!　　嗨哟!

听号令啦!　　嗨哟!

心要齐呀！　嗨哟！

大山移呀！　嗨哟！

大龙的[领喊声]，越来越快，越来越急，紧跟的[和应声]也越来越快，越来越急。穿平底鞋一方的队员从劣势逐渐变成稳住脚步，与另一方产生了新的力量平衡，大龙继续指挥。

[领喊]咬紧呀！　[和应声]　嗨哟！

嗨哟！　嗨哟！

嗨哟！　嗨哟！

由于穿铁钉皮鞋一方脚稳，拔河粗绳开始又向穿铁钉皮鞋一方移动。穿平底鞋一方队员虽然跟大龙一起喊出短促有力的"和应声"，但他们的鞋底滑，二十五人被逐渐拉，过了地上的失败警界线。

上校吹响哨音，并喊："停。"

昆塔、格拉斯、将军以及交响乐团的路易斯先生都站立齐声鼓掌。

昆塔说："不错，不错，现在大家吃午餐，休息两小时，3点赶到奥运会中心体育场。正式比赛前先穿平底皮鞋，到比赛开始前五分钟，再换成铁钉皮鞋，给土耳其人一个措手不及，他们想穿铁钉皮鞋也来不及了。下午的'领喊'由交响乐团的路易斯先生担任，请大龙先生也到场作我们的幕后指挥者，协助路易斯先生。"

大龙说："昆塔先生，我不能去当你们的幕后指挥者，因为你们与土耳其人的拔河比赛属政治性比赛，第三国人员不宜介入，否则有失我们'奥运和平促进会'的公正性，我给你推荐一个人当希腊方的幕后总指挥。"

"谁？"昆塔问。

"你妹妹，格拉斯小姐，她已完全领会了指挥的要领，能够胜任幕后指挥一职。"大龙说。

"小姐，你的意见呢？"昆塔问妹妹。

"好，3点钟比赛开始，我协助路易斯先生指挥好这场争夺塞浦路斯岛归属权的拔河比赛。"格拉斯说。

"到时候我一切听从格拉斯小姐的指示。"路易斯先生说。

263

第十九章　小龙骑骆驼比赛

[字幕带画外音]1896 年 4 月 13 日下午 3 时,希腊和土耳其为塞浦路斯岛归属权之争的"拔河"比赛即将开始。

雅典奥运中心体育场坐满了观众。

"奥运和平促进会"的全体成员在主席台就座。

乐队奏起欢乐的《迎宾曲》。

主席台左边,希腊国的千人拉拉队每人手举一枝鲜花在空中挥舞,他们不时齐声高喊:"塞浦路斯岛是我们的,希腊队必胜!"。

主席台右边土耳其的三百拉拉队员,每人手举一面土耳其国旗,齐声唱着土耳其国歌,他们的军乐队吹着雄壮的旋律,为他们伴奏。

比赛场两边的草坪上,有两个用宽白布围成的方形围城,供两国比赛运动员换装休息用的,并且各自有两条用白布带夹成的两米宽的通道,与运动场休息室相通。

比赛前十分钟,奥运会工作人员将装在一辆马车上的一条粗大的软绳卸下车,并拉直平放在比赛位置。绳中间有一朵固定的红绸花标志,红绸花放在比赛场正中的白线上。白线两边各有宽三米的场地红线,线内为"危险区"。

主席台上,"奥运和平促进会"的全体成员正在开会商讨,是用每边三十人,还是四十人参加拔河比赛。土耳其方要求三十人,希腊方要求四十人。"奥运和平促进会"主席萨马拉斯提出三十五人的折中方案,经全体奥运和平促进会成员举手表决,一致通过三十五人方案。

希腊方面的代表又提出:"休息时间是否可以换人?"

"可以换人。"萨马拉斯回答。他看了一眼主席台后面的大挂钟,已是 3 点零 1 分。萨马拉斯起立,走到麦克风前,他手持话筒,大声说:"全体运动员、教练员、裁判员们,各国来宾们,你们好。我代表本届'奥运和平促进会'主席团宣布,希腊与土耳其关于'塞浦路斯岛归属权'的拔河比赛,现在开始。"

会场上响起掌声。

希、土两国的拉拉队员各自挥舞着自己的国旗或鲜花。

希、土两国的乐队各自演奏着自己的民族音乐。音乐声震耳欲聋。

萨马拉斯从主席台走到比赛场地的中心,将一条红黄色绶带交给这场比赛的总指挥,本次奥运会的"吉祥大使"玉香龙,并给她斜带在肩上,同时交给她一把指挥用的比赛手枪。

此时,希、土两国的拔河比赛队员,各自成一路纵队从他们的白布围城内走出,开始露出他们的"真面目"。土耳其队员们很年轻,高大粗壮,个个都是满脸大胡子,他们穿着土耳其的条花长袍、腰扎白布腰带、脚蹬长筒黑亮皮靴、头包白长帕,精神饱满、斗志昂扬。当他们迈着方步走出白布围城的时,土耳其的军乐队为他们奏出了庄严的士兵进行曲,以示鼓励。

当希腊的比赛队员穿着迷彩服,从白布围城走出时,全场观众看到的是一支"特殊部队",队员们手持鲜花,迈着整齐的步伐,身体蹒跚摇摆,动作滑稽,形象可爱。一些人高,一些人矮,均肚大腿粗,像不倒翁。他们脚上穿着一般人看不出、带有密集铁钉的硬底皮鞋,走路一颠一簸。全体观众为他们的滑稽形象热烈鼓掌。

"吉祥大使"高举指挥信号枪,准备扣动扳机。

第二十章　塞浦路斯岛争夺"战"

"慢。"从麦克风里传来萨马拉斯主席的声音："'吉祥大使',你到主席台上来一下。"

"吉祥大使"小跑着来到主席台上说："萨马拉斯主席，你有什么事要吩咐？"

萨马拉斯说："'吉祥大使'你坐下,希腊和土耳其都建议把比赛时间推迟半小时。"

"为什么？""吉祥大使"问。

"他们要求各自派一个副裁判,方便互相监督。"萨马拉斯说。

"我同意。""吉祥大使"从桌上拿起水杯喝了一口水后又说,"他们都派的是什么样的人？"

"希腊方面派的是格拉斯小姐，土耳其王国派来的是鼎鼎有名的哈商团长,他们都表示,比赛进行中要站在自己的运动员一边,帮助你协调指挥他们的运动队,另一方面也可以互相监督。"萨马拉斯解释道。

运动场上传来希腊拉拉队的喊声："时间过了,为什么还不开始？"。

土耳其的拉拉队员也不断挥舞本国国旗,表示对推迟比赛的不满。

萨马拉斯拿上麦克风大声说："各位观众朋友们,刚才有些细节没达成共识,我们正在商量解决办法,所以'拔河'时间推迟半小时,请大家耐心等待。"

运动场的观众席上发出倒掌声和欢呼声。

"吉祥大使"把格拉斯小姐和哈商团长召集在一起说："'奥运和平促进会'推

荐我当这次拔河比赛的首席裁判,欢迎你们两为当我的副手,希望我们三人精诚合作,共同完成裁判任务,请你们两位多多支持与配合。""吉祥大使"双手打拱。

哈商见"吉祥大使"说话严肃但和蔼可亲,他高兴地说:"我很荣幸能当你的副手,你要我怎么配合,我就怎么配合。"说着他伸手要和玉香龙握手。

"吉祥大使"摇了摇手说:"哈商司令,不,这里应该叫你副裁判长,等这场拔河比赛任务完成,你们两国都满意后我们再握手同庆。"

"好好。"哈商团长脸红地把手收回,放在嘴边摸胡须。

[哈商的旁白]"吉祥大使"你一点面子也不给我呀!

["吉祥大使"旁白]哈商先生,在众目睽睽之下,别让我难堪好吗?再说,我还没有想好是不是要嫁给你。

"吉祥大使"对格拉斯说:"欢迎格拉斯小姐与我共同执法,有什么疑难之处,请随时与我商量。"

格拉斯笑着说:"能当'吉祥大使'的副手,我很高兴。"

[格拉斯的旁白]哼,这次又该你"吉祥大使"出风头了,让我当你的副手,我这只凤凰难道真的不如你这只鸡?

267

"吉祥大使"说:"格拉斯小姐、哈商先生,我们三人从现在开始,对站在比赛绳边的两国运动员巡视一遍,看有什么不妥之处?有就提出来我们三人商讨,抓紧时间,再过十分钟就要正式比赛了。"

"同意。"格拉斯和哈商回答,然后二人跟在"吉祥大使"后面,三个人绕着比赛场地走了一圈,哈商伸手与土耳其队的三十五名队员分别击掌,以示鼓励。

格拉斯小姐双手戴白手套,右手握一枝鲜花,对全体希腊特种兵运动员挥舞鲜花,表示她对运动员们的敬意。特种兵运动员个个傻笑向年轻、美丽的格拉斯敬礼,争相近观有点像欧洲圣女纳娜斯的格拉斯的芳容。

[格拉斯的旁白]幸好,哈商先生没有看出我们这些特种兵运动员穿的皮鞋底上有防滑铁钉,要让他看出眉目,少不了要引起外交争端。

"吉祥大使"说:"格拉斯小姐,哈商先生,还差五分钟比赛就要开始了,你们两人各自站到自己国家的比赛队员一边去。"说完"吉祥大使"走到主席台前,站立在萨马拉斯身边小声说:"主席,还差三分钟就3点半了。"

"'吉祥大使',到时候就开始,不必请示我,我们信任你。"

第二十章 塞浦路斯岛争夺[战]

"谢谢。""吉祥大使"说完,看了一眼主席台后墙上的大挂钟,已经 3:29,她拿出口哨先吹出三声长音,再将比赛信号枪举过头顶,又看了一眼挂钟。

　　此时,全体育场鸦雀无声一片沉静,人们的目光都注视着"吉祥大使"的一举一动。

　　[字幕带画外音]用奥运精神解决国际领土争端的庄严时刻到了,它是 1896 年 4 月 13 日下午 3 点 30 分,地点在希腊雅典中心体育场。从此人类历史将翻开新的一页,用战争解决国际争端的历史将结束,用奥运体育竞争方式解决国际争端的新纪元将开始,相信经过数百年努力,人类将创建没有战争和仇恨、高度和谐的文明世界,"战争"这个怪兽将从人类生活中消失,进入历史博物馆。

　　随着"吉祥大使"右手食指的压动,三发绿色信号弹升到体育场上空,成抛物线向远方落下。

　　希腊队的三十五名特种兵拔河队员,与土耳其的三十五名海军拔河队员一齐用力拉绳,都在尽力把对方拉过红色警戒线。他们咬紧牙关。开始几分钟,双方力量均衡成僵持状态,拔河粗绳中间的红绸花颤抖着,忽左忽右地摇摆。

　　格拉斯小姐手表上的秒针在飞速走动,她对身边的路易斯先生使了个眼色。

　　哈商团长大声对土耳其运动员吼道:"兄弟们加油!"他挥舞手臂高喊道:"为土耳其争光的时刻到了,加油! 大家拼命!"

　　路易斯看见格拉斯的眼色,他跨步走到希腊的最前面一位运动员身边,面向全体比赛队员,他拿出一面小红旗,举过头顶,双手有力地挥舞着,同时大声领唱大龙教他的"拔河号子"。

　　[领唱]:特种兵呀!　　　[和应声]:嗨呦!

　　　　　　听号令呀!　　　　　　　　嗨呦!

　　　　　　心要齐呀!　　　　　　　　嗨呦!

　　　　　　脚要稳呀!　　　　　　　　嗨呦!

　　　　　　不松劲呀!　　　　　　　　嗨呦!

　　此刻,希腊拔河队员随和应声统一了步调,达到一种平衡,拔河软绳上的红绸花从土耳其一方抖动着向希腊队方向缓慢移动。

　　哈商团长急了,他再次举起双手挥舞,高声喊道:"土耳其的兄弟们! 一齐用力,再加把劲,把希腊人拉过来。胜利了我为你们每个人家里奖励一栋新房子、五十头牛和三百只羊。"

土耳其队员们个个脸红筋胀,脖子粗大,咬紧牙关,奋力把软绳上的红绸花往回来拉。

希腊队的路易斯继续挥旗,拍节加快,他高声领唱。

[领唱]:奥运会呀!	[和应声]:嗨呦!
为和平呀!	嗨呦!
拔河赛呀!	嗨呦!
反战争呀!	嗨呦!
为希腊呀!	嗨呦!
加把劲呀!	嗨呦!
塞浦路斯岛呀!	嗨呦!
归我们喽!	嗨呦!
牙咬紧呀!	嗨呦!
一口气呀!	嗨呦!
一瞬间嘿!	嗨呦!
定输赢喽!	嗨呦!
加油!	嗨呦!
嗨呦!	嗨呦!
再加油!	嗨呦!
嗨呦!	嗨呦!
嗨呦!	嗨呦!

希腊队员在[领唱]和[和应声]中,将比赛软绳中间的红绸花拉过了红色危险区的警戒线。

哈商团长见第一场比赛的败局已定,按事先确定的信号,他对运动员作了个双手从头顶平分的手势。土耳其的三十五名拔河队员突然一齐松手,希腊方的三十五名特种兵队员一齐向后倒成一串,土耳其运动员们哈哈大笑。

看台上的数万名观众为希腊队员胜利而欢呼。

希腊的拉拉队员呼喊:"希腊队员好样的!"并将手中的鲜花在头顶互抛表

示祝贺。

土耳其的三百人拉拉队员喊着口号:"土耳其队员莫松劲,先让一场风格高,后面就该我们赢。"

总裁判"吉祥大使"站立在比赛场中间的高台上,吹响哨音,做了一个交换场地的手势。

希腊队的三十五名队员和土耳其的三十五名比赛队员,各成一路纵队向对方场地小跑着前进,到位后成一条直线站在软绳边。

格拉斯小姐对路易斯做了个换队员的手势。

路易斯小跑到"吉祥大使"身边向她敬了个军礼说:"报告裁判长先生,我们希腊队要求换队员。"

"吉祥大使"说:"同意。"

路易斯对希腊队员喊道:"全体都有,立正,向左转,向休息室跑步,走。"希腊队的三十五名队员成一路纵队小跑着向他们的白布方形围城前进,在廊道里他们遇见了从白布方形围城中跑出的另一批高,穿迷彩服的本国队员,两批队员相遇时相互击掌表示问候。

观众看台上的希腊千人拉拉队使劲鼓掌,希腊的军乐队奏着《胜利进行曲》。

哈商对"吉祥大使"说:"裁判长,希腊队为什么将三十五名队员全部都换掉?"

"哈商团长,比赛休息期间,是可以换人的,有不清楚的地方你可直接去问萨马拉斯主席,比赛规则双方平等,他们将三十五名队员全换掉,你们土耳其也可以将三十五名队员全换掉。""吉祥大使"说。

[哈商团长的旁白]哼!你这个"吉祥大使"一点也不肯帮我们土耳其的忙。早知如此我们也该多准备点队员,现在来不及了。

[吉祥大使的旁白]哈商先生你别怪我,我这是警察打他爹,公事公办。

"吉祥大使"到主席台上与萨马拉斯主席小声商量几句后,又去到高台上,她吹了三声口哨,并对站在高台边上的格拉斯小姐和哈商说:"两位副裁判注意了,再过十分钟第二场拔河比赛就要开始了,请你们两人换位去检查对方比赛队员的人数,检查中若发现什么问题,请立即报告。"

哈商去到希腊的拔河队员一边，他看到这批新运动员比刚换走的队员们更高、更胖，难过地摇了摇头。

[哈商的旁白]希腊人"神不知鬼不觉"地不知从哪里找到这么多又高、又大、又胖的队员，看来他们是决心要在四年内独吞塞浦路斯岛，哼，我不会让他们的阴谋得逞。

每当哈商从比他高大的希腊运动员身边，他总要垫一垫脚，与希腊运动员比比高低，而当他经过比他矮的运动员身边时，总是微笑着用手拍一拍对方的肚子。

格拉斯小姐清点土耳其比赛队员人数时，土耳其运动员被格拉斯小姐的美丽和她迷人的风采所吸引，他们都伸出手想与格拉斯小姐握手。格拉斯礼貌地取下白手套，用她那修长白嫩的右手，在每位土耳其运动员手掌上拍一下，算是对土耳其运动员们的友好和善意。

当哈商和格拉斯回到高台下，"吉祥大使"问："你们检查发现有什么问题吗？"

"没有。"哈商说。

"我也没有。"格拉斯答。

"吉祥大使"再回头看一眼主席台后面墙上的挂钟，是下午 3:59 分，她回头，举起信号手枪，三发绿色信号弹冲向天空，随后口哨声也急速响起。

希、土两国的运动员再次同时使劲猛拉，粗大软绳上的红绸花在不停抖动。

希腊队的拉拉队不断呼喊着："希腊队的大胖子勇士兄弟们，加油！现在是你们为希腊王国争光出力的时候，再接再厉，加油！这一场胜利还是我们的！"

土耳其的拉拉队员发怒齐吼道："土耳其运动员们加油！要是再输，我们拉拉队员陪你们去跳爱琴海！"

此刻几十个土耳其人，不顾警察劝阻，他们翻过铁栏杆，冲入场内要打土耳其运动员，五十名希腊防暴警察冲入场内，抓走了闹事的土耳其群众，并把其余的场内人员也赶回观众台。

希、土两国比赛运动员未受到土耳其闹事者的影响，粗大软绳上的红绸花还在缓慢地向希腊一方移动。

哈商站在一边大声怒吼道："稳住！不准松手！加油！谁松手我毙了谁！"

希腊的路易斯看到到了喊号子的时机,他小声问:"小姐,我们喊号子吧?"
"可以。"格拉斯说。

路易斯吹响哨音说:"特种兵的朋友们,跟着我的"领唱声"喊起来。"

[领唱]:兄弟们拉!	[和应声]:嗨呦!
莫松劲呀!	嗨呦!
当了兵呀!	嗨呦!
听号令呀!	嗨呦!
为希腊呀!	嗨呦!
拼性命喽!	嗨呦!
只差了啦!	嗨呦!
一股劲拉!	嗨呦!
嘿呦嗨啦!	嗨呦!
过来了呀!	嗨呦!
胜利在望!	嗨呦!
嗨呦!	嗨呦!
嗨呦!	嗨呦!

在希腊队员的"嗨呦"声中,粗大软绳中间的红绸花过了危险区。

"吉祥大使"朝天射出一发红色信号弹表示第二场拔河赛结束,希腊队又胜。

此时,萨马拉斯走到比赛场地中间,对三位裁判说:"现在的比分是2:0,希腊队领先,是不是还要进行一场,我要听一听你们的意见。"

格拉斯说:"我的意见是不用再比了,按三比两胜的原则,我们希腊队已经胜利了。"

哈商说:"我们土耳其运动队的意见是按五比三胜的原则,比赛还要继续进行下去。"

"'吉祥大使',请你也表个态。"萨马拉斯说。

"我们进行的是一场决定塞浦路斯岛命运的政治性拔河比赛,我认为应该再给土耳其队一个机会,再赛一场。土耳其要是再输,就不怨天也不怨地,只怨他们自己了。""吉祥大使"说。

萨马拉斯主席严肃地说:"我同意主裁判'吉祥大使'的意见,采用五比三胜制,要是土耳其运动队第三场输了,希腊队算 3:0 胜,要是土耳其队第三场赢了,就还有一到两场的比赛。好,抓紧时间,马上开始。"

"两队要不要再交换场地。""吉祥大使"问萨马拉斯主席。

"不换了。"哈商说。

"我同意。"格拉斯也说。

"那就不换场地了。"萨马拉斯表态。

"我们要求再换人。"格拉斯说。

"可以。"萨马拉斯说完,又对哈商说,"你们土耳其队也可以换人。"

"我去检查一下,看有没有人受伤? 有,就换。"哈商说。

格拉斯小姐向路易斯做了个换人的手势。

路易斯吹口哨,说:"换人。"

全体希腊比赛队员小跑进入白布围城,从白布围城又出来新的第三批三十五名队员,每人拿一束鲜花,举过顶,向观众摇动着走进赛场。

哈商站在全体土耳其运动员面前,他命令道:"立正,伸出你们的双手。"哈商顺着每位运动员面前走过,发现一些运动员的手被绳子磨破,心硬如铁的哈商强压泪水命令道:"受伤运动员请上前一步,向左转,跑步进入我们的白布围城休息。"哈商跟着走进白布围城,一会儿,有九名新的土耳其运动员随哈商走出来,补充到比赛队伍中。

"吉祥大使"第三次吹响口哨,再发绿色信号弹,希、土两国第三场"拔河"比赛开始,双方队员僵持着,许多坚持了前两场比赛的土耳其运动员的手上流出鲜红的血,染红了粗大的软绳,他们咬住牙,脸上肌肉抽搐,誓死不松劲,希腊队唱的号子声也没能把他们拉过去,双方势均力敌,此刻全场观众屏住呼吸,鸦雀无声,只有运动场上空的朵朵白云似在凝视着双方运动员的顽强搏击。

突然,运动场上传来"嘭"的一声巨响,软绳从中间断开,希、土两国运动员各自向后倒地,摔成两堆。

主席台上的全体人员拥进体育场。

观众席上的观众,冲破防暴警察的封锁线,到达比赛现场,他们看到的场面是三十五名土耳其运动员手上和身边粗大的软绳上沾满了鲜血,希腊运动员手上也有血泡。

273

第二十章 塞浦路斯岛争夺[战]

观众们为希、土两国运动员不屈不挠的拼搏精神感动,一些人流下了感动和敬佩的泪水。

[歌声响起]啊!体育健儿们,你们手掌上浸出殷红的鲜血,沾满绳索,洒满运动场,汗和泪在你们脸上闪光。你们用体育竞技争取胜负,代替了刀枪大炮怒吼。你们是和平的勇士,文明的榜样,我们向你们致敬,为你们歌唱,人类的文明与希望,已由你们赛出了新篇章,你们象征着奥运圣火,把和平道路照亮。

[字幕]雅典大学阶梯教室

"奥运和平促进会"主席萨马拉斯坐在讲台上说:"各位委员,今天我们'奥运和平促进会'召开第二次全体会议,商讨两个议题,第一个议题是,我们收到大清帝国李鸿章代表大清国光绪皇帝发来的一封电报,要求大清帝国出席本届奥运会的运动员与日本国运动员进行一场收复台湾岛的专场体育比赛,要是大清帝国运动员胜利了,请日本政府将台湾岛归还大清政府。"此时,萨马拉斯停了一会,喝了一口茶,并看了一眼大清运动队的大龙团长和"吉祥大使"。

大龙和"吉祥大使"站立鼓掌,其他人也跟着鼓掌。

萨马拉斯双手平举,示意停止鼓掌,继续说:"昨天,我们'奥运和平促进会'也收到日本国总理大臣代表日本政府的一封电报,说'台湾岛是大清帝国政府根据日中《马关条约》的协议,割让给日本国政府的,现在已是日本国领土不可分割的一部分,日本政府拒绝用体育比赛或其他任何方式收复台湾。'"萨马拉斯叹息地坐下。

大龙说:"在日本政府的炮舰威逼下,大清政府的少数卖国贼签订了丧权辱国的《马关条约》,真可恨。"

特邀代表曾亦轩说:"大清帝国政府现在像一个生满蛀虫、凋谢败落、摇摇欲坠的大厦,被一个小小的日本国凭着几百艘破军舰就抢去了台湾岛。"他伸出小手指摇了摇又说,"现在日本国拒绝'奥运和平促进会'的号召,反对用体育比赛的方式收复台湾,是可忍,孰不可忍。"曾亦轩在桌面上击了一掌。

萨马拉斯主席又站起来说:"日本政府用武力割去台湾,现在又拒绝我们用奥运比赛方式调解,为世界和平开了一个危险的先例,看来本届'奥运和平促进会'暂时不能解决中、日两国间的台湾岛归属问题,我们只有暂时把这个问题存入档案,留待世界局势的变化或以后的各届奥运会领导者设法解决。和平是当今世界的主流,无论那些头脑简单四肢发达文化肤浅的战争狂人多么疯狂,他们也阻挡不了人类迈向和平世界的脚步。我相信虽然地球上可能还有几个战争狂人再度疯狂,但他们终逃不出失败的命运,和平的道路势不可挡。"

全体委员对萨马拉斯的话报以热烈的掌声。

萨马拉斯喝了一口茶说:"我们现在讨论第二个议题,仍然是关于希、土两国塞浦路斯岛的归属问题。大家昨天都看到,比赛关键时刻,拔河的粗绳断了,这个偶然事件的发生,使这场比赛暂时中止。当然这不怪希腊运动员,也不怪土耳其运动员,怪我们'奥运和平促进会',特别是要怪我这位主席,比赛前没有请专家计算、论证拔河粗绳的材质所能承受的拉力,才造成昨天发生了不该发生的断绳事故,请大家发表意见,我们该怎样善后这件事?"

一位加拿大委员说:"我的意见是拔河比赛应该判希腊国2∶0胜,拥有塞浦路斯四年的归属权。"

哈商团长立即站起来说:"我不同意加拿大委员刚才的发言,原来讨论决定的拔河比赛是'五比三胜制',不是'三比两胜制'。"

萨马拉斯对"吉祥大使"说:"喂,主裁判先生,你在指挥比赛,你认为昨天的拔河比赛该如何裁决?"

"萨马拉斯主席,我是女子,你怎么称呼我先生?""吉祥大使"说。

"按我们法国人的习惯,女性在社会中有一定地位,且担当着相当的社会公职,我们都把她尊称为先生。"萨马拉斯说。

"主席,如此说来我理解了,称我为'先生''小姐'或'女士'都无所谓,至于'拔河'比赛该判谁输谁赢,记得昨天在比赛为2∶0时,主席来到我们三位裁判身边,开了一个短会征求意见,我已表态,应该为五比三胜制,这才能显示事关战争与和平的这项专门比赛的严肃性。大家要认识到这是世界上第一场为领土争端举行的专场特别比赛,绝不能在历史上留下遗憾,更不能给后人们留下话柄。因为这场比赛的胜负代表着希腊和土耳其两个国家间实实在在的争夺

了几百年、分不出胜负的巨大经济和政治利益,不像其他比赛项目,输赢只在抽象的数字比分上,代表的只是冠、亚、季军运动员个人的头衔,而他们代表的国家得到的只是光荣的名号和冠、亚、季军的数量。"

"聪明的东方美女。"萨马拉斯吸一口烟,接着又说,"大家别小看昨天的拔河比赛,它是人类历史上从以战争方式到以和平竞争的方式解决领归属问题的转折点,意义重大,我们一定要找出一种公正的好办法,否则不能争取到希、土两国政府对这次重大比赛的支持。"

法国诗人亨利站起来说:"我提出一个建议,昨天的拔河比赛,先按 2∶0,判希腊胜利。"

哈商立即重重地拍了一下桌子:"我坚决反对。"

"吉祥大使"小声说:"哈商团长,你冷静一点,现在是讨论问题,不是作结论,更不是吵架。"

哈商看着"吉祥大使"美丽的脸蛋,强闭住气,坐了下去。

亨利继续说:"哈商先生,先别激动,你听我把话说完,为了慎重,我建议昨天的拔河比赛算 2∶0,希腊队胜,'折算比分'为 1。另外再选一种项目,仍由希、土两国运动员参加,要是后一种比赛仍然是希腊胜,塞浦路斯岛肯定归希腊临时托管四年;如果另一个比赛项目土耳其队胜了希腊,给土耳其也只能折算为 1 分。此时,两国的总比分为 1∶1。此时两国总比分相同,在无法区分胜负的情况下,对塞浦路斯岛按上次讨论的方案,划成三个行政区,土耳其政府派官员管理土耳其行政区,希腊政府派官员管理希腊行政区,占全岛总面积百分之三十的两族居民混居区,由我们派官员组成奥运维和团托管四年,混居区收入的分配方案,以这次讨论的方案为准,即混居区的财政收入一半上交'奥运和平促进会'作为和平基金,另一半留作混居区的管理和建设费用。"

哈商:"这个意见我同意。"

昆塔说:"我也同意这个意见。"

萨马拉斯说:"既然希、土两国代表都同意亨利先生的意见,我也只好代表'奥运和平促进会'接受这项建议。现在的问题是:希、土两国下一场比赛应该选择什么项目?请大家再发表意见。"

"我们要求与希腊国比赛踢足球。"哈商高兴地说,因为足球是他们的强项。

"我们要求与土耳其运动员比赛乒乓球。"昆塔沉静地说。

萨马拉斯轻敲一下桌子说:"我个人意见,土耳其的折算总分暂时落后一分,落后一方有优先选择权。我代表'奥运和平促进会'支持土耳其的提议'赛足球'。你们两国运动员谁先踢进对方十个球,折算总分为一分。比赛地点问题,我建议到塞浦路斯岛去比赛,也方便我们'奥促会'全体委员们考察该岛的实际情况,同意的举手。"

全体委员举手通过。

[字幕带画外音]在第一届奥运和平促进会的支持下,希腊与土耳其关于"塞浦路斯岛归属权之争"的专场足球比赛,在该岛首府尼科西亚镇一条宽阔平直的沙土大街上举行。为慎重起见,首席裁判由萨马拉斯主席亲自担任,副裁判由大清帝国代表团团长大龙先生和美利坚合众国体育代表肯德基先生两人担任。

作为比赛场地的沙土大街两边是当地希、土两族渔民在海滩上搭建的简易石砌平房,屋顶可晒鱼虾。街道宽约三十余米,长约一百五十余米,恰是一个天然足球场。足球场上满地是沙土,球场两端及附近海滩上长满了地中海边常有的高大白桦树。'奥运和平促进会'请人砍了多余的白桦树,东西两端各留两棵间距约十米的白桦树,并在它们中间各自挂上一张大的红色渔网,以防止足球落入大海。远处靠海边的一棵棵白桦树间,也挂着渔民们的一张张灰色渔网。希、土两族渔民在这里可以看足球赛、休息、晒网三不误。

比赛的希、土双方各上场十三名运动员,其中各有三名守门员联合守门。

黄皮肤、光头、长方脸上长满大胡子,穿宽大蓝白紧身条纹长衫、腰扎蓝布带的土耳其运动员,都是哈商团长从他的海军士兵中临时抽调出来的,他们组成了土耳其的奥运足球运动队。

有着欧洲白种人白净面孔、黄头发的希腊足球运动员们,仍然是从国防军特种部队挑选出来的年轻人,他们戴着软帽,穿着整齐的军装,显示他们是特种部队的队员。除3位守门员是大胖子外,其余队员相对瘦小些,能跑能跳,但是踢球水平不高。

　　"奥运和平促进会"除了派有三位裁判及五十名工作人员外,还请了三百名当地警察来帮助维持秩序。数千名当地希、土族人一部分人站在街道两边的房顶上观看,还有一些小孩和年轻人,爬上高高的白桦树,他们一些人用绳子把腰捆在树干上看比赛,更多的当地希、土两族居民,或坐或站在白桦树下的海滩上,抽着烟,听麦克风里不断播出的足球比赛实况。他们中的很多人世世代代居住在这里,饱尝希、土两国间战争给他们带来的痛苦,他们都很关心这场足球比赛。还有一些人只是为了看热闹。坐在平房顶看足球赛的一位希腊族妇女给怀里的孩子喂奶,她满脸微笑地逗弄小宝宝,发表着议论,这位希腊族妇女自言自语:"听起来让人觉得不可思议,用足球比赛能决定我们塞浦路斯岛归希腊还是归土耳其?我今天要看一看,他们踢的足球是不是真有这么神?该不会是国际奥委会的官员们用踢足球做幌子,想要魔术来骗我们,哈哈哈哈。宝贝,快吃奶,吃饱了我们娘俩一齐看比赛。"

　　隔壁房上坐着一位土耳其老人,吸着当地土烟,接妇女的话说:"我们塞浦路斯岛,雨量充沛,物产丰富,气候温和,还有许多古文化遗址,地中海里的鱼种类多,希腊国王和土耳其国王都想把这块地方划入他们的版图,让我们给他们上贡纳税。听说从我爷爷的爷爷那代人起,两国的海军就在爱琴海和地中海交战,都是为了封锁或抢劫来往海上的船队,可恨的是他们还经常派军队到我们岛上来开战,两国为了争夺老鹰山那座全岛的制高点,每隔几年就要打一次仗,两国军队中死亡的士兵,把方圆几十公里的山坡,都变成了坟场。那些士兵都才二十岁左右,还是些孩子,就死在这里,他们的父母可怜啊!"土耳其老汉像是在跟隔壁房顶上年轻的希腊妈妈说话,也像是在自言自语地哀叹!

　　坐在街北面中间房屋平台上的总裁判萨马拉斯手举信号枪向空中连射三发绿色信号弹,表示希、土两国的足球比赛要开始了。散乱地站在比赛场上的二十六名运动员都注视着总裁判。总裁判萨马拉斯不慌不忙地将一只黄色足球从他坐的房顶上抛下,球落在地上弹跳了两下,附近一位希腊运动员冲上去,一脚将球踢向远方,球在沙地上滚动着前进,被土耳其的高个运动员截住,他一个猛力的抬脚球向希腊队防守的球门踢去,三个高大的希腊胖守门员像三个门神,并排站在白桦树形成的天然足球门前。他们本能地抬手挡住球,球落到中间大胖子守门员的左肩上,又弹回场内。另一位土耳其运动员补踢一脚,球向着球门左边的守门员飞去,守门员伸双手挡球未成,球碰到他的额头上,碰飞了他头上的绿色软军帽,只见黄足球和绿色软军帽同时飞入希腊队员防守的红色渔网内,球网波动翻滚,显示球已入门。

站在希腊队门边的副裁判大龙,手提一面铜锣用力一敲,"当"的一声响,表示土耳其队先踢进一球。赛场对面中间屋顶的大型记分板上显示出了1:0,土耳其胜。同时麦克风里传出女播音员的声音:"土耳其队踢进一球,暂时领先。"

街道两边房顶上的土耳其人和站在街道外沙滩上的土耳其人欢呼、跳跃、鼓掌,一些年轻的土耳其男人高兴地在沙滩上打滚,一位站在屋顶上的土耳其老人举着酒杯喝了几口酒后,在屋顶半醉似的跳舞庆祝。

足球场上的工作人员把比赛专用黄色足球从地面抛上屋顶平台,平台上的一位工作人员接住球,交给总裁判萨马拉斯,他又举起信号枪准备发信号,表示足球赛将继续进行。

此时,麦克风里又传出女播音员的声音:"塞浦路斯岛的希腊族和土耳其族居民朋友们,你们好!我是'奥运和平促进会'驻塞浦路斯岛临时广播站的播音员。现在,我们广播的是希腊和土耳其两国为了解决本岛归属权进行的专场足球比赛。按'奥运和平促进会'规定,哪一方先踢进十个球,就算这次比赛的最后胜利方。现在土耳其队先胜一球,暂时的比分是1:0。总裁判萨马拉斯主席已将信号枪举起准备进行第二球的比赛。"

当萨马拉斯第二次将比赛的黄色足球抛到街面沙土足球场内,双方队员开始了激烈的拼抢,两国运动员混战在一起,个别希腊运动员因先输了一球而焦躁起来,动作有些粗野,但土耳其运动员们凭着身材高大、动作灵活、跑得快的优势,又把足球传到了希腊队防守的半场内,展开了对球门的连续攻击。希腊队的三个守门员急得满头大汗,他们三人像并排集体跳舞的舞者不断变换着双手双脚的姿势,随时准备迎接土耳其队员射来的足球,他们一次又一次地用手、脚或身躯挡住了土耳其队员不断射来的险球。当土耳其队员第七次发起攻门时,足球踢在左边守门员的左腿上,弹起后撞到大门边的白桦树干上,进入网内。

大龙又将铜锣举起,重重地敲了一下,发出"当"的声响。

麦克风传出了女播音员亲切的声音:"希、土两族听众们注意,现在足球场上的比分是2:0,土耳其队继续领先。关心支持希腊的朋友们请不要着急,希腊运动员身材较胖,经过一阵比赛后,他们已经适应了沙地的比赛环境,相信他们在后面的比赛中必然有惊人的表现。我猜想,刚才希腊队暂时输两个球可能是他们风格高,故意让土耳其胜两个球。也许有人会说我这个播音员是在说瞎话,想糊弄支持希腊队的朋友,我不敢在这里糊弄人,有事实为依据,我讲的每句话都代表'奥运和平促进会',是最公平最公正的现场播音。有朋友问我,希腊足球队现在暂时让两个球的理由是什么?我告诉各位朋友,塞浦路斯岛归属权的专场比赛中,昨天已经在雅典进行了希、土两国之间的拔河比赛,在那两场折算总比分为1:0的拔河比赛中,土耳其队已经先作了让步,才使希腊队以1:0的比分取胜。所以,这场足球赛中,希腊队礼尚往来,有意让土耳其队先赢两个球。大家思考一下,我分析的有道理没有。"

播音员的趣话引得希、土两国的运动员和工作人员哈哈大笑。

一位希腊观众拾起石头向白桦树上的喇叭投去,骂道:"你胡说些什么呀!"

站在远处海滩上的渔民们,见天空中又升起了三发绿色信号弹,知道第三个球的比赛开始了。

街道中间的沙滩足球场上,希、土两国足球队员正进行你来我往的踢球拉锯战,经过数十个回合的互踢互传,足球飞到一位希腊大胖子身边,他用右腿垫球后,猛力飞起一脚,足球向土耳其大门飞去,三位土耳其高个守门员共伸出六只手封堵未果,足球从中间守门员头顶的空位上飞过,落入网内,肯德基副裁判,举锣敲了一声。

麦克风里传出女播音员的声音:"刚才赢球的是希腊队,现在的比分是2:1,土耳其队仍然领先。"

土耳其的18号运动员在希腊人防守的球门附近抬脚射门,由于用力过猛,鞋带断开,他的黄球鞋从右脚上脱落飞出,与颜色相同的黄色足球同时向希腊的三位守门员飞去,三位希腊守门员尚未分清"球"和"鞋",六只手几乎同时向前伸出,抓住了飞来的黄色胶鞋,而黄色足球则从他们六只脚的空当,飞入红色门网。

"当"一声锣响,随即麦克风里传出女播音员的声音:"土耳其队又进一球,现在比分3:1,土耳其队仍然领先。说句公道话,希腊队这一个球输得有点冤枉,为什么呢?因为土耳其队18号队员的黄色足球鞋与黄色足球同时向希腊队防守的球门飞去,三名希腊守门员眼花缭乱,一时分不清'黄球鞋'和'黄足球',他们把'黄球鞋'抓住了,可惜'黄足球'却从他们脚下溜进了球门。"

足球比赛从上午踢到下午,中午不休息,两国只需各保持十名队员在场踢球,有三名守门员把门即可,队员可以自行替换,无需经裁判同意。

在双方的比赛拼抢中,一些队员筋骨折断,另一些队员互相撞得头破血流。旁观的街边妇女们惊恐地望着疯狂抢球的双方队员,一些胆小的妇女干脆牵着自己的孩子离开,不愿见到球场上野蛮的足球比赛。希、土两族男性居民多站在屋顶上大声呐喊,为自己的球队加油。站在街外沙滩上听足球赛实况广播的希、土两族百姓,时而为自己一方进球喝彩助威,时而又为自己一方输球而惋惜叫骂。

球场上激烈的比赛仍在进行,虽然这是希、土两国几百年来第一次不用军队而是用赛足球的文明方法来解决塞浦路斯岛的归属之争,但比赛的残酷性仍然令观众们心惊肉跳。

第二十一章　奥运会胜利闭幕

"奥运和平促进会"在塞浦路斯岛的尼科西亚大街上举行的希土两国足球比赛仍在继续进行。

[画外音]希腊特种兵团训练出的万能型运动员,虽然不能说是各种体育竞技都是一流,但他们顽强拼搏的精神给观众们留下了深刻印象。

在比赛场北面,中间屋顶上那块巨大的记分木板上,显示出的足球比赛积分已变化成8:3,土耳其队继续领先,比赛场外海滩边的白桦树林里,专心听比赛实况广播的希、土两族居民,竖起耳朵听着从广播中传出的比赛进展情况。

一位头部受伤包扎着的渗出血迹的纱布,仍不肯离开比赛场的希腊29号运动员,在土耳其防守的半场用左右脚交替带球前进,准备射门,他见黄色足球上吊着一段封口用的牛筋绳,便灵机一动将足球轻踢到自己头顶,他将头向后一仰,足球从他鼻梁下落到嘴边,他用牙咬紧足球封口绳,向着土耳其大门狂奔而去。三位土耳其守门员一起冲到球门外,想拦住希腊队的29号运动员。然而急红了眼的29号,用身体撞倒一个守门员,用左手推翻另一个守门员,然后弯腰用头顶向第三位守门员,第三位守门员被撞了个仰面朝天。希腊运动员嘴上吊着黄足球,连人带球冲进球门内,他吐出绳子,足球落地,随即他用力一踢,足球瞬间穿破红色球网飞到场外沙滩上。

女播音员报出比分是8:4,土耳其队仍然领先,希腊族观众为嘴上吊着黄足球冲进土耳其队大门的运动员鼓掌,不断有人喊:"我们希腊队29号运动员是好样的。"

美国籍副裁判敲击铜锣，表示承认希腊队进了一球。

正当希腊球迷们沉浸在胜利的喜悦中时，土耳其运动员配合默契打了一个快速反击，不足十分钟时间，土耳其 16 号小个子运动员效仿希腊 29 号运动员，将足球轻踢到自己卷折的长衫内，快速向希腊队球门冲去，三个高大的希腊守门员一齐上前阻拦，土耳其 16 号小个子运动员利用自己身材矮小，从一位高胖守门员的八字腿下钻了过去，冲入球门将长衫放开，足球落地，他将足球狠狠地向红网踢去，黄足球在红网内旋转一圈后落地。

此时，女播音员解说道："9∶4，土耳其队暂时领先。"她又说："希腊足球运动员们，希望你们加油，争取追赶上土耳其队。土耳其足球运动员们，也希望你们再接再厉，把你们踢足球的高超技艺留在足球场！留给观众！"

土耳其的三位守门员胜球后得意忘形，他们见足球一直在希腊队防守的半场内，便放松警惕不时向向他们抛投鲜花的土耳其少女们挥手致意。一位守门员接住场外飞来的鲜花，正低头嗅着花香，希腊的一名队员突然在中场打出一记远射，足球闪电般飞来，碰掉了守门员手中的鲜花，直飞入红网内。

"当"一声锣响。

女播音员广播："现在比分 9∶5，希腊队员这样一个远传的球，配合默契，出脚有力，足球像流星划破长空直入球门，十分精彩，好！妙！土耳其守门员由于球迷的干扰，失掉这一球，实在太可惜了。"

比赛仍然继续进行，经过数十个回合的争抢、传球，土耳其 16 号瘦小个子运动员再次展示了他高超的带球本领和踢球绝技，忽而左脚忽而右脚，熟练地带球过人，向希腊球门方向迂回前进，一连过了八位希腊高大运动员的封堵，来到球门边。三位高大的希腊守门员变换着自己的手脚姿势，试图阻挡进球。土耳其的 16 号运动员，右脚一闪虚晃射门，三位希腊守门员的六只手和六只脚齐封下部，土耳其 16 号运动员左脚垫球，右脚轻踢，足球跳起从左边守门员的头顶成抛物线飞过，落入希腊队防守的红色门网内，黄色足球定格在希腊队的红色门网上。

"当"一声锣响，记分牌上的纸板显示 10∶5，土耳其队胜。

女播音员作最后的广播："各位来宾们，朋友们，各位塞浦路斯岛的希、土两族居民们，今日希、土两国足球赛的最后比分 10∶5，土耳其队胜。这次由'奥运和平促进会'主持的希、土两国塞浦路斯岛归属权专场足球比赛全部结束。按总比分折算,土耳其队的10分折算为1分,希腊队为0分。但是在希土两国的拔河比赛中,希腊的总比分折算为1分,土耳其为0分。故塞浦路斯岛的总比分折算下来希腊为1分,土耳其为1分。谁将拥有塞浦路斯岛的归属权,最后由'奥运和平促进会'的全体委员们投票决定。朋友们,你们知道吗?希、土两国的两次专场比赛表明,人类已进入一个不用战争、用和平方式来解决国际领土争端的新时代,开创了人类文明发展的新纪元,无论今后哪一国管理塞浦路斯岛,获得对本岛四年一届的临时管理权,标志着世界和平的大门已打开,人类文明程度已提高。"

当天下午在塞浦路斯岛尼科西亚镇举行的"奥运和平促进会"上,会上萨马拉斯主席发言说:"各位委员朋友们,我们从雅典来到塞浦路斯岛想办两件事,首先完成了希、土两国的专场足球比赛,比分为10∶5,土耳其胜,我们把土耳其队的总比分以项目折算为1分。在雅典举行的专场拔河比赛中,希腊队2∶0取胜,我们也按项目折算,希腊队为1分。结果希、土两国的两个项目比赛,总比分为1∶1。双方战成平局。现在我们讨论,如何决定塞浦路斯岛的归属权?请各位委员发表你们的高见。"

哈商发言:"塞浦路斯岛应该划归我们土耳其管。"

"说出理由?"萨马拉斯说。

"理由很简单,第一,根据我们土耳其民间传说,一千多年前第一批进入塞浦路斯岛的是我们土耳其的一对渔民夫妇;第二,今日的足球赛中,我们10∶5胜希腊队,按"奥运和平促进会"的项目比分折算,我们是10分浓缩成1分,而在拔河项目比赛评分中,希腊的2分浓缩为1分,二者相比,我们土耳其的折算浓度比希腊队的折算浓度大。"哈商说。

"报告萨马拉斯主席,我叫路易斯,我可以发言吗?"希腊音乐家路易斯先生说。

"可以。"萨马拉斯说。

"刚才听了土耳其哈商团长的发言,我有不同意见,现在奥运会比赛的双方折算总比分是1∶1,希土两国是平局,按比分仍不能判定输赢。因此,塞浦路斯岛的临时归属权,应该归土耳其王国的理由不能成立。"路易斯先生不愧是希腊歌剧院的音乐家,他说话声音洪亮圆润,像唱歌一般悦耳动听。

法国诗人亨利说："我个人同意希腊音乐人的发言,从拔河与足球赛的折算总比分来看是 1:1,希、土两国是平局,塞浦路斯岛该判给谁管,今天的会议必须作出裁决。我重复上次发言的意见,把塞浦路斯岛划成三个行政区,一个希腊居民区,一个土耳其居民区,第三个是希土居民混居区。希腊王国管希腊居民区,土耳其王国管土耳其居民区,混居区暂时由促进会派出的奥运维和团体代管四年。"

萨马拉斯说："亨利先生的想法正合我意,不过这里有一个问题,我曾派出了四批人员到塞浦路斯岛的东南西北四个方向的农村和城镇进行过希、土居民分布情况调查,他们回来后都向我报告说,这个岛上的希、土两族居民住得很杂乱,但是他们的邻里关系融洽,要划出三个区很困难。而且这些邻里关系极好的两族居民,由于通婚原因,有大量混血家庭存在,更增加了划界的难度,现在请各位委员对如何划分塞浦路斯岛的三个区提出具体建议,以便勘界工作能顺利进行。"

大龙站起来说："听了萨马拉斯主席的发言,我想到了我们大清帝国由几十个民族组成,许多地方有两个以上民族混居区,我们那里的民族地区划界方法不是以民族划界,而是用一些大山或河流为界。民族都划归到一个区域,统一由乡政府来管。塞浦路斯岛上的希、土两族民众,传说有多年的互相通婚历史,互相间都有着两族的血液在身上流动,关系错综复杂,要在地面上按民族、血统划出三个区很难。但我知道希腊王国对世界作出了两大贡献:一是创立了奥林匹克运动会,二是希腊人民在几何学研究方面对世界有突出贡献,我们为何不利用希腊人的贡献,用希腊人发明的几何方法解决塞浦路斯岛上三个行政区边界线的划分,方法很简单。"大龙说到这里,停了一阵,喝了一口水。

一直听得入神的萨马拉斯主席插话："大龙团长你别卖关子,快说出你的看法?"

大龙微笑一下继续说："我们在塞浦路斯岛勘测不出实际分界线,但我们可以以尼科西亚镇为坐标原点,绘出三个虚拟控制区。"说着大龙拿出一张早已绘好的图纸,双手交给萨马拉斯主席。

"大龙团长,你先把图挂在墙上,给大家解释你图中的构想好吗?"萨马拉斯说。

"好的。"大龙将图挂在墙上说,"三个行政区的虚拟控制线可以用几何上

面古老的"勾股弦"定理来确定。"

"你说具体一点。"法国诗人亨利很有兴趣地问。

大龙喝一口水，拿一根木棍指着图说："大家请看，我的图上，塞浦路斯岛很像地中海上浮着的巨大海龟，这是它的头，那是它的前脚，这是后腿，它在划水游玩，海龟的可爱和具有的经济价值吸引着希腊和土耳其两国君王，都想把这只海龟获为己有，但由于希、土两国势力相当，都无法把海龟独占、独享，两国为争夺海龟，互斗了几百年，现在解决这一矛盾的任务，落在了'奥运和平促进会'的头上。我建议图上 A、B、C 三点组成的三角区由'奥运和平促进会'临时托管。A 点是我们现在的位置尼科西亚镇，以 A 点为笛卡儿标原点，朝地球经度方向北丈量三个一百公里，即三百公里的 C 点设立一个界桩，再从 A 点向地球纬度方向向东量 400 公里。不用丈量我便会知道 BC 之间有五个一百公里的距离。"大龙说到此停了一下，观察大家表情。

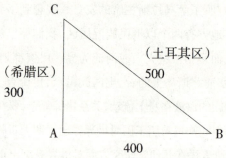

"你怎么知道 BC 两点间一定是五个一百公里的距离？"萨马拉斯主席问。

大龙笑了一下说："这是根据我们中国古代解直角三角形勾股弦定理知道的，条件是 AB 线必须垂直于 AC 线。我们还知道，如果在 ABC 三角形内画一个圆，圆周与 AB、BC 和 CA 三条直线想切的话，这个圆的直径一定是两个一百公里。在座的各位委员朋友们，你们若还不太明白的话，可以下来和我讨论几何学。"他又喝了一口水，继续说，"这里要强调说明的几点是：第一，ABC 三角区范围内的地区，我称它为混居区，也就是奥运维和团临时管理的地区，将 AC 线可以向北延至海边，在 AC 线西边一大片土地归希腊王国管，BC 以东这一大块地区归土耳其王国管理；第二，在 ABC 三点各修建一座八层楼高的塔楼，下面作工作人员的办公室、宿舍、食堂等用，最上面安装灯塔，晚上和雾天点灯为地中海里南来北往的船只指航向，若条件允许,在 AC 的延长线 D 点,再建一座灯塔更好;第三,丈量后,若 B 点落在海里,不能建八层高的塔楼,可以在海中的 B 点建一座水中钢塔,晚上点灯指航。我的想法说完了,请主席和全体委员提意见。"

全体委员为大龙的解说鼓掌。

萨马拉斯说:"就我个人来说,赞同大龙团长的意见,其他委员朋友们,你们还有什么更好的想法和建议,或对大龙委员的想法有什么补充,都欢迎大家提出来。目前,我们'奥运和平促进会'是世界上唯一的国际性组织,我们必须集中全体委员的智慧和力量共同努力,争取解决好塞浦路斯岛四年的维和工作,维护好这个地区的和平,这是历史赋予我们的使命。"萨马拉斯停了一阵,抬头环视在座的全体委员,见大家沉默不语,他又说:"各位委员,你们要是一时想不出更好的意见,在本届奥运会结束以前,有什么想法或建议,可以写成书面报告交给"吉祥大使",由她转交给我,或直接告诉我也行。这里我准备尽快把大龙先生的想法和图纸整理出一套资料报送希腊和土耳其政府批准,请他们支持我们'奥运和平促进会'将本岛分成三个行政区,三方分别管理的临时方案,同时请两国在这四年时间内加强百姓的体育教育培训,对儿童加强文化与体育教育,让两国保持好自身的体育优势。在四年后巴黎的第二届万国奥运会上,我们准备采用多项比赛以累进制积分方法来分出胜负,希、土两国中的哪一国的累计积分多于对方,就有可能在下四年临时控制塞浦路斯岛。现在请各位委员讨论第三个相关的问题,推荐我们奥运维和团驻塞浦路斯的特派专员和副特派专员各一人,可以在委员中提名,也可以不在委员中提名,结果按举手表决方式产生。"

"我推选中国的大龙委员。"亨利说。

"我不同意。"大龙自己表态。

"最先劝说希土两国停战支持奥运会的是你们大清国代表团,而且你们又为我们'奥运和平促进会'对本岛的三区划界提出了巧妙构思,大龙先生即使不当特派专员,也应该当一名副特派员。"亨利说。

萨马拉斯用手敲了敲桌子说:"我想提一位担任我们'奥运和平促进会'特派专员,他也是大清国人,不过不是我们的委员,他叫曾亦轩。此人不但一表人才,他的知识文化水平是我们在座委员中无人能及的。他是医学博士,很有一

287

第二十一章 奥运会胜利闭幕

套外交和治国理论,凡是与他接触过的人无不为他的政治天才和个人魅力所折服,我很想推荐他担当我们驻塞浦路斯 ABC 三角区的奥运维和团特派员。大龙先生,还有'吉祥大使',过两天我们去你们住地拜访曾博士,请你们当好东道主,我们一起说服曾博士。"

[字幕带画外音]"奥运和平促进会"第三次全体会议在雅典大学阶梯教室举行。

萨马拉斯说:"各位委员,我们今天召开第三次全体会议,也是本届奥运会闭幕前的最后一次会议,主要的议题是讨论本届'奥运和平促进会'派谁当特派员去塞浦路斯岛的第三行政管理区,执行奥运维和任务,究竟派谁去担当奥运维和团的首席特派员和副特派员?请大家先提人选,然后我们举手表决。"

亨利说:"关于首席特派员我提议两位候选人,一是由萨马拉斯主席兼任,二是提议大清国的医学博士曾亦轩先生,从他们两人中选一位。"

"说一说你提我与曾亦轩博士的理由?"萨马拉斯说。

"萨马拉斯主席,你指导了本届'奥运和平促进会'的工作,理顺了'奥运体育'与'奥运和平'间的依托关系,把人类文明带到了一个新纪元,功劳和成绩有目共睹,最好由主席兼任首席特派员;但我也考虑到主席先生的事情很忙,比如要筹备下届奥运会,还要访问一些国家,接待许多外宾等,所以我也想推荐曾亦轩博士担任首席特派员。"

萨马拉斯接话:"我们大家鼓掌,欢迎曾亦轩博士站起来,让全体委员认识一下。"

在全体委员的鼓掌声中,曾亦轩博士站起来潇洒地向大家挥一挥手。

"请曾博士坐下,"萨马拉斯说,"大家见到了,曾博士不但一表人才,风度翩翩,更重要的是,曾先生知识渊博,社会阅历丰富,具有良好的涵养,在我们这里不但文化水平最高,还通晓多国语言,社交能力极强,用我们西方相面术来看曾博士,他将会是当国家元首的栋梁人才。亨利先生推荐曾博士担当塞浦路斯岛首席特派员,我考虑是不是有点儿大材小用?上次会议我已推荐过曾博士,现在我赞同曾先生当奥运维和团首席特派员,希望他的才能发挥到奥林匹克的伟大事业中来。希望曾博士助我一臂之力，切勿推辞，我也希望在座的全体委员朋友们，一会儿表决时都投曾博士一票。"萨马拉斯诚恳地说。

亨利接着说："听说曾博士时刻心系自己的祖国，正在欧美华侨中苦心游说，为家乡百万因水灾和旱灾而流离失所的难民筹集赈灾善款。曾博士人格伟大，是不可多得的人才，他虽然不善于运动，但他很关心支持我们的奥运事业，这次来雅典，不但为大清帝国代表团当好外交官和参谋，还义务为许多运动员和雅典市民治病，救死扶伤。他还有许多优点，我就不一一列举了。总之，请大家支持我的提议。"

曾亦轩站起来说："听了主席和亨利先生刚才的发言，我感到如坐针毡。我曾亦轩在为我们大清帝国的几百万灾民八方奔走筹集善款不假，此次来雅典也是想从经济上支持一下我国的运动员，我不是领袖，但希望我的祖国强大，人民生活富足。我不像萨马拉斯先生那样，有领导国际奥林匹克运动的水平，谢谢大家对我的厚爱，请千万不要投我曾亦轩的票。"

"为什么呀？难道曾博士看不起我们驻塞浦路斯岛特派员的工作？"亨利问。

大龙站起来说："曾博士原计划明天参加奥运会闭幕式后，后天乘船去伦敦，他的事很多，日程安排得很紧，要让他花四年时间驻守在塞浦路斯岛当奥运维和团的首席特派员，恐怕他没有时间来完成这一光荣任务。"

"是这样，是这样！"曾亦轩站起，双手抱拳拱手，"请大家选萨马拉斯主席兼任首席特派员，多设一两名副特派员，由副手常驻塞浦路斯岛处理日常事务。我本人今天列席这个会议，也算是跟在座的国际奥委会朋友们告别，以后若有机会，我曾亦轩当前来为国际奥委会效力，我很赞赏国际奥委会对体育运动和世界和平事业作出的贡献。一小时后，有一位危重的雅典病人等我为他做外科手术，我告辞先行一步了。"说完，曾亦轩跟在座的三十二名委员一一握手，在大家的掌声中，急步离开了会场。

曾亦轩走后，萨马拉斯说："大家思考一下，在座的委员中还有没有首席特派员人选？另外也请大家提副特派员人选，我们现在还要决定，是设一名副特派员，还是设两名副特派员？"

"我提议希腊和土耳其各推一人当副特派员！"美国代表肯德基先生说。

　　"这不妥当,无论设一名或两名副特派员,都应该从第三国产生,这样才有公正性,避免今后引起不必要的麻烦。"亨利说完,想了一会儿又补充:"今后看实际情况,可以考虑从希、土两国各派一名联络员。"

　　"我同意亨利副主席的看法。"萨马拉斯说。

　　"我提议首席特派员由萨马拉斯主席兼任,'吉祥大使'任副特派员,我代表土耳其王国支持他们两人。"哈商说。

　　"我是一个女子,文化不算太高,当运动员可以,推荐我当副特派员,我怕不能胜任。"'吉祥大使'说。

　　"'吉祥大使'你不要害怕当不好副特派员,要是你在工作中有什么困难,我们土耳其王国定会全力支持你。"哈商说。

　　[“吉祥大使”旁白]谁不知道你哈商团长醉翁之意不在酒,你一直在追求我,想让我嫁给你,你说土耳其王国会支持我,还不如说是你以支持我为名,想接近我讨好我,你这不是在假公济私吗?

　　"吉祥大使"说:"哈商团长,你发言别带个人情绪好不好?"

　　哈商说:"'吉祥大使'你说到哪里去了,我承认我爱你,追求你也是事实,虽然两次比赛你都赢了我,可那都是我让你才使你由输变赢,所以,如果你当了副特派员,我们可以在塞浦路斯岛共同办事,我还会继续关心你让着你,有我哈商相助、相让,你这位副特派员一定好当。"

　　大家对哈商的发言报以欢笑和掌声。

　　"大家别笑,哈商委员的发言虽有个人情绪,但他的言语中不乏真诚,而且'吉祥大使'在本届奥运会期间表现不错,大家有目共睹,我同意哈商委员的提名。"萨马拉斯说。

　　"我建议大龙先生出任副特派员。"澳大利亚国的一位委员站立举手发言。

　　"我提议我们'奥运和平促进会'设两名副特派员,因为首席特派员由萨马拉斯主席兼任,他的事太多,不可能天天住在塞浦路斯岛,每月能去一两次听听汇报、处理一些重大事务。一些日常事务就由两位副特派员全权处理,有些什么重大事情,两位特派员商量着办,这样比一人独断专行要稳妥得多。"亨利说。

"我同意亨利副主席的意见,设两名副特派员,现在已经有人提议'吉祥大使'和大龙两位委员,大家再提三位人选,我们从五名候选人中举手表决,票数最多的两人可以当选为副特派员。"萨马拉斯主席说。

"我提议美国队的肯德基先生。"

"我提议加拿大的卡尔波先生。"

"我提议德国的约翰先生。"

"我提议希腊的格拉斯小姐。"

"不行,不能提希腊的格拉斯小姐。"萨马拉斯说。

"为什么?"大龙问。

"我再重申一次,希腊和土耳其的委员或政府官员最好都不参选副特派员,原因很简单,容易留下后患,所以请不要提格拉斯小姐。"萨马拉斯说完看了一眼哈商,又看了一眼昆塔,他喝了一口水又说:"现在除'吉祥大使'和大龙外,又提了美国的肯德基委员、加拿大的卡尔波委员和德国的约翰委员,副特派员人选已够,现在开始举手表决。"

[画外音]经过十分钟举手表决,大清国的"吉祥大使"32票,大龙23票,肯德基3票,卡尔波2票,约翰2票。

在选举投票过程中,全体委员情绪活跃笑声不断,萨马拉斯从亨利手中接过投票记录,双手轻拍手掌大声说:"大家静一静,我宣布投票结果。大清国队的'吉祥大使'32票,全票通过,大清国队的大龙团长23票,多数通过,所以'吉祥大使'玉香龙和大龙两人票数最多,都当选为我们奥运和平促进会,派驻塞浦路斯岛奥运维和团的第一任副特派员,任期为四年,有效时间到1990年,下届万国奥林匹克运动会闭幕式为止,请大家鼓掌祝贺。"

全体委员起立,长时间鼓掌。

[字幕带画外音]1896年4月16日下午4点零5分,第一届万国奥林匹克运动会在悦耳的音乐声和人们的欢呼声中举行闭幕式。

雅典奥运中心体育看台上,人们举着鲜花不断挥舞。

数千只和平鸽,从孩子们的手中飞起升上天空。

奥运主席台对面,熊熊燃烧的奥运火炬从大变小、由明变暗,逐渐熄灭。

奥运会主席维克拉斯的讲话声从奥运中心体育看台四角的八个巨型麦克风里传出,响彻体育场上空:"各国运动员、教练员、朋友们,各位来宾朋友们,我宣布,第一届万国奥林匹克运动会胜利闭幕,四年后,我们将在法国巴黎举行第二届万国奥林匹克运动会,到时候我们巴黎再相会。希望各国运动员为下届奥运会带来更多更好的比赛项目,创造更多的世界纪录,为人类社会带来更多的健康和欢笑,为世界带来持久和平。"

[字幕带画外音]第一届雅典国际奥林匹克运动会结束后,大清国队的五名运动员中有两人当上副特派员,暂时不能乘船回国,他们五人只能每天徘徊在雅典街头,等待去塞浦路斯赴任。小龙、穿天龙和水蛟龙三人将作为两位副特派员的随员,一同前往。

[字幕带画外音]萨马拉斯想在本届奥林匹克运动会期间为格拉斯小姐选一位称心如意的丈夫,按照希腊古老的方式,他煞费苦心地导演了两次'勇敢者'选拔赛,都被中国代表团的大龙抢了第一名,大龙应该顺理成章地成为他的女婿,但大龙不是希腊人,虽然他很欣赏大龙,但他却不是萨马拉斯满意的女婿人选,为了面子和尊严,萨马拉斯不愿改口宣布前两次'勇敢者'比赛无效,所以他决定举行第三次"勇敢者"比赛,他要亲自跟大龙进行马车对抗赛,以便实现他以攻为守的"赖婚计"。

萨马拉斯的别墅门口场上彩旗飘扬,正中是一面希腊国旗。服装整齐,庄严、威武的卫队成排地站在大门口和多条护城河桥头两端,广场上站着一队五十人的乐队,演奏着欢快的赛马进行曲。

从萨马拉斯别墅后面的山上传来三声礼炮声。

萨马拉斯驾驶他的金饰马车与大龙驾驶的银饰马车同时从别墅前面广场上的喷水池边出发,两辆马车通过广场后各自穿过一座玉石造的护城河桥,桥头两边八位士兵同时向两辆马车敬举手军礼,过了护城河后两辆赛车同时向着郊外的大道奔去。

好奇、爱热闹的雅典市民和各国运动员站在比赛道路两边观看、指点着,两辆马车你追我赶急驰前进。看惯了马车飞奔的雅典市民,都想近距离地看一看萨马拉斯老爷的豪华"金饰马车"和他的尊容。只见坐在金饰马车上的萨马拉斯，头戴金色豪华花冠，上面有一棵硕大的多边菱锥形绿宝石，在温暖的阳光下折射出片片柔和的绿光。两辆马车在水边大道上奔驰，水中倒映着两辆马车飞奔的影子。萨马拉斯左手握金色长柄马鞭，每扬一次马鞭便发出清脆的"噼啪"声响，两匹高大健壮的乌龙马，八蹄飞奔，拖着金饰马车急速前进，一群又一群飞鸟在空中低飞盘旋追赶马车。雅典市民对萨马拉斯亲自参加赛马，给予了热烈的欢迎，妇女们向萨马拉斯的马车抛去一簇又一簇的鲜花。市民们给予萨马拉斯的热情和欢呼，使萨马拉斯陶醉在至高无上的满足中，此刻忙着驾车的他，微笑点头，算对市民们的热情予以回应。萨马拉斯偶然回头一望，见大龙驾驶的银色马车在后面紧跟追赶。他不敢掉以轻心，稍加疏忽就可能被后面的银饰马车追上或超越。

[萨马拉斯的旁白]大龙呀大龙，前两次"勇敢者"比赛都让你得了便宜，成了第一名，今天你与我赛马车，你休想再占便宜，我要让你心甘情愿地输在我名下。你一个黄种人想要我女儿，真是癞蛤蟆想吃天鹅肉——白日做梦，知趣的话你就自动放弃，我可以给你赏赐。

[大龙的旁白]萨马拉斯呀，萨马拉斯！你跟我赛马车的目的是什么，我百思不得其解？是想显示你这位希腊巨商热爱体育运动，还是想要我放弃前两次"勇敢者"比赛第一的事实，以达到为你女儿赖婚的目的？

大龙在白光刺眼的马车上，汗水淋漓地把鞭子抽得"噼啪"作响，但拉银车的两匹白马皆瘦弱不堪，力气显然逊色于前面两匹拖着金饰马车急驰如飞的乌龙马。心急如焚、争强好胜的大龙，不断地吆喝、挥鞭抽打两匹白马，银饰马车仍然跑得不快不慢死气沉沉。

[大龙的旁白]萨马拉斯，我尊敬的萨马拉斯，你捐巨资筹办奥运会，但是你缺少奥运的公平性，你车上的两匹乌龙马比我车上的两匹白马强壮有力，你这样安排比赛是不是显得太没有希腊首富的尊严和水准？你不怕观众会笑话你不公平？

两辆马车一前一后在蜿蜒曲折的山路上飞奔急驰，金饰马车在萨马拉斯手中金鞭发出的"劈啪"声中，轻松地向山坡顶冲击，萨马拉斯回望后面的银饰马车正吃力地爬坡前行，他得意地露出微笑。

上坡道上，尽管大龙拼命抽打两匹白马，银饰马车还是远远地落后于萨马拉斯驾驶的金饰马车。大龙额头冒汗,他计上心来,跳下银车,让两匹马拉着空车上行,大龙则发挥他长跑运动员的优势,追着空车跑。银车和大龙越跑越快,与前面的金饰马车的距离逐渐缩小,一会儿工夫,银饰马车与金饰马车并行,奔跑的大龙伸右手向萨马拉斯敬礼,他趁萨马拉斯专心打马、得意忘形之际,假意帮萨马拉斯推车,利用少林手指硬功,在金饰马车的胶轮上使力一压,将金饰马车左边胶轮划出一条深痕。

为了让金饰马车上这位富商巨贾跑在前面,大龙故意纵身一跳再次跃上银饰马车,因增加了大龙的体重,银饰马车的速度再次减缓,金饰马车又再次领先奔跑,让萨马拉斯继续享受他那辆金饰马车不可战胜的心理满足。

金饰马车在弯曲的盘山道路上欢快地跑着,萨马拉斯嘴里愉快地吹着口哨,他又一次回望,只见大龙驾驶着银饰马车在后面不累不慢地追赶着。

[萨马拉斯的旁白]我真是宝刀不老,没有费太多力气就把后面车上这个黄种人远远地甩在后面了,大龙先生,你当我乘龙快婿的美梦见鬼去吧。

正当萨马拉斯得意之时,前面一个下坡急转弯,金饰马车因左边胶轮漏气,轮胎突然爆裂,车厢歪倒在路旁,两匹乌龙马拖着翻倒的金饰马车和车厢里的萨马拉斯跑了一段路才停下。大龙的银车赶了上来,他急刹停车救出左腿浸血的萨马拉斯,把他移放在银饰车内,将他护送回雅典娜花园别墅。

雅典"迎春节"。

地处南欧大陆的希腊,冬长夏短春季姗姗来迟,"5月1日"才是希腊人的"迎春节","迎春节"期间冰雪融化,春暖花开,从乡村到城市锣鼓喧天,彩旗飞扬。

穿新衣、戴新帽的男女老幼从四面八方汇聚雅典,观看各种民间团体在雅典街头举行的三天"迎春节",人们载歌载舞。在雅典古斗兽场前的广场舞台上,一个文艺团体正在上演希腊古典神话戏《神人,情人与魔鬼》。

"神人"穿白色长衣,满脸白色长胡须,头戴花冠,肩披白发,长衫宽袖,上身插满鲜花,他手握"五月权杖"。这是一把雕花木制的手杖,顶部雕着怪兽的头像,青面獠牙,鼻孔和耳朵上穿着数十个金属环,每当他摇动一次五月权杖,活动金属环便因抖动而发出一串串金属碰撞的"哗哗"声。

"神人"表演极富感染力,他表演技艺纯熟,动作潇洒,一招一式、一挥一舞、一跑一跳都吸引着全体观众的目光,不时引得阵阵掌声和喝彩声。"神人"先在舞台上跳了一阵优美的"五月权杖舞",他口念咒语,表演法术,深深呼一口气后,突然从他的耳、鼻、嘴和衣裤里冒出彩色的烟云,"神人"随彩色烟云飞飘上升离开舞台,他在舞台上空五公尺高度左右漂移,继续在空中舞动权杖。权杖指向哪方,哪方便起风,妖灭雾散,阳光普照,风吹草地见牛羊;权杖指向另一方向,云雾中出现葡萄瓜果满园香;权杖指向第三方,云雾中的一条河流上有一只渔船在水中飘荡,船上的渔夫忙着收紧渔网,鱼儿在网中飞跳。表演一阵后他上飘隐去。

舞台换景,一片青山绿水,鸟语花香,一双双一对对男女"情人"们在田间锄草,休息时他们来到小河边戏水,然后集体在草地上奔跑、唱歌、跳舞,尽情地欢笑。

突然,从附近森林里闯出一群黑衣黑帽戴假面具的"魔鬼",他们在白色妖雾中稍稍靠近"情人",魔鬼喷吐烟火,把情人们包围在烟火中,然后张牙舞爪地向情人们扑去,抢走了这一群情人中的年轻女子,三个被"魔鬼"抢走的女子又哭又跳又闹,与魔鬼们抗争着。魔鬼们见硬抢女子难奏效,便从口中喷出毒雾,情人们成片地晕倒在舞台上,魔鬼们把晕倒在地的女子或背或扛在肩上,嬉笑着准备离开。

此刻,"神人"脚踏彩云,从天而降,他落到舞台中间,挥舞着"五月权杖",权杖指向哪方,顶部怪兽的嘴中便射出一道金光,把那边的魔鬼吸入到权杖的怪兽嘴内。

此时舞台上妖除雾散,大地又风和日丽,百花盛开,春光明媚,鸟语花香,倒在地上的十对青年男女情人们逐渐苏醒,又在舞台上手牵着手,欢呼拥抱跳舞。

"神人"再次脚踏彩云,从舞台一角升起,随彩云飘向远方,他挥手告别时从权杖的顶部传出了悦耳的歌声。

中国队的大龙等五名运动员也混站在观众中,向"神人"鼓掌送别。

回国不久的土耳其王国司令哈商念念不忘"吉祥大使"玉香龙,他又以"奥运和平促进会"委员身份回到雅典。这天他带着一个随员,两人来到大清国代表团住地。

哈商两人正想上前敲门,忽见一位老人站在门边的花台前浇水锄草,哈商

礼貌地问："老先生你好，请问原来住在这里的大清国体育代表团的人是不是还住在这里。"

老人抬头说："大清国体育代表团的人一星期前就搬走了。"

"他们搬到哪里去了？"哈商的随员问。

"听说他们五个人搬到万国奥委会总部附近的一栋房子里去了。"老人说。

"走，我们去万国奥委会总部。"哈商对随员说。

在雅典万国奥委会总部，哈商在大门口碰见"吉祥大使"玉香龙，他热情地招呼："'吉祥大使'，你好吗？"

玉香龙回头见是哈商，她说："哈商先生，是你呀！听说你们土耳其代表团十天前就回国了，你怎么还在这里？"

"我们是十天前就回国了，我回去向国王禀报了这次比赛的情况。国王对我们体育代表团的表现甚为满意。我在土耳其呆了几天心仍在这里，所以又回到雅典，想找个时间跟你进行乒乓球赛，你要是输了，欢迎你嫁给我。你知道我是真心真意地爱你，天天想念你，想得我好苦啊！"哈商小声说。

第二十二章　雅典巷战

"大龙哥,我这里剩的钱只够大家三天的伙食费用,我们是不是应该利用希腊人的三天'迎春节',去干点儿我们的老本行,卖艺弄点钱。"管钱物的水蛟龙边吃面包边对大龙说。

"我同意四弟的意见,明天上午去卖艺,每人准备两个节目,我们来个麻子打哈欠——全体动员,我不相信我们几个人会弄不到吃饭钱。"小龙用一把餐刀叉上一条香肠说。

大龙见穿天龙埋头吃饭一言不发,好奇地问:"三弟,你表个态,是不是也同意明天去街头卖艺?"

穿天龙说:"奥运会闭幕已经半个月了,我们成天无事可干,有点烦人,想回北京也回不去。"

"三哥,你想家了吧!"水蛟龙说。

"我家没什么亲人,出来久了有点想北京是真的。"穿天龙实话实说。

"各位弟妹你们不要忘了,我们五人离开北京前可是在城隍庙的关圣人像前喝鸡血酒拜过把子,发誓有难同当有福同享,现在缺钱不用怕,大哥这有一颗南非产的红宝石,明天拿去珠宝行卖了,够我们五兄妹半年生活费。"说着大龙从衣服口袋中拿出一个白布包,打开后,他将红宝石放在一个白色透明的玻璃杯里,双手端着玻璃杯递给四位弟妹看,红宝石在微弱的灯光照射下,闪动着清雅的光芒。

"大龙哥,你从哪里弄来的红宝石?"穿天龙端着杯子兴奋地欣赏着。

水蛟龙接过玻璃杯看了一阵红宝石说："乖乖，我可是第一次看到这么大的红宝石。"

"大龙哥，我猜这个红宝石是格拉斯小姐送给你的定情物吧？"玉香龙从玻璃杯内拿出红宝石，将红宝石对着外面的太阳光看一阵，又放回玻璃杯内。

对玉香龙的猜测，大龙含笑不答。

"大哥，我猜测这颗价值连城的红宝石必定是小姐送你的，这么贵重的宝石只有两种人才玩得起，一是王室，二是富商，格拉斯是富家小姐，她的可能性最大。"小龙接话。

"你们只猜对一半，贵重的红宝石不仅只是富商和王室才配享用，我不是现在也享用红宝石了吗？"大龙笑着说。

"那么，你承认是小姐送的喽！"玉香龙拍手说。

"你们都猜的不对，这是曾博士临走时留给我的，他害怕我们五个人回国没钱买轮船票，叫我们用它卖钱去换五张船票。"大龙又说。

"曾博士想得真周到。"穿天龙感慨地说。

"大哥，这么贵重的东西，你放在身上不安全，建议你明天把它存到雅典的万国珠宝行保险些。"小龙建议道。

"有道理，我明天去把它存在万国珠宝行。"大龙又说，"对了，你们四人明天去雅典街头的广场卖艺挣点伙食费，我不反对，但要注意安全，不要做太危险的动作。"大龙说。

"曾博士从哪里弄来这么一颗昂贵的红宝石。"水蛟龙问大龙。

"听说，他在哥本哈根给丹麦女王做了一次成功的心脏病外科手术，女王送给他这颗红宝石当酬谢。"大龙说

雅典十字街头广场。在京戏的锣鼓声中，小龙站在高台上，将一张大纸折叠后，剪成两张人形纸片向观众展示一阵后，他用嘴吹气，两张人形纸片飞向空中，纸片瞬间变成两个真人——孙悟空和铁扇公主，他们一个握着"金箍大棒"，一个双手握剑，在空中对打厮杀一阵后，双双落到高台上，时儿你进我退，时儿腾飞对打，不分胜负。忽然铁扇公主的左手剑被"金箍大棒"打飞，铁扇公主说声："不好。"便纵身腾空，向剑飞的方向追去，孙悟空抬头见铁扇公主逃远，

便将"金箍大棒"往空中掷去,追打逃跑的铁扇公主,转眼工夫,铁扇公主和"金箍大棒"都消失在空中。孙悟空在台上哈哈大笑,说道:"俺老孙谢谢你上次借给我芭蕉扇,这次没有铁扇煽风助威,凭你的两把宝剑岂能与我老孙对阵?"说着他右手一招,空中的"金箍大棒"回落到他手中,他在原地将"金箍大棒",左手舞一阵,右手舞一阵,再双手舞,舞棒速度一阵比一阵快。人们从不同角度欣赏到"金箍大棒"闪现出的耀眼的金色旋转光环,并听到"金箍大棒"旋转时的"呼呼"声响。观众中不时传来阵阵掌声。孙悟空收住"金箍大棒",将棒往地上一立,便飞身跃到棒的上部,左手握棒头,右手做了个猴子观远方的姿势。

在穿天龙表演挥舞"金箍大棒"的过程中,天空出现铁扇公主的彩色纸片,纸片旋转三圈后变成真正的公主落在台上。她改用"铁扇"当武器,与孙悟空的"金箍大棒"再次互相追击对打。铁扇公主不敌孙悟空,她且战后退突然铁扇公主用扇对着孙悟空连煽数次,孙悟空被风吹得身子后倾,不断的向后倒退翻跟斗,"金箍大棒"跟铁扇公主的扇子相碰,发出了"啪啪"的金属响声,同时也闪现出金光飞溅的火星,似流星四射,闪光耀眼。

铁扇公主见孙悟空逃得快,将铁扇对着孙悟空再挥舞三次,表演台上阵风劲吹,孙悟空只得在地上快速旋转,铁扇公主也翻着跟斗对孙悟空不断煽风,他俩逐渐由大变小化成两个小黑点儿。小黑点儿飞向空中,在观众头上旋飘三圈后,双双落到高台上小龙的手掌里。

此刻,小龙微笑着站到高台正中间,双手高举打拱,向观众们致谢,接着他在台上表演了一套少林八卦拳,引得观众一阵鼓掌。此刻小龙再拿出两张红纸,剪成两张红纸条,叠好后将纸条向空中甩去,红纸条变成两个巨幅标语:"祝希腊人民'迎春节'节日快乐""请为我们的表演加油捐款"。

小龙从口袋里摸出两张纸条吹气,纸条随气流飘落到观众中,变成铁扇公主和孙悟空,他们一人平端着铁扇,另一人拿着"金箍棒"穿行讨钱。

心情愉快的观众们在掌声和欢笑声中,纷纷从衣袋里掏出希腊硬币,丢在铁扇公主双手平端着的"铁扇"上面,铁扇公主不断点头说:"谢谢。"孙悟空则向丢钱的观众们双手合十,口念:"阿弥陀佛。"

当铁扇公主和孙悟空在观众中行走讨钱时,来到了格拉斯小姐面前,只顾看热闹没想到要捐款的格拉斯,一时不知怎么办。格拉斯顺手从脖子上取下一

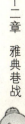

个镶嵌着钻石的纯金项链丢在"铁扇"上面。孙悟空眼睛一亮,抬头见是格拉斯,说了一声:"俺老孙谢谢小姐。"

正在忙于打鼓的小龙上前对格拉斯说:"谢谢小姐送我们这么贵重的东西,小龙我有礼了。"他向格拉斯小姐拱手施礼。

"大龙呢?"格拉斯问小龙。

"忙其他事去了,没来。"小龙说。

格拉斯听了急忙离开。

[小龙旁白]看格拉斯小姐的样子,莫非是有什么重要事找大哥。

水蛟龙和小龙拿着三个木架上台。接着水蛟龙又拿着一把带长柄的圆形小网站到观众面前,水蛟龙将长柄圆形小网在空中舞三次后,突然往地上一捞,一条大鱼被网住,他将鱼放在台上一个装着水的大玻璃缸内,鱼在缸内快速游动。水蛟龙再将网往观众脚下挥舞,又一条鱼入网,他将鱼也放入玻璃缸内,两条大鱼在缸内巡游。

此时,小龙移动三个木架摆成了一条线,让水蛟龙手脚并拢平躺在三个木架上,颈、腰、双脚各垫一个支架。小龙故弄玄虚地做了一阵法术,水蛟龙双眼紧闭全身僵直。小龙先用手抬水蛟龙腰部,取走腰部支架,此时水蛟龙僵直的身体只有头和双脚各有一个支架。他又用手轻抬水蛟龙的双脚,移开他脚下的支架,水蛟龙双脚悬空。此刻水蛟龙的全身只有颈子下有一个支架,但他全身仍与地面平行。小龙手拿着一个圆环在空中上下左右舞了几下后,将圆环从水蛟龙双脚套进,慢慢移动,经过腿、腰到水蛟龙颈部,再原路退出。

观众们发出一片掌声。

小龙又将两个支架复位到水蛟龙的腰部和脚部,再故弄玄虚地做了一阵法术,为水蛟龙"招魂",此刻,空中一个小蝴蝶飞来,绕着水蛟龙飞舞几圈后,落在水蛟龙头上,水蛟龙苏醒站立。

人们聚精会神地观看着小龙的魔术表演,忽然一队警察包围了表演场,强行将小龙抓走。

小龙被押到警察局,一个长官厉声问小龙:"年轻人你可知罪?"

小龙不解地问:"什么罪,我的罪从何而来?"

长官冷笑:"你装什么糊涂,你在两次'勇敢者'比赛中都是冠军,谁知你在赛车的过程中，你驾驶的'银饰马车'跑不过'金饰马车'，便弄坏萨马拉斯先生的车轮，让萨马拉斯先生翻车受伤，几乎毁了性命，我就是证人，铁证如山，你岂能抵赖得了？"

"我没有参加过什么的'勇敢者'比赛，更没有跟你赛过什么马车，你说我想害死萨马拉斯先生，你这是对我的污蔑，是无稽之谈。"小龙头一摆，昂首挺胸地说。

长官大怒，咬牙切齿地说道："你还想赖账，来人，把他关押起来。"

第二天，警察局，四合院内，小龙站在绞架前的板凳上，长官和几个警察审问小龙："年轻人我最后问一次，你承不承认是你弄坏了萨马拉斯先生的马车轮胎？男子汉大丈夫，要敢作敢当，从实说来。"

"我不知道你们说的是些什么？"小龙将头一扬，双目怒视他们。

"你承认是你干的，我可以请求免你一死。"长官说。

"要是我不承认呢？"小龙皮笑肉不笑。

"那就依法行事。"长官手指绞架绳子，"让绞绳把你送到地狱里去。"长官说完手一挥，四个警察给小龙颈上套上绳，踢倒他脚下的板凳，小龙身体悬空。

长官看着桌面上一个座钟的指针，三分钟过去了，五分钟过去了，十分钟过去了。小龙不但没有害怕，他还睁着双眼向长官做怪相。

[小龙的旁白]我会气功，你绞架上的绳子能把我怎么样？

大龙、穿天龙、玉香龙和水蛟龙四人赤手空拳闯入警察局内的绞架前，与数十名警察进行徒手格斗，从绞架上劫走了小龙。大龙五人寡不敌众，且战且退，往雅典市内密集的人群里溃逃。一队增援的警察骑兵冲上来追赶大龙五人，但因大街上人多，马队无法钻到商店里抓人，骑兵队伍不断在大街上往返冲锋，马蹄扬起的尘土和瓜皮纸屑满街飞舞，行人吓得往店铺里躲藏。

大龙、小龙和穿天龙三人同时爬到三个屋顶上，看见警察的骑兵队来回冲锋，他们投掷砖头瓦块对付骑兵。骑兵队伍大乱，四处逃散。大龙趁乱冲到一个骑兵前，将白马背上的骑兵队员拉下地，大龙飞身骑上白马顺街奔跑。大龙逃跑的过程中，突然听到玉香龙喊了一声："大龙哥，快救我。"大龙循声四处观望，见四个骑兵骑着马，把玉香龙围在圈中。大龙骑马冲了过去，然后从白马背上跳起,单腿蹬到一个骑兵身上,骑兵被他蹬下地。大龙又跳上白马背,向玉香龙说声:"快上。"玉香龙也一个纵身飞跃,落到大龙骑的白马背上,两人合骑一匹大白马,朝小巷逃去。余下的三个骑兵拔马追赶大龙和玉香龙。穿天龙突然从天而降,落到后面一匹黄马上,骑兵被推下马。穿天龙骑上黄马,调头朝另一个方向飞奔。余下的两个骑兵忙调转马头一齐追赶穿天龙。穿天龙骑着黄马从河上一座宽木桥上飞奔而过,后面的两个骑兵紧追不放,紧跟着向河上的宽木桥追去。桥上的男女老幼惊得往桥栏杆边上避让,有几个人被挤出栏杆掉到水里。

正当两个骑兵得意于快追上穿天龙时,突然从桥栏杆上飞出一根套绳,正好套住了前面的骑兵,他被拉下马,还没弄清是怎么一回事,便与偷袭者扭打起来,两人越战越勇、实力相当、互不相让,搏斗中他们用力过猛,冲断桥栏杆,双双跌入河水中。骑兵不识水性,头被对方压入水中,水里的人大喊:"穿天龙三哥,我制伏了这个家伙。"

"啊!原来是四弟。"穿天龙调转马头,向水蛟龙落水的桥面奔来,他跳下黄马,救起水中的水蛟龙,水蛟龙顺手把那个落水骑兵也拖上桥面。

躺在桥上的落水骑兵,不断向水蛟龙挥动双手表示感谢。

桥面上另一位骑黑马的骑兵见势不妙,忙调转马头,向城内逃去,逃跑骑兵为防避藏在暗处的长辫子外国人偷袭他,他胆怯地四周观望,并从刀鞘内抽出长刀,边跑边左右挥舞长刀为自己壮胆。正当他挥刀快跑之时,站在街边墙角内的小龙用弹弓射出一个小石头,打在骑兵握刀的右手腕上,他"哎哟"一声,身子一歪,差点掉下马。骑兵将刀换在左手上,不敢再回头望,双腿紧夹马肚,狼狈地朝大街逃走。在大街上,他碰见骑兵队长,颤抖着说:"头儿,有三个长辫子在大桥那个方向。"骑兵队长说:"带路,我们追。"

在骑黑马骑兵的带领下,三十多名骑兵调头向大桥方向追去,追到大桥上,骑兵队长见到仍躺在桥面上的落水骑兵,跳下马,扶起骑兵,大声问:"那些长辫子呢?哪里去了?"

桥面上躺着的骑兵指了指桥对面,然后昏迷了过去,骑兵队长把昏迷不醒的伤兵扶到桥栏杆上,并命令身边一骑兵:"快,你把他送到医院去。"

骑兵下马,将负伤的骑兵扶上一匹灰马,用手拍了拍灰马的屁股,灰马驮着负伤骑兵,两人各骑一马朝医院方向跑去。

大龙、玉香龙两人合骑一匹高大的白马向左边大街飞奔急驰,后面有三十个骑兵穷追猛赶,马蹄声响,杀声阵阵,大街上的行人吓得目瞪口呆,纷纷往两边避让。

骑在大龙后面的玉香龙回头,见那些凶恶的骑兵个个如狼似虎,他们挥舞着长长的马刀,刀光剑影、寒光逼人。骑兵急驰呐喊,步步紧逼。玉香龙对大龙说:"大龙哥,后面的骑兵好疯狂,他们快要追上来了,你注意我要对后面的骑兵使用暗器了。"

"五妹,你甩出的暗器不要伤着骑兵,瞄准马的两条前腿,击中一条前腿,骑兵就会人仰马翻。"大龙说。

玉香龙从衣袋里抽出一支飞镖,右手用力往后一甩,飞镖向最前面的一匹枣红马飞去,正中枣红马左腿,马左腿受伤,前蹄歪斜倒在街上,受伤马背上的骑兵也跌了个仰面朝天。人和马阻挡了道路。后面骑兵纷纷下马,把受伤的军马和骑兵移开,又立即上马,继续向大龙和玉香龙追去。

玉香龙又回头,见三十多个骑兵再次接近,她说:"大龙哥,那些该死的骑兵又追上来了,我们是不是另外想办法甩掉追兵。"

大龙说:"不用急,前面是一个农产品市场,我们从那里下马。"正说着两人合骑的白马已到农产品市场正门,他们下马,牵着马穿过市场,急步向后门走去。此刻,骑兵先头队伍已冲到农产品市场正门,他们不顾市场商人和农民的反对,强行冲入市场,马蹄踏翻了农产品,瓜果蔬菜撒得到处都是,农民们怨声载道。

大龙回望说:"不好,我们先要避开这些疯狂的骑兵。五妹,我们快上门口那辆马车。"

大龙和玉香龙跳上市场门口一辆装着水果的胶轮马车,一阵打马吆喝,三匹马拉着水果车急速飞奔,向追来的骑兵迎面冲去。三匹马强壮有力,车轮旋转发出'吱嘎'的声音,大龙和玉香龙站在马车上,用瓜果蔬菜向两旁的骑兵队伍打去。骑在马背上的骑兵们纷纷用双手遮挡飞来的瓜果和蔬菜。一位高大英勇的骑兵,用长长的马刀左右挥劈从空中飞来的瓜果蔬菜,瓜果蔬菜被他劈成碎片漫天飞舞,正当他得意于自己的刀法熟练、姿势优美,也陶醉于

自己勇猛顽强所向无敌，没想到玉香龙向他投去的一支飞镖，正中他的右手腕，"唉呦"一声喊叫，骑兵右手松开，长刀落地，身子一歪，差点落马。另一位骑兵打马追来，玉香龙用水果向马头掷去，正中马左眼，马前蹄跃起，四蹄乱跳，把骑兵甩在街上。

大龙回过头，见追赶的骑兵落在后面，他说："五妹，前面左边馒头山上有一个东正教堂，我们到前面那个广场上的雕像旁边下车，然后右拐，爬五十级台阶就可到达教堂正门。"

"好，我听你的。"玉香龙说。

一会儿工夫，马车到达广场雕像前，大龙说声"跳"，两人顺着马车前进的方向，先后飞身下车。大龙下车后，牵着马将车转了三百六十度，他在三匹马的屁股上各拍两下，并吼了两声，马像明白他的心思，一齐拉着空车向来的方向狂奔而去。大龙再用三个水果分别投到三匹马的屁股上，三马同时加速，狂奔乱跑，时左时右朝着冲来的骑兵队伍冲去，骑兵队伍大乱，纷纷给疯狂的空马车让道。

大龙和玉香龙从广场上的人群中穿过，急跑一段平路，爬上五十级台阶到达一座外墙呈灰白色、顶部为黄色的东正教堂门前，回望广场方向，并无骑兵追来。他们推开黑铁门，大龙立即关上铁门。此时，从门厅旋转楼梯上走下来一位穿黑长袍、戴黑帽、金色头发、皮肤白嫩、戴金丝眼镜的中年女传教士，她来到大龙和玉香龙面前，在自己胸前单手划十字说："啊！仁慈的上帝欢迎你们，请问两位客人，你们进入本教堂是想听上帝的圣经课，领悟上帝的圣训吧，请到右面大厅入座，我们的牧师正在讲课。"说着她侧身用右手指向左面灯火辉煌的讲经大堂。

大龙走到经堂门口，推开门看见经堂内站满了听课的虔诚的信徒。

大龙关门回头双手打拱说："谢谢，我们不听课，想请嬷嬷容留我们休息几天。"女传教士见站在大龙背后的玉香龙，她专注地看了一阵玉香龙，用右手在胸前划十字，赞美道："啊！我的上帝啊！好美丽的东方姑娘，欢迎远方的珍贵客人，请两位到客厅用茶。"

"我们不喝茶。"玉香龙说。

"那，你们进来干什么？"女传教士有些不满。

"有一队骑兵在追杀我们,我们是进来避难的。"玉香龙说。

"啊!受苦受难的人们,愿上帝保佑你们平安。"女传教士转身要打开大门。

"嬷嬷,请你不要开门,门开了骑兵会冲进这座教堂。"大龙说着走到门边,用身体堵住大门。

女传教士礼貌地说:"任何兵马均不能入教堂圣地,你们放心地到客厅休息、喝茶、吃点心吧。"说着女传教士打开了铁门,她看见一队骑兵跑马来到教堂门口的山坡下,骑兵队长下马上坡走到教堂大铁门边,站在嬷嬷面前,他双脚立正,向女传教士敬了个军礼说:"嬷嬷,刚才有一男一女两位东方人是不是闯进了你的教堂?""对啊,是有一男一女两位东方客人进了本教堂,祈求上帝对他们保护。"女传教士说。

"他们是警察局正在捉拿的逃犯,请嬷嬷允许我们进教堂去捉拿他们两人,我们也好回去交差。"骑兵队长说。

"请问骑兵队长先生,你是东正教徒吗?"女传教士问。

"是,我经常到教堂来听圣经课。"骑兵队长答。

"那好,你既然是我们的教徒,就应懂得本教堂是东正教的圣地,任何兵丁战马凶器,一律不准入内。"女传教士严肃地斥责骑兵队长。

"他们可是我们警察局要捉拿归案的案犯。"骑兵队长说。

"你在其他地方把他们捉拿归案,我管不着,但他们既然已进入教堂,这里是神圣不可侵犯的地方。"女传教士说。

骑兵队长把三位小头目招集到一起说:"你们守好教堂大门,防止里面的长辫子男女溜走。"说完骑兵队长骑着马向警察局方向奔去。

女传教士进入教堂客厅对大龙和玉香龙说:"两位东方客人能进入本教堂求上帝保护,是本教堂的荣幸,雅典能保护你们的地方恐怕只有本教堂,你们两人可以在本教堂享受上帝赐予你们的圣餐和水果,体验上帝对你们的仁慈。对了,本教堂第四层东头有几间招待客房,晚上你们可以进去休息,愿上帝保佑你们吃得饱,睡得香。"女传教士再次在胸前划十字,然后转身离开。

下午6点,教堂顶层响起了悠扬的钟声,大龙和玉香龙顺着楼梯爬到顶层。大龙推开一个房门,只见屋顶吊着一个大铜钟,钟下垂着一根敲钟用的软钢丝

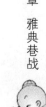

绳,铜钟在微风中不断晃动。一位修女在擦窗子,另一位修女在用拖地板。玉香龙
对两位年轻修女说:"下午好,我们可以进来参观吗?"

"欢迎!欢迎!"擦窗子的年轻修女说。

大龙和玉香龙走进屋内,站在一个大玻璃箱前,观看里面的机器设备。玻
璃箱有许多转动着的齿轮,一些齿轮转得慢,一些齿轮转得快,整个房间传出
齿轮音律和谐的"咔嚓嚓"的摩擦声,大龙和玉香龙看得眼花缭乱。

[大龙的旁白]我从来没有看到过如此复杂的机器,原来教堂墙外的大钟
是靠这些齿轮带动的。

大龙和玉香龙从顶层机房出来,又顺着顶楼外的形环走廊,远望波涛滚滚的
爱琴海,近观雅典城市美景。山水绿树环抱的雅典城,似镶嵌在爱琴海边的一颗
明珠,街道上行人如蚁,偶尔行驶的一辆辆马车,像一只又一只甲壳虫在地上爬
行。当大龙两人转到教堂的正门方向,玉香龙吃惊地看到三十多名骑兵在教堂正
面广场上列阵巡游,他们监视着进入教堂的人。

"大龙哥,你看教堂正门广场的那些骑兵,他们好像在守着我们呢。"玉香
龙手指下方说。

"其他几个方向有骑兵吗?"大龙问。

"没有看到。"玉香龙说。

大龙和玉香龙又沿着走廊走了一圈,未见到教堂其他方向有骑兵。

"不知小龙、水蛟龙和穿天龙三人现在在哪里?"大龙说。

"我们在街上跟骑兵打斗周旋,估计把全雅典的骑兵都吸引到教堂来了,
几位哥哥是不是会回到我们的住处呢?"玉香龙说。

"但愿如此,我不放心他们,等一会儿天黑下来,我想一个人偷偷溜出教
堂,回去找他们,找到了,把他们也带来这里避难。"大龙说。

"我也跟你一起去。"玉香龙说。

"两个人目标太大,你留在这里等我的消息!"大龙说。

"好吧,你怎么从正门冲出去?"她问。

"我自有办法。"大龙说完领着玉香龙,顺着楼梯仔细查看了教堂的六、五、
四、三各层,他们对各层的走廊、阳台、过道和房间等一一细看,透过在三楼过道
尽头一扇单开的玻璃窗,大龙发现侧墙两米远处有一棵大树。

大龙说:"五妹,我从这里跳到树上,下去后,从教堂侧面绕到正门广场,走过五条大街就可以到我们住的地方。"

"别忙,我给你一些东西。"说着玉香龙上到四层阳台,从室内取出鲜花、黑头披及一件传教士穿的黑长袍,她将黑长袍和黑头披卷成一捆,回到三楼交给大龙说:"你下到地面后,穿上这件黑长袍,戴上黑头披,手拿鲜花,那些骑兵会误把你当成传教士呢,哈哈哈。"她笑道。

"好。"大龙接过黑袍等,顺手藏入衣内,说:"五妹,我现在就走,争取明天赶回来。"他爬上窗口又说:"你耐心等待,切勿离开教堂。"

"大龙哥,你不但要找到三位哥哥,还要争取见到奥委会副主席亨利先生,请他出面向警察局交涉,争取和平解决这件事。"玉香龙说着将一把鲜花向窗外抛下。

"我知道了。"说完大龙趁着天色灰暗,从窗口跃身跳到大树上,顺树干滑落到地面。他拿出黑长袍穿到身上,戴上黑头披,自我伪装了一番后,顺着墙边走到教堂大门前广场。黑夜中,巡逻兵们见是到一位手抱鲜花半遮面孔的黑衣女传教士,无人阻拦。

第二十三章　爱琴海上的恋歌

"嘭嘭嘭，嘭嘭嘭"，一阵急促的敲门声响起，小龙轻手轻脚突然打开房门，见是大龙站在门口，他丢下藏在背后右手中的一根长木棒说："哥，是你？我以为是骑兵追到这里来了呢。"

"只有你一个人在家里呀，三弟和四弟呢？"大龙急问。

"他们安全着呢。"小龙神秘地说。

"快领我去找他们。"大龙说。

"甭找，我在这里。"穿天龙从房顶跳下，将手中的两个鹅卵石丢在地上，一件与墙面颜色相同的用来隐身的白布也落在地上。

"三弟你这练的是什么功？藏在屋顶上我都没有看出来。"大龙说。

"一般人进屋都是两眼平视前方，很少抬头先看头顶天花板，加上我用一块白布遮身，白布与墙面颜色相近，即使你看到了我，还会误以为白布内罩的是墙角上的东西，不能一下子判断出里面藏的是什么？"穿天龙比画着解释说。

"你这种爬壁功，我以前怎么不知道呢？"大龙问。

"大龙哥，你应该知道能演孙悟空的演员都会轻功，会飞檐走壁，也会用双手双脚交叉蹬住墙面，身体紧贴在天花板下的墙角，这只是一点雕虫小技。"穿天龙边说边在墙角向大龙表演他的贴墙轻功，他又说："要是骑兵进屋，我用鹅卵石不把他脑瓜儿砸个窟窿才怪呢！"

"好了，我三弟是个有能耐的人，大哥没把你看错，快把四弟也叫出来吧，"大龙双眼盯住小龙和穿天龙。

小龙推开后门，见到月光下不远处的湖面波光粼粼，他喊道："四弟快上来，大哥回来了。"见后门外湖面无动静，小龙又向湖中投去三个小石头，将湖面激起三点水花，过了一阵子，只见湖中一片波纹闪动，一个人头从水中冒出，"是四弟。"小龙对大龙和穿天龙说。

　　"四弟快上岸，我回来了。"大龙喊道。水蛟龙从水中捞起一条鱼抛向大龙，然后潜游一阵爬上岸，进门便问："五妹回来了吗？"

　　"五妹很安全，你换一件衣服，我们开个会。"大龙说。

　　去到会客室，大龙说："我先告诉你们，五妹现在馒头山的东正教堂，那里很安全，你们放心。"

　　"她一个人是怎么逃到东正教堂去的？"穿天龙问。

　　"她是随我一起逃进东正教堂的，我们在教堂躲藏了两个多小时，那里的人不错，欢迎我们在那里避难，住多久都没问题。我牵念你们三人的安全，便化装成一个'修女'，趁天黑从大门外骑兵们的眼皮子底下溜了出来，五妹也想跟我走，我想教堂有吃有喝也安全，没让她出来。"

　　"我们现在是不是也跟你躲到东正教堂去？"穿大龙问大龙。

　　"我们这几条长辫子中国人，白天与警察局的几十名骑兵在大街上演了一场'老鼠戏猫'的街头大战，让雅典的骑兵们领教了我们中国功夫的厉害，也让市民们大饱眼福，当然我们几人也成了萨马拉斯先生的眼中钉肉中刺，估计天亮后警察局的骑兵还会来这里抓我们。大家都想一想点子，看我们用什么办法能化解眼前的危机？若实在找不出好办法，我们再去教堂躲避也不迟。"

　　穿天龙举手："大哥，我建议我们今晚去找'奥运和平促进会'副主席亨利先生，请他出面向萨马拉斯交涉，目前只有他能跟萨马拉斯说得上话。他可以从奥运的角度向萨马拉斯说明大龙哥参加'勇敢者'比赛的种种原因，并说明你跟萨马拉斯的马车比赛中，萨马拉斯的金饰马车翻车纯粹是萨马拉斯架车技术不过关造成的，与大哥你无关。"

　　"我同意三弟的意见，但不知亨利先生住在哪里？今晚能找到他吗？要是找不到他，等明天天亮他也未必会来上班，即使他来上班，恐怕骑兵早已来这里抓捕我们啰！所以我们今晚一定要找到他，给他汇报情况，让他早有个思想准备，才好向警察局和萨马拉斯先生交涉。"大龙说。

"听说亨利副主席住在奥林匹亚大道上的一栋小楼里,是哪一栋就不清楚了。"穿天龙说。

"好。"大龙说,"等一会儿大家都吃点后睡一觉,天亮前,三弟你领我去奥林匹亚大道找亨利主席,我们一栋一栋地敲门,我不相信找不到他。二弟和四弟留守这里等待消息。"

小龙说:"大哥,我还有个建议。"

"什么建议?快讲。"大龙说。

"警察要抓捕我们太容易了,因为我们头上都留了一条'长尾巴',在国内大家头上都有一条'长尾巴',这叫大哥莫说二哥,两兄弟脸上的麻子一样多司空见惯。可是在雅典住了一个多月,这些高鼻子外国人的头上没有辫子,跟我们肤色相同的日本人头上也没有辫子,只有我们几个人头上有这个包袱,出门时常常让我无地自容,不断受到人们的围观,可恨的是许多小孩经常成群结队地尾随我们,像在动物园看长尾猴一样。我们今天没被骑兵们抓住,难保明天不会被抓住,因为我们太独特,目标太明显,我建议我们把辫子剪了,骑兵们便会失去抓捕的目标。"

"剪辫子容易留辫子难,万一我们回国后,头上没有这么条'长尾巴'。我们会不会又成为天上掉下来的异类?"大龙说。

"回国去好办,路过广州时可以去买一顶有假辫子的帽子戴在头上,许多外国人朝见我们大清皇帝时都先在广州买一顶有假辫子的瓜皮帽戴,我们回去后也可以这样办!"小龙说。

"我同意二哥的意见,失去一条辫子事小,让雅典的骑兵以辫子为目标,把我们抓住丢了性命事大。我小时候学过剃头刮胡子,我来为大家剪,说干就干不留后患,剪了头发那些骑兵哥儿们就难找到我们四人了。"水蛟龙说。

"我同意,现在大家保命要紧,真有点对不起三位老弟,为了我一个人的苟延残喘,让你们丢掉父母留给你们二十多年的辫子,它是父母留传给我们的身体部件,肌肤滋生,精血所养,让我们现在先向东方跪拜叩谢父母的恩情吧!"说着大龙向东方跪地叩谢父母。

小龙也跟着说话:"我们不但要在剪发前跪谢父母,还应该感恩光绪皇帝,请他原谅我们丢了大清帝国男人们的传统辫子。"小龙也向东方跪拜叩头。

水蛟龙从抽斗拿出一把竹叶形剪刀说:"这是曾亦轩博士送给我的德国造医用剪刀,锋利得很,没想到今晚有了大用场,大哥二哥都叩拜了父母和光绪大帝。"说着他自己也跪地叩了两个头,然后站立,又对穿天龙说:"三哥请你也对着东方跪地叩谢父母和光绪大帝吧,谢完了,我也给你剪,你不叩谢,我可不敢给你剪发。"

穿天龙苦笑着说:"我父母是谁还不知道呢,听养我的爷爷说,他是在皇宫城墙边的垃圾场捡到我的,不知道是哪两位狠心的父母丢下了我。"

"那么你只拜谢光绪大帝就行,兴许他能代表你父母接受你的跪拜。"水蛟龙说。

"好吧! 两位哥哥和水蛟龙四弟都叩拜了两个响头,看在我们在北京跪在关圣人像前喝鸡血酒,结拜兄弟,发誓有福同享有难同当的情分上,我也跪地叩两个响头。"说完穿天龙也跪地叩头。

"三弟,你该不会是北京紫禁城皇宫里哪个侍女生下的龙种,大难临头时受难的侍女被迫无奈把你丢掉的吧!"大龙开玩笑地说。

"我要真是哪个皇帝的龙种就好了,万一时来运转坐上了金銮宝殿,我一定不会忘记两位哥哥、四弟和五妹,凭我们五人的友谊,给你们每人都封个王爷。"穿天龙也笑着说。

水蛟龙拿出剪刀和一块白布说:"大龙哥你先剪,我给你剪一个曾亦轩博士那样的小分头,小分头气派,穿上一套西服跟曾博士一样潇洒一样帅气。"

"随便你剪好了。"大龙说。

在给大龙剪发之时,水蛟龙又说:"大龙哥,等我给二哥和三哥剪完后,你来给我剪好吗?"

"好,我可是没学过剪发,给你剪得不好看你可不要怪我。"大龙说。

一会儿工夫大龙剪了一个小分头,小龙说:"大哥这个头式漂亮,要是见到格拉斯小姐,一定会给她个惊喜。给我也剪一个跟大哥一模一样的小分头,也许明天我和大哥还要跟雅典的骑兵们继续演双簧戏,他们仍然会搞不清我俩弟兄谁是大龙,谁是小龙?"

穿天龙说:"你给我剪一个小平头吧,行不行,四弟?"

"行和不行你都说了,按三哥你的脸形,我给你剪一个俊小伙的头式,下次

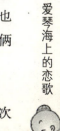

扮演齐天大圣孙悟空时动作肯定利索多了。"水蛟龙说。

"三弟这个头式比我这个小分头好看,下次剪发时,四弟你也给我剪这个样式好吗?"大龙说。

"这里没有镜子,你怎么知道三哥的小平头比你的小分头好看呢!"大龙问。

"二弟是我的镜子,看他的头就知道我的头是啥样子了。"大龙说。

"好了,大龙哥,你给我随便剪一个小平头,或剪成一个'大萝卜头'式的光光头也行,"水蛟龙说。

大龙接过剪子,笨手笨脚地为水蛟龙剪头发,剪出的样式真有点像只有几根毛的"大萝卜头",四人哈哈大笑。互相剪完头发,穿天龙和大龙趁黑夜去雅典的奥林匹亚大街寻找奥委会副主席的住房。

第二天天刚亮,大龙和穿天龙悄悄回到住地,小龙开门后问:"哥,你们找到亨利副主席了吗?"

"找到了。"大龙回话。

"我们在几栋别墅前一栋一栋地敲门,敲到第三家时正好是亨利副主席的家,你说巧不巧?"穿天龙插话。

"你们半夜去敲门,打扰亨利主席睡觉,他没生气吧?"水蛟龙也问。

"亨利副主席文化修养好,他大概知道我们半夜去找他肯定有重要事情,他不但没生气,还叫仆人起来为我们每人冲了一杯咖啡,边喝咖啡,他边听了我们的汇报。"大龙说。

"他怎么答复的呢?"小龙问。

"他表示,今天上午亲自去拜见萨马拉斯和雅典警察局长,听听他们对这件事的看法,今天下午他要来住地转达与他们谈判的结果。另外,叫我们这几天在住地不要外出,他已经安排奥委会的二十名工作人员在我们住地门前轮流值班,阻止骑兵进来抓人。"大龙说。

"亨利副主席还说我们剪掉长辫子模样更帅更英俊。"穿天龙说。

"那好,大哥,四弟,你们快去睡一觉,有什么事,我会来叫你们。"小龙说。

上午9点15分,十多名奥委会的工作人员来到大清国体育代表团住地,一位法国籍工作人员进房对小龙说:"大龙副特派员你好,我们受亨利副主席的派遣来帮你们搬家。"

"搬家,搬什么家?"小龙先问后纠错:"对不起,你认错人了,我是小龙,大龙在睡觉。"

"你们准备把我们搬到哪里去?该不是把我们搬到希腊王宫去住吧?"水蛟龙说。

"要是你们能搬到王宫去,那就该你们享福了,啊!可惜我们没有得到那样的命令,上级只叫我们帮助你们五人搬到'奥运和平促进会'总部办公室去住,那里比这里安全一些,有事也好商量。"法国籍工作人员回话。

"'奥运和平促进会'办公大楼里都是办公室,没有床铺也没有锅灶,我们吃饭睡觉怎么解决?"小龙说。

"亨利副主席已命令我们把你们的床铺和炊事用品也一齐搬到'奥运和平促进会'办公楼第三层去,那里还有六间空房,够你们几个人住的。"法国籍工作人员又说。

"好吧,请你们等一会儿,我去叫醒大哥和三哥。"水蛟龙说完,推门进入内室。

一会儿工夫,大龙和穿天龙起床,大龙来到门厅与十多位"奥运和平促进会"工作人员握手说:"听说你们十几位来帮我们搬家,把我们搬到"奥运和平促进会"办公楼去住是这样吗?"

"对,你就是要到塞浦路斯岛去赴任的大龙特派员吧,失敬,失敬。"法国籍工作人员向大龙敬了一个军礼。

"你是法国派来雅典负责'奥运和平促进会'安全保卫工作的查理先生吧?很高兴在这里与你幸会,烦你操劳,亲自动手帮助我们搬家。"大龙拱手回礼。

"亨利副主席要求我们把你们搬到'奥运和平促进会'总部大楼第三层,那里比这里安全。"查理先生说。

"我明白,我们立即搬过去。"大龙说完对小龙等人说,"大家立即动手,收捡好自己的衣物装箱,准备搬走,二弟你把五妹的东西也收拾好,装在她的纸箱子里一齐带走。"

[画外音]大龙们和"奥运和平促进会"的工作人员,一行二十余人,将大清国代表团的全部行李物品和生活用具一次性地搬到"奥运和平促进会"总部大楼第三层。

　　大龙四人搬到新住址后不久，一家餐馆为大龙四人送来了五份早餐：牛奶、面包、香肠、香槟酒等。餐馆男服务员在"奥运和平促进会"总部一楼门口等到了大龙，服务员说："请问，你是万国奥委会派驻塞浦路斯岛的副特派员大龙先生吗？"

　　"是呀，你怎么知道我是副特派员呢？"大龙问。

　　"这里给你们送来五份早餐。"服务员说。

　　"我们没有在你们餐馆订过早餐呀？"大龙说。

　　"今天早上'奥运和平促进会'副主席亨利先生在我们餐馆吃早餐时，给你们五人订了三天的早、中、晚餐，三天后叫我们老板到'奥运和平促进会'结账，请你在餐单上签个字吧！"服务员说。

　　大龙在早餐单上签字后，将早餐提到三楼，大龙大声说："老二、老三、老四快吃早餐喽，这里还有五瓶香槟酒。"

　　"大哥，是你出去买的吗？"水蛟龙问。

　　"这是亨利副主席为我们订的早餐，三天内的早、中、晚餐都订好了。"大龙大声说，"这些是服务员刚送到的。"

　　"大哥，吃早餐让我想起来少一个五妹，吃起来没劲，不知五妹是不是也在教堂吃早餐？"穿天龙说。

　　"你放心吧，教堂里的伙食也很丰富，只怕五妹一个人在那里也担心我们几个的安全，吃不进东西呢。"大龙端着牛奶杯喝了一口牛奶说。

　　"大哥，吃完早餐，我陪你去教堂把五妹接回来。"穿天龙说。

　　"不行，亨利副主席规定我们不能出门，这里三天的用餐都为我们订好了。"大龙说。

　　喝了半瓶酒的穿天龙满脸通红，他一拳打到房门上，房门也被他打烂了。

　　"三哥，你发这么大的火是不是爱上五妹了。"水蛟龙小声地问。

　　"我是爱上五妹了，怎么样？"穿天龙朝水蛟龙怒吼道。

　　"你这是做什么嘛？"大龙小声说。

　　水蛟龙受了气，也大声说："三哥，你爱五妹，她在教堂避难受苦可不是我的罪过，你不该冲我发脾气。"

"谁惹到我，我就冲谁发脾气。"穿天龙高声喊道。

"你有本事去把教堂门口的几十个警察局的骑兵赶走，救出五妹啊！"水蛟龙看了一眼大龙和小龙又抬杠说："现在追求五妹的人，除了土耳其的哈商司令，还有一长串人，五妹能嫁给你吗？"

"追五妹的这些人中，该不会有你吧？"穿天龙说。

"我跟你一样，也很喜欢五妹，但我有自知之明，自不量力的事不干，我充其量是一个癞蛤蟆，吃不到五妹这只天鹅肉，我知难而退，你也少一个竞争者。"水蛟龙喝了口酒大声说，"五妹呀，你听到过四哥说爱你的话了吗？"

"四弟，你也别喝醉了。"小龙插话。

"这香槟酒度数低，酒不醉人我心明白。"水蛟龙再喝了一口酒，他又说，"我，我不会醉。"水蛟龙东倒西歪地走到他的床上躺下。

"四弟，你才喝半瓶酒就发酒疯，真不像一个男子汉。"穿天龙说着又将半瓶酒倒进肚内，又说："我喝多少酒都不会醉。"

"三弟你也进去躺一会儿。"小龙说。

正当穿天龙和水蛟龙发酒疯时，一位奥委会工作人员来到第三层对大龙说："大龙副特派员，有客人来访，请你到一楼会客室会见客人。"

"是，"大龙随工作人员来到一楼会客室，问两位坐在沙发上的客人："先生，你们是找我吗？"

沙发上的中年男子起立，微笑着说："你就是'奥运和平促进会'派驻塞浦路斯岛的特派专员大龙先生吧。"

"我叫大龙，是副特派专员，特派专员由'奥运和平促进会'主席萨马拉斯先生兼任。你找我有什么事？"大龙跟客人握手。

"刚才亨利副主席在我们制衣店订购了二十套西装，要求明天下午先交出五套，副主席求我来找你们五名大清国工作人员量尺寸，然后按尺寸为你们定做服装，请大龙副特派员把你的几位同伴叫来，我们好给你们测量尺寸，时间紧，请你们配合。"

"好的，请稍等片刻，"说完大龙转身跑步上楼梯，片刻工夫，小龙、穿天龙、水蛟龙三人跟着大龙下到一楼会客厅。

两位缝衣师傅，一人给大龙四人量尺寸，一人在一个本子上做记录。测量

完,师傅问:"大龙特派员你们还有一个人呢? 他下来量尺寸吧,麻烦你再上去请一请。"

大龙说:"老板,对不起呀,还有一位也是'奥运和平促进会'派驻塞浦路斯岛的副特派员,是一位女士,不巧,她现在有事在外面。"一位师傅说:"这样,我们现在立即回店加工制作,待明天这个时候再来这里为那位女特派员量尺寸,请她等我们。"说完,两位师傅匆匆离开。

大龙四人回到第三层,大龙问水蛟龙:"四弟,刚才量尺寸把你吵醒了,现在量完了你再去睡一会吧。"

"现在酒已醒了,我不想睡了。"水蛟龙说。

"睡觉前你不是说你没喝醉吗?我们是练功夫的奥运会运动员,很少喝酒,这次突然喝多了,便会醉酒。大家今后都要注意少量饮酒可以舒筋活血,但若是酒喝多了不但会醉,还可能损伤自己的肝脏,对身体不利。我们五人的生活规律从奥运会结束就逐渐在向一种非运动员的生活转变。今后去了塞浦路斯岛要从事建设和维护和平的工作,喝酒的机会多,望兄弟们节制酒量,身体要靠自己爱护。这里先要提醒大家注意。另一件事是,大家每天的练功还要坚持,不能荒废。我们到了塞浦路斯岛除了要宣传和普及奥运,还要到当地希土两族的中小学校里去表演或辅导体育课。前几天土耳其的哈商团长也口头邀请我们到伊斯坦布尔和安卡拉两个城市进行体育表演,并辅导他们的儿童学少林武功。"大龙说。

穿天龙听到"哈商"两字气愤地说:"哈商邀请我们去访问是醉翁之意不在酒。"

"什么意思? 我不明白。"大龙说。

"大哥你怎么装糊涂? 哈商邀请我们去访问比赛,还不是为了讨好五妹,追求五妹。"水蛟龙接话。

"三弟、四弟,你们对哈商的不满意我理解,你们对五妹由异性兄妹的感情,正在发展成男女情爱,我也理解。不过,这里有几点,你们应该明白:第一,五妹的终身大事她有自己选择的权利,将来她嫁给谁,是嫁你们两人中的任何一人,还是嫁给哈商司令,还是回北京后出家到哪座尼姑庵削发当一名尼姑,都是她自己才能决定的事。我对她的态度是无论她做任何一种选择,我都会尊重她,都把她当成妹妹,这样才不至于损伤我们的兄妹之情。我是这么想的也准备这么坚持。人间真情难找,知音难寻,所幸的是我找到了你们四位弟妹,但愿我们今生今世同舟共济同生共荣,有永远的深厚友情,至死不渝,我知足矣!"大龙感慨而谈,他喝了一口水,环视了一眼三位弟弟又说:"我这里要谈一谈五妹与哈商团长的友谊问题,趁五妹不在,我要专门讲一讲。"

"大哥,你是不是要把五妹嫁给哈商司令?"穿天龙问。

"我们不准哈商来找五妹行不行?"水蛟龙也问。

"五妹为什么一定要同哈商交朋友?"小龙也问。

"你们提的问题很实际,我的回答都是否定的。首先,五妹和哈商都是人,他们都有权选择与什么人交际、交朋友或结婚,我作为大哥无权干涉五妹个人生活,也无权干涉你们之间的交往。你们喜欢五妹,想讨她的欢心,暗中喜欢也好,公开追求也罢,我都不阻拦,但这不能影响我们五人的结拜友谊,若五妹决定了要嫁给哈商或者其他人,你们也不能干涉阻挠。我要提醒你们的是:就哈商个人而言,他只是一个普通人,但他是土耳其海军司令,又担任过土耳其奥运代表团团长,他的一举一动、一言一行代表着一个国家。目前全世界还没有什么国际组织能拿出解决希、土塞浦路斯岛之争的根本办法,这一任务就历史性地落到奥运和平促进会的肩上。当选为奥运和平促进会驻塞浦路斯岛副特派员之一的五妹,对此有她的重大责任,她和我今后必然会和代表土耳其利益的哈商打交道,当然还要与代表希腊利益的官员打交道,五妹与哈商会不会因接触而生真情,或五妹与其他希、土官员接触而一见钟情,都难预料。所以,希望你们三位老弟,在五妹与哈商的问题上一定要保持平和心态,我们才能共同完成好'奥运和平促进会'交给我们驻塞浦路斯岛的奥运维和任务,这次奥运工作的好坏对今后解决世界其他地区的国际冲突意义重大。"大龙说。

"这么说当了'奥运和平促进会'副特派员的五妹变成了一只凤凰,我们只能对她有兄妹之情喽!那太遗憾了。"小龙说。

"二弟不要遗憾,用'真心真情'去爱一个崇高的女性也是一种幸福,无论你心目中的这位女神是否会成为你的妻子。"大龙说。

"过两年,要是回到国内,我还要到少林寺去当和尚,遁入空门重依佛祖,四大皆空,那时,我也许会忘了五妹。"小龙说。

"看你多有出息。"大龙对小龙的话不屑一顾。

第二十三章 爱琴海上的恋歌

一位工作人员来到三层说："大龙特派员,楼下有人要求见你。"

大龙随工作人员下到一楼,见格拉斯小姐骑着枣红马立在大门外。"

一脸焦虑的格拉斯小姐见到大龙,露出笑脸,下马后将马拴在办公楼前的一棵树上。

格拉斯随大龙进入"奥运和平促进会"办公楼一层会客厅,对大龙仔细打量一阵后说："大龙特派员你怎么把辫子剪了? 不错,你现在这个样子更英俊,更帅气了,我喜欢你。"说着伸出双臂扑向大龙。

"我们剪辫子是为了躲避你爸爸派的骑兵,让他们失去抓追捕的目标。"大龙说。

"对不起呀,大龙。我爸根本不知道这件事,是警察局的事。当然,起因是我爸举行了三次'勇敢者'比赛,有了结果他又想赖婚,才惹来了这场误会。你们昨天在街上打斗没有人受伤吧?"格拉斯问。

"你爸不知道这件事吗? 好在没有人受伤,只是五妹还躲在东正教堂,那里还有骑兵把守她回不来,我正愁怎么去救她呢?"

"我去接'吉祥大使',东正教堂门口的骑兵不敢阻拦我。"格拉斯从沙发上站起来,自告奋勇地说。

"不成,五妹不会跟你走的。"

"你说她不相信我?"

"可能。"

"为什么呢?"

"小姐你想,你父亲请警察局派骑兵追杀抓捕我们,昨天我们已经在街上和大桥上跟骑兵们像'老鼠戏猫'似的打斗了半天,她好不容易躲进东正教堂,受到教堂的保护。你是萨马拉斯的女儿,她会认为你是受萨马拉斯指派去抓她的,她能跟你走吗?"大龙说。

"你陪我一道去接'吉祥大使'怎么样?"格拉斯说。

"我去她会跟我们走,但还有一个问题,从东正教堂回这里的路上,我们三人只有一匹马怎么走?"大龙问。

"这好办,我来解决,抓紧时间,说走就走。"格拉斯向外走。

"别忙,我上楼去跟三位弟弟交代几句后,马上下来。"大龙跑步上楼。

不一会儿,大龙握着一根练功用的九节钢鞭下来,说:"走吧,美丽善良的格拉斯小姐,不过请你记住:我可是你父亲正在捉拿的逃犯。"

"我不管你是什么逃犯,我爱你。一会儿到了教堂门口,谁要是敢阻拦我们进教堂,我会杀了他。"格拉斯从皮靴内拿出一把带鞘的锋利短剑晃了晃。

小龙、穿天龙和水蛟龙三人站在门口对格拉斯小姐鼓掌。

"大哥你陪小姐去救五妹,这里有我们呢,你放心。"小龙说。

大龙与格拉斯小姐合骑一匹枣红马,向天主教堂跑去。

站在东正教堂顶层环行走廊上的玉香龙将大龙和格拉斯的行动看得一清二楚,她急忙从顶层下到一层,向教堂主事嬷嬷行了一个鞠躬礼说:"嬷嬷,谢谢你的关爱和保护,教堂外面有人来接我了。"

嬷嬷说:"不用谢,愿上帝保佑你一切平安。"嬷嬷回头望了望,又问:"还有一个人呢,怎么没有下来。"

玉香龙摇头说:"他已经离开教堂了。"

"什么时候离开的? 我怎么不知道?"嬷嬷着急地问。

玉香龙转身手指门外说:"嬷嬷别急,他正在门外,等我呢。"

嬷嬷左手在胸前划十字,注视着玉香龙从身边走过。

[嬷嬷的旁白]这个长辫子男人什么时候出去的? 我怎么不知道? 好了,不管他怎么出去的,只要他平安就行,愿上帝保佑。

玉香龙走出教堂大门,惊喜地发现大龙剪了辫子,她说:"大龙哥真帅。"转身又对格拉斯说:"谢谢小姐来救我。"

格拉斯说:"'吉祥大使',这里不是说话的地方,你和大龙先生骑上我的马快走,我保护你们。"

第二天上午 10 点,大龙们乘"希腊公主号"大轮船从雅典港起航向塞浦路斯岛的尼科西亚港航行。

大龙靠在甲板上的栏杆上,回望慢慢远去的雅典城,心潮澎湃思绪万千。他细细地回味着一个半月时间里发生在这里的往事,他与格拉斯小姐间的点滴爱情都一一在他脑子中闪现。碧波荡漾的爱琴海巨浪翻滚,让他血液沸腾。天空中,海鸟飞翔,好像他本人也随着海鸟在大海上空翱翔,现实与回忆在他脑海中交替闪现。他回味着,眼中突然流出了泪水。

突然格拉斯小姐出现在大龙身边,双手蒙住了大龙双眼,大龙分开蒙住他双眼的手吃惊地说:"怎么是你?"

"我是逃出来的,要跟你私奔。"格拉斯右手提着小皮箱大方地说。

大龙抱着格拉斯小声地说:"我真没有想到小姐对我如此痴情。"

"你现在知道了吧!"格拉斯抬头,含泪笑着说道。

"公主号"大轮船向塞浦路斯方向乘风破浪前行。

远方,一艘快艇向"公主号"轮船发出停船检查的信号,并从麦克风里传来声音:"请放希腊的格拉斯小姐下船。"

格拉斯与大龙站在顶层甲板上相拥而立,快艇向"公主号"大轮船飞驰而来,越来越近。

格拉斯和大龙的身影定格在画面中,远方,海鸟在哀鸣,乌云密布的天空闪电刺眼,雷声震耳,海水卷起的巨浪击打着船体……

　　　　　　　　　　　　　　2004 年 9 月落笔

　　　　　　　　　　　　　　2006 年 8 月第一次修改

　　　　　　　　　　　　　　2009 年 6 月第二次修改

图书在版编目（CIP）数据

梦幻奥运/ 包顺柳著. —银川：宁夏人民出版社，2009.8
（2010.1 重印）

ISBN 978-7-227-04257-0

Ⅰ.梦… Ⅱ.包… Ⅲ.长篇小说—中国—当代 Ⅳ.I247.5

中国版本图书馆 CIP 数据核字（2009）第 156159 号

梦幻奥运　　　　　　　　　　　　　　包顺柳　著

责任编辑　唐　晴
封面设计　吴海艳
责任印制　来学军

宁夏人民出版社　出版发行

出 版 人　杨宏峰
地　　址　银川市北京东路 139 号出版大厦（750001）
网　　址　www.nxcbn.com
网上书店　www.hh-book.com
电子信箱　nxhhsz@yahoo.cn
邮购电话　0951-5044614
经　　销　全国新华书店
印刷装订　宁夏精捷彩色印务有限公司
开　　本　720mm×980mm　1/16
印　　张　20.5
字　　数　260 千
印　　数　2500 册
版　　次　2009 年 9 月第 1 版
印　　次　2010 年 2 月第 2 次印刷
印刷委托书号(宁)　0007222
书　　号　ISBN 978-7-227-04257-0/I·1136
定　　价　28.00 元